决胜小康　奋斗有我
——我们的扶贫故事

中共广西壮族自治区委员会宣传部
中共广西壮族自治区委员会组织部　编
广西壮族自治区扶贫开发办公室

广西人民出版社

图书在版编目（CIP）数据

决胜小康 奋斗有我：我们的扶贫故事／中共广西壮族自治区委员会宣传部，中共广西壮族自治区委员会组织部，广西壮族自治区扶贫开发办公室编 . — 南宁：广西人民出版社，2020.12
ISBN 978-7-219-09204-0

Ⅰ. ①决…　Ⅱ. ①中…　②中…　③广…　Ⅲ. ①中国文学—当代文学—作品综合集　Ⅳ. ① I217.1

中国版本图书馆 CIP 数据核字（2020）第 234062 号

责任编辑　罗　雯　陈　威　彭青梅　覃丽婷
责任校对　周月华　蒋倩华
装帧设计　陈晓蕾　李彦嫒
责任排版　梁少芳

出版发行　广西人民出版社
社　　址　广西南宁市桂春路 6 号
邮　　编　530021
印　　刷　广西民族印刷包装集团有限公司
开　　本　787mm×1092mm　1 / 16
印　　张　30.5
字　　数　440 千字
版　　次　2020 年 12 月　第 1 版
印　　次　2020 年 12 月　第 1 次印刷
书　　号　ISBN 978-7-219-09204-0
定　　价　108.00 元

前言

党的十八大以来，习近平总书记站在全面建成小康社会、实现中华民族伟大复兴中国梦的战略高度，把脱贫攻坚摆到治国理政突出位置，作出一系列新决策新部署。习近平总书记十分关心广西脱贫攻坚工作，多次作出重要指示批示，为广西打赢脱贫攻坚战指明了正确方向、提供了根本遵循。

"社会主义是干出来的，幸福是奋斗出来的。"脱贫攻坚战打响以来，自治区党委、自治区人民政府团结带领全区各族人民，用汗水浇灌收获，以实干笃定前行，探索出了一条具有广西特色的扶贫之路，脱贫攻坚取得了历史性成就。2020年11月20日，自治区人民政府批准融水、三江、那坡、乐业、隆林、罗城、大化、都安8个深度贫困县退出贫困县序列。这意味着广西634万建档立卡贫困人口、5379个贫困村、54个贫困县全部告别延续千百年的绝对贫困，脱贫攻坚战即将取得决定性胜利。

为展现广西"决胜全面小康，决战脱贫攻坚"的成效和亮点，激励全区各族人民为乡村振兴接续奋斗，中共广西壮族自治区委员会宣传部、中共广西壮族自治区委员会组织部、广西壮族自治区扶贫开发办公室联合开展"决胜小康 奋斗有我"主题征文比赛，旨在发掘、宣传全区上下为脱贫攻坚埋头苦干拼搏、胼手胝足奋斗的先进典型和感人故事，营造决胜全面建成小康社会的浓厚氛围。

征文聚焦精准脱贫，体裁包括短篇小说（小小说）、报告文学、诗（词）和散文，作品内容展现了党的十八大以来广西各级选派的第一书记、脱贫攻坚（乡村振兴）工作队队员，乡镇（街道）、村（社区）扶贫干部的工作经历、见闻故事和所思所悟，突出反映了广西在"三保障"和打赢"五场硬仗"中的实践成果、宝贵经验，讲述贫困村群众增收、民生改善、乡村面貌提升等方面的生动故事，展现贫困群众在脱贫致富道路上自力更生的奋斗精神。

征文作品真实记录了在党中央坚强领导下，广西脱贫攻坚来之不易的丰硕成果，生动展现了一个个鲜活感人的广西脱贫故事、扶贫故事。优秀作品的结集出版，提供了一个重要的扶贫成效展示窗口，引导广西各族群众知党恩、感党恩、跟党走，在脱贫攻坚战全面胜利的新起点上，迈向更加美好的新生活、新奋斗。

本次征文活动得到全区各市党委宣传部、组织部，各市扶贫办，自治区党委区直机关工委、教育工委，自治区国资委党委、农垦工委、两新组织党工委的积极响应和大力支持，在此一并表示感谢。

目 录 / C O N T E N T S

短篇小说（小小说）
获奖作品

报告文学
获奖作品

诗（词）
获奖作品

散文
获奖作品

短篇小说（小小说）

DUANPIAN XIAOSHUO
(XIAOXIAOSHUO)
HUOJIANG ZUOPIN 获　奖　作　品

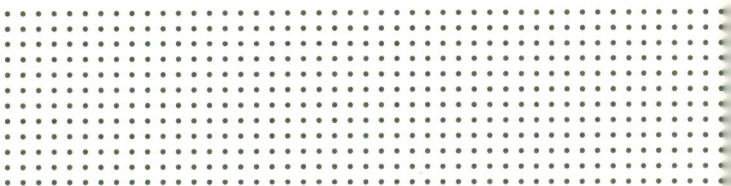

一等奖

眼疾

李　星 / 广西壮族自治区卫生健康委员会

　　花田村是典型的贫困村，村民虽四季躬耕无闲，但仍难拔穷根；因地处高寒山区，自然环境恶劣，交通条件落后，医疗力量薄弱，缺医少药，因病致贫、因病返贫已然成为花田村脱贫致富的拦路虎。脱贫攻坚战役打响后，作为医疗卫生系统拥有丰富群众工作经验的老党员，老李自然而然地成了选派的第一书记，远赴花田村开展扶贫工作。

一

　　花田村有一位姓姚的独居老人，已经70多岁了。早年她丈夫病逝，没几年儿子也和她失散了，不久她便患上了眼疾，双目失明，日常饮食全靠自然村里73户村民轮流送去。村里还专门为此刻了一块木牌，木牌上刻有73个户主的名字，牌子就按牌上名字的先后顺序轮流传递下去，见到木牌就如同见到令牌，牌子传到谁家，谁就给姚大娘送饭。据说这份爱心已经传递了十几年了，花田村也因弘扬中华民族尊老敬老的传统美德而远近闻名。

二

老李驻村后不久便跟着村主任老石来到姚大娘家走访。一进屋，老李就被眼前的景象震惊了，破败狭窄的小屋里灯光昏暗，连窗户都用黑布窗帘遮得严严实实，就像是幽深的山洞，屋子里唯一的光亮可能就是未上锁的门隐约透过来的微弱光线。空气里充斥着阴暗潮湿的气息和酸腐的味道，苍蝇和不知名的虫子到处飞蹿。而在门边，正倚靠着一名瘦骨嶙峋、形容枯槁、眼神空洞、神情漠然的老妇人。

听到脚步声，老人仍坐着不动，老石径直走到老人跟前："姚婶，我是小石，这是省城派来我们村扶贫的李书记，我带他来看看您。"

老人听后依旧不动声色，老李见状赶紧上前接话："姚婶好——"老李话还没说完，老人就像触电一般颤颤巍巍地站了起来，拽住了老李的手，仿佛抓住了救命稻草一般："小胜，小胜，是你回来了吗？"

老人的反应让老李和老石都怔住了，老石想把老人的手拉开，但被老李劝住了。随后，老人顺着老李的手哆哆嗦嗦地摸了摸他的嘴巴、鼻子、眼睛，然后满怀喜悦地说："小胜，果然是你，娘一听声音就知道是你！你终于回来了，想死娘了。"

老李心想，看来老人是太过思念失散多年的儿子了，才错把他当成了儿子。于是他佯装镇静，从鼻腔里发出声音："嗯，嗯，娘，我是小胜，我回来啦！"老人听了之后一把抱住老李号啕大哭，老李和老石也跟着潸然泪下。

三

自从认了"娘"之后，老李每天都抽空到姚大娘的家里给她洗衣、做饭、按摩、打扫庭院和堂屋，渐渐地，庭院干净了，房屋也明亮了。大娘自从找回"儿子"之后，每天都精神抖擞，话也多了起来。当然，她和老李谈得最多就是儿子小胜。说起小胜，老人像一个重新修复的古旧的锈色茶壶，整个人都亮了起来。老李因此也大概了解了关于小胜的一些情况。丈夫病逝后，家里便失去了顶梁柱，姚大娘一个人扛起了生活的重担，每日戴月荷锄归，但生活依然困顿，入不敷出。为了减轻家里的负担，小胜被迫辍学外出打工。刚开始小胜还时常托人往家里捎东西，几年之后便莫名地杳无音信了。姚大娘倾尽家财也没找到儿子，只能终日守在家门边以泪洗面，渐渐地便患上了眼疾，失去了光明，从此她便再也不敢给屋门上锁了，生怕儿子有一天回来进不了门……

四

　　驻村任职时，老李就曾许下不完成脱贫任务绝不收兵的铿锵誓言。他和其他工作队员走村串巷、深入田间地头进行调研和蹲点，了解农户致贫原因，量体裁衣定措施，希望能因户施策，精准脱贫。经过仔细调研分析，老李和队友们发现患病和残疾是花田村致贫、返贫的主要原因。全村共有残疾人132人，重大疾病患者11人，糖尿病患者15人，高血压患者200余人，其他疾病患者300余人……为解决因病致贫、解决农户身体健康的问题，老李充分发挥了自己在卫生健康行业的优势，走在健康扶贫的前列，呕心沥血，熬夜奋战，积极准备申请材料，努力争取到了后援单位多名医学专家前来花田村开展免费体检、义务诊疗、宣传健康知识等活动，让农户们享受到了"疾病早发现、早诊断、早治疗"的医疗服务。在体检和义诊时发现的急病或重症患者也被及时转移到了上级医院进行治疗，进一步消除了因病致贫的隐患。体检和义诊后，农户还享受到了后援单位提供的跟踪诊疗、免费随访、指导康复、赠送药品等专项帮扶政策，大大减少了因病返贫现象的发生。患有多年眼疾的姚大娘也享受到了这些福利，经过眼科医生的专业诊断，姚大娘只是患上了白内障，医生很快便给她做了手术。

五

　　手术后，老李盼着姚大娘能尽快恢复视力，待其重见光明之后不但生活上能自理，而且也能厘清他们之间的"母子关系"，也算了却了大家的一桩心事。但术后两个多月，姚大娘仿佛还是和以前一样，依然在黑暗中摸索。老李为此十分着急，于是又联系了后援单位的眼

李星从外县采购沃柑种苗在庖田村发展种植产业

科专家前来为姚大娘做进一步的康复指导。经过进一步诊疗，医生并未发现术后姚大娘的眼睛有何异常，而是恢复得很好，于是便安慰老李，兴许是老人失明太久了需要花更长的时间来恢复视力，并嘱咐老李耐心等待。老李虽感到十分纳闷，但他依然对姚大娘关怀备至，即使再忙再累也不忘每天都到姚大娘家里看望她，为她做饭，给她按摩，陪她拉家常。

六

有一天晚上，老李和往常一样在姚大娘家做饭，村里突然刮起了大风，电线杆也被刮倒了，屋里顿时陷入了一片漆黑，姚大娘下意识地惊恐地喊道："小胜，小胜，怎么回事儿，灯怎么突然灭了？"话一说完，两个人瞬间就都愣住了，屋里的空气仿佛凝固了，陷入了片刻的沉默。少顷，姚大娘像做错了事的孩子似的，不好意思道："对不起，小胜，哦，不不不……是李书记，大娘不是有意要骗您的，其实我的眼睛在做完手术后早就康复了，我也知道了你不是小胜，但我若不继续装瞎，你怎么会留下来陪我呢？大娘是真的舍不得离开你呀——”姚大娘声泪俱下地道出了真相，老李静静地听着，泪水也趁着黑暗悄悄地模糊了双眼。

那晚，老李从姚大娘家出来，立刻就给在电视台工作的朋友发了一张照片，是姚大娘和她儿子小时候的一张合照，那是他趁姚大娘不注意时用手机偷拍的，他想请朋友帮忙发一则寻人启事，连标题他都想好了，就叫“粟春胜，咱娘喊你回家!”

这粟春胜，便是姚大娘失散多年的儿子。

发完信息，他遥望远方，门前绵延的群山虽遮住了视线，但刚硬化好的水泥公路蜿蜒出山外，他仿佛看见背着大包小包的另一个自己正朝着村里走来，慢慢地走近了，又近了，更近了……

扶贫经历：

李星，2015年10月至2018年4月驻桂林市龙胜各族自治县平等镇庖田村开展精准识别和扶贫工作。通过带领村民饲养30000羽土鸡，全村获67万元利润；对村干部和村民进行培训、外出考察、引进经济能人、带动全村种植沃柑495亩；争取医学专家到村里开展义务诊疗、赠送药品、宣传健康知识等活动；争取到28名医学专家投入28万元到村里免费为村民体检，带来“疾病早发现、早诊断、早治疗”最佳效果，减少因病返贫现象发生；还为村里维修古建筑物、风雨桥，建设文化活动中心楼、篮球场，修桥修路，捐资助学。庖田村于2017年脱贫摘帽。

金银花让地

黄李飒 / 桂林市恭城瑶族自治县三江乡人民政府

一

上级决定拨款为梨树村修建一条通村水泥路，需征用一些农户的猪栏、牛栏、厕所、菜地，村里召开村民代表会，与这些农户进行沟通。

"修这条路的好处大家都知道了。希望大家积极配合，支持这项建设。"村主任江秋雨宣读了修路要征用田地或建筑物的户主名单后，态度诚恳地跟大家说。

"我同意。"需拆除一间猪栏的张老三第一个举手赞成。

"我没意见。"需拆除一座厕所的王老五也表示同意。

这时，坐在会议室后排的金银花站起身，冷冷地说："你们修你们的路，我那点菜园地我是不让的。"说完气冲冲地走出了会议室。

今年五十出头的金银花，做事风风火火，说话直来直去，性格像个男人。丈夫钱世友则是个老实巴交的农民，年纪已近六十，整天只知道早出晚归地埋头做事，家中的大小事务全都由妻子做主。夫妻俩无子无女，老人又过世得早，现在是无牵无挂。这次村上修水泥路，刚好从自家屋旁边经过，本是一件大好事，为什么这女人会不支持呢？

原来，前几年，金银花想要个危房改造指标，翻修一下自家那座老屋。可是，村里的干部总说她家不符合条件。后来才知道，是那几个干部违规操作，把指标给了不符合条件的亲戚。后来有人举报到县纪委，那几个干部被查处，金银花才得到危房改造指标，对房子进行了维修。这件事使她对村里的干部有了很深的成见，总觉得这些村干部不值得信任。

金银花的态度令所有在场人都惊诧不已。大家你看看我，我看看你，一时间不知如何是好。村"两委"几个干部紧急商讨对策。

"要不改一下线路？"江秋雨说。

"不，这条线路是最佳线路，可以照顾到最多的家庭直接受益，不能再改了。"县里派来的驻村第一书记夏天云说，"我们再做做工作，相信她一定会想通的。我看可以先开工。"

二

梨树村水泥路按计划动工。

金银花也不着急，心想：看你们到时候怎么过。

自从上次的危房改造指标事件后，金银花一直对村里的干部有抵触情绪。对村里号召搞的事，她总是将信将疑，爱理不理。比如去年冬天，村里成立一个义工协会，号召全体村民积极参与。问到金银花时，她毫不客气说："我不参加，我自己还少个人帮。"

2016年政府搞精准扶贫，她家被列为建档立卡贫困户，得到了政府的特别扶持，生活有了转机。这不，房子维修好了，盖上了坚硬漂亮的琉璃瓦，再也不用担心漏雨进水了；墙壁按统一的样式进行了装饰粉刷，既美观又不失古风遗韵。政府还扶持她5万元贴息贷款发展种养产业，去年就获得了不错的收入：出栏肉猪10头，纯收入将近1万元；卖土鸡100只，纯收入差不多5000元；刚挂果的5亩沙糖橘捡了十多担，收入也有1000多元钱。金银花心里对国家的好政策是充满感激的。

水泥路建设进展很快，不到两个月时间，除了金银花家那十来米菜园地没动，大部分路基已挖好压实。夏天云和江秋雨每个星期去一趟金银花家，不厌其烦地做思想工作。可是任你口水讲干，好话说尽，那金银花就是不松口。钱世友看着有些过意不去，便偷偷地跟妻子说："要不我们还是算了吧，路已经修到这个地步了，改不了的。"

"你懂个屁！我就是要为难一下他们。"金银花气冲冲地说。

三

时间过得飞快，转眼到了春暖花开的季节。工程已进入铺水泥阶段。金银花的那块菜园地就像一个人身上的一块伤疤，显得是那么刺眼。从这里路过的人们都会忍不住议论一番，说金银花就是个癞子头——难剃！

而金银花此时此刻正在家里哼着山歌，美滋滋地欣赏自己的劳动成果：猪舍里5头肉猪，每头足有200多斤，早已联系好了买主；五六十只土鸡也被县城一家饭店定购，20多只蛋鸡每天都在"咯嗒咯嗒"地欢叫着下蛋。城里人都说山区放养的土鸡下的蛋好吃，有营养，总是找上门来要，每个1.5元，供不应求。今年的纯收入应该可以有2万多元了。金银花的心里别提有多高兴了。喂好猪和鸡，打扫完卫生，她决定到巷上去走走。"嗒嗒嗒""嗒嗒嗒"，走在巷道的石板路上，那脚步声老远就听见了。她想找人聊聊天，讲讲自己的致富经，炫耀一下自己的能干，可是没有人理会她，这使她感到很扫兴。

金银花悻悻地回到家里，看到丈夫躺在客厅的沙发上，正想发泄一通，却发现丈夫的脸上挂着痛苦的表情，几次要起身都没有起来，还搞得龇牙咧嘴的。

"你这是怎么了？莫吓人啵。"金银花忙问。

"可能是扭伤腰了。刚才搬了几袋苞谷回来。"钱世友说。

"快去医疗室喊张医师看看。"

"我现在去不了，腰痛，腿也痛，不能走路。"

"我去喊。"金银花说。

"先打个电话吧。"钱世友拿出手机，拨通了张医师的电话，说明情况后，张医师答应马上就来帮看看。

张医师来后，了解了钱世友的病情，非常肯定地说："你这个是腰椎间盘突出压迫到神经引起的，蛮严重了，要马上去大医院检查治疗。"

怎么会这样呢？昨天不是还能从村前的公路扛120斤一袋的玉米回来吗？金银花感觉到了问题的严重性。

怎么办呢？栏里还有10头肉猪，一天两餐少不了。准备卖的那几头，买主就要来调了，得有人在家等候。100多只土鸡也要有人管理。沙糖橘也要喷保花保果药水了，过了这个时间，果子就要减产了。

"要不我过段时间再去医院吧。"钱世友无奈地说。

"不行！有病不能拖，越拖越难治。"金银花果断地说，"我们再想想办法。"

四

这时，江秋雨和夏天云来了，二人满脸笑容。金银花心想，肯定又是为菜园地的事来的，便没好气地说："夏书记、江主任，你们今天若是还讲菜园地的事，那就免谈了。我们家老钱病了，要去大医院，家里这么多事，哪个来帮我？你们能帮吗？"

江、夏二人急忙走近躺在沙发上的钱世友，问了情况，二人又低声商量了一阵。秋雨说："金大嫂，钱大哥的病要紧，你放心陪钱大哥去治病。你家里的事我动员村上义工协会的义工来帮做，你看行不行？"

"村上的义工？他们愿意帮我吗？"金银花不敢相信江秋雨的话。

"会的。你把家里要做的事告诉我，由我来安排吧。"江秋雨的话，让金银花感到一丝惭愧。想想这段时间在修水泥路的过程中，自己对两位干部的为难，真的有些过分。现在自己有困难了，人家居然还愿意帮？也不知道是真是假，看看吧！

金银花把喂猪、喂鸡、捡鸡蛋以及为沙糖橘喷药水的事一一交代给江秋雨。

第二天，金银花陪着丈夫住进了市人民医院。经各项检查，医生说，需做一个微创手术来清除病灶，减轻病人的痛苦。各项费用大约2万元，需住院10天左右。如果同意做微创手术的话，就去交1万块钱押金，以便安排手术。

"2万块？10天？"医生的话让金银花感到有些为难。

"叮咚、叮咚、叮咚——"正在这时，金银花的手机响了，是收购肉猪的老板打来的，说最近猪肉市场受新的养生理念影响，猪肉的销售量减少了近五成，因此，原来计划购买的5头肉猪暂时取消。

"叮咚、叮咚、叮咚——"手机刚放下又响起来，是县城准备购买土鸡的那家饭店老板打来的，说由于最近生意不大好做，原来计划购买的50只土鸡暂时不要了，等需要时再联系。

坏消息，总是坏消息！金银花的精神几乎要崩溃了。

五

"叮咚、叮咚、叮咚——"手机再次响了起来，金银花不想去接，她怕又来一个什么不好的消息。那样的话，她一定会当场晕倒的。

手机响了很久，金银花才无奈地点了一下接听键，是江秋雨打来的："金大嫂，你家里的事已经由村上的义工协会全部安排好了，你就安心地陪钱大哥在那里治病吧。有什么困难我们一起想办法解决。"

江秋雨的这个电话，使金银花那颗凉透了的心一下子又热了起来。她没想到江秋雨会这么不计前嫌地帮助她，不经意间她对着电话那头的江秋雨诉起苦来："江主任啊，你金大嫂如今是遇着大麻烦了，落难了哦！老钱他做手术要2万块，我总共才有5000块呀，去哪里找15000块呀？！卖猪？讲好的突然又不要了。卖鸡？买鸡的人也讲不要了。真是越穷越见鬼，越冷越吹风啊！"

"金大嫂，莫着急，会有办法的。你照顾好钱大哥，我找夏书记商量一下。"电话那头，江秋雨在安慰她。

没多久，电话又响了，是江秋雨："金大嫂，是这样，你那些准备卖的肉猪和土鸡，我们夏书记想办法帮你推销，你就不用担心卖不脱了。还有钱大哥手术费用的事，我刚刚咨询了扶贫办，说建档立卡贫困户，在有重大疾病住院时，可以报销90%治疗费，这样的话，医疗费也不成问题了。"

听到这个消息，金银花长长地松了一口气。医院知道他是建档立卡贫困户，押金也不要交了，直接做手术。

六

钱世友的手术很成功，术后第二天就能下床活动，第六天医生就同意出院了。在办理费用结算时，工作人员说："各种费用加在一起共20690元。"金银花把那本扶贫手册递进去，工作人员随后告诉她："根据国家政策，建档立卡贫困户可以报销总费用的90%，你只要交2069元就可以了。"

2万多块只要2000多块！这国家对贫困户也是够关心的了，我们老百姓也要对得起国家才对呀。金银花一边交钱，嘴里不停地念叨着。

两口子刚走出住院大楼，手机又响了，是第一书记夏天云打来的。他告诉金银花，待售的肉猪和土鸡已经帮卖了，总共卖了18000元呢。老板讲这种纯生态养殖的土猪、土鸡非常好销，今后有多少他要多少。

"金大嫂，你们搭几点钟的动车，我叫人去车站接你们。"夏天云问。

金银花感觉到一阵温暖，心头一热，一行热泪滚了出来。这么好的干部，这么好的乡亲们，不能再麻烦他们了，不能再跟他们作对了！

她谢绝了夏天云的好意，夫妻二人乘动车回到县城，在县城又等回村里的班车。回到村里已经是下午5点多钟了，走过自家那块菜园地时，看到那环村路两头都铺好水泥了，而自家那块菜园地依然静静地躺在那里，把一条路隔开成了两截。

七

金银花感觉有点无地自容了。她颤抖着双手拿出手机，拨通了夏天云的电话，非常自责地说："夏书记呀，是我太自私了，把大家的事都耽误了。我那点菜园地不要了，修路吧，只要路通了就好。"

第二天，施工队开着挖掘机、压路机、拌浆机等机械来到了金银花的菜园地。一阵阵轰鸣声过后，一条完整的水泥路终于连通了！在现场指挥的夏天云和江秋雨长长地松了一口气，脸上露出欣慰的笑容。

就在这时，远处传来金银花急促的呼喊声："夏书记！江主任！等一下，我还有事！"

夏天云和江秋雨心头一紧，心想：这女人难道又要来闹事？

只见金银花搂着一个四四方方的纸盒，紧走慢走，满脸通红，气喘吁吁。来到她这块已变成水泥路的菜地旁，放下纸盒，非常严肃认真地说："夏书记，江主任，我今天来这里有三件事：第一件，我们村的水泥路修通了，我来祝贺一下。第二件，因为我的问题，影响了施工进度，特意来向各位领导和乡亲们道个歉。第三件，我郑重地向上级提出申请，帮我家取消贫困户的帽子。现在我们家不愁吃，不愁穿，住房有保障、医疗有保障，再当贫困户就不好意思了。"

金银花的这番话，赢得了在场人的热烈掌声。她拆开纸盒，拿出一个64响的烟花，放在铺好的水泥路面上，江秋雨帮点燃了引线。"啾……砰砰砰！啾……砰……"一发发五彩缤纷的烟花鸣叫着冲上天空，与蓝天上的一朵朵白云交相辉映，构成了一幅美丽的画卷。蓝天下，那条新修的水泥路，就像一根银色的带子，环绕在小山村的周围，格外醒目。

扶贫经历：

黄李飒，2017年11月至2019年3月，担任桂林市恭城瑶族自治县三江乡三寨村乡派工作队长。初到农村，为尽快摸清底子，主动深入田间地头，多渠道掌握农业农村工作知识，积极进村入户搞调研、摸实情，与村民拉家常、交朋友，在摸清村情民意的基础上广开言路，集思广益，帮助贫困村理清发展思路，制订发展规划。2018年底三寨村实现全村贫困户脱贫。

二等奖

招娣

徐富莱 ／ 贺州市平桂区市场监督管理局望高工商所

一

"招娣——招娣，明伯叫你去村委会一趟！"奶奶苍老的声音穿过空荡荡的厅屋，传到招娣耳朵里。

"好了好了，我知道了，待会就去！"招娣很讨厌自己的名字，招娣招娣，一听就知道家里是有多渴望招来一个弟弟。可惜奶奶与父亲终不能如愿，接下来又生了个妹妹带娣，还没等到带娣带来一个弟弟，妈妈就离家出走了。招娣还记得妈妈走得很决绝，甚至都懒得回头看她们姐妹俩一眼。妹妹拉着妈妈的衣角喊着："妈妈不要走！妈妈不要走！"哭得撕心裂肺的。招娣也很伤心，但她不敢阻拦妈妈，妈妈生气起来总会狠狠地揍她，她被妈妈揍怕了。那个喝得烂醉的父亲十分蛮横地朝着妈妈渐行渐远的方向吼着："走吧！死女人！走了以后别再回来！死在外面也别回来！"

到村委会把光荣脱贫证书领回来，招娣跟奶奶说要把它放在丁叔拿来的档案袋里好好保存。

　　"你丁叔这次咋不来呢？"奶奶随口问道。"不知道，听书记说是他家闺女病了，请假了吧。"招娣有些心不在焉地回道。丁叔没来，招娣心里有些失落。

　　丁叔是招娣家的帮扶联系人，也是驻村队员。他是一个80后，经常穿着T恤牛仔裤，一看就知道是一个地道的城里人。

　　"阿妹，上次丁叔叫咱编的小圆篮子编好了没？"招娣对着正做练习题的带娣说。

　　"还没呢。丁叔不是说不急嘛，我想多刷几道题，争取下学期进重点班！"带娣轻声说。

　　"那好吧，我去编，多编点，我们的学费就有保障了。"

　　"没事，丁叔不是说了如果没钱可以向他借嘛，功课要紧！"带娣就是耳根软，人家说啥都信。招娣可从来不这么想，丁叔只是一个帮扶联系人而已，非亲非故的凭啥借钱给咱？前些年那个滥赌父亲喝醉之后一头扎进村里那个池塘，就再也起不来了。之后她就明白了靠谁都不如靠自己。也正是因为赌鬼父亲的早逝，姐妹俩跟着年迈的奶奶一起艰难讨生活，变成了贫困户。父亲还活着的时候就只知道耕种那三亩薄田，也不寻思着搞点副业，天天喝酒天天醉，醉了又骂奶奶又打姐妹俩，还诅咒那已经十多年都杳无音信的妈妈不得好死。父亲发生意外后，招娣带娣按照叔叔伯伯的建议安葬了父亲。

二

　　第一次见到丁叔是2016年，初中毕业的招娣正谋划着去广东打工。丁叔穿着一件白格子T恤配一条深蓝色牛仔裤，手里拿着一个崭新的档案袋往残破的门口一站，招娣就像看到一束光照了进来。村主任明伯跟招娣介绍丁叔，说这是市里某某局的干部，以后他就是你们家的帮扶联系人了，有什么事情可以联系他。招娣正寻思着该怎么称呼这个从天而降的城里人时，丁叔说："我叫丁宇，你们就叫我丁叔吧。"丁叔？招娣觉得叫丁叔都把人叫老了，他看着也就三十出头，怎么着也该叫丁哥吧。丁叔说："我与你们差了20多岁，就叫丁叔吧。"招娣后来看过丁宇的证件，居然与那个已逝的父亲同年，可是自己父亲在世时看起来就像人家丁宇的父亲，唉，他们城里人就是会保养！

时间一晃眼就到了9月，招娣在广州的一个手袋厂里赶工，就想着多赶点货多赚点钱以供带娣上学，再顺便补补营养。有一天，车间主任说有人找她，叫她出去见见。招娣心想，也不知是谁，这年头居然还亲自到工厂找人，有事在微信或者电话里说一声不就行了嘛，真是多此一举！

急匆匆地走出车间，就看到了满身大汗的丁宇，T恤湿答答地黏在身上，头发也耷拉在额上，完全没了往时玉树临风的模样。看来广州的天气不是一般的热，只是自己在阴凉的室内不自知而已。

她故作冷漠地跟丁宇说："丁叔你不用劝我，我家的情况你也知道，我奶奶年纪大了，妹妹还小，必定要一个人出来打工维生。"丁叔说："这里不方便说话，咱们找个安静点的地方聊聊。"

同车间的姐妹都酸酸地讽刺她有心计，说以她这样的条件居然能找一个如此文雅的男友，是用了什么见不得人的手段吧！招娣无视这些恶意的揣测。

喝着丁叔点的珍珠奶茶，招娣一脸无所谓地看着他，倒是要看看他要怎么说教她。她自小没妈管，奶奶和爸爸又经常嫌弃她们姐妹俩是女孩，她的成长过程几乎没有感受过正常家庭的温暖，所以，自小她就以一种无畏的态度去与大人们抗衡。奶奶感叹她的顽强与倔强，说："招娣啊，就你这十头牛也拉不回的倔脾气以后怕是很难找婆家，谁要一个这么倔的姑娘啊！"她撇撇嘴说："爱要不要，我才不嫁，要是嫁个像我爸那样的人，我还是不嫁的好！"妹妹也应和着说："对，不嫁，以后我跟姐姐过。"

丁叔看着奶茶店里来来往往的打工妹打工仔，没有流露出要对招娣进行说教的架势。招娣顺着他的目光看着来来往往的年轻打工妹打工仔，看见他们有的一脸苦大仇深，有的一脸媚笑，突然间感觉有些不自在。说实话，她并不想成为他们中的一员。

"想说什么你就说吧，反正我不打算回去！"她有些心虚地看着丁宇说。

"没事！如果你实在不想回去上学就不回去吧，也许你喜欢这里看似自在的生活。或者说你其实压根就不能胜任考试这回事吧？"丁叔狡黠地笑。

"谁说的？我在我们镇一中可是重点班的前三！"好强的招娣还真经不起激将。

"哦，前三？真的呀？那你肯定是想来这儿谈恋爱！"

"才不是，我是不想奶奶压力太大。"招娣急着否认。

"那你不知道高中也可以申请助学金的吗？"丁叔问她。招娣摇头，她什么都不懂，她只是单纯地认为上高中之后奶奶每年都要花几千块钱供她上学，肯定难以支撑。

"听我的，跟我回去，我会帮你收集材料，咱们一起申请助学金。我已经跟市高中了解过你的情况了，学校说你现在持录取通知书还可以报名。"

"可是现在都开学一周了，学校还能让人报名啊？"招娣有些担心。

"你不会把录取通知书都弄丢了吧？"丁叔笑笑。

"怎么会，我藏得可好了。"招娣心动了。

好不容易说服招娣回去上学，可老板却不想放人，说招娣才来不久，连试用期三个月都没过就想领工资，没门！招娣想着自己明明都工作一个多月了却拿不到一分钱，委屈得直掉泪。丁叔说："放心，有我呢，我去帮你要回来。"

后来，招娣真的拿到了3000块钱。奶奶跟妹妹知道后，直夸丁叔真是个能人，带娣还说好像就没有丁叔不能解决的问题。其实她们哪里知道，那是丁叔自己掏钱填上的，那些黑心老板哪有那么好说话叫给钱就给钱。当然，后来招娣也知道了钱是丁叔自己掏的，要还给他，但丁叔说啥也不收。

三

"姐，我不想上学了！"

听到带娣说这句话是在招娣上高二那年的寒假，招娣先是心中一紧，继而升起一股怒火。

"什么？你不想上学？为什么？你不知道咱们村多少女孩想继续上学都求而不得吗？现在奶奶好不容易被丁叔说服愿意尽最大的努力供我们上学，你居然轻飘飘地说你不想上学了，你疯了吗？"

"你想上学你自己上个够！反正你成绩一直比我好！你上到读完博士吧！"向来温顺的带娣一反常态，把书包往那简陋至极的木头沙发上一扔，扭头就走出家门。

"呀，带娣这是遇到什么过不去的坎了吗？发这么大脾气哪！"奶奶正在剥雪豆（豌豆），停下手里的活问招娣。奶奶好不容易盼到姐妹俩放假回来，准备给姐妹俩煮一个雪豆糯米饭。这个糯米饭一直是姐妹俩最爱吃的，所以才心心念念地想着煮给她们吃。

"她一定是疯了！"招娣在切腊肉，把案板剁得响彻天，奶奶听声音就晓得招娣很生气，跟招娣说："先别生气，带娣以前一直都是喜欢读书的，这次说不想读肯定是有原因的，要不你先找她回来吃饭？吃饱以后再慢慢问她吧，别急啊！"

奶奶自从招娣考上了市里的高中，被村里人夸多了她家孙女厉害，奶奶就变得越来越慈祥了。也许是听多了丁叔强调的"男女平等，生男生女都一样"的观念，又或许是招娣的叔叔婶婶对奶奶的嫌弃，还有两个堂弟对奶奶的不待见，奶奶终于放下了"男孩才是延续香火"的偏见，姐妹俩终于变成了奶奶的骄傲。

洗雪豆、切腊肉、泡糯米，虽然冬日寒冷，但招娣家用的是手摇式井水，才摇起来的井水带着地下的余温，并不冰冷。看着奶奶满头银发和沟壑纵横的脸，招娣有些动容。虽然小时候奶奶曾一度嫌弃她们是女孩，但随着妈妈的出走，爸爸的离世，只有奶奶坚持带着她们姐妹俩生活，这才是真正的不离不弃。奶奶，你可要长寿点，再长寿点，等我们长大，我们会带你去看外面的世界，会让你安享晚年！

"带娣，我们回家吃饭吧。"招娣在离家不远的江边找到了带娣，毕竟这个村子不大，妹妹有烦恼时爱去哪姐姐都知道。

"姐，我是真的不想上学了，你说人活着为什么这么累啊？"带娣心事重重。

美味的雪豆糯米饭终是不能驱走妹妹的厌学情绪，招娣只能通过微信向丁叔求救。

问过带娣的班主任，班主任说不觉得有异常。又去问带娣的同学，可是同学也不知道为什么带娣会突然不想上学了。

早恋？校园霸凌？丁叔提出了一堆的假设抛给她。招娣想，早恋的可能性不大，小说里电视上不都说恋爱中的人眼中有光，可带娣那两眼空洞无神的，哪里像是一个恋爱中的人啊？那很可能就是遇到校园霸凌了吧，个子娇小长相甜美的带娣是老师眼中的优等生，谁那么大胆敢欺凌她？招娣经过反复的试探与追踪，终于得知带娣是受到了同班男同学的骚扰。那个号称有家庭背景的男生经常骚扰带娣。身高已经长到165厘米的瘦瘦的招娣，真想冲到学校去找那个男生。软弱的妹妹却只会说："怎么办？姐姐怎么办啊？我打也打不过他，躲也躲不掉啊！我真的觉得好累。"

寒假过去，学校开学了，带娣战战兢兢地去报名，她真的是厌恶极了那个男生的口哨声与粗俗不堪的调戏语言。还好，她发现那个男生似乎不敢那么张扬地对她了，带娣松了一口气。姐姐说这个事她跟丁叔说了，丁叔说会找校方去帮忙调解，看来丁叔是真的让那个男生的父母教育了他。

四

"清明时节雨纷纷，路上行人欲断魂。"带娣一手握着一支蜡烛，一手拿着打火机准备把蜡烛点燃。

"借问酒家何处有？牧童遥指杏花村。"招娣学着电视里的古人翘起兰花指，指向放在厅屋正中央那个篮子，篮子里面除了一只熟鸡，还摆放着一些糍粑、水果、饼干等，还有一小壶米酒。这些祭品是每家每户去扫墓的必备品。

"你俩在叽叽咕咕说什么呢？"奶奶大字不识一个，当然不懂她俩是在背杜牧的诗《清明》。

之前的清明节若碰不上假日，他们都是等到周末才去扫墓，从来没有像今年这么准时。今年因疫情影响，学校迟迟不开学。邻居们都希望各个学校尽快开学，唯独招娣不希望太早开学，这样可以有更多时间陪奶奶。

姐妹俩拿了一根扁担，打算把带去扫墓的篮子抬起来，才发现篮子似乎要散架了——毕竟这是奶奶多年前用竹篾编的，竹篾都已经发霉且被虫子蛀空。奶奶叫姐妹俩换一只箩筐盛放扫墓的祭品。姐妹俩已经习惯了用篮子，说这箩筐还真是用得不顺手，绳子多还不好抬。

"要不叫奶奶再编一个吧？"带娣说。

"你看奶奶那么老了，破篾也不利索呀！"招娣想了想，觉得不妥。

"嗯，要不我们自己用绳子再编一个也可以呀，就加些铁丝固定一下应该也跟竹篮子差不多了，起码用起来顺手！"带娣突然想到。

"先将就着用箩筐吧。"招娣说。

姐妹俩规划好了路线便出发了。路上偶尔遇到同族的人也去扫墓，就淡淡地打个招呼。同族人之前因为招娣父亲好赌又经常发酒疯骂人，对她家极不看好。但近几年因招娣的成绩好常被老师当作表率，心里又有些嫉妒又有些尴尬，教育自家孩子时又不得不提起招娣的名字。

当姐妹俩祭扫回来，天色已经暗下来了。奶奶已经做好了饭，还用早上煮鸡剩下的鸡汤烫好了青菜。姐妹俩把电动车停在湿漉漉的晒坪上，一起把箩筐抬进来。招娣叫妹妹先洗澡，自己则去把沾满了雨水与山里泥土树叶的祭品鸡洗好切好。奶奶问："不先吃饭吗？待会菜凉了。"招娣说："没事，凉了就待会再热吧。今天不是下了几场雨嘛，我们在山里风大，雨伞只挡得住头不被淋湿，我们的衣服都湿透了。"

次日，姐妹俩很快便合力用绳子编好了一个专装祭品的硬绳篮子，与奶奶之前编的差不多大。在编的过程中，姐妹俩还不停地商量着在底部多加铁丝固定，带娣还在最边上加入了几根红色的丝带。

看着成品，姐妹俩越看越喜欢。因有奶奶的指导，手工也不差哦！

"姐，丁叔家不是有个小闺女嘛，咱们用绳子再编个小篮子送给她装玩具，你说好不好?"带娣说。

这个不经意间编织的小篮子，在丁叔小闺女的学校，居然受到女同学们的青睐，很多女同学说想买。丁叔征询招娣的意见，问要不要接单，十块钱一个。招娣说："好，反正闲着也是闲着，干吗不接呢?"

开学了，妹妹去了学校。招娣看着厅里堆满的各种造型的小篮子，有用竹篾编织的，也有山藤编织的。她想，未来的路也许依然坎坷，但她坚信，在丁叔的帮助下和在自己的努力下，定能走向更美好的未来。

扶贫经历：

徐富莱，2018年7月派驻贺州市平桂区沙田镇金竹村任驻村工作队员，驻村两年，协助第一书记及村委会完成村里脱贫攻坚工作，主要负责村里产业奖补、住房保障、有水用、有电用等指标完成工作，协调完成了金竹村2019年整村脱贫"十一有一低于"各项档案工作，较好实现金竹村2019年整村脱贫。

我驻村的那些年

黄维石 ／ 桂林市阳朔县应急管理局

一、被"流放"的我

我是一个来自城里的孩子，今年23岁，重点大学毕业的我从来不担心找不到好工作。父母强烈要求我考公务员，准备毕业那个学期，我很不情愿地去参加了本省的公务员考试，一考即中，回到家乡某市直单位过着平淡的生活，那年我才21岁。我一直以来生活一帆风顺，在家要风得风、要雨得雨，以自我为中心，因此刚入职单位两个星期就因为不满意领导对我的工作安排，和领导争吵起来。过了一个月之后，领导找我谈话，说年轻人要去基层多锻炼一下，让我去离家200多公里的山村挂点驻村扶贫。当时听到这句话后，我内心的反应就是：让我一个重点大学计算机专业毕业的大学生去山里面，就是大材小用，让我去拔草锄地吗？看牛放羊吗？但我当时没作任何反驳，只是回家收拾好行囊，心情有点低落。

二、"猪狗"不分的我

出发前的那天，天气晴朗，我内心却是在下大暴雨，心情在涨水，但是表面装作毫无波澜。老妈帮我装了两个星期的换洗衣服，几乎把我的衣柜搬了家，还帮我放了一箱柳州螺蛳粉到车后厢，知子

2019年8月，黄维石（左二）与县农业局专家共同到果地指导贫困户种植沃柑

莫若母啊。我心想：自己是一个连自己都照顾不好的人，去村里面能帮那些贫困户脱贫致富吗？我人生少有的对自己的质疑瞬间充满我的脑海：我在村里会不会被饿死？会不会被村民刁难围攻？喝村里没过滤过的水会不会拉肚子？村里的房子会不会漏雨？村里的路是不是像电视里那样，走着走着，鞋子不见了，抬起来是一双裹满泥浆的脚？村里能上网吗？信号会不会很差？带着一连串的问号，我开着车来到挂点的小村庄。这个村名字叫广德村，省道穿村而过，还好不算很偏僻，我的心情瞬间好了些许。

我到村委会报道，与上一届驻村工作队队员交接。从他眼神里，我看出了他对我的不信任。交接工作很简单，一沓资料，一间房，一张床，我正式驻村了。驻村的第一夜着实睡不着，打蚊子打得我脸都肿了，还时不时听到狗叫。凌晨四点半好不容易眯了一会儿，凌晨五点村上的流动商贩就开始叫卖猪肉了。起早贪黑确实是农村的常态，一大早村主任就来上班了，村主任姓刘，是一个40岁左右的男子，黝黑的面孔，结实的肌肉，特符合一个勤劳肯干的农村男人形象。他给我介绍了广德村的基本情况。广德村委会共辖8个自然村,总人口5100人,经济作物主要为马蹄、沃柑,共有建档立卡贫困户52户,已脱贫22户。说完他说带我去走访贫困户,先了解了解。

　　来到第一家贫困户,我心里震惊了。这一户贫困户有三口人,户主叫周才,约60岁的年纪,一身脏兮兮的衣服,枯瘦的身体。村主任说周才是孤儿,家里穷,也没啥本事,40多岁还没娶到老婆,就从隔壁村找了个30多岁的智力有缺陷的姑娘回来做老婆,然后生了个女儿。这女儿各方面都还正常,长得也挺标致的,但是性格很孤僻,嫌弃自己的家庭,今年20岁,现在在广东打工,基本上是一两年才回来一次,平时也联系不上。说着说着周才老婆突然吼一声,吓人一跳,只见她一头乱发,口水鼻涕双管齐下,风状,我本能地转移了视线。突然看见一群四脚动物在跑,我说:"这群狗长得好结实哦,你说是吧,刘主任?"周才老婆突然又大吼:"你是傻子吧?那是小猪,不是狗。"在场的人笑得人仰马翻,刘主任说:"那确实是小猪,是三杂猪,有黑色、棕色、白色三种颜色,远远看过去确实很像小狗。"顿时我脸涨得通红,下到农村,我确实什么都不懂,20多年的傲气被锉得体无完肤。这个笑话顿时在整个村子、整个镇上传开。我心里暗自发誓:我一定要做一些成功的事来抹掉这段黑历史。

三、誓要"雪耻"的我

　　经过"猪狗"不分那件事,我开始主动要融进农村。在村委会值班的时候,我一直向村干部了解广德村的情况。自己作好脱贫攻坚作战图,列好哪天走访哪一户的清单,做"八有一超"统计表,每一户脱贫的问题整改清单。上面说到周才这一户贫困户,有一个智力有缺陷的媳妇和一个不归家的闺女,住泥房,摇摇欲坠那种,喝井水,家中无电视,无固定收入来源,未办低保,未享受残疾补助,家中最值钱的就是那辆脚踏三轮车。我走到周才家门前,心里是害怕和恐惧的,害怕那个泥房会塌下来,害怕他媳妇精神失常等。但我要"雪耻"的傲气给了我勇气,走进屋子和他讲了对他的帮扶计划。他很激动,也很配合,连忙说:共产党真好,国家和政府没有忘记我们这些穷人。我看了看自己胸前的党徽，心里感觉很自豪，自己是在做一件多么光荣的事啊！也体会到原来帮助人是这么的快乐。

我通过和镇上沟通，为周才这一户申请到了危房改造的指标，经过大半年的时间终于把他那摇摇欲坠的泥房改造成一层的水泥砖房。我和村支书、村主任商量，帮他通上了自来水。我又通过中国社会扶贫网发布需求，促使爱心人士为他捐赠了一台电视机和饮水机。经过村"两委"开会讨论决定，让周才担任村里的保洁员，这样每个月他可以有800多块钱的固定收入。我自己开着自己的私家车带着周才和他的媳妇去市里的福利医院，帮他的媳妇做了残疾鉴定，又跑回县里的残联帮她办理残疾人证，回镇上办理低保，等等。就这样，周才住上了新房子，喝上了干净的水，看上了电视，政策补助也享受了，通过自己劳动，每个月也有收入了。

这一切说来简单，但其中的过程是艰辛的，也是快乐的，因为我得到了认可。我承认自己是一个不称职的儿子，我没有为爸妈做过一餐用心的饭菜，在家没有认真做过一次家务，我总是索取，不知回报。是驻村扶贫让我深沉反思，让我明白其实付出也是快乐的一种。

四、我的才华终于派上用场了

一转眼，我驻村已经过去了八个月，为22户贫困户解决了"两不愁三保障"的难题。但我总是琢磨，是不是有更好的办法让这个村子富裕起来？我脑子恍然闪现个点子：线上销售，直播带货。对嘛，我一个计算机专业的高才生，这是我的强项啊！广德村基本上家家户户种马蹄、沃柑，这些都是做电商的最佳选择。我立马把这个想法告诉了刘主任，他也十分赞同。我利用自己的计算机知识，开了淘宝店，自己设计店铺风格，开抖音账号，把马蹄、沃柑种植的各个环节拍成视频，邀请村民做带货主播。前期软件设施完善了，场地村"两委"也帮解决了。刚开始销量很少，后来我邀请自己从事电商的同学来村里授课，不断积累经验，订单量渐渐上涨。我们通过收购村民的产品，解决了村民销售难的问题。产品销量越做越大，我们请了8个村民来仓库打包，我自己运营和维护账号，村干部负责联系村民收货发货，盈利的钱全部算进村集体收入里面。半年的时间，我们纯盈利五万元，这五万元全部用在村里的基础设施建设上。我觉得线上销售是一个大趋势，把偏远的农村、农民带上线上销售之路是发展农业、农村的一个关键点。我觉得我驻村最有价值的一点，就是我把他们带上路了，带上与外界接轨的道路上，让他们看到外面的市场是多么宽广，让他们知道什么是淘宝、天猫、拼多多、抖音、快手等，让他们知道我们农民也是可以赶时髦的，让他们意识到农村急需信息化来强力发展。我与村干部共同商议，把村里的荒田打造成田园综合体，连片种稻谷、种荷花，夏天小荷才露尖尖角，秋天金黄一片，以美景吸引附近游客过来打卡旅游。把村里的十亩荒地整理好，让贫困户把鸡、鸭、兔放在里面圈养，我和村干部负责联系酒店、饭馆，帮其销售这些土鸡、土鸭、土兔。村民的思维一天天开拓，钱包一天天鼓起来，村民开心了，我与村"两委"成员也乐了。

五、是孤独寂寞的，是充满美好回忆的

两年过去了，我驻村届满了。临走前的一天，我与村"两委"成员、贫困户一一道别，此时我才体会到被别人挽留是一件多么幸福的事。当初我有多讨厌来到这里，现在我就有多么不舍得离开这里。这两年，我是孤独寂寞的，大部分日子是一个人在村委会自己煮饭、吃饭，确切地说是泡泡面，这种生活只有体会过感受才会深切。这两年我是忙碌的，除了完成上级给我们定的任务，做材料，我还时常和村民下地干活，只为了融进这个圈子。这两年是美好的，是因为驻村改变了我，让我这个四体不勤、五谷不分的人，懂得去帮助别人。看见自己联系的贫困户一户户地脱贫，就好比自己脱单，你能想象得到这种美好吗？

那两年我做的事很平凡，但我觉得很光荣，因为我也是在脱贫攻坚第一线战斗过的。当电视播放黄文秀的事迹时，我内心想，我也做过这么光荣的事，驻村扶贫是一件多么光荣的事啊！扶贫改变了贫困户，也改变了我。

扶贫经历：

黄维石，2017年4月至2019年9月担任桂林市阳朔县福利镇枫林村驻村工作队队员。福利镇枫林村共有贫困户9户，2017至2019年共帮助福利镇枫林村脱贫8户。枫林村全村道路硬化实现百分之百，建立黑皮果蔗核心示范区。

从头开始

阮宗杰 / 南宁市武鸣区灵马镇人民政府

　　签完字，吴富贵支撑着走到柜台对面的休息长椅上坐着。妻子秀娟——应该称作前妻了，走过来礼貌性地打声招呼："不回去吗？"吴富贵强作镇定地回答："我坐会儿再走，你先回去吧。"秀娟尴尬地笑笑："我不等你了，我回去收拾行李就走了。"

　　吴富贵头也没抬地点了点头，秀娟看了他两眼就转身走开了。吴富贵这才抬起头，目送着秀娟的背影走出民政局大门，从此两人就分道扬镳了。吴富贵冲到卫生间里扶着洗漱盆，哇的一声大哭起来，身体控制不住地颤抖着，然后跌坐在地板上，一口气压在胸口上不来，眼泪沿着脸颊滴落。他以为眼泪在这几年唉声叹气中流干了，没想到走到今天他仍然有磅礴的泪水。秀娟提出离婚已经一年多了，他也知道离婚是迟早的事，他以为他做好了心理准备，可真的离了，他还是痛不欲生，这才体会到心痛相比身体的疼痛更痛。

　　有人进卫生间的时候，吴富贵也不管不顾地抽泣着，男人的面子尊严在这种时候谁还能顾得上？他觉得自患病之后，他就是别人眼里的笑话。他平复了一下情绪，洗了把脸离开了民政局，浑浑噩噩地游走到车站，坐上了返程的汽车。同座的人见他蓬头垢面的，以为他是神经病，换座位躲开了。

一路上，炙热的太阳烤焅了大地，一点儿风都没有，闷出的汗使身体黏糊糊的，浑身难受。吴富贵呆望着窗外的行人、车流、田野和远山，深深陷入回忆中。

7年前，吴富贵经人介绍认识了同镇的秀娟。秀娟人长得一般；吴富贵中等身材，长相是秀娟喜欢的类型，是贴地板砖干装修的，一年挣个七八万块钱不在话下。两人见过几次面之后就把证给领了。结婚后，吴富贵带着秀娟一起外出干装修，日子过得还算红火，先后有了女儿和儿子，又盖了新房子。女儿三岁那年，吴富贵总感觉全身乏力，腰酸腿软，以为装修工作强度大，也就没在意，渐渐发现尿频尿少甚至无尿的时候才去医院检查。检查结果出来的时候，吴富贵呆若木鸡，秀娟也无法接受他患尿毒症的事实。深夜的时候，夫妻两人抱头痛哭，毕竟他们的日子才逐渐好起来，老天为何对他们如此不公？两个孩子该怎么办？吴富贵更是悲痛万分，他才三十出头就开始了死亡倒计时，大好年华就要摁下停止键，如何能接受？

之后三年，家里为了给吴富贵治病，跑遍了各大医院，问诊了多位名医专家，服了多种名贵进口药，喝了多个乡野偏方，花光了所有积蓄，村里兄弟们还帮着通过网络筹款，但他病情依然没有好转，欠下的债务也无法填补。亲戚朋友见此是无底洞，大家也不再借钱给他。吴富贵父母二老听说换肾可以救儿子，偷偷去了医院化验配型，父亲的肾倒是符合，但是父亲已经65岁了，身体还不是很健朗，人体器官跟机器的零部件一样，都有个磨损淘汰的结局。老人跪下求医生说愿意跟儿子换命，但医生仍然坚持不建议换老人的肾，换肾后吴富贵的寿命可能还不如保守治疗效果好。

透析治疗从一个月两三次到一周两三次，频率越来越高，花费也越来越多。吴富贵越来越消瘦，一开始还能干装修，后来重活体力活都干不了了，干脆不外出务工了，在家带孩子放牛。秀娟一个人外出打工，挣的钱全贴给丈夫治病和买营养品了。虽说贫困户医保报销比例达到90%，但是一周两三次的透析，自付部分累积起来也让秀娟吃不消。起初，秀娟还经常逢年过节回家看看他和孩子，后来电话打回来也只是视频看看孩子。吴富贵也主动打电话过去，说是孩子想妈妈

阮宗杰（中）家访贫困户，与贫困学生合影

了。再后来秀娟回来的次数少了，电话也少了，说是务工地点远了，来回一趟费钱。一次孩子跟秀娟视频的时候，眼尖的吴富贵发现秀娟租住的屋子里有男人的衣物，吴富贵心里憋着话，但是不敢说。病后的这几年，秀娟一个人扛起整个家，也算对得起他了。

　　吴富贵也曾多次跟秀娟提过离婚，说是秀娟还年轻不想拖累秀娟之类的话，秀娟每次都把他给骂了回去。其实吴富贵也只是试探试探秀娟而已，他心里清楚拖着秀娟他有愧，但是他没有伟大到那份上，自私和软弱占据了上风。秀娟的回骂一度曾让他心里暖暖的，但自从发现秀娟住处的男人衣物之后，他就不敢再跟秀娟提离婚了，生怕秀娟一口就答应了。

　　好像天底下坏的事情总是遵循着墨菲定律，越是担心害怕发生的事情越是会发生。2018年过完春节要外出务工的时候，秀娟提出了离婚。吴富贵彻底爆发了，用各种丑话骂着秀娟，秀娟默默地流泪，只说了句"你好好想想"就头也不回地走了。吴富贵也曾在电话里哭着求秀娟，秀娟还是什么话都没说，电话里只是传来秀娟的抽泣。吴富贵清楚秀娟被生活击垮了，他吴富贵本人还不是早就被生活打趴下了？又有谁能承受得住生活多年的暴击？他恨自己，不断扇自己耳光，捶打着未装修的墙壁，直至满手是血。挣扎了大半年后，吴富贵终于同意了离婚。

　　回到村里的时候，吴富贵远远听到两个孩子的哭声。秀娟拖着行李箱正准备出门的时候，两个孩子出现在门口，大概是他父母告诉了孩子。女儿6岁、儿子4岁，一大一小哭得满脸鼻涕泪水的像花猫一样，小的拽着秀娟的衣袖，大的拉着秀娟的行李，小的跟着大的哭喊着"妈妈不要走，妈妈不要走""我和弟弟以后听妈妈的话，我们会乖乖的""妈妈不能丢下我们"，句句扎心。秀娟提着行李抚着儿子的头，早已泪流满面，哽咽着哄着孩子："姐姐……乖，弟弟乖！妈妈去打工赚钱给……给你们买新衣服。妈妈不去打工，谁给你们买好吃的啊！""妈妈，你不要走，不要丢下我和弟弟。"女儿拉着行李不松手。正当秀娟怎么哄也哄不住两个孩子，也不忍心挣脱孩子的时候，吴富贵出现在门口，忍着眼泪愣愣地看着两个孩子哭。秀娟冲着他喊："吴富贵，你倒是说话啊！"吴富贵拉开了孩子，一边给孩子擦眼泪一边说道："乖，不哭了。妈妈没走，妈妈去做工。妈妈还会回来的。""爷爷说妈妈不要我们了。"女儿刚被擦干的眼泪又哗啦啦地流了下来，手还是没有松开行李。吴富贵只能继续哄着："你们那么乖，妈妈怎么会不要你们呢？乖，不哭了，妈妈只是去做工。"吴富贵用力把女儿的手从行李扣上拉开了。秀娟冲着女儿点点头："嗯，妈妈只是去打工，过年就回来看小玉和弟弟了。"然后拖着行李出门了，出门的时候把门给关上了，女儿和儿子哭得更大声了。吴富贵估摸着秀娟走远了，冲着两个孩子大喊"不许哭了"。两个孩子抽抽搭搭地哭了会儿就累了，也就停了。儿子竟然躺在地板上睡着了，小脸蛋脏兮兮的，女儿找来了凉席，把弟弟抱到凉席上，拿着毛巾给弟弟擦脸。吴富贵静静地看着女儿做这一切：女儿忽然长大了，可以照顾弟弟了。

　　秀娟走后，吴富贵万念俱灰，他觉得自己的整个世界都坍塌了，把自己关在屋子里整整三天，医院打来电话催促他去透析，他没去。村医是他堂哥，跟父亲硬是撞开大门，开车死活把他拉到县里的医院才又做了一次透析。堂哥斥责他，不想被人绑着去医院就主动去。

透析回来之后，吴富贵精神状态很好，一大早起来给家里人做了早饭。父母看着也高兴，让他多休息休息，然后两个老人吃了早饭就去地里忙活了。吴富贵饭后送孩子们去了幼儿园，回来的路上跟碰到的熟人一一打招呼，然后他转进了老房子里。建新房子的时候老房子还没拆除，房子里还有　根大大的横梁，他心想这根梁应该能撑得起他瘦弱的身体。他费了好大的劲才把准备好的布条挂上去，并打了个死结。这几天来，他想了好多，他不想拖累家庭，这几年低保金都被拿来治病了，如果他死了，孩子就是孤儿，还可以每个月领到孤儿金，足够两个孩子衣食无忧到成年，而且女儿小玉应该可以照顾弟弟了。他想他这么做是对的，对他来说也是一种解脱。

他站上了准备好的凳子上，在准备把脖子挂到布条上的时候，他想，应该给秀娟发个短信。他掏出了手机，说什么好呢？他没有怪秀娟，秀娟没有对不起他，该跟秀娟说的话都写在了信里，跟秀娟道个别吧。最后，他发了一行字：秀娟，谢谢你，祝你幸福。他吐出一大口气，感觉人轻松了许多，他觉得他从来没有这么无私过，他想也许这就是解脱吧。

他把手机放进了口袋，看了看老房子，房子的墙壁上还挂着他儿时削的木剑和编的鱼篓，儿时的回忆像放电影一样在他脑海里一帧帧地播放着。他把头伸进了布条圈里，合上了双眼，轻吸口气。双脚想把凳子踢开的时候，手机响了起来，他想也许是秀娟打来的，临死前再听一听秀娟的声音吧，或许秀娟会回心转意呢。他掏出手机的时候不小心直接接通了电话。

"喂，喂！富贵大哥，在哪呢？"是永远风风火火的小高。吴富贵听声音知道不是秀娟来电，心里很是失落。小高是他的帮扶责任人，一个年轻又富有激情的小伙子，为他们家申请了各种补贴，去年还帮他找了份保安的工作，但由于经常隔三差五地请假去做透析，他不好意思麻烦别人，就辞职了。

"喂！富贵大哥，信号不好吗？"

"小高，有什么事吗？"吴富贵本不想说话的，但想着平日里小高对他们家不错，不好接了电话又不说话。

"哦，大哥，我见你好长时间没理发了，我以前学过理发，我特地来给你理发。你要相信我的理发技术哦！"小高兴奋地说。

"小高，谢谢你了！不用麻烦了，我就这样也挺好。"

"大哥，我工具都带来了。理个发人也会精神点。我保证绝对让你成为全村最靓的仔。"小高一直很幽默。

吴富贵想了想，自己胡子拉碴，头发乱糟糟，死后这副样子更难看，理个发给自己留点最后的尊严吧。"好吧，你在哪里？我过去找你。""我在你家门口。"

吴富贵从凳子上下来，走出了老房子，来到新房子，看到小高提着工具包。小高冲着他笑呵呵的："你看你多少个月不理发了，看起来比你爸都老。"小高拉着他进门，把他摁在了椅子上，掏出一个小镜子在他面前照着。吴富贵看着镜子里的自己，真的邋里邋遢的，就像乞丐一样，自己都不认识自己了。小高收了镜子，给他披上了理发的围巾，自夸地说："我大学的时候在发廊勤工俭学过，跟着师傅学了几年理发，后来出师了。"小高边操起各种工具边说："我大学的生活费都是靠在发廊打工挣来的，手艺那可是杠杠的，我师傅都说我是被学业耽误的发型师，呵呵呵！"

当小高重新拿起镜子在吴富贵面前给他照的时候，吴富贵惊呆了。经过小高一番操作，他简直换了另一副模样，人精神了、帅气了，脸上也有了不一样的光泽，仿佛年轻时候的富贵哥又回来了。小高美滋滋地端详着他："我说的没错吧，绝对让你成为全村最靓的仔。"吴富贵也呵呵地笑着："是啊，感觉又活过来了。"

吴富贵霍地站起来，一脸认真地跟小高说："小高，你教我理发吧，你手艺那么好。"

"好啊！"小高兴致勃勃地说，"我正酝酿着'从头开始'的计划，打算给我们镇的贫困户理发呢，让他们看到不一样的自己，焕发精气神，对生活充满信心！"

"嗯，嗯，从头开始。"吴富贵喃喃地应和着。

"那就从明天开始，我带你去给各个贫困户理发，你也可以练练手，保证让你半年内出师。"

"好啊!"吴富贵信心满满地说。

送走小高之后，吴富贵回到了老房子，把布条割断了，把写好的遗书连着布条一把火给烧了。再后来，听说吴富贵利用扶贫小额贷款在街上开了一家叫作"从头开始"的发廊，生意挺好，后来也脱了贫。

扶贫经历：

阮宗杰，2016年4月到南宁市武鸣区灵马镇政府任副镇长，挂点灵马镇良安村、高楼村。工作期间，带领干部、帮扶责任人摸清每一户家底，制定针对每一户的帮扶措施。截至2020年，良安村、高楼村55户贫困户已实现全部脱贫。

三等奖

我与一对贫困户父子的故事

陈家雨 / 钦州市浦北县实验小学

世界上有一种最美丽的声音，那便是母亲的呼唤；世界上有一种最深沉的等待，那便是父亲的期望。父母所做的一切都是为了儿女的明天会更好，而今天，我就遇到了一件令我难以忘怀的事情……

三月三，壮乡情。今天是"三月三"小长假的第一天，在床上睡了一会懒觉后，中午11点左右我从北通镇驱车回浦北。由于路上的行人和车辆都不算多，我以80千米/时的速度开着车，就像风一样，呼啸在道路上。草长莺飞，烟花三月，春天，是一个风和日丽的季节。一年之计在于春，一日之计在于晨，春天，又是一个充满着希望、充满着朝气的季节。我专心致志地开着陪我经历过一次又一次心酸与无奈，经历过一道又一道坎坷与困难的爱车，也时不时瞅瞅车窗外那一片嫩绿色的美景，听着舒适的曲子，一路向北。

车子开着开着，一不小心就过了龙门，在准备到黄牛岭的时候，我发现路边有一个很熟悉的身影——一个小孩子穿着绿色的上衣，黄褐色的裤子，独自一人在二级路上往浦北方向走，他也不注意身旁前后飞驰的车辆，非常危险。我放慢了车速，仔细地注视着前方，从背影上看我觉得他与我所挂点联系的大田排村苏世生一户有智力障碍的儿子苏朝国非常相像。车子继续缓缓地往前开，从后视镜里我仔细审视了一番，没错！就是他！就是苏世生的儿子苏朝国！我对他家的情况非常了解，现在这种情况马虎不得，于是我马上在孩子前方50米左右的地方靠边停车。

由于路中间有个小弯，看不到孩子走到哪里了，我心里想：是不是他爸爸带他出来喝喜酒的呢？因为他妈妈已经外出打工好多年都没有回过家了，也和家里失去了联系。他爸爸也已经70多岁了，身体不好，没有劳动力，家里仅仅依靠低保补贴维持生活，而孩子（苏朝国）本人有智力障碍，家庭非常困难。而如今又只看见孩子自己在路上走，要是出了什么事情，他爸爸怎么办呀？他家里的天、他爸爸的生活希望，恐怕就要塌了。此时的情况十万火急。我稳住思绪，心想，这种情况要么是他爸爸带他出来了，要么是他自己走出来迷路了，如果等会还是见他自己一个人走上来，我就打电话给他爸爸确认。在万分紧急之下，我心里快速地作出了决定。

车流越来越大了，我内心焦急地等待着，短短的几十秒就像过了几个小时一样，我完全忘记了美景，忘记了音乐，忘记了回家。此时此刻，我只想等孩子安全地来到我的身旁。没有等到孩子前来，我就急不可待地给他老爸打电话了，第一次打不通，第二次还是打不通。第三次，我终于打通了他爸爸的电话，我急急忙忙地问：

"喂，苏世生吗？你在哪里，为什么你放你儿子出来？"

电话那头说："你是谁？我这边吵，听不清楚。"（可能人老了耳朵也不好使。）

我拿着电话又大声地跟他讲："我是在你们村搞扶贫的人啊！你在哪里？你为什么放你小孩在外面逛？"

然后他爸爸又说："哦，我知道你是搞扶贫的啊（可能是去到一个安静的地方听了），我的儿子在哪里？我在龙门，我都找不到他。"

我继续和他讲："你的儿子现在都准备走到浦北了，到黄牛岭了！

要不要我帮你带他回去?"

他爸爸说:"好的,你帮我带他回龙门派出所那里,我去那里等你。"

最后我跟他爸爸讲:"好的好的,我看能不能抓他上车吧,要是他肯上车的话我就在龙门派出所等你。"

我和他爸爸的对话在短短不到一分钟的时间就结束了。这短短的一分钟,也许也是他们父子之间非常特别的一分钟……

我挂了电话一会后,小车经过了五辆,大货车经过了三辆,还有一辆小电驴!我脖子都伸得像长颈鹿脖子一样长了。正在我犹豫着要不要开车往回找之际,终于,小孩子一脸茫然、一脸无知地从路边走了上来,一辆大货车紧紧贴在他身边疯狂地按着喇叭,差点就撞到了!还好没事,唉!我紧悬在内心的石头终于勉强放了下来。因为他没有安全意识,我非常担心会有车辆撞到他。等到车辆都过去了,孩子本人也准备走到我的身前。

由于我不是龙门本地人,也不精通白话,但是我知道这个孩子会讲一句话,那就是喊"阿爸"。于是我便走到他前面问他:"你阿爸呢?"孩子一开始可能有点怕我,他有点畏惧地往路中间退了两步。这时又有一辆银白色的小汽车从后方驶来,还好我是老司机,提前给过弯的车子留有足够的缓冲区。我赶紧摆手示意后面的车子开到对向车道,司机们也很礼貌地避让了我们。我继续问他:"你叫什么名?苏朝国?阿国?你阿爸呢?"他定定地站着,双手放在胸前有点紧张地握着,对我上下仔细审视了一番。虽然我和孩子并不是很熟,但是我驻村也有一年多了,我们经常见面。虽然他有点智力障碍,但是可能他对我也有一点印象吧,他听完就伸手指了指前面(浦北方向)。我跟他说:"不是,阿爸在后面,我带你回去找阿爸好不好?"然后他就点了点头。我就让他坐在车后排,调头回龙门了。

回龙门的路上我怕他在车上乱动,紧锁了车门也关了车窗。没有多久我们就回到了龙门派出所,我马上打电话跟他爸爸说:"我们已经到了,我们在这里等你,你过来接他吧。"由于是"三月三"节假日,又刚好是中午下班时间,派出所的大门锁着,孩子的爸爸也还没有来到，于是我们就一直在门口的树荫下等着。孩子一直躲在警车的后面，我说："你躲在这里阿爸来了他看不见你，你要坐到前面来。"孩子又误以为我说他爸爸在对面那座正在开发的山上，他往那边指了指。我说："不是的，不在那边，在这边。"我指着前面的路口，他就坐到前面来了。

我们在派出所门口等了一会儿，不见他爸爸来接他，我就拿手机出来玩。我看了看孩子那一身脏兮兮的衣服，眼睛里充满着期待的眼神，我知道他也是在很焦急地想看到他的爸爸。虽然他这一次离开了家而且迷路了，不懂得怎么回去了，但那不是他的错，他只是很单纯地想要回家，要回到爸爸的身边。

风和日丽，春风轻拂，等着等着，不经意间我仿佛感觉到有什么东西在轻轻抚摸着我的手，很缓慢，很温柔，这是一种难以用语言来形容的感觉！一开始我总以为是什么，一抬头看向前方，才发现是孩子他爸爸叫人送他来了，而孩子在轻轻抚摸我的手！年迈的老父亲看到走失的孩子此时出现在自己的眼前，忍不住老泪纵横。老父亲70多岁了，从摩托车上爬下来显得有点吃力。他双手死死撑住摩托车的坐垫，一条腿勉强能够得着地面，微微颤抖，另一条腿缓缓跨过车尾，轻轻地放到地面上。

看到老父亲来了之后，我就跟孩子说："阿爸来了，过去跟阿爸回家。"他便一段小跑着一头扎进他爸爸的胸怀里。老父亲跟他说："你跑？阿爸都找不到你了怎么办？还好有人打电话给我你才回得家。"开摩托车的司机说："快点讲谢谢叔叔。"其实我知道他只会讲一句话，那就是喊阿爸。但是老父亲也很耐心地跟他讲快点说谢谢叔叔，小孩子没有讲，老父亲就回过头来对我郑重地说了一声"谢谢你了！"这一句谢谢，是那么的深沉，那么的铿锵有力，而又是那么的无奈。我跟这位老父亲说："不用了，不客气，你们先回家吧。"老父亲点点头。摩托车司机便载着他们父子两人缓缓消失在我的视线里。

他们离开后，我的内心也渐渐平静下来，我回到自己的车上细细地整理了思绪，想起苏世生那一汪泪水和饱含深情的谢谢，寄托着一个父亲多少的忧虑与期待，寄托着一个父亲多少的哀愁与关怀，我想，这永远没有办法衡量出来。我也想起孩子在看见他父亲那时在我手臂上的那一阵轻抚，那是他在表达着对我的信任，还是在表现着他刚看到父亲那一刹那的激动？也许都有吧。一阵春风吹过，我低头看看手机，已经快中午一点钟了，想想自己好像还没有吃早餐，赶紧继续赶回浦北的路。

我开着车奔驰在路上，感受着阳光照耀着大地，在内心给这对父子一个深深的祝福：愿你们幸福安康！

扶贫经历：

陈家雨，2017年4月至2019年6月在钦州市浦北县龙门镇六林村委会驻村扶贫。驻村期间，村里的5户危房改造户已全部完工并入住。全村在校生47人，无因贫辍学学生。2020年该村参加基本养老保险的贫困户96人，享受困难残疾人生活补贴29人，享受重度残疾人护理补贴19人。全村产业主要是优质水稻、柑橘等，产业覆盖率93.75%。2020年村集体经济收入超过5万元。2018年个人荣获浦北县"润心励志，振兴乡村"活动金牌课件优秀奖。

狗不理书记

陆小军 ／ 贵港市公安局交通警察支队一大队

　　汪汪汪……我还没进院子，二叔公家的狗就狂吠起来。

　　什么意思?! 我可是来帮助你们家的，你吠什么?! 俗话说好狗不挡道，假如你是好狗，怎会阻挡一个前来帮助你家的人？

　　这是我上任大村第一书记后，首次造访拟帮扶对象二叔公。

　　我做事，喜欢从最难的地方开始。

　　这可能是受我母亲的影响。我是个地道的农村人，家里兄弟比较多，家境不富裕。为了帮家里分担压力，我小时候学习之余常跟母亲到田地里干活。母亲干农活，喜欢由远到近、由重及轻，并教育我："将难做的先做，就会越做越顺心，越来越轻松。"

　　来这之前，为了解大村，我除了看村子的"正史"，还搜了不少与它有关的"野史"。有人写过一个网帖，名曰《恶犬二叔公》，写的是这个二叔公与这条恶犬的许多事件，提醒大家不要靠近他家。从内容上看，二叔公和他的狗都不是好惹的。

　　驻村后，我了解到二叔公孤寡一人，本名叫罗成达，年逾六旬，拟帮扶原因登记显示为长期独居于危房。我决定对他家进行走访。

陆小军（右四）鼓励贫困家庭学生坚定信心，奋发向上

这条恶犬竟然没拴有绳索。我有点后悔没听村干部和老队员的话去准备一根打狗棒。

我只能下意识地下蹲，摸了几块石头。这是我小时候在农村生活总结的经验。它不敢上前，远远地在门口那边狂吠。

书记吃闭门羹、书记被狗追……绝不能成为我上任大村第一书记后，人们茶余饭后的谈资。

正在我进退两难时，屋里传出喝止声："旺财，叫什么？"

这条叫"旺财"的恶犬被屋里的声音给镇住了，但仍对我虎视眈眈。

"你好！我是新来的第一书记陆晓均，今天来了解一下你家的情况。"我轻轻叩下本来就开着的木门。

"家里没有什么可了解的。"

"进家里了解，好做下一步精准扶贫工作。"

"这里没有贫穷，到别处去。"

难道我真要吃闭门羹？我欲言又止。

"旺财，送客。"二叔公竟然在屋里下逐客令。

汪汪汪……旺财真听二叔公的话。

这脸今天是丢定了。我心想，是不是我操之过急，哪个环节没有弄清楚？但今天不能白来，我顶住恶犬嘈杂和烈日热辣，仔细观察了二叔公家外围，他虽是孤寡老人，但庭院及周边打扫得很干净。

回去后，我反复思考今天的所见所闻，二叔公应当不是网上帖子里说的那般恶，他有自己的优点，家虽贫穷，但打扫得干净，由此可判断出他应当是比较自律、爱干净的人。

初来乍到，对村里情况了解不够，特别是对人不甚了解，是摆在我面前的一座高山，越过去后才好开展工作。

我走访二叔公家的遭遇，还真被部分村民作为茶余饭后谈资，有人说二叔公是什么"狗咬吕洞宾，不识好人心"，这对他确实有点不公。作为第一书记，我是代表党来做扶贫工作的，不是来树敌的，不能因为工作无法开展而加深村民矛盾，更不应当对某一个人造成伤害。我一定要解开这个锁。

多次向村干部深入了解后，二叔公的情况我终于略知一二。

"这个二叔公人很倔，我们干部主动要帮他入五保户和危房改造名额，他连门都不给我们进。你知道他说什么吗？他说'你才贫困户、你才五保户'。"在罗支书那里，我知道二叔公还是一个有故事的人。年轻时，他曾有一任妻子，还育有一儿。一次不知是什么原因，夫妻俩吵得很凶，妻子带着年幼儿子，一去30年，杳无音信。

他从此性格怪异，家里一直保留着妻儿出走时的样貌。曾经有10年左右，他在外面闯荡，可能是去找妻儿，也可能是去工作，他也不和任何人谈及。回来后他就在家里长住，每天都要打扫家一次，包括房子周边，20年从未改变。

作为一名公安干警，我对这种人员走失的事件比较敏感："他妻子叫什么名字？"

罗支书说："都这么久了，谁还记得。那年代也没有谁去关注人家名字，都叫二嫂、二婶、二叔婆什么的，只知道姓覃。别说对他出走的妻儿不了解，村里人和他也没有什么交集，交谈极少，对他一样不了解。"

"他一般在什么时间打扫卫生？"

"大概都在上午吧。"

二叔公的确有个性，我要跟他做朋友。

次日，我就组织所有村干部、工作队员召开会议，明确要积极响应上级号召，及时制定本村清洁卫生管理制度，每日一小扫，每月一大扫。

其实，我只是想趁机在二叔公家附近扫地，多与他"偶遇"。对二叔公，我也采取了一系列的"计谋"，经常在他搞卫生的时候也"恰恰"打扫到他家附近，对大家高声说清洁卫生的好处，还有选择地谈公安机关成功帮助群众寻找被拐卖、走失孩子的案例，以此吸引他关注。

我留意到，他对公安机关找人极有兴趣，有时会停下手中的扫把静听。我看有戏，就大谈公安机关的找人水平，说现在社会上"没有什么秘密了"。

大概用了大半个月，天天这么刺激他，但就是不跟他打招呼，心想"你的闭门羹要受到一定的'惩罚'"。

接下来，我看好时机，适时用"早上好""扫地啊""也搞卫生啊"等简单语言向他打招呼，收到的是点头和"呵"的回应。用循序渐进的方法，又过了一个多月，我跟他之间逐渐发展到有简单的交流。

一天，我在村委会整理材料，没有想到二叔公竟主动来了，说要找我。我把他带到一个办公室进行单独交谈。这次，我第一次近距离打量他，他虽上了点年纪，但人很精神，着装朴素、干净。

"这里只有我和你，有什么需要我帮助，直说吧，我会竭尽所能帮助你。"

"我先向你道歉，那天没有见你，是我正在休息。"

"没事，我没有注意到你作息也这么有规律，是我的工作没有做好。"

"他们说，你是公安机关派下来的书记，我想请你帮找人。"

"找什么人？"

"理论上，我不算什么孤寡老人，我有妻有儿。"

"那他们呢？"我装着不知道。

二叔公一五一十地将妻儿离去的原因经过托出。他曾去岳父家找过，可没见上妻儿一面，反而被妻子的兄弟们暴打一顿，从此他不再踏进岳父家门。

"陆书记，我心里苦啊，我一等就是30年，却等不来她回心转意。"

从这里得知，他坚持不建新房，一直住老旧房子，不是因为贫穷。他是一个有文化的人，妻儿出走后的前十年他边工作边打听妻儿的消息。为对儿子尽养育义务，他还不时地往岳父家寄钱，刚开始汇款都被退回，但他一直坚持，后来退的次数越来越少，近年都不见退回。他怕妻儿回家找不到人，便辞去工作在村里长住，过着极为平静的生活。

"这么多年过去了，她可能已为人妇，但儿子要认我这个爹吧？"这应当是他心里最低的要求了，经过数十年的消磨，他对夫妻团聚已经不敢奢望，真是人老思儿啊。

和二叔公详谈后，我反被他感动了。他完全可以采取法律手段再娶，但他没有，一心等妻子回心转意，苦等几十年，终身不再娶。我掌握了他妻儿的姓名等身份信息后，问了一句："有没有照片？哪里人？"

"家里还保留有一张全家福，我回去拿来给你确认一下。"

"不用跑来跑去，我到你家看吧。"我想深入他家里探个究竟。

刚到他家，旺财看见我，毫不顾忌主人脸面，可能是以为我来要对它主人不利，又汪汪汪地吠起来。

"旺财，这是陆书记，他来帮我们的，以后不得对他乱叫。"二叔公抚摸着旺财的头说。

"旺财，以后认得我哟。"我向它挥挥手。

进入二叔公家里，眼前一幕超乎我的想象：虽然家什陈旧，但很整洁，厅堂之中一张大帆布盖住一个长形的物体，让我陷入复杂的思绪。从前农村有"创棺"的风俗，即是某个人在身体康健之时选黄道吉日打造一副棺材，以此护佑此人健康长寿。难道二叔公提前为自己准备了这东西？想到这里，一种阴森森的感觉向我袭来。

"这么大块东西放厅堂，不占地方？"

"没事，方便我用到。"

"方便你用？怎么用？"难不成还在里边睡觉？性格古怪的人，爱好非我等常人能理解。

"这是跟我多年的车床。"

我的心一下放松了。原来二叔公是个技术人才啊！

"其实我从来不给别人进我家，不经旺财同意，没有谁能靠近。"

我纳闷了，一个有文化有知识的人，因怀旧而居老旧房可以理解，但为什么找不回自己的妻儿？

"现在农村危房改造，国家有补助，你为什么不建个新房子住？"我希望在任期间，顺利让他搬出老旧房子。

"一个人住什么房不一样？如果你能帮我找回妻儿，别说建新房，搞大工程我都愿意。"

呵呵，都这把年纪了，还说这种不着调的话？但我当真了："一言为定，这事交给我来办。"

从此，我就把帮二叔公找妻儿的事当是自己的事来办。人找得很顺利，当年他确实是被妻子的兄弟打过，但起初是他做了对不起妻子的事。夫妻俩都是倔驴，二叔公就认死理，岳父家不道歉，决不去找她，妻子覃氏放不下脸面，丈夫不来请，她也决不回家，就这样耗了30年。

一家人形同陌路，夫妻团圆的难点不在于去哪里找人，而是在于如何将两颗心拉在一起。

为了让他们团聚，我每次头一天打覃氏的电话，次日就跑二叔公家汇报和询问他的想法，我开始成为他们交流的"话语快递员"。说来也怪，我竟然甘于为他们跑腿，并不觉得累。跑二叔公家多了，旺财慢慢地对我不再汪汪大叫了，而是摆尾巴欢迎。

覃氏表示，只要二叔公亲自过去接，她一定回家。我将此意告诉二叔公。

"我就算是犯罪，过着30年牢狱一样的生活，也够赎罪了吧！还要我去接？"二叔公坚持不去接。

没有办法，我只得从他们儿子身上入手。通过当地村干部了解到他们儿子正在广东打工，并要到他的联系电话。老实说，我确实也没信心，这个做儿子的多年不联系父亲，看来感情也不深。我思考数日，还是在一个晚上拨通了他的电话。

"那是他们两个人的事。"等我说明来意后，电话那头态度极为冷淡。

"你这个不孝之子，几十年不看望自己父亲，还大言不惭说是别人的事！"我忍不住大骂。

"真是个混账东西！我从没见过这么不孝顺的人！等你想通了再给我回电！"说完后我马上挂电话。当然，我只是赌一下人性。

不到一周的时间，还真接到他的电话。他一个劲地向我道歉，说一个外人都这么关心他们家，自己却不懂事，荒废了一家人多年幸福时光。

"你爸爸现在还住在你出生时候的房子里，他就是要等你们母子回家，真的很可怜。虽然他表面倔强，但他心是软的，更是暖的。"

"陆书记，该怎么做，我都听你的。"

有他这话，我开心地筹划起他们一家人团聚的方案。团聚那天，二叔公性格开朗了许多，话开始多起来，也跟别人打招呼了。

"陆书记，不瞒你说，我真不穷，我有不少存款。"他竟然从房间里拿出一堆专利证书，原来他早就用自己的多项专利技术赚钱了，说要在村里投资，帮助我这个书记加快大村的扶贫步伐。真是好心有好报，我根本没有想到会有这么大的收获。

覃氏母子计划以后再也不走了。一天，趁他们俩回娘舅家搬东西，只有二叔公在家，我去跟他拉拉家常。

"旺财，二叔公呢？"它竟然只是懒懒地翻动一下眼皮，又继续睡。

"太没有礼貌了，能不能尊重一下我。"虽说这话，但我心里美滋滋的。我找二叔公谈事，再不需要旺财同意了。

后来，我听到有人对二叔公说："二叔公，最近你的狗都不叫了，不吠书记了？"

哈哈哈……整个村都沉浸在笑声中。从此我得了一个花名，叫"狗不理书记"，不懂这是不是群众给我的最高奖赏。

扶贫经历：

陆小军，2018年3月开始在贵港市港南区瓦塘镇大村担任第一书记。驻村期间，带动大村在基础设施建设、村集体经济发展、村级公共服务平台建设、贫困户产业扶持、农村危房改造等方面都取得较大成效，还兴建了文化学习室、文化广播室等，长期为村民提供各类丰富的学习资料，宣传党的政策、农业知识、文化知识、安全生产常识等。2018年大村摘掉贫困帽后，2019年再实现29户贫困户77人脱贫。2020年春节前，落实"送种送肥助贫脱困"的扶贫项目，大村受赠约74000元春耕稻种和复合肥，受益农户100多户。

老王的一天

蒋作芳 ／ 中国共产党柳州市委员会政法委员会

雨夜

"轰隆隆——"一阵阵雷声把老王从沉睡的梦中惊醒。"这场雨终于下来了，老杨家的房子是否顶得住啊？"老王边自言自语边摸索放在枕头边上的手机看了看时间，显示着四点十五分。漆黑夜里的倾盆大雨让此时的老王睡意全无，他从床上坐起来，打开灯摸出了一支烟，狠狠地吸了一口，穿上衣服，戴上斗笠，出门开上他的皮卡车往老杨住的挑水坳山头上开去。

老王是一名军转干部，在部队当了10年兵复退后转业到公安部门，又在公安部门工作10年后调到了市委机关。从军和从警的经历使他养成做事风风火火、永不言输的性格。在基层干出一番事业，一直是他的梦想。当新一轮选派党员干部到基层担任第一书记的动员工作开始后，42岁的他第一个向组织递交了申请，并向组织表达了扎根基层建功立业的决心。3月初，组织决定任命他为驻村第一书记。为了更好地开展农村工作，和爱人商量后，他咬咬牙决定从家里的积蓄中拿出4万元购买一辆二手皮卡车和用4500元购买一台手提电脑，用于驻村工作。

半夜的雨中让老王牵挂的是五保户贫困户老

杨。老杨今年60多岁，没有老婆和子女，患有慢性病，眼睛又不太好使，一个人住在挑水坳山坡上的泥房里。刚开始驻村开展遍访贫困户工作时，老王看到老杨那摇摇欲坠的泥房后，就开始着手帮他申请危房改造。由第三方代建的房子正在建设中，老杨还暂时居住在老房子里。七、八月柳州的天气就像孩子的脸，说变就变，这不，昨晚感觉空气有些沉闷，老王担心一旦下雨老杨的房子能否顶得住，特地买回了塑料薄膜准备明天把他的房顶修复一下，结果没到天亮，大雨就倾盆而下。

由于雨势汹汹，溪水很快漫过通往老杨家的路。皮卡车靠着昏暗的车灯光在雨中的山路上盘旋。当经过看不到路基的路段时，老王就下车用放在车厢里的棍子探路，边探路边走，两公里的路程足足用了40分钟。"老杨老杨，快开门，我是驻村的王书记！"全身湿漉漉的老王出现在了老杨家门口。"王书记，天还没亮，又这么大雨，你怎么来了？"老杨把老王迎进屋子里。老王看到外面倾盆大雨，老杨家里也湿得一片狼藉，四五个脸盆和提桶正在接着漏进来的雨水，地面上也是湿漉漉的一摊一摊的水。老王赶紧把皮卡车上的塑料薄膜拿下来，打开车灯照着房子，让老杨拿来梯子，在风雨中爬上了房顶，让老杨在下面帮递东西。由于风大雨大，老杨的土坯房上的瓦有两排被大风掀翻，哗哗的雨水从房顶上落下来。塑料薄膜刚盖上去就被大风吹开，反反复复多次终于把漏雨的房顶遮住。

回到老杨的屋里，由于没有雨水的侵入，屋里顿时显得舒服了很多。老王看了看手机上的时间，已经6点20多了。这时老杨打来一杯热开水递给老王。"不喝了，我回宿舍换件衣服，还要带高家屯的桂英到县城办理残疾人证。"老王没有接老杨递过来的水，头也不回地开着他的皮卡车回到宿舍。

办证

十天前，老王走访贫困户时，在高家屯的贫困户邱运林家了解到，他的妻子桂英在2016年冬天因患上类风湿病造成股骨坏死，只能靠轮椅生活。他们不懂办理残疾人证的流程，只是听说要本人亲自到县城去办理。由于家里没有车，桂英行动又不便，所以一直拖着，没有办理残疾人证，也无法享受残疾人的相关待遇。老王得知情况后，立即打电话联系县残联，了解办理残疾人证的流程及需要携带的证件，并与桂英的丈夫约好时间，用自己的车带桂英去县城办理残疾人证，而今天正是和他们约好的日子。老王匆匆地冲了一下身子，换下湿漉漉的衣服，扒拉两口昨晚的剩饭剩菜，开着他的皮卡车来到了高家屯的邱运林家。

来到邱运林家中还不到8点，他已经帮爱人桂英梳好头、穿好衣服，在家中等待了。今天对桂英来说是一个特殊的日子，因为她自从2016年冬天患上类风湿造成股骨坏死后已经一年多没有走出家门了，只能坐在轮椅上看着门前的小路发呆，偶尔路过的小鸡小狗都会让桂英高兴好一阵子。今天桂英早早起床，洗漱梳理好后，坐在轮椅上等待驻村第一书记老王的到来。

老王和桂英的丈夫把她扶上了车。在去县城一个多小时的路上，桂英乐呵呵的像个孩子，看到小路边的野花都觉得新鲜。到了县残疾人证办理点，老王让桂英夫妻俩在残联门口等候，自己进去领了申请表帮填了起来。老王帮桂英填好表后，带桂英到县中医院进行医疗鉴定。医院的鉴定医师说，过半个月残疾人证才能办下来，到时还需要本人或委托他人前来受领。办理完残疾人证后，老王载着桂英在县城的大街小巷转悠，让一年多没有出门的桂英透透气、散散心。中午路过螺蛳粉店，老王还掏钱请桂英夫妻俩吃了一碗香喷喷的螺蛳粉。

回到桂英家中，她的丈夫邱运林拉着老王的手连声道谢："王书记啊，没有你，我妻子的残疾人证不知什么时候才能办好，真心感谢党，感谢政府，感谢您王书记！""不用谢，这是我应该做的，半个月后我帮你把残疾人证领回来，你妻子就可以享受残疾人应该享受的相应政策了。"

处纠

回到办公室已经是下午两点了，老王靠着办公桌，打了一个盹，呼噜声快响起的时候，手机的铃声把他唤醒。"王书记，你快过来，曾老奶家快打起来了。"按要求，老王把驻村第一书记和工作队员的联系电话及照片做成了高40厘米、宽60厘米的公示牌挂在各屯人群密集的地方，现在只要村民有啥事都会第一个打电话和他说。

接完电话，老王的眉头皱紧，赶紧出门往曾老奶家赶。为了曾老奶家的家务事，老王不少于十次去她家里调解过。曾老奶年轻时守寡自己把两个儿子和一个女儿拉扯大。当时生活困难，她把大儿子过继给同村远房的亲戚。曾老奶30多岁丈夫去世，之后就没有再嫁，如今也快80岁了，身子还十分硬朗。曾老奶性格火暴，一直以来，家长里短都是由她操持。以前家里还相安无事，但近十年，随着曾老奶的年事渐高，和她一同居住的小儿媳妇也不是省油的灯，矛盾开始显露出来了。

随着县城一级路建设的推进，曾老奶家的4亩地以每亩5万元的价格划入了这次征收范围。得到钱后曾老奶决定把钱分为4份，3个子女和自己各留一份。得知曾老奶作出这样的决定后，小儿媳妇不干了，她认为老大早就过继出去了，曾老奶一直和自己生活，由自己照顾曾老奶，老大凭什么分这份钱？另外二姐也嫁出去了，这个钱也不应该拿。但曾老奶认为，老大从小都没有得到自己的照顾，吃了不少苦，这也算做母亲给他的补偿；至于女儿虽然嫁出去，但她毕竟是自己的骨肉，也不能偏心啊。真是公说公有理，婆说婆有理。

还没到曾老奶家，就听到曾家老三的媳妇号啕大哭的声音："当年嫁到你们曾家，连件像样的衣服都没有，上伺候老，下照顾小，谁可怜我？现在得了征地款，个个都来抢！这样欺负我，我不活了！"停好车，来到曾老奶家中看到曾家老三的媳妇正坐在地上，旁边一个摔烂的茶壶，她正一把鼻涕一把泪地向围观街坊邻居哭诉，而曾家老三坐在旁边的凳子上吸着闷烟。

"曾家嫂子快起来，地上脏脏的，孩子和街坊邻居看了多不好。快起来，快起来。"老王一边劝，一边把曾家老三媳妇从地上拉起来。"王书记，你要给我主持公道啊！这些年和这个打靶鬼（骂曾老三）生活吃了那么多苦，如今在国家扶贫政策的关心下，日子好过了，这次征地还得了不少征地款，可是钱还没捂热，他妈就准备分给其他人，这个打靶鬼还打我。王书记你要给我做主啊！"曾家老三媳妇边爬起来，边向老王哭诉说着："她（指曾老奶）把钱给谁，就和谁生活，别住我家。"原来为了这事，曾家老三媳妇把曾老奶撵到曾家老大家了，而这边的规矩是老人家要和小儿子一起居住，否则就是小儿子不孝，要被周围的人笑话的。看来为了这事，曾老三脸上挂不住，把媳妇胖揍了一顿。

"大家散了散了，谁家没点破事，回家啦。"劝散围观的街坊邻居后，老王把曾家老三拉到一边："再怎么不对，你怎么能动手打老婆呢？老婆跑了怎么办，谁照顾你一家老小？""王书记，我也不想打她。你都不懂我家这个女人婆，今早上含沙射影地骂我妈，让她到老大那里住，我妈受不了，拿着衣服就出去了，你说街坊邻居怎么看我？所以我才打了她一巴掌。"清官难断家务事，但作为驻村第一书记就是要"断"这些家务事的。"这个事情必须要有人让步。"老王心里想，于是他先打电话给曾家二姐，把这边发生的情况和她说了后，想听听她的意见。曾家二姐很通情达理，认为自己已经嫁出去，而且目前生活也很好，当即表示不要曾老奶给的征地补偿款。

然后，老王马不停蹄地来到曾家老大的住处。车还没有停下来，就看到曾老奶和曾家老大哭诉着下午发生的事情，看来这个征地补偿款把他们一家的平静生活打乱了。老王把曾家老大拉一边，告诉他曾家二姐的决定，曾家老大思索了片刻说："王书记，我也不要了，给老三吧。老三这些年照顾老娘也不容易，希望以后老三对老娘好一点。"

处理完曾家的纠纷，老王一看时间快晚上7点半了，曾家老大说要留老王在家吃饭，老王谢过后开着皮卡车回到宿舍。刚想下点面条吃，手机微信视频呼叫声响了："爸爸，你怎么还不回来啊，我想你了。"接通电话后，儿子可爱的面容出现在屏幕上。老王有两个孩子，驻村工作开始时，大的9岁，小的才2岁多，为了支持他的驻村工作，妻子、母亲和岳母娘担起了照顾孩子的担子，解决了他的后顾之忧。

看到孩子从咬字不清的牙牙学语，到现在微信视频电话一通，第一句话就是"爸爸，你怎么还不回来"，老王心里满是愧疚。是啊，陪孩子的时间实在太少了，但看到村里不断发生的新变化，老王心里的愧疚也就变成了自豪。

这就是一位普通驻村第一书记老王的一天。

扶贫经历：

蒋作芳，2013年3月至今在柳州市柳城县东泉镇雷塘村担任第一书记职务，工作期间带领雷塘村实现225户813人脱贫摘帽，贫困发生率由2018年初的15.06%下降到0.19%，全村"十一有一低于"各类指标均已达标，顺利实现整村脱贫摘帽。获评自治区脱贫攻坚优秀第一书记、柳州市"最美第一书记"、柳城县脱贫摘帽先进个人、柳城县"五好四星"先进典型"脱贫攻坚好队员"、柳城县十佳扶贫人物。雷塘村获得柳州市"红旗村"荣誉称号。

山里人家的"阿姐"

黄艳江 / 柳州市柳南区住房和建设局

"韦书记，这是我们的新队员！"镇上的分管领导把我带到了村里，交给了工作队的第一书记。这是 2018 年 3 月 31 日，我正式来到驻村扶贫工作队报到。迎接我的一个阿姐，满脸的笑容，和蔼可亲，身高不超过 1.6 米，40 多岁，着装朴实而得体。她是这个村驻村第一书记，是我们的头儿。

我是主动申请驻村搞扶贫的，不介意条件的好坏，随遇而安。这个村，是贫困村，处于偏远的山里，山是石头山，山地多，旱地和水田很少，自然环境好，没有怎么受到工业污染。我没想到，驻村第一书记是一名女性。到偏远山区搞扶贫工作，很艰苦，条件也简陋，对女性来说比较难适应。我脑中的第一感觉是：她一定很厉害，工作能力肯定非常强。会不会是女强人？这个就不懂了。搞扶贫工作要游刃有余，要是不够强悍，估计会非常难。"韦书记，我可以称呼你韦姐吗？我觉得这样称呼比较亲切。""可以，这里老老少少，很多人都叫我阿姐……"在正式场合，我就称呼她韦书记。"韦姐，初来乍到，以后我就跟定你了。"说着，我呵呵笑了起来。"放心，阿姐罩着你！"她笑得比我还爽朗，"跟你介绍一下，我们工作队有三个人，另外一个今天在区里培训，明天赶过来报到，是一个小伙子；还有个漂亮的阿妹，是扶贫信息员。""哦，好的！以后多多指教，我别的水平没有，积极性绝对高，有什么安排和要求，就直接吩咐。"韦姐带我去宿舍安置。

韦姐也真是厉害，是做菜高手，我们在村里基本上都是她做菜，我就打打下手。从闲聊中，得知她有两个孩子，一个六岁，一个刚两岁。二孩刚满一岁，她就申请驻村搞扶贫工作，家里照顾孩子和老人的事，就全部交给自己的老公。看来一个成功女人背后都有一个踏实的男人！

2018年是最重要的一年，全村贫困户208户要实现全部脱贫（当时还有80户未脱贫），同时摘掉贫困村的帽子，时间节点在年末"四合一"考核前。在我们工作队与村委干部们第一次见面会上，也是全年脱贫攻坚工作布置会上，韦姐强调："今年脱贫攻坚工作是我们光大村最大的政治任务，有两个任务目标，一是贫困村的帽子要摘掉，二是所有贫困户一个不落的全部脱贫！"我感到了巨大的工作压力。没驻村以前，我想精准扶贫都好几年了，应该收尾了，身心不会太累。听了韦书记的话，我不自觉地紧张起来，真应了那句话："你以为的，只是你以为的而已。"回过头来说，韦姐那么熟悉业务，那么有干劲，那么有魄力，大家跟着干，肯定没问题。呵呵，一个团队有好的火车头带就不会有问题！

光大村是我们县最偏远、贫困户最多的贫困村，扶贫工作任务应该是最重的。村委会距离市区50多公里，处于山窝里，有八个屯，农户比较分散，与村委会距离最近两公里、最远有六公里多。不过这个村山好水好，自然环境好，空气清新、含氧量很高，让人非常舒服。也许驻村久了，人会变得更健康。回一趟家，需要自驾车一个半小时，刚驻村的这个月我们每个周末回家（实际上，后面太忙了，基本三个星期才回一次家）。

"韦姐，走慢点，茅草太高了，注意安全，小心有蛇出没，呵呵！"我和她搭档去验收贫困户的农作物。五月的南方已是火辣辣的太阳当空照，湿度也高，室外温度估计达到三十八九度，所以比较闷。在地里待半个小时，即使一动不动，也会汗流浃背！本来韦姐个子不高，戴着帽子穿梭在那近一米五高的茅草丛里，我只看到她的帽子在移动，在她前面的是带路的贫困户。茅草叶比较坚硬，很容易割伤皮肤，而且容易引起瘙痒。但是，漫步在随风飘荡的草丛里，确实很美，是一种很恬静、很浪漫的景象。可是，横穿过这片20多亩、路程有80米长的茅草地，我还担心其间会不会窜出蛇之类的东西，万一被咬上一口，那谁都受不了。穿过茅草地，我来到韦姐身边。她一早擦的防晒霜已经被自己的汗水淌成了一道道印子躺在脸颊上，脸被晒得红红的。我也看出韦姐脸上有色素沉着，就是色斑。阳光暴晒，也就是紫外线伤害，是女性美容养颜的天敌。我开玩笑地对韦姐说道："韦姐，大太阳的时候，你带我们来进行产业验收，就是开展极限挑战啊！……呵呵。"韦姐，笑笑没说话。"我去测量种植面积吧。"我手持产业面积测量仪，边走边说。沿着贫困户的这块地走了一圈，花了五分钟左右，然后回到原点——3.45亩。我去测量面积的时候，韦姐也没闲着。她已走到地里随意选了两三处观察农作物的长势，看看是否有虫害，并将观察到的情况记录进表格。我用手机进行拍照。这些都是作为最后评判验收农作物是否符合奖补要求的第一手材料。之前，在验收产业工作培训会上，韦姐就说过，产业验收，不光是到地里看看贫困户种没有种、种了多少，更重要的是看种得怎么样、护理是不是到家，如果长势不好，成活率不达标，杂草丛生，验收是不能通过的。

事无巨细，韦姐就是这么认真。记得一个晚上，我们入户验收鸡鸭养殖情况。一户户主说："韦书记，辛苦你们！这么晚了，你们还进村验收。先和我们吃晚饭。""不吃了，我们来之前吃过了。没事，都跟你们约好了，肯定要完成的。"韦姐答道。我抿嘴一笑，嘀咕："其实我们就是吃了两个玉米。"鸡鸭白天放养，等晚上都回窝了，我们才能验收。一个晚上，我们兵分两路，分别验收45户的鸡鸭养殖。拍照、验数、登记，给贫困户签字确认。验完最后一户，已临近晚上11点，然后我们返回宿舍。我们刚踏进大院，韦姐的电话就响了："你怎么回事，老不接电话？你女儿发烧了，哭着找你……"然后电话那头传来了一个稚嫩小女孩的声音："妈妈……我在家里很乖，只是头晕一点点，就是想你，你什么时候回来？爸爸说你很忙，过两天才能回来。你上次带回来的那个小狗狗长大了，天天黏着我和弟弟玩，明天我拍照片给你看……""嗯，好的，乖，太晚了，早点睡，听爸爸和奶奶的话，感冒了要吃药，过两天到周六我就回去了，我跟农民伯伯买你和弟弟爱吃的桃子和荔枝回去给你和弟弟吃……"我和另外一个队员跟在后面，听到了她和家人的对话。因为

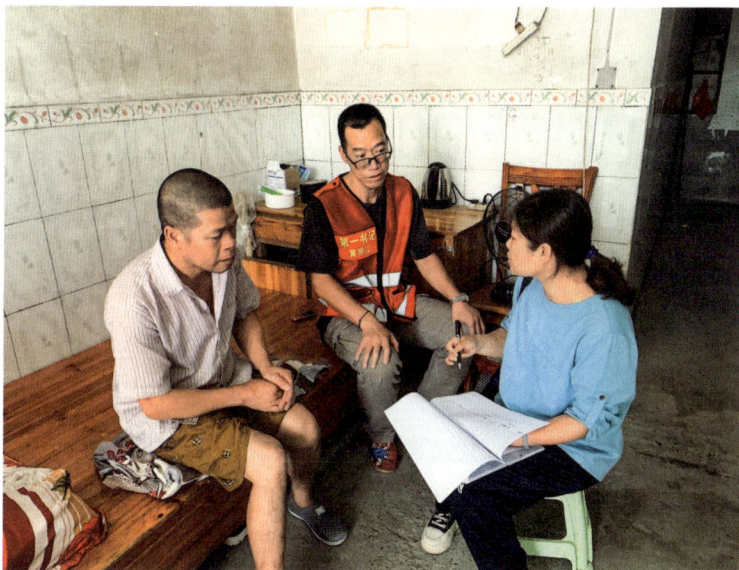

2020年6月18日，黄艳江（中）陪同柳南区民政部门走访低保户

山里晚上是很安静的，不用竖耳朵都能听得清清楚楚。我说道："韦姐，你也是够幸福了，儿女双全，又那么乖巧……"韦姐看着我们两个队员，若有所思地道："是啊，就是小儿子有点小，蛮担心他爸照顾不好。""放心啦，你老公样样都那么厉害，哪会照顾不好，你就放心了。"驻村搞扶贫，吃住在村，中年人正处在上有老下有小的阶段，确实有很多问题要克服，得牺牲一些个人的和小家庭的东西。这就是奉献了吧。

2018年11月，我们村迎来了脱贫摘帽的验收时刻。"十一有一低于"就是我们贫困村脱贫摘帽的标准。25盒标准的档案盒，装得满满的，整齐地摆在会议室，像时刻等待检阅的士兵，整齐地排队在受阅广场。资料从2015年精准扶贫开始收集，按照每个项目逐年整理归档，有文件，有会议材料，有照片，有总结，等等，按要求整理打印出来。为了整理这套迎检材料，韦姐可以说跑断了腿、忙晕了头。她请示上级带我们去其他贫困村学习，前后摸索了一个多星期，才召集我们一起收集整理。最后作出来的档案，真是很漂亮整齐。业务上，涉及住建、医疗、教育、民政、残联等部门的政策，韦姐都了如指掌，村情如数家珍。也不懂韦姐还有什么不会的，我的脑袋可没装下这么多东西。

　　一天，我们去动员一贫困户搬离危旧老房子。"阿奶啊，你的新房都做好了，还住在老房子，没危险咯？"一个八十几岁的老奶奶答道："没事的，我住老房子凉快，也习惯了，新房子给娃仔住就得了。""没得的，新房你不去住，人家会笑话你儿子，讲你儿子不孝的。另外，按规定老房子也要拆了，不能再用了。""我自己的老房子，干吗要拆？""政府有规定的，一家只得建一套房子，新的起了，旧的就要拆，而且这样的危房留着也是危险，这两天就搬去跟你仔住新房了，你仔好喊人拆旧房。"韦姐耐心地和老太太聊了一个多小时，最后老人家答应过几天就搬。韦姐还是不放心："阿奶，你担心搬东西人手不够嘛？我们工作队一起明天来帮你搬东西。"其实她儿子一直就要求这个奶奶去住新房，老奶奶就是不愿动弹，估计担心老房子被拆了，不理解建新拆旧的政策。

　　家庭工作就是需要这样的韦姐阿姐来做，就像社区调解一样，需要热心肠的"马大姐"。韦姐说："有这种思想的老人，村里有蛮多个的，答应过几天搬的，基本就搬不成了，我们必须趁热打铁，第二天来帮她搬东西，相当于来督促她赶紧搬离。"看来，韦姐也真是很有策略，很懂得村里老人的心思。

　　2019年夏天，因个人原因，我离开了我的工作战队，山里那个勤劳、质朴的韦姐的形象始终让我印象深刻，成了我对脱贫攻坚工作最直接、最鲜活的印记。

扶贫经历：

　　黄艳江，2020年4月任柳州市柳南区太阳村镇四合村党组织第一书记。驻村期间，积极抓产业、谋发展，带动村民发展；抓基础，确保帮扶手册填写准确；抓就业，促脱贫，提高贫困户收入；勤走访、查问题，积极帮助群众排忧解难。积极推动四合村脱贫攻坚工作，有效巩固了贫困户各项脱贫指标。

阿秀的一天

蒙　潇 / 柳州市柳南区扶贫开发办公室

早上6点，清晨的第一缕阳光穿过笼罩在大山上的薄雾，照进了元宝山下的一个小山村。公鸡响亮的打鸣声叫醒了沉睡的阿秀，翻身看看还在熟睡的丈夫和儿子，她轻轻地爬起来，快速梳洗，做好早餐，匆忙赶到位于屋后的孵化室，那里还有500多枚土鸡蛋在自动孵化机里，她必须按时观察温度湿度情况。

检查完孵化室已经快要7点了，她快步来到山岭上的养鸡场，看见工人已经起来，一面把几千只苗鸡赶出鸡棚，一面把玉米粒撒在地上。看见这些即将出栏的鸡欢快地抢食，精神状态一切正常，她放心地走下山坡。

再回到家已经8点了，她叫醒丈夫和儿子，催促他们洗漱，把早餐端上来，她边吃边交代丈夫："今天要把对面山坡新建鸡舍的架子搭好，过几天就有雨了，到时候施工不方便，我们要赶在月底完工，下个月就可以把鸡苗投入养殖了。"

端着碗大口吃面的丈夫头也不抬，使劲地点头，隔了几秒钟，抬起头冲她咧嘴一笑，一边埋头吃面一边含糊不清地答道："放心吧！我知道，一定完成！"看着憨厚壮实的丈夫，她心里莫名的安稳。

阿秀是桂林人，在外打工认识了现在的丈夫，两人结婚后回到丈夫位于元宝山脚的家。几年前有一次在电视新闻上看到县委发展特色养殖业的政策宣传，阿秀就与丈夫一同商量，利用自家山头搞起了苗鸡养殖。凭借着阿秀的聪慧与丈夫的勤劳，目前养鸡场已经小有规模。阿秀还从外地购买了自动孵化机，在县畜牧局的技术人员的指导下，摸索鸡蛋孵化，生产鸡苗，带动村子里的好几户人家搞起了苗鸡养殖，成了县里小有名气的妇女创业能手。

田间清脆的蛙声，叫响了贫瘠的村庄，也叫来了精准扶贫的春风，更叫醒了亟待脱贫的村民。村支书一直等在阿秀回家的必经之路上，像是在等待着这广袤农田上的希望。

把儿子送到他奶奶家已经9点了，在走回家的路上，阿秀远远就看见了背着镰篓的村支书。

"阿秀！阿秀！"支书向她跑来。

"支书啊，准备上山干活啊？"

"是啊，哦，阿秀，有两个事情想和你商量一下。"

"支书您讲，别客气嘛。"

"第一个事情，是前几天，村上有几户人，想和你一起搞苗鸡养殖。村里的意思呢，也是想你帮扶帮扶村里这些想靠技术、靠劳动脱贫的贫困户，大家都是乡里乡亲的，希望你能帮助解决种苗和技术的问题，你看可以吗？"

"原来是这个事情啊。你把名单给我，回头我通知他们来家里碰个面，我们面对面地把这个技术给聊明白了，我一定把苗鸡养殖过程中的细节和大家讲清楚，有需要我的地方，我一定尽力配合。"

"哦，那好，这个名单有……额，那这样，我来通知，晚饭后把名单送到你屋里，怎么样？"

"那怎么好意思麻烦支书您啊！"

"不麻烦，不麻烦，我家老小也想搞，呵呵。"支书脸上一红。

"哦，这样啊，那好吧，吃完晚饭，大家到我家来，您也来，怎么样？"阿秀笑着说。

"好，那就这样定了。哦，还有一个事情，阿秀，你看，我们三年一次的村'两委'换届马上就要搞了，昨天乡里的领导找我谈话了，要我们把有知识、有干劲、能带领大家致富的年轻人选举加入村'两委'，村委会成员一致认为你是最好的人选，你看你要不准备下讲话稿，参加选举行不？"

"我？那怎么行？我一个外来的媳妇，这合适吗？"阿秀有些吃惊。

"怎么不行？你嫁到我们村就是我们村的人，户口本上都有写的嘛，况且你是党员，有知识、有能力，连县里的领导都在大会上夸过你啊。你今年不是还当选了县妇代会的代表吗？数来数去，你最有资格了！大家伙儿都信任你，你看，跟着你干养鸡的几户家人都买上小车了。"支书点上一支烟，着急地劝着。

"选举可是个大事，我得回去考虑考虑，和屋里人商量商量看。"阿秀犹豫着缓缓说道。

"那就先这样，你可要好好考虑，大家都看着你呢。"支书长长吐了一口烟，卷起裤腿，往山上走去。

带着支书的话，阿秀回到家。丈夫早就带好工具，与一起搞养殖的几个村民去山上干活去了。阿秀看看钟，快10点了，她急忙再次进入孵化室，检查了一遍，没什么异常。她返回屋里，拿出笔记本，把孵化数据认真记录好。

阿秀刚刚停下手，手机就欢快地叫起来，低头一瞧，屏幕上显示是县畜牧局的项目办主任。

"喂，主任您好啊。孵化情况正常，要出栏的那一批状态很好……"在了解了养殖场的情况后，畜牧局的项目主任告诉了阿秀一个好消息，她组织村里几户一起搞苗鸡养殖的人家，申报建立专业合作社的项目批下来了，并且国家为了鼓励支持新生的合作社组织，还奖励了5000块钱作为合作社运转经费。

"太感谢了，谢谢谢谢！"阿秀高兴得不断地对着电话那头道谢，"我尽快去局里办手续！好，再见。"

挂了电话，阿秀哼起了歌，想起刚刚创业那年，第一批鸡苗出栏，卖不完，畜牧局的领导帮忙联系了好几家特产公司，解决了1000

多只苗鸡的销路，解了燃眉之急。从此，在县里的支持下，养鸡场规模越做越大。

　　放下电话，阿秀急忙准备午饭，给住在养鸡场内的工人和在山上干活的丈夫送去。一去一回，等到家都已经12点了，她胡乱吃了一点东西，不放心地进孵化室检查一次，出来后满身大汗地坐在家门口歇息。

　　合作社成立了，以后她就是理事长了，出门谈销售谈合作腰杆也硬了。想到这里，阿秀笑出声来："我们也是正规军啦！哈哈！"

　　选举这个事涌上心头，她又转入了沉思，村里原来都没有过女村干部，能行吗？

　　阿秀靠着椅子，看着远处郁郁葱葱的大山，山下有一条黄泥小路一直蜿蜒而上，直通山顶，她看着小路静静思考着。

　　中午的太阳很强烈，直刺人眼睛。下午2点了，阿秀经过简短的休息后又来到孵化室，把孵化温度调整了一下，确认没什么问题，才走了出来。

　　掏出手机给家婆打了电话，问了儿子的情况。儿子和爷爷下河摸螺蛳去了。自从搞苗鸡养殖以来，儿子大多时候给爷爷奶奶带，老人家身体健康，看见儿子媳妇家业越搞越大，天天带孙子也开心。

　　阿秀走到电脑前，开始准备资料，今晚还要和几个想和她一起发展苗鸡养殖的村民开会。她不仅要把发展前景告诉他们，同时也要把风险告知他们。对了，还有合作社成立的好消息。

　　准备资料期间，电话又响了几次，其中一次是订鸡苗的客户，一次是县妇联主席打来的要把她的养殖基地挂牌建成巾帼创业示范基地，这些事情让有点疲倦的阿秀又打起精神。

　　下午5点了，晚饭得准备得丰盛些，丈夫和干了一天活的几个工人快要回来了。

　　海碗里大块的白切五花肉，火塘上烤得香喷喷的禾花鲤，从自家菜地摘来的绿油油的青菜和红艳艳的辣椒，碗里雪白雪白的香喷喷的米饭，再割一块烟熏腊肉，装一壶糯米酒，简单、实在、美味。

　　下午6点过了，家公家婆把儿子送回来了，并留下吃晚饭。男人们披着晚霞收工了。晚餐端上来，疲劳被香甜的糯米酒驱散，大家愉快地谈着一天的趣事。

夜幕降下，8点多了，阿秀刚刚收拾好碗筷，支书带着小儿子和几个村民来到家里。这些穿着补丁衣服的人应该就是支书说的那几个贫困户了，瞧着精气神还是不错的。

"大家坐，别客气……"阿秀热情地招呼着。

"阿秀，来麻烦你咯！"山里人的直爽使得气氛很融洽。

"讲哪里话，都是自家人。我先告诉大家，今天县里来电话了，我们的合作社被批准成立了。"

"啊呀，好事啊，好事啊！"大家听了很高兴，脸上多了一些自信。

"来，我和大家讲讲我们的苗鸡养殖，首先我们的苗鸡是一个珍贵的地方品种……"阿秀开始拿出资料，针对大家提出来的疑问，慢慢和大家谈起来。

几个小时过去，大家的谈话愉快地结束了，备地、建栏……一项项工作也有条理地安排妥当。村民们带着希望和憧憬回去了。

"阿秀，我们现在一年收入可比打工的时候翻了好几倍啊，嘿嘿！"丈夫满足地说。

"嗯，下一步，我们要把新加入的村民，尤其是好学肯干的贫困户给扶持好，扩大规模，再把我们的种鸡群优化，保障鸡苗供应。"阿秀一边在本子上记录着，一边认真地说。

"贫困户？"丈夫有点摸不着头脑，他们选的工人里，哪有什么贫困户。

"哦，有个事，支书今天和我谈话了，说村里有些贫困户想脱贫，让我们给帮扶帮扶，他还想让我参加村'两委'的选举。"阿秀装作漫不经心地说。

"什么，你要当村干部？"一旁逗孙子的家公听到阿秀的话，愣住了。

"嗯，支书说了，村里大家伙都觉得我能行。"

"我们村里还没有女人当村干部的！"家公语调提高了。

"爸，现在是新社会了！我老婆能干，村委会能让她当村干部，说明村里支持我们搞产业咧，那么多人都支持她当村干部，我们自己人难道不应该更加相信她、支持她吗?"丈夫赶紧支援，妻子在他心里是最棒的。

家公疼儿子，儿子疼老婆，吵不起来，胜利的一方显而易见。

月亮挂上树梢，稻田里蛙叫虫鸣，小山村恢复了宁静，阿秀充实的一天过去了，她安稳地进入梦乡，等待着她的将是一个美好的明天。

扶贫经历：

　　蒙潇，2016年3月至2018年3月，担任柳州市柳南区太阳村镇四合村第一书记，负责农村党建和精准脱贫攻坚工作。在担任驻村第一书记期间大力发展产业，在村里打造了水果蔬菜基地，形成以沃柑、豆角为主导的产业，带动群众增收。全力投入基础设施建设，积极争取上级支持，累计投入资金近2000万元，从根本改善了全村的饮水、道路、水利、文体设施，全村面貌焕然一新。致力基层建设，村"两委"班子能力显著增强。2016年，全村所有建档立卡户脱贫，贫困村摘帽。

报告文学

获　奖　作　品

一等奖

用生命书写脱贫答卷

韦炳旺 / 河池市都安瑶族自治县社会科学界联合会

　　全国深度贫困地区之一的都安瑶族自治县的脱贫攻坚榜样，是一个个用生命向贫困宣战而铸就不平凡的英雄。他们不辱使命，淬炼成钢，身殒为民，在瑶山大地上矗立了一座座不朽的精神丰碑。

　　牺牲在扶贫一线的英雄，有"殚精竭虑干扶贫"的丹江村挂村干部苏志向、有"为了不让一个贫困户落下"的百旺镇人大主席黄吉安、有"着力打赢脱贫攻坚战"的驻加文村工作队队员罗志权、有"我要带着全村人脱贫"的驻地平村第一书记黄景教……2019年，都安县减贫人数是全市乃至全区第一，39个贫困村5.08万贫困人口成功脱贫摘帽，书写了中国减贫奇迹的都安新篇章。

　　黄景教1970年5月5日出生在澄江镇德雅村旁郎屯农舍，1991年7月毕业于广西银行学校。他担任过都安瑶族自治县日杂公司会计，下坳镇供销联社会计、副主任，县供销联社办公室秘书、副主任、主任，驻加泵村第一书记，驻地平村第一书记，县供销联社党组成员、纪检组长、副主任等职务。他一直坚定"守初心、担使命"的信念,他一心为民,收获满满的百姓好口碑。2019年12月27日下午5时,离县城上百公里的地平村200余名留守山村的乡亲,以及闻讯前来的群众,在县城黄景教家的门口,排成近100米的长龙,自发前往悼念他们心目中的好书记黄景教。吊唁现场摆满了群众送来的花圈,不少群众哭成泪人,村民袁朝珍带着哭腔、卢森康拖着病体被搀扶着坚持在灵位前鞠上三躬……这样普通的一名驻村第一书记不幸离开人世,为何引起如此的震动?

"我不能得过且过,愧对山村老百姓呀"

一纸通知,黄景教欣然接受县委安排的任务,2016年2月6日,他驱车90多公里来到拉烈镇地平村。当天上午,他把行李搬进房间一放,与村干部草草用了午饭,换上运动鞋,背上挂包,叫村干部做向导,直接爬山路,走访弄沙、巴桑、加弄等屯的农户。"陆宝德要求安排危房改造指标;黄汉福要求扶持修路;韦忠凡要求参加核桃管护技术指导培训……"天黑了,他合上记录得密密麻麻的笔记本。淳朴的山民向他敬上两杯"土茅台",这是瑶胞待客最真诚的礼节,他不得不接受。不胜酒力的他,不知道喝了几家的酒,脸都红了。

第二天,他继续翻山过坳,默默地进这家,出那家,问计于民,弄费、加忙、弄险等屯的群众纷纷请求扶助以发展养羊产业,他从贫困、朴素的村民眼神中读懂了他们渴望致富以及急盼"我要脱贫""我要致富"的强烈信号,他一一记录在册。抓好产业开发,就是精准脱贫的有效途径。

村里的主干道是一条坎坷不平的沙土路,下雨出门一身泥,晴天出门一身灰,群众出行很是不便。

回到县城,黄景教向后援单位汇报后,跑到县扶贫办、发展改革局、财政局,得到扶贫资金45万元。这时候已到月底,他马不停蹄地组织村民,拨通工程队电话,请来机械和工人,铺设了村部至巴桑屯1.5公里硬化道路。接着,他趁热打铁,跑到县发展改革局,得到该局拨给的项目资金18万元,仅用了半个月,新建了地平至弄园1公里的屯级公路。竣工那天,村民黄汉权激动地说:"今后农副产品销售再也不用抬，也不用挑了！晚饭后，还可穿拖鞋散步，太爽了！多亏黄书记为我们着想，给我们山村送来漂亮的水泥路。"

驻村近三个月来，黄景教忙于村里群众的大事小事，没能兼顾对孩子的教育。"景教，你到偏远山村去当驻村书记有什么用？一个月没能回来两三次，孩子没人看管，你看这个家还成什么样？"他的妻子拨通他的电话，发起了牢骚。

"石彩田呀，因为我是一名党员，又是国家干部，这里的贫困群众好多难事急需我协调处理，我不是逃避家里的事，请你理解吧。我不能得过且过，愧对山村老百姓呀。"他伤心地解释，没有太多的借口。他还说，攻坚战鼓已经擂响，容不得半点松懈。"呜呜……"电话那头，传来着妻子石彩田的哭泣声。

在破烂的村委会办公楼，如何巩固基层政权？黄景教没休息，跑到后援单位"哭诉"，后援单位负责人实地考察，眼看着残缺不全的村委会办公楼面貌，果断地从有限的办公经费中，拿出3.5万元投入办公楼装修改造，并新建宣传栏、公厕等。他再接再厉，再跑到县文化广电体育和旅游局，落实了30万元村级综合服务中心项目；跟县民政局和镇民政办沟通，协助80户297人办理低保补助手续，年获资金补助48万元；组织11户贫困户与企业（合作社）签订委托经营议书，每年共获得4.4万元的贷款收益金；完成全村23户110人的易地搬迁安置任务。该村群众逢人便说："黄书记一心扑在扶贫上，狠抓村部各项建设。那段时间他胡子长长了，也没时间理呀。他忘我工作，令人敬佩。"

"婚嫁不大操大办，男女各方标准在10桌以内"

1.65米高的黄景教，怀里揣着中央党校在职法律本科学历文凭，是都安瑶族自治县供销联社的一名年轻干部，不论在哪个科室，工作样样拿手。他因成绩突出，早在1995年就入了党。2015年10月，全国精准扶贫攻坚战号角一吹响，他毛遂自荐，单位领导同意让他奔赴最偏远的加贵乡加枭村，扛起驻村第一书记的重任。由于工作出色，2016年2月，该县把他调到贫困程度更深、任务更重的拉烈镇地平村担任驻村第一书记。

"你们看，前段巴桑队黄瑞杰家的81岁老父亲去世，我出面教育取得成效，所提建议得到采纳，他们家及时取消原来方案，减少了几个道公、道师开道场，老人的后事处理从原计划的9天缩短为2天。他家为这件丧事不仅节约开支近万元，而且减轻了操办人员劳累，同时制止了封建迷信的抬头之风。当前，我们农村的红白喜事，有的地方仍然大操大办，我们必须旗帜鲜明地移风易俗，不能放任自流，切实维护好广大人民群众的根本利益。"在地平村群众代表大会上，黄景教用群众身边的实例、用道理说服群众，他的话语，听起来柔中带刚。他一针见血地指出："道公、道师是骗人的花招。生前孝顺父母是为人之道。人去世后开道场，是做表面文章、虚假忠孝行为的具体表现。"

在山区农村，个别村民受历史遗留的影响，错误地认为烧香拜神问鬼才能有好日子。经过黄景教的一再教育，他们开始清醒起来："生前孝敬老人，胜过厚葬；死后丧事从简，利于活人。"

于是，该村群众代表举手通过将以下内容补充列入地平村村规民约：丧事从简，不请道公、道师；婚嫁不大操大办，男女双方标准在10桌以内；新居升学喜事，一律从简。黄景教不辞辛劳，收集到近年来中共广西壮族自治区纪律检查委员会编写的《党风廉政教材》100多册，放入地平村图书阅览室，不断丰富村民文化生活。加仿队78岁的老党员黄建福看完2017年第一辑和第二辑《党风廉政教材》，他摘下眼镜，说："在山村，我们也可以学习到外地的反腐倡廉知识，进一步认识全面从严治党的紧迫形势。"

此后，地平村财务公开、危改指标公示、红白喜事处理、换届选举等各种工作，井井有条，群众积极监督和参与。劳作之余，加弄、弄仁、加忙等从峒场走出来的村民，三三两两走进村里的图书阅览室。山村哪家喜逢婚嫁，远亲近邻过来表表心意；哪家遇上丧事，左邻右舍到现场帮忙操办。村风民风呈现出新气象，处处崇尚科学，抵制迷信，移风易俗，破除陋习，倡导文明新风。

"黄书记坦率无私，坚持做到雪中送炭！"

"增加收入，解决温饱，过上幸福美满的生活，是当前山里群众普遍追求的目标。"黄景教广泛听取人民群众意见建议，切实解决群众最关心、最直接、最现实的问题。他沉下心来，注重改善贫困群众的生活，结合山区实际和扶贫政策，引导村民大力发展扶贫产业。

黄景教亲自跑到南宁，聘请自治区农科院的专家到山里来。2017年，他组织了3期核桃种植管护技术培训班，培训近600人次，村里种下的1097亩核桃长势良好，当年种下的部分核桃已经结果，丰收在望。

黄景教发动群众利用农户房前屋后的山坡，发展特色水果产业，帮助群众引资种植两性花毛葡萄110亩；同时，他瞄准市场和消费者的需求，引领村民发展适销对路的旱藕，由于缺乏资金，他通过借款的方式，为贫困户垫付种子款，先后发动群众种植旱藕100亩。

黄景教经常教育村民说，脱贫致富，要依靠产业带动；稳定增收，必须依靠发展养羊、鸡、牛、猪等项目支撑。他提出的这个举措，得到群众纷纷响应。2018年6月，加弄、加忙、地平等6个村屯的群众组建养鸡场，建立农民养鸡专业合作社。然而，天有不测风云，合作社刚购进1200多只鸡苗，因一场雨，病疫来袭，一夜之间，病死1100多只，损失1万多元。该合作社覃主任破口大骂："黄书记瞎指挥我们养殖，害死了那么多鸡苗，往后怎么过日子？"

失败音信长了翅膀，夜里，黄景教收到妻子的短信："景教，你不要太自作主张发展那些群众不掌握的养殖技术，误导一方老百姓，臭名远扬。知道吗？"

黄景教不做过多的辩解，内心也埋怨自己，好心不得好报。他马上驾车跑到县畜牧兽医局"搬"来2名兽医专家，在村委会办公楼办了地平村首届科学养鸡技术培训班，他挨家挨户动员群众参加学习培训，当天教室里挤满了50多人。

"因为夏天闷热，雨水中带有一些病菌，走长途的鸡苗本身抵抗能力弱。雨水一淋，容易发病，大家懂了吗？"兽医师覃海明有针对性地讲授有关养鸡的不利因素的知识。

韦炳旺（右一）面对面地向对象户宣传精准扶贫"四不搞"政策，鼓励脱贫户大力发展种桑养蚕致富产业

"哦，原来这样，我们缺少养鸡技术，不怪黄书记。"听了课的村民，有的用拳头捶自己的胸脯，"我们错啦，对不起黄书记的一片丹心。"当时连续举办了4天共4期养牛、养羊、养猪、种葡萄等各种山区实用技术培训班，专家们为200多户贫困户提供科学技术指导，发挥了积极的引领作用。

村民吃下定心丸，在哪里跌倒就在哪里爬起来。村民们及时对鸡场进行消毒，黄景教还掏腰包垫付鸡苗费，帮助他们再购进一批鸡苗。果然旗开得胜，5个月后，该合作社养殖出栏土鸡3000多只，群众经济收入大幅度提高。加忙队创办了农民养羊专业合作社，存栏近500只黑山羊，弄险队马光旭、卢森流等11户贫困户入股拿到红利。群众热情参与和发展这些产业，实现稳定增收。合作社覃主任破涕为笑："我终于理解，什么叫作全心全意为人民服务，黄书记就是我们的良师益友，坦率无私，雪中送炭！"

黄景教笑着回答："我是一抹绿叶，到了秋天，绿叶衰落，失去光色，不要人夸颜色好。"

"如果我拿了，我就不是纪检组组长！"

"各位村干部以及父老乡亲们，钱是身外之物，我们要取之有道，通过勤劳双手创造出来，使用才能心安理得，对吧？比如我们农村危房改造资金，是国家针对贫困户对象进行危房改造时适当扶助的有限补助金，任何人都不能占用、拔毛，以非法手段获取钱财就是自毁前程……"在地平村沙田柚树下，黄景教给20多位党员群众上了一堂生动的廉政教育课，"任何时候，我们都不能损害群众利益。"

谁没有家庭？2018年2月13日，年关到，人们纷纷购买年货准备过年的时候，黄景教也在打点行李，准备到都安县城看望父母和小孩。

"黄书记，这两只土鸡，您带回去，给小孩老人高兴过个节吧，也是我的一点点心意哦。"此时，正值腊月二十八，黄景教收拾了材料即将返回县城时，弄费队卢叔叔特地给他送来土特产，往他的车里塞，说是感谢黄书记一年多来的奔波劳碌，黄书记从来没有时间到他家吃餐饭、喝杯茶。

"不行，不行！这些鸡，是你家辛勤劳动的果实，我不能拿，讲一句谢谢就可以啦，懂得你感恩了。现在如果我拿了，我就是失职，我就不是纪检组组长！"黄景教一边拒绝，一边教育卢叔叔，"这是原则问题，我不能玷污党员的身份。"

卢叔叔被"教育"得心服口服，乖乖把用编织袋装的两只大阉鸡带回家，口里喃喃自语："黄书记这人思想过硬，淡泊名利，十分关心我们群众疾苦，我们一辈子不能忘记他的恩情呀！"

背后，人们心中暗暗佩服，黄景教就是这样刚正不阿的好人。

不畏风言风语，作为纪检干部的黄景教勇往直前，有人调侃他说："地平村是贫中之贫，坚中之坚，难以开展扶贫，你不要自讨苦吃。"他不信这个邪，偏向虎山行。

地平村，人称"地无三尺平，人无三分银"。该村地处拉烈、九渡、永安、高岭四乡镇交界，周围群山连绵。2015年，全村建档立卡贫困户82户389人，贫困发生率高达45.23%。

黄景教以超人的毅力，下绣花功夫，真扶贫、扶真贫。2016年全村230户893人，人均纯收入2813元，比上年增收507元，其中有10户43人脱贫摘帽。

是千里马，总会遇到伯乐。2016年5月，都安县委破格提拔黄景教为县供销联社纪检组组长，担任副科级领导职务；2017年10月，组织提拔他为县供销联社副主任。

"地平村不脱贫，我坚决不走人"

袁朝珍一家的安危一直牵挂在黄景教的心头。袁朝珍家房屋两面墙皮出现裂缝，是村里最后4户没有稳固住房的贫困户，也因此一直未脱贫。黄景教召集几名驻村工作队队员和村干部商议帮助袁家加固房屋。"当前刮风下雨的季节即将到来，我们必须把群众的安危放在第一位。"黄景教拍板，"要赶在雨季前做完这件事。"

第二天一早，一支由驻村工作队队员、村干部和群众组成的义务施工队就来到了袁家。第三天16时许，袁家房屋修缮加固工程基本完工了，袁家人感动得热泪盈眶。

"地平村不脱贫，我坚决不走人。"这是黄景教常挂在嘴边的话，也是他坚守初心的誓言。

共产党员，永远在人民最需要的地方。2018年4月黄景教任期期满，为了继续带领村的贫困群众脱贫致富同步小康，他主动请缨，继续留任地平驻村第一书记。地平村石山交错，土地贫瘠，缺水严重，交通条件差。他暗下猛药，全力以赴，想要扭转全村贫困发生率高达45.23%的局面。

黄景教常对村民说："我来自供销社，我的职责是服务农业、农村、农民。"参加工作以来，他一直坚守扶贫初衷，初心不改，牢记使命，努力发挥供销社服务"三农"作用。2019年4月3日，黄景教趁着春暖花开，带着后援单位无偿捐赠的价值达1.5万元的化肥，到地平村，免费分发给该村贫困群众，发展种植160亩"粮改饲"，群众对此感激不尽。

"我要把黄书记带来的县供销社捐赠的化肥，用来扩大牧草种植，完成'粮改饲'任务，再通过'贷牛还牛'项目养殖肉牛，力争今年收入翻一番，实现脱贫。"弄险屯贫困户卢炳立如是说。2019年底卢炳立养殖的2头肉牛出栏，收入2.3万元，他一家五口人心里乐滋滋。

黄景教为使村民早日脱贫，带领乡亲们发展产业，办起了集体牛场，带动73户贫困户参与"贷牛还牛"项目。他的帮扶对象卢海林养牛8头，尝到了甜头："年初我卖了一头牛，获利6000多元。"同时，养羊专业合作社，养鸡专业合作社，核桃、旱藕、两性花毛葡萄特色种植，也随之发展起来，扶贫产业100%覆盖，贫困户增收门路越来越宽广。

3年来，黄景教撸起袖子加油干，马不停蹄地带领村民完成义务教育、基本医疗、住房安全、饮水安全等四大战役。他带领群众全力推进饮水安全工程建设，建设8个集中供水工程，全部完成管网改造，解决了180户680人的饮水安全问题，饮水安全达标率达100%。

在地平村委会办公楼黄景教的办公桌上，摆放着他驻地平村以来用过的12本工作笔记本，里面详细记录了他扶贫工作的内容，有会议记录、工作日记、工作计划、工作感想、学习体会。"2018年11月12日，在易安点看望贫困群众，代办卢美合残疾人补贴；2019年12月14日，上午到拉烈调牛给牛场，下午慰问贫困群众……"工作笔记本也记录着他借亲戚朋友3万多元的账目，这些欠款大多是产业垫支资金。

黄景教用自己的奉献之火、生命之光，照亮了苦寒贫穷的土地，温暖了群众的心灵，点燃了百姓战胜贫困的星星之火。

2020年1月，地平村是全县39个预脱贫村之一，顺利通过国家脱贫验收，实现全村脱贫摘帽。此时，黄景教已经不辞而别，青山垂泪，草木含悲。

"黄书记一路走好，愿天堂没有车祸"

在即将跨入全面建成小康社会收官之年的前几天，2019年12月27日凌晨，谁也没想到，他在拉烈镇地平村扶贫路上发生车祸，经抢救无效，悄悄离开人世。

"路已修通，他却走了。黄书记一路走好，愿天堂没有车祸。"噩耗传来，70岁的袁昌法在家门口用粉笔字留字哀悼。黄景教辞世的消息在地平村掀起一片哀潮。

黄景教的辞世，让地平村的群众陷入悲痛之中。自驻村以来，他每家每户至少走访过4遍。仅2019年，他就为地平村落实4户危房改造，修建4个集中供水池、7个家庭水柜，硬化6公里屯级路。

"好好的一个人，怎么说没就没了。"村民袁昌法听闻噩耗后失声大哭。由于行动不便，他只能在家门口留字进行悼念。

2016年，原籍龙费屯的袁昌法需要易地搬迁，黄景教和工作人员不仅轮流背着他生病的儿子"爬"出山窝，还自掏腰包2100元援助他建新房。"谁帮我搬迁外出，谁就是我的亲人！"袁昌法信誓旦旦地说。

2015年10月，45岁的黄景教是都安瑶族自治县供销联社办公室主任，在他的笔记本扉页上写有"事业重如山，名利淡似水"这个信条。他拍胸脯说："面对中央开展轰轰烈烈的脱贫攻坚战，我是党员，我不上谁上！"他挺身而出，果断抉择。

"他是单位的'一支笔'，失去他，我就好像失去了一只手。"都安瑶族自治县供销联社主任蓝启富悲伤地说。黄景教此前连任了12年的办公室主任，办公室的工作离不开他的协调。即使下队扶贫，他仍"一身两用"，为单位的发展出谋划策。

"为群众脱贫致富，他拼劲十足，加班加点，我们自愧不如。"地平村扶贫工作队队员谭明佳对黄景教充满敬佩。他说，2019年12月26日，他们一行到弄费队卢志柏家中进行房屋维修加固。当天16时，本来就可以收工了，但黄景教认为，危房不住人，住人无危房，坚持要把危房内部的门窗等加固完成，一直干到20时才收工返程。最后，因为天黑路滑，车子坠落15米悬崖，造成了惨剧。

"黄书记有功于拉烈镇脱贫摘帽，我们失去了一位好战友……他用生命书写担当，我们永远怀念他，我们将踏着他的足迹继续前进。"拉烈镇党委书记韦晓沉重悼念。地平村原先基层党组织涣散，脱贫攻坚动力不足。自黄景教担任驻村第一书记后，他狠抓基层党建，并沉下身心干实事，促进了28户140余人实现脱贫，地平村2019年底的贫困发生率降到2.47%。

为破解地平村级集体经济发展"薄弱村""空壳村"的难题，黄景教加强结对指导、扶持，催化资金、信息、技术等各类资源的叠加效应，为村级集体经济夯筑"四梁八柱"，提升基层"造血"功能。2019年，地平村集体经济收入达4.25万元。如今，村里各项工作实现了"有钱办事、有人办事、能办成事"的目标。黄景教因此荣获河池市2016至2017年度"优秀驻村第一书记"称号。

2019年12月27日，亲属为黄景教入殓时，发现他在家里竟然没有一件像样的衣服。"他的衣物，全部留在了村部……"妻子石彩田泣不成声。

地平村委会距离都安县城95公里。2018年12月，面临妻子下岗、自己仅有几千元月薪的窘境，黄景教贱卖了房子，购买了一辆越野车，"私车公用"方便扶贫。

"坚决推进整村脱贫，告慰黄书记在天之灵"

卢森康介绍说，黄景教在村民代表大会上郑重表态：咬定"以产业为支撑，增强发展能力"不放松。因地制宜，建立以种植核桃为主导产业，养殖牛、羊、鸡为辅助产业的发展模式。全村核桃种植1097亩，农户覆盖率达100%。落实好县委实施的"贷牛还牛""贷羊还羊"扶贫产业项目。该村2019年发放牛犊45头、澳寒羊61只，惠及贫困户58户，以奖代补发放金额31.25万元。同时在广西都安嘉豪实业有限公司、广西澳都农牧科技责任有限公司等龙头企业的带动下，有24户易安贫困户受益，为其保障后续产业顺利推进，带动贫困户增收脱贫。为进一步壮大牛羊产业，该村在2018年成立了拉烈镇地平村加顺养殖专业合作社，2019年村级牛场正式投入运营，饲养良种肉牛20多头。培育韦忠凡、卢森立、卢炳汉等贫困村创业致富带头人，带动19户贫困户发展种养产业。

黄景教的办公桌旁，摆放着一排板凳。"那是黄书记睡觉用的。"卢森康介绍说。连续3年来，黄景教经常加班到凌晨两三点，有时累了困了，他直接睡在凳子上，醒了继续干活。

黄景教的办公电脑前，醒目地贴着全村建档立卡贫困户"八有一超"主要指标达标情况表。"那是黄书记时刻警醒自己赶进度、抓扶贫。"卢森康说。黄景教对地平村各项扶贫工作了如指掌，每完成一项工作任务，他都会在情况表标注，并及时落实下一项工作部署："他的时间永远都不够用。"

在"帮扶联系人、贫困户基本信息情况表"上，黄景教把"已脱贫"指标都留给工作队员，最难啃的"未脱贫"4户指标，他给自己留下了2户。"黄书记永远把最难的工作留给自己。我们要坚决推进整村脱贫，告慰黄书记。"卢森康说。2019年12月8日是黄景教小女儿3岁生日，但那天他行程满满，以至于他遗忘了这个重要的日子，这一忘，竟成了永远的遗憾。

黄景教的大女儿黄兰斯2019年大学毕业，目前已签约杭州一家公司。父亲的辞世让她痛不欲生，她说："父亲曾鼓励我，大学毕业了，想去哪发展都可以，不要牵挂父母。如今，父亲去世了，我要回家与母亲相依为命。"

"黄书记前几天还到牛场查看肉牛的长势，鼓励我要好好干，等4个月后这批牛出栏，我们村就能彻底脱贫。"贫困户卢海林是村里养牛场的管理员，一提到黄书记辞世，他就不断抹眼泪，"我一定努力工作，把牛养好，为整村脱贫添力，以告慰黄书记。"

相关部门到黄景教家中慰问，石彩田婉拒了所有的慰问金："请献给地平村吧，把钱用到最需要的地方去。"

黄景教心中总装着人民群众的疾苦，人民群众永远怀念他。如今，他化作夜空上的星星，成为老百姓脱贫，走上致富道路的"启明星"。

"苦楝树叶上的露珠，照亮瑶山一片天"

黄景教在脱贫攻坚战场上，以忘我的情怀追逐人民的梦想，用生命向党和人民交上了一份感人至深、催人奋进的满分答卷。2018年1月，国家级刊物《中国扶贫》杂志总第315期，图文并茂地推出以

《耕耘在驻村土壤上》为题的文章，报道了黄景教的事迹。

对于黄景教4年多的驻村扶贫生涯，老百姓评价说："黄书记就是苦楝树叶上的露珠，照亮瑶山一片天。"他用一名共产党员的宗旨追求和自己49岁的宝贵生命，诠释了脱贫攻坚伟大工程的深远意义！

2019年12月31日，中共都安瑶族自治县委员会决定追授黄景教同志"自治县优秀共产党员""自治县优秀第一书记"称号，中共都安瑶族自治县委员会、都安瑶族自治县人民政府决定追授黄景教同志"自治县优秀扶贫干部"称号；同时，号召全县各级各部门和广大党员干部群众向他学习。

2020年1月9日，中共河池市委员会决定追授黄景教同志"河池市优秀共产党员"称号，并作出开展向黄景教同志学习的决定。

决定指出，黄景教同志是在"不忘初心、牢记使命"主题教育中群众身边涌现出来的先进典型，是河池市脱贫攻坚一线的优秀党员、干部代表。他参加工作28年以来，始终把党的事业和人民群众放在心中最高位置，坚守初心、对党忠诚，勇担使命、敢为善成，勤政为民、乐善好施，真诚质朴、克己奉公，用生命诠释了一名共产党员应有的价值追求和使命担当，是习近平新时代中国特色社会主义思想的坚定信仰者和忠实践行者，是脱贫攻坚一线的好党员、好干部、好书记，为全市党员、干部树立了榜样、作出了表率。

河池市委号召全市各级党组织和广大党员干部向黄景教同志学习，学习他坚守初心、信念坚定、对党忠诚的政治品格，始终保持崇高信仰，听党话、跟党走，自觉用习近平新时代中国特色社会主义思想武装头脑、指导实践、推动工作；学习他扎根基层、敢为善成、主动作为的担当精神，以无私无畏的勇气直面风险挑战，敢啃硬骨头，勇挑最重担；学习他心系群众、一心为民、无私奉献的真挚情怀，舍小家顾大家，以百姓心为心，始终与群众同呼吸共命运；学习他清正廉洁、真诚质朴、淡泊名利的道德情操，把事业看重如山，把名利看淡如水，清白做人、干净做事，自觉践行共产党人的价值观，始终保持共产党人的政治本色。

河池市委要求全市各级党组织要采取多种形式学习宣传黄景教同

志的先进事迹，始终践行初心使命，永葆忠诚干净担当，以实际行动不断增强"四个意识"、坚定"四个自信"、做到"两个维护"，在思想上政治上行动上始终同以习近平同志为核心的党中央保持高度一致，更加紧密地团结在以习近平同志为核心的党中央周围，进一步解放思想、改革创新、扩大开放、担当实干，把脱贫攻坚作为最大的政治任务，以勇于斗争的奋进姿态，闯关夺隘、攻城拔寨，凝心聚力打赢深度极度贫困歼灭战，为全面建成小康社会、加快建设美丽幸福新河池作出新的更大贡献。

黄景教，用生命书写脱贫答卷，在全国深度贫困地区——都安脱贫攻坚史册上，留下浓重一笔。

扶贫经历：

韦炳旺，5年来，先后深入到河池市都安瑶族自治县下坳、三只羊两个乡镇，参加扶贫攻坚，并取得良好成效。2019年被县委任命并安排到三只羊乡建良村担任第一书记，先后经过结对帮扶10户贫困户，他们已经全部脱贫摘帽。扎实指导建良村开展扶贫，引导贫困群众大力发展种桑养蚕、"贷牛还牛"、"贷羊还羊"等产业，2020年该村村级集体经济收入达到5万元。

有事找第一书记

梁丹华 / 南宁市卫生计生监督所

　　两年多前，我和城市里的大多数人一样，每天上班、回家两点一线，日子过得平淡、安稳，从没想过换一个工作和生活的环境会是什么样子。直到2018年春节过后，单位领导找我谈话，征求我去贫困村担任驻村第一书记的意愿。我从小在城市里长大，接触农村的机会也就是每年过春节回老家。当时我的两个双胞胎儿子才4岁，虽然我第一时间就答应了，但心里还是忐忑不安。我能当好第一书记吗？我现在回想起来，做第一书记会遇到很多困难，但最难的肯定是当初做决定的时候，因为没有人会告诉你，驻村工作会遇到什么，家庭会因此有什么改变，人生际遇又会如何发展。就这样，我怀着忐忑和憧憬来到了横县百合镇妙门村。

万事开头难

　　2018年3月27日，我正式上岗，虽然有了心理准备，但村里的情况还是让我不由得心里"咯噔"一下。经过了两年多的精准扶贫，村里41户贫困户中还有16户没有脱贫，村里贫困发生率还是高达7.86%，远高于贫困发生率3%的脱贫标准。村里既没有集体经济产业，也没有拿得出手的特色产业。村"两委"干部是2017年底才换届产生的，村支书和村主任都是80后，比我还年轻，可以说和我一样是个新手。怎么打开工作局面，如何在困境中找到突破口，成了我到任后遇到的首要问题。

万事开头难，但我相信水滴石穿。我一开始也没有什么特别的办法，就是虚心地向大家请教，先熟悉村情、民情，这就是所谓的笨办法。于是乎，驻村第一个月，我天天往村干部、生产队队长、贫困户家里跑，他们经常会被我问得不耐烦。一个月下来，我对村里的情况也了解得差不多了，但村里的情况还是没有改观。对于我这个外乡人，乡亲们还是不太理睬，他们觉得第一书记只是下来"贴金"的，也就是走走过场，完成上级派发的任务，任期一到就收工。最主要的是，我还没有找到开展工作的突破口。

那时候，我满脑子都是扶贫工作，周末回到家里，也会找扶贫前辈们请教。有一次，我和在百色当过第一书记的蔡哥小酌时，他告诉我，他曾经想弄一个"有困难找第一书记"活动，因为一些原因没干成，问我有没有兴趣做，我当时就觉得这个活动挺好。回到村里，我有空就琢磨这个事，越想越觉得可行，可还是感觉缺了点啥。我打电话问蔡哥："'有困难找第一书记'感觉只是偏向贫困户，我想改成'有事找第一书记'，这样会面向更多的人。"蔡哥说："'有困难'的话，事情还不算很多，'有事'的话，大事小事都来找，你岂不是得烦死累死？你自己考虑清楚。"其实这也是我担心的。我有那么多时间、精力和能力吗？但想要在村里扎根，顺利开展工作，就要取得村民们的信任，就得让村民们了解我、信服我，证明自己不是来混日子的。我豁出去了，立即着手开展"有事找第一书记"活动。我花钱制作了一批宣传画，上面印着"有事找第一书记，我在你身边"几个大字，还有我的相片、姓名、电话、后盾单位名称等，然后跑遍全村174户村民家，把宣传画贴在他们家里明显的位置上，还拍着胸脯说："有事找第一书记！"有村民问我："小事情也可以找你吗？"我说："第一书记不光是要帮助大家解决大事，只要是能让大家过得好，小事情我也可以帮。"

有事就找我

贫困户农大哥是第一个找我的人，他的老父亲和老婆都有残疾，两个孩子未到上学年龄，全家只有他一个劳动力，他还特别瘦弱，仿佛随时会生病倒下。他说他家里太困难了，想问我能不能多帮帮他。他早就想找我了，但又不知道怎么开口。我找来3个好朋友，和他们制订了一个为期两年的资助计划，给农大哥的孩子们每月资助200元，我们每人每月只用出50元，负担也不大，还能实实在在帮到别人。我跟农大哥说："这钱是给孩子的，但其实我们最担心的是你，你身体太差了，伙食一定要改善，你倒下了你家就完了。"之后，我还给农大哥家送鸡苗、干农活、卖农产品。现在，他能一次养200多只鸡，家里也脱贫了。而两年的资助期已经过了，我们还继续资助他们家，朋友说："能帮就多帮一点嘛。"

2018年5月18日，对贫困户黄国玉来说是个不寻常的日子。中午12点左右，他在自家林地用电锯砍树，锯到木头坚硬的部位，电锯一个反弹，在他的右腿外侧直接拉了一个20厘米宽的大口子，深可见骨，血流不止，可谓是触目惊心。我接到电话后，立即和村干部召集人员开展分工救治。村主任带人赶赴出事现场对伤员进行简单包扎并运送伤员，我赶往镇卫生院安排手术和住院事宜。经过争分夺秒的抢救，下午2时许，手术顺利完成，黄国玉的脚保住了。安顿他住院后，我买来水果、面包给他，并叮嘱他伤口愈合期间的注意事项，鼓励他安心养伤，早日康复。这个事情让我特别有感触，安全太重要了，村里劳动力本来就少，一起事故很容易就会导致一个普通家庭致贫，更何况是贫困户呢。一回到村里，我就开展安全生产教育，在今后的工作中也定期开展隐患排查活动，入门入户地查隐患，纠违章，对发现的隐患立即整改，对违章行为当场制止，把事故消灭在萌芽状态，把安全生产放在更加突出的位置。

接连干了几件事，乡亲们也渐渐接受和认可我了。2018年底的一天，我接到了一个来自广东的电话，打来电话的人是我们村的贫困户农大姐。原来她从亲戚那里听说我开展"有事找第一书记"活动，就找我碰碰运气。她的丈夫多年前因病去世，家里还有两个上学的儿子和公公婆婆，一家人靠农大姐外出务工的收入和家中微薄的务农收入生活。本来清贫的日子一家还勉强过得下去，可是屋漏偏逢连夜雨，2018年下半年开始她家的情况急转直下。高强度的工作和恶劣的工作环境，让本来患有老胃病的农大姐又患上了支气管哮喘，这使得她的务工收入急剧缩水，每个月只能挣到1000多元。她婆婆心脏病加重经常住院，公公更是被查出患了多放性骨髓瘤，须要到广西医科大一附院化疗，光是不能报销的医药费就是一大笔钱。

农大姐一家的状况令我十分揪心，我想我必须为他们做点什么。2019年春节，我对返乡的农大姐说："你现在身体不好，干不了重活，还要经常到医院治疗，在广东打工也不能和家人互相照顾，而且收入也太低了，是不是考虑到近一些的地方务工？我帮你找工作。"得到她的同意后，我便开始联系亲戚朋友，最后在我的后盾单位的帮助下，为她争取到南宁方特东盟神画主题公园保洁员的岗位，月薪2800元还包住，用人单位还答应对她的工作和生活进行一定的照顾。2019年4月15日，我开车搭着农大姐到广西诚愉和物业服务有限公司报到。接待我们的兰经理热情地向我们介绍了农大姐就业岗位的情况，还带我们参观了她即将工作和住宿的地方。着实让我大开眼界的是，位于景区里的工作环境特别好，用人单位还建了小区给员工做宿舍，房间配备了空调、洗衣机、电视机、卫生间。农大姐特别高兴和满意，好几次都流下了开心的泪水。农大姐终于落实了工作岗位，我松了一口气，心里也踏实了。

令我欣慰的是，许多好心人也加入到了帮助农大姐一家的行动中。我在微信朋友圈里发了农大姐家不幸的消息，引起了爱心人士的关注。南宁市的一个爱心团体从2019年7月份开始，对农大姐上小学的小儿子进行长期资助，每月资助200元，一直到高中毕业，逢年过节还会到村里看望慰问他；来自广东、陕西、黑龙江的爱心人士也给孩子寄来了图书、文具、书包、衣服、鞋子等学习、生活用品，并寄来了慰问金。我们还在网上为农大姐患病的公公进行了众筹，筹集到医药费12000多元。农大姐工作落实了，老人的病情也开始好转了，再加上低保金、养老金、医保金、危房改造、产业奖补、"雨露计划"等政策扶持，农大姐家达到了脱贫标准，已经在2019年脱贫了。

入夜，我看着满天的星星思绪万千，脑海里都是农大姐家一年以来的跌宕起伏，心中更是充满感激。是党和政府的扶持、后盾单位的支持、爱心人士的援手，让农大姐一家看到了希望，我相信他们通过努力奋斗，一定会战胜困难过上好日子。

不仅仅是农大姐，村里的困难群众还有很多。可以说在刚开展精准扶贫工作时，他们的贫苦常常超乎我们的想象，每次看到身处困境的乡亲们，我都会燃起斗志，竭尽所能去帮助他们。摆脱困境，脱贫致富，是我心所向，也是我义不容辞的责任。此后，村里各个角落都有我的身影：老周家着急卖蜂蜜，筹款建房，我就四处打通销路，三天就帮他销售一空；老黄家担心因没有劳动力而错过春耕，我二话不说，撸起袖子就下地；阿庆两口子闹矛盾也找上门来，我又当起了"金牌调解员"……两年多来，为村民解决大大小小的事有多少，我自己都记不清了。但是我很清楚，帮乡亲们解决的事情越多，我就离他们越近。村民们找我帮忙，是对我的信任，这份来之不易的信任，我又怎能辜负？乡亲们的需要，就是我这个驻村第一书记存在的意义。

多帮帮孩子

有事来找我的乡亲们中，"多帮帮孩子"这句话说得比较多。其实我也是这么觉得的。一个村子想要有一个长远的发展，除了靠党和政府，还要依靠教育，孩子出息了，出去见过世面了，成材了回馈家里、村里，生活才能从根本上越来越好。

金秋八月，怀揣着梦想与希望的莘莘学子经过高考的磨砺，即将步入大学校园。2018年，两位贫困学生小黄和小周分别考上了一本、二本院校。小周以491分的成绩考入了成都工业学院，由于其父亲已过世，爷爷奶奶现已80多岁，长年需要人照顾，弟弟还在上高中，养家的重担全落在了母亲一人肩上，经济收入十分微薄，家里承担不起他上大学的费用。小黄以605的高分考入了上海东华大学，由于家中弟弟妹妹正在念初中，奶奶年迈多病，经常需要就医看病，仅靠父母在家务农所得的微薄收入来维持家庭生活，经济压力沉重。他们的家长找到我，我了解了详细情况后，除了帮助他们争取"雨露计划"政策补助，还开始多方奔走为他们争取社会资助，经过努力，争取到了社会助学金共1.9万元，他们上大学妥了。令我欣慰的是，小周一家也依靠该项资助和其他相关帮扶措施，达到了脱贫标准，在当年脱贫了。

之后还发生了一个插曲，小周的爷爷是村里德高望重的老党员，几位村民跟我说，我帮他孙子争取了那么多钱，他还说我平时的工作干得不好，以后有那样的好事就不要考虑他们家了。说真的我没生气，也没在意，就觉得肯定是我工作没做好，人家老党员才这么说的嘛，一码归一码。

2019年8月的时候，还真又有好事给我碰到了，这回我又给他俩争取了总共1.2万元的社会资助款。资助过他们的一个企业在2019年的时候有一个新规定：从他们那里申请到助学金的学生，在上学期间如果积极参加公益活动，积极回报社会，还能继续申请助学金。我得到消息后特别高兴，这简直是为他们两个量身定制的啊。我一直对他们开展感恩教育，他们也一直心怀感恩，因此在这方面的表现还不错。就在当时刚结束的镇团委组织的"幸福乡村宣传月活动"和"垃圾分类宣传活动"中，他们不畏酷暑，耐心、积极地向群众宣传幸福乡村和垃圾分类的相关政策、知识，脸上始终带着阳光般的微笑，表现得特别亮眼。在学校的时候，他们不仅写了入党申请书，还分别加入了各自学校的志愿者服务队，积极参加社会公益活动。小周到成都市郫都区客运站为旅客提供志愿服务，还参加了"我是文明交通员"的交通志愿服务系列活动。小黄利用自己专业所学，参加上海市青少年理财训练营活动，科普移动支付、防金融诈骗、生活中的税收等知识。她还参加"理财嘉年华"志愿者活动，给大学生科普金融理财知识，引导大家树立正确的理财观、价值观。在上海K11美术馆，小黄给来观展的客人讲解美术馆里的展品，志愿服务时长达72.5小时……看到他们表现得那么好，我觉得我的付出，值了！

　　2020年6月13日，天气晴朗，温暖的阳光驱散了连日来的阴雨，由南宁市企业家组成的爱心团体"快乐门公益联盟"来给我们村小学的学生们送书包、雨伞等学习和生活用品，还给8名贫困户和贫困学生送去了共1.2万元的资助款，这是他们两年内第四次到我们村开展助学和慰问活动。特别是在因新冠肺炎疫情，社会经济受影响的大环境下，他们还能保持这样的慈善扶贫力度，我是真心感动。

　　"梁书记，我们的新书包是什么样子的，漂亮吗？"爱心人士还没到村，孩子们就迫不及待地想了解自己的新礼物。在活动仪式现场，孩子们你一言我一语，争相向叔叔阿姨们汇报自己的学习成绩和家里、村里的变化，他们还拿出自己制作的含羞草小盆栽，送给相识了两年的大朋友，现场一片欢乐。可以想象得到，今后无论炎炎烈日还是大雨滂沱，孩子们背上时尚的新书包、撑起漂亮的彩虹伞，走在上学、放学的路上，都会为这个宁静的小山村增添一道蓬勃、温馨的美丽风景！

　　"小朋友长高了不少，都住上新房子了！"在贫困户老周家里，爱心人士们和他的两个孩子亲切交谈。作为长期资助的对象，姐弟俩的成长时刻牵动着爱心人士们的心，当得知老周一家在2019年脱了贫，还住上了新房，靠自己的努力把生活越过越好时，大家笑逐颜开。这样令人欣慰的场景，也同样发生在接下来慰问的几位贫困生家里。覃焕铺家是村里唯一没有脱贫的贫困户，爱心人士看望他两个孩子的时候，发现他4月份收到的扶贫鸡苗现在养得非常好，当即表示等鸡出栏后一定会组织大家积极购买，第一书记送鸡苗，爱心人士帮购买，覃焕铺深受鼓舞，他决心发展养鸡产业，2020年要脱贫。"谢谢你们帮我解决了大问题。"脱贫户农大叔在接到2000元的资助款后，眼眶湿润了，农大叔家因为他的大儿子患有重度精神病而致贫，虽然经过努力他家在2018年底脱了贫，但2019年开始儿子的病情日益加重，药费和住院费用等开支一下子增加了不少，家庭存在返贫的风险，所以我提议此次在助学活动中专门增加对他家的资助。

　　贫困无情，帮扶有情，脱贫攻坚离不开社会各方的共同参与。刚到村里的时候我就发现，村里的一些孩子衣服破旧，甚至有的孩子还赤着脚上学，这些孩子们大多为贫困学生和留守儿童，孩子的家长正值青壮年，大多外出打工挣钱，孩子一般留在村里给老人或者亲戚照顾，很多孩子都养成了长时间看手机的习惯，这对他们的成长是非常不利的。于是我通过各种方式，让爱心人士来到村里，让外地的捐赠物资寄到村里，让社会的关爱常在村里，就这样，我获得了许多人的支持。广州的一位女士寄来一批新冬装，邮费都花了200多，西安的一位爱心人士寄来一箱重达80多斤的童鞋，南宁的一位爱心人士寄来了50盒月饼，我们甚至还收到了远在黑龙江等地的好心人发来的爱心包裹……收到这些来自四面八方的爱心物资，我既惊喜又感动，在我们看得到或是看不到的地方，有那么多的人关注着扶贫，用各种方式为贫困人群提供力所能及的帮助，正是因为有这些怀着热诚的扶贫人在，社会才变得更美好。这些大大小小的爱心，不仅温暖了贫困孩童，也鼓舞了我。"手拉手爱心助学""中华慈善日送书包""关爱留守儿童、送健康爱心包""新春助学送校服""关爱贫困学生，捐赠保暖童鞋"等活动相继开展起来，2018年至今，我们共开展助学活动9次，慰问、资助贫困户活动18次，共筹集捐赠物资价值20余万元，资助、慰问金额10.3万元。村里的孩子也渐渐跟我打成了一片，他们也积极向上起来。不过有个趣事也让我哭笑不得，一位家长跟我说，他们家孩子吃饭的时候，经常会看着我贴在他们家墙上的宣传画（上边有我的大幅照片）说："书记吃饭。"我笑完以后跟家长说："是不是让你孩子改改，我还健在，就不要这么客气了吧。"后来一打听，这样的孩子还不少，这全当是他们对我的认可吧。

助学如果单单是慰问肯定是不行的，还要与扶志扶智相结合，既要扶"今天"，也要扶"明天"。我有两个孩子，驻村扶贫以来，我陪伴他们的时间很少，所以每个星期会买一次玩具给他们。虽然我也知道这样不太好，但实在找不到弥补他们的办法。我也会经常会买益智类的玩具带到村里，我估计村里的孩子肯定是既高兴又纳闷，为什么梁书记会有那么多玩具。玩一些益智类的玩具，对孩子们脱离手机是有帮助的。我喜欢喝茶，茶盘、茶壶、茶具什么的都齐全，这也是我长期在村里边唯一的放松方式。我晚上有时会在村委会办公楼前边的空地上摆桌喝茶，一起喝茶的还有一群小茶友。刚开始我还惊讶于为什么他们也喜欢喝茶，没想到他们把茶当酒，边喝茶边划拳来着，搞得我哭笑不得，同时也感慨，大人是孩子的榜样，大人们喝酒划拳的样子深深地印在他们的脑子里了。好在经过我的教育，现在他们烧水、洗茶、泡茶、倒茶、养壶……像模像样，我还向他们教授了一些传统文化知识，帮助他们提高素养。"一帮一联要搞好，干部帮扶要做到，除了帮扶贫困户，还要联系贫困生……"孩子们朗诵起扶贫儿歌来显得格外朝气蓬勃，孩子们学会后，也让他们回家念给家人听，以浅显易懂的方式呈现给群众，宣传扶贫政策。每年的10月1日国庆节当天，我都会放弃休假，在村里组织大家举行升旗仪式。我要求学生们一定要来。当嘹亮的国歌响起，当鲜艳的五星红旗冉冉升起，我带领党员干部、村小学生、贫困户代表、村民代表高唱国歌，行注目礼，点燃了大家强烈的爱国热情，激发了大家满满的自豪感、成就感，让孩子们知道今天的幸福生活来之不易。

助销农产品

说到卖农产品，一开始我是拒绝的。以前听说过几个例子，扶贫干部将农产品带回后盾单位后，可能是东西不好吃，也可能价格贵了点，不仅得罪人，还被人讲做生意挣钱，再加上我们村里种养产业单一，只有稻谷，连鸡也没几只，没啥可卖的。来村里的第一年，我真的是一件农产品也没卖。到了2019年，助销农产品作为精准帮扶的有效手段越显重要，再加上我积极开展扶贫工作，村里发展多样种养产业取得了一定的成效，并以积极培养致富带头人的方式带动了更多的贫困户和村民，村里产出的农产品也开始丰富起来。

绿遍山原白满川，子规声里雨如烟。2020年4月24日上午，连日的春雨还在一直下，村委会办公楼前却是热闹非凡，随处可见笑容满面、满心期待的群众。我们在这里举行"扶贫鸡苗"赠送仪式，向34户建档立卡贫困户赠送了共1360羽价值2万元的鸡苗。仪式上，贫困户们兴高采烈地排着队，拿着号牌按顺序领取鸡苗，现场秩序井然。

贫困户老黄最高兴："今年又发扶贫鸡苗了，养好的话能给我增加差不多3000块钱的收入，不用担心返贫了。"这批鸡苗均为1.8斤左右、抗病能力强、出栏周期短、成活率高的优质土鸡苗。我还请到了养殖技术人员，给贫困户们送去了禽病防治药品。"养鸡的场地一定要做好地面清洗消毒，刚开始投食要从少到多，让鸡苗慢慢适应……6月份我再过来免费给鸡打疫苗。"技术员耐心地讲解鸡苗养殖和疫病防疫知识，大受欢迎。"鸡苗免费送，技术请上门，销售有路子，发展有奔头。"我连续三年开展"扶贫鸡苗"捐赠活动，该活动就是要借助"扶贫鸡苗"，发挥贫困户的自我创造力，不断激发贫困户发展养殖产业的动力和信心，让"输血式扶贫"逐步变成"造血式扶贫"。

由贫困户成功转变为致富带头人的小周今年38岁，八年前的他，奔波在广东外地，徘徊过，气馁过，打过零工，进过工厂，但由于家里人口多，劳动力少，母亲还常年服药住院，面对重重负担，他只能辞掉在广东的工作，回到老人孩子身边。他拿出打工存下来的1.5万元积蓄，在自家的地里尝试养了500羽土鸡，种植了6亩松树，开始了自己的创业之路。"理想总是很丰满，现实总是很骨感"，创业初期的周建庭，很快就陷入了资金不足、技术缺乏的困境。最难的时候，我们经常和他交流想法，让他调整策略，还帮他申请到了5万元的扶贫小额信贷。他果断将这笔资金用于扩大养鸡规模上，在大山里置办了养鸡场，开始启动生态土鸡养殖。2019年他家出栏的肉鸡就达1万多羽。他还开发种植澳洲坚果80多亩，种植铁树盆景1万余株，养殖蜜蜂30多箱，成为村里名副其实的种养大户。成为致富带头人后，我鼓励他积极带动村里贫困户，目前有1户跟他养蜜蜂，1户跟着他一起种坚果，2户跟着他一起养殖土鸡。他通过技术服务、土地流转，共带动和安排了40余名村民就业，其中贫困户10多人，带贫脱贫效果特别明显。

经过努力，从2019年中旬开始，土鸡、蜂蜜、番石榴、茶籽油、香蕉等特色产品在村里遍地开花。村里有了农产品，找我帮销售农产品的贫困户和村民就多了起来。刚开始我也没有什么人脉和销路，就通过微信朋友圈打广告，联系后盾单位，从少到多，从无到有，边卖边积累经验。记得2019年8月31日那天下午，我带着贫困户的农产品回到市里——3只土鸡、28斤蜂蜜、90斤番石榴是这次带回的土货。我将农产品一一给客户送上门后回到家，已经是晚上8点了。7—8月份，辛苦了半年的贫困户有了收成，现在每周回到村里，我做的第一件事就是跟贫困户预定本周售卖的农产品。周末回到市里，我坚持开自己的私家车上门送货，而且还不多收1分钱。朋友们为此还给我起了外号，叫我"快递梁"。这基本上是当时我每个周末都要做的事情。

到了2020年，村里售卖农产品的情况有了改观，再也不是小打小闹了。就拿2020年5月22日那天来说吧，清晨6点天才蒙蒙亮，下了一夜的大雨依然滂沱，我早早守候在村头等待运输车的到来。村里的发货点上，3114斤香蕉分成519袋，摆放整齐、整装待发，这是大伙儿忙活了一晚上的胜利成果。早上7点整，满载香蕉的运输车出发。此时，村里的两个土鸡加工点上，20多位贫困户和村民还在全力奋战着，宰杀、拔毛、清理内脏、洗净、包装、装箱……大家分工明确，一丝不苟。此时，他们已经工作三四个小时了，贫困户周大爷老两口甚至不到凌晨3点就起床烧水做准备。经过大家的共同努力，圆满地完成了农产品加工任务，发货时间甚至提早了近1个小时。今天除了卖鸡所得的收入，每个人还能领到一笔不少的加工费，而留下的鸡下水做成的一道道美味，更是对今天辛苦付出的人们最好的奖励。下午3点，262只妙门土鸡顺利到达南宁市卫生健康系统消费扶贫产品职工认购活动仪式现场，那天总共销售积压的农产品价值2.3万余元。

2020年上半年，我通过带农产品回城、现场销售、组织团购等方式采购、推销农产品，共开展消费扶贫活动21次，帮助建档立卡贫困户、村民销售土鸡、蜂蜜、大米、山茶油、香蕉等农产品价值11.5万元，巩固了妙门村脱贫摘帽胜利成果，防止脱贫户返贫，也增强了群众通过发展产业致富奔小康的信心。现在找我买农货的人越来越多，回头客也越来越多。接下来我打算在继续带领大家增加种养规模、提升产品档次、提高服务质量，积极联系电商进驻、物流进村的同时，努力探索建立一个适合妙门村自身特点的农产品产销平台，让更多的消费者能方便、直观地选购物美价廉、绿色健康的农产品，使农户能及时接收市场需求信息，更好地选择种养品种，调整生产规模，帮助更多的贫困村农产品走出大山。

主动找上门

"有事找第一书记"活动发展到现在，已经不仅仅是等着群众有事上门找我了，主动上门解决困难、关心慰问已经是我的工作风格。每年冬天寒潮来袭，气温骤降，也正值农忙之际，这时候我都会开展"帮农活、卖农品""爱心冬衣捐赠""买菜、做饭、聊家常"等一系列暖心帮扶活动。

年底了，贫困户周大叔和老伴面对即将收获的4亩甘蔗犯难了，我带领工作队员们找上门，主动帮助他抢收甘蔗。甘蔗地里，我们挥舞着工具飞快地收割，收割完后认真地清理甘蔗上的叶子，最后还一起把甘蔗装上车，一天下来就可以完成了四分之一的工作总量。那段时间里，我们不停地出工，像周大叔这样劳动力少、弱的贫困户我们帮了不少。致富带头人小周年底也常发愁，眼看养殖了近万羽的肉鸡即将出栏，想增加人手却招不到工人，如果不能按时按质喂好鸡，就会极大地影响销售价格和出栏率，我带上工作队员们连续几天到他的养鸡场帮忙。贫困户老周每年都有2000多斤大米要出售，品质好售价低，却无人问津，我在微信朋友圈发布消息，往往不到三五天，大米就全部被订购一空，还卖得个好价钱。

"让贫困户暖一些，更暖一些！"这是我每次开展爱心冬衣捐赠活动的口号。我入户走访时发现，一些困难群众穿着比较单薄，盖的被子也不够厚，特别是大冷天的还穿拖鞋。我发出向贫困户捐赠爱心冬衣的呼吁，得到了很多爱心人士的积极响应，百色、桂林、广州、西安、黑龙江等省市的爱心人士，纷纷寄来了棉衣、毛衣、冬裤、鞋子、被子等防寒保暖物资。2019年12月12日，村委会会议室里格外热闹，400余件衣物、40双鞋子被摆放得整整齐齐，贫困户们兴高采烈地挑选着，经过了一番激烈的"争夺"，有的抱着好几件衣服笑得合不拢嘴，还有的直接把新鞋穿上了，还没有挑到适合自己尺码的贫困户着急得直跺脚，赶忙请我们帮忙挑选……现场一片欢声笑语。我

梁丹华（右一）春节前夕开展送春联等慰问活动

们村的贫困户都拿到了防寒保暖物资了，居然还剩了不少，我联系其他两个贫困村的第一书记，继续开展冬衣捐赠活动，让更多的困难群众得到帮助。像这样的活动，2年多来我开展了6次。

"买菜、做饭、聊家常"活动，就是我带着工作队员买菜到贫困户家里，亲手为他们做一顿饭，和他们聊聊家常。在厨房里，你洗菜、他烧柴、我炒菜，大家分工明确、配合默契，争相做着自己最拿手的饭菜，一副热火朝天的景象；饭桌上，大伙儿品菜肴、聊家常、讲政策、谈谋划，其乐融融。帮农活、卖农品、送冬衣、聊家常，妙门村的贫困户们穿得暖了，心里也更暖了，妙门村的冬天，似乎也没那么冷了。

两年多来，在我们的努力下，妙门村发生了可喜的变化，产业经济原先是我们的弱项，经过深入调研找准症结，我与村"两委"决定带领村民发展养鸡产业，我们先后争取到上百万元专项资金，投入建设了妙门村肉鸡养殖扶贫示范园，建了3个养鸡大棚，一年可出栏肉鸡3万羽，填补了妙门村没有集体经济产业的空白。我还四处奔走找资金、要项目，终于功夫不负有心人，120盏太阳能路灯覆盖了全村各条道路，投入70万元的人饮工程顺利完工并使用，先后争取到了200多万元修建村屯道路，争取30多万元建设办公及村民活动场所……妙门村旧貌换新颜，现在村集体经济收入达到了8万元以上，贫困发生率降至0.66％。2019年底，妙门村顺利脱贫摘帽。乡亲们的日子越来越好了，我也兑现了自己的承诺。在一个安宁的夜里，虫鸣悦耳，草香清新，月儿高挂，清风习习，我回想起扶贫工作以来的点点滴滴，创作了这首扶贫诗《我和你在一起》：

在山路尽头的村子，
我看见，
你忙碌的身影，
在烈日下挥汗如雨，
你干裂的双手，
在寒风中耕耘，
你朴实的笑容，
却遮不住一声叹息。
未来的日子，
我会和你一起，
同舟共济，
风雨相依。
请不要放弃，
现在不过是暂时的磨砺，
请鼓起勇气，
未来将会是幸福和甜蜜。
我要燃烧我倔强的斗志，
就算被现实紧紧摁住，
我也不会缩让退避，
就算被挫折重重打击，
我精疲力竭，
却充满信心。

明天的挑战啊，

我斗志昂扬，

无论脱贫之路多么崎岖，

无论梦想旅途遍地荆棘。

因为我是第一书记，

我和你在一起。

扶贫经历：

　　梁丹华，2018年3月到南宁市横县百合镇妙门村担任驻村第一书记。开展驻村工作以来，梁丹华全身心投入到脱贫攻坚工作中，积极开展"有事找第一书记"活动，把党建引领脱贫攻坚、贯彻落实各项扶贫政策、帮助群众解决实际困难等措施作为工作重点，很好地发挥了党员带头作用，有效地改善了干群关系，取得了突出的帮扶成效，其事迹获得媒体多次报道。

二等奖

思想脱贫

——记龙州县健源种养专业合作社理事长黎丽平

李晓辉 / 中共广西壮族自治区委员会宣传部

2018年6月11日，很普通的一天，驻村工作队队员像往常一样进村入户，宣传扶贫政策，了解群众生产生活情况，查看政策是否落实到位，收集群众反映的困难和问题。

"为什么跟我家情况差不多一样的家庭能评上贫困户，我就没评上？"驻村工作队队员踏进坡姆屯村民黎丽平家中，刚寒暄几句，黎丽平就向他们提出了质疑，情绪比较激动。

两分之差，无缘贫困户

我们在安抚好黎丽平的激动情绪后，对照"两不愁三保障"标准，进一步了解黎丽平家的生产生活情况。当时因距离2015年底精准识别评估已经过去了好几年，驻村工作队队员也轮换了一批，新驻村工作队队员不了解当初精准识别入户的打分情况，黎丽平本人也不记得当时得了多少分，于是我们决定准确掌握该户精准识别的分数情况后再入户。

第二天，我们带着"精准识别入户评估表"再次来到黎丽平家，一同对照评估进行分析。从评估表打分情况来看，精准识别时黎丽平家庭大致情况如下：住房为砖木结构，无装修，人均20平方米以上；家里配备有电冰箱和电视机，还有三轮车和摩托车；通水、通电、通路到户；全家成员基本健康；家中有3个劳动力，识别时黎丽平丈夫外出务工；家中有10亩土地，主要收入来源靠种甘蔗和外出务工。

精准识别入户评估表共16小项，黎丽平户得76分，龙州县2015年底建档立卡画线为74分，经过"两评议一公示"等程序后，74分及以下纳入建档立卡贫困户，74分以上为非贫困户。两分之差，导致黎丽平家不能享受到建档立卡贫困户扶持政策。从横向对比来看，确实也看不出黎丽平家的条件比个别贫困户好在哪里。

但政策是硬杠杠，绝不能打半点擦边球。在这种情况下，驻村工作队队员只能向黎丽平宣传和解释政策，并动员她通过自己的劳动来增加收入。黎丽平本人难以接受我们宣传的政策，因为她看着建档立卡贫困户2015年底以来在危旧房改造、易地扶贫搬迁、产业奖补等政策的扶持下，纷纷脱了贫，极大改善了家庭条件，尤其看到原本和自己家境相差不大的人现在竟然看起来比自己还好，她更加气愤难当，对当时精准识别的结果不认可。

一封举报信，反映没评上贫困户

驻村工作队队员和村干部虽多次到黎丽平家做思想工作，但收效甚微，多次入户宣传工作并没有得到黎丽平的理解。更让人想不到的是，她开始认为当年没有评上贫困户，是村干部在里面做了手脚，并向村委会递交了一份举报信，情况变得更糟了。

收到这封事关村干部的举报信后，为了避免不良影响，村支书找到我单独商量如何处理。信里举报了三个内容：一是举报一个村干部在精准识别的时候，提前"指点"了自己的亲戚，让亲戚在回答问题时故意避开高分项，从而在打分时得低分，拿到了贫困户名额。二是举报村干部在屯里面什么事都和自己家作对，在评议的时候鼓动其余村民，想方设法不让自己家评为贫困户。三是举报村干部不公平公正，能力不行，不是真心为群众着想。

对此，村支书和我决定对举报的内容暂时进行保密，同时在群众中进行侧面调查了解。经过一番走访，我们发现举报的内容纯属个人臆想，并带有夸张的成分。被举报的村干部在工作过程中，不仅正确地执行了精准识别的政策规定，而且尽职尽责，根本不存在举报信中反映的情况。至于黎丽平所说的村干部总是和她家作对，也没有这一回事，也仅仅是邻里间在生活上拌嘴的芝麻绿豆事。

调查清楚后，我和村支书把黎丽平邀请到村委会办公室，正式地向她反馈举报信调查结果。在村委会办公室的环境氛围下，她也逐渐明白了，自己举报的情况站不住脚。我们从她的表情可以看出，她一直以来紧紧守护的心理防线有了一丝松动。于是我们趁热打铁，鼓励她与其干等着政府来帮助扶贫，还不如先靠自己的努力来改变贫困面貌，动员她利用部分土地改种高经济产值农作物，利用荒地搞养殖。

谈话结束她准备离开村委办公室的时候问道："如果发展产业，政府有没有什么帮助？"

我抢着回答说："只要是在政策范围内，群众意愿强烈，符合村里实际的，我们肯定大力支持！"

几番咨询论证，下决心发展种桑养蚕

我接到了黎丽平的电话，她说请驻村工作队队员晚上到她家去吃饭，我毫不犹豫答应了，并承诺一定准时到。

到了傍晚，我们3个驻村工作队队员买了10斤当地人称为"土茅台"的米酒和1只烧鸭，兴高采烈地到她家去吃饭。我们明白，这次是我们改变她的"等靠要"思想，从而改变她的实际行动的好机会。

在饭桌上，大家都喝了几杯米酒，话题一下子就打开了，她也没有了以前的抱怨和不满，而是认真和我们交谈。这一次，我真切感受到了她是真的想改变，她开始认识到，抢着当贫困户，还不如靠自己的努力来改变现状，她的思想在慢慢地转变。

在聊到发展产业的时候，我们结合当地产业特点和村民现有土地，与村民一起探讨分析。糖料蔗是龙州县支柱产业，崇左市更是被誉为"中国糖都"，市人均蔗糖产量多年居全国第一。坡姆屯村民的土地收入主要靠种植甘蔗，全屯27户120人，有200亩土地，人均土地不足1.7亩。按照每亩地产5吨甘蔗来测算，入厂糖价500元/吨，除去蔗种、人工、农药、化肥、甘蔗装车费等，每亩甘蔗纯收入在1200元左右。全屯200亩甘蔗的总纯收入是24万元，发展甘蔗产业的人均纯收入大约是2000元。种甘蔗虽然解决了坡姆屯群众基本温饱问题，但由于土地少，想通过种甘蔗增加收入很难，只能通过外出务工或者是打零工来增加收入。

经过大家你一言我一语分析，黎丽平和其他村民都觉得想要改变，就要发展多种种养殖产业才可行。这时有村民提出，除了种甘蔗，其他什么都不会，以前种水稻收入还要低，种辣椒、黄瓜等蔬菜，价格波动大，搞规模养殖又要有场地，资金又不够，养殖不仅需要技术，而且风险还更高。

村民们的这些顾虑确实是客观存在的。在听完村民发表自己的想法后，一个驻村工作队队员提出，在他老家村民种桑养蚕已经有10多年的经验了，收入高且投入不大，话题一出立即吸引了村民的注意力。黎丽平接着说道："我们这边气候炎热，不知道合不合适。"驻村工作队队员立即拿起手机拨打老家亲戚的电话，询问在龙州县是否合适发展种桑养蚕产业。电话里传来的答案是肯定的，接着我们又询问了县农业农村局的技术人员，同样得到了肯定的回复，而且隔壁乡镇前几年就发展种桑养蚕产业了。经过一番讨论后，发展种桑养蚕产业已经在饭桌上的村民心里埋下了一颗希望的种子。当晚吃饭聊天，大家意犹未尽，一直持续到凌晨12点才散场。

村民对发展种桑养蚕产业有了初步的意愿，但是桑树和蚕房等问题摆在了大家面前。为了增强村民发展种桑养蚕产业的信心，驻村工作队队员和黎丽平到县农业农村局和乡镇了解土地政策，得到了肯定的回复。坡姆屯大部分是贫困户，住房问题刚解决，没有空余的房间来养蚕。为了解决蚕房的问题，驻村工作队决定向后盾帮扶单位自治区党委宣传部申请帮扶资金，支持坡姆屯重点发展种桑养蚕产业，通过村民投工投劳的方式来建设公共蚕房。

发展种桑养蚕产业的思路确定了，种桑树的相关政策确定了，建蚕房的资金解决了，村民对发展种桑养蚕产业有了期盼。但种桑养蚕对于村民来说是个全新的产业，种桑养蚕的基本技术一点都不会。于是，我们动员黎丽平带头，到外地去学习种桑养蚕技术，并鼓励她把技术学回来，再传授给村民，带着村民一起发家致富。

最后，经过自愿报名和村委会推荐，选定黎丽平和周彩葵两名女同志代表村民外出学习种桑养蚕技术。

外出取经，掌握了种养技术

2018年8月13日，我从村里开车送黎丽平和周彩葵两人到龙州县城，然后她们坐大巴车去南宁。另外一名驻村工作队队员在南宁和她们会合后，带她们到河池市罗城仫佬族自治县怀群镇学习种桑养蚕技术，罗城仫佬族自治县是这名驻村工作队队员的老家，她们两人带着全屯人的希望，将在这学习20天。

在罗城学习劳动期间，白天黎丽平跟着老乡一起下地采桑叶，到蚕房劳动，珍惜每一次劳动学习机会，到了晚上还将学到的关键点记录下来，并在屯微信群上传劳动照片，向大家讲述自己的见闻和感受。因为她知道，光自己学会了还不够，还要引导大家加快认识种桑养蚕技术的全过程，这样才能够充分发动群众参与进来，形成一定的养殖规模。

在黎丽平的笔记本上，详细地记下了她认为的关键技术点。

桑树种植和桑园管理：种植桑树的时间在每年的11月至次年3月份。夏季砍伐在7月中上旬进行，冬季砍伐在12月中下旬进行，一般距离枝条基部16厘米。砍伐后要把桑园里的杂草除干净，用除草剂时避免把药物喷洒到桑树上……

蚕的特点：养蚕适宜的温度范围是20～30℃，温度过低或过高都会影响蚕的生产。健康蚕根据吃不吃桑叶来判断蚕龄，蚕龄分为1～5龄，第一次睡觉后起来的蚕叫2龄蚕，以此类推。1～3龄蚕称为小蚕，吃桑叶不多，不需要大场地；4～5龄蚕称为大蚕，这时候吃的桑叶多，需要大场地。5龄后蚕开始吐丝上蔟。地面育蚕，每一张蚕种需要30平方米的大蚕室……

蚕房、蚕具的消毒：蚕房和蚕具消毒到不到位直接影响到养蚕的成败，必须对蚕房和蚕具进行全面清洗并晒干，可以用1斤漂白粉加12升水拌匀，30分钟后对蚕房和蚕具进行喷雾消毒，在养蚕前要关好门窗……

育大蚕注意点：大龄蚕适应温度为24℃，蚕房要通风透气，每天要在蚕座上撒一次石灰粉进行消毒，每天除沙1次。4龄蚕用叶量约100斤/张/天，5龄蚕约700斤/张/天……

常见桑蚕病的防治：白粉病、细菌病、农药中毒等是比较多见的，防治方法有……

看了黎丽平密密麻麻的笔记本，我从心里钦佩这位农村妇女，钦佩她的改变、她的认真、她的钻研。同时，我对村里发展种桑养蚕产业也有了更强的信心，我坚信在她的带领下，坡姆屯村民这一次尝试，不管前面有多少困难，都会得到解决，剩下的只要交给时间来验证就行了。

一声呐喊：我不服，我要致富！

经过20天的学习和劳动，把种桑养蚕的基本技术学到手了。黎丽平回到屯里后，就像换了一个人一样，这次外出培训让她深深地认识到了自己并不比人差，村里发展产业的条件甚至比别人还要好，她很有信心和其他村民一起，把种桑养蚕这个产业做起来。

"我不服，我要致富！"这是黎丽平在学习后和我们聊天说到的一句话，从这句话中我看出了她的变化，同样也看到了她的决心。

说干就干，驻村工作队对坡姆屯有意愿发展种桑养蚕产业的农户进行了亩数统计。为了增加群众发展种桑养蚕产业的信心，进一步加大扶持力度，我们利用后盾单位帮扶资金对种植桑树的农户按亩数进行补贴，每亩补价值300元的桑树苗，不足部分由农户自己出。万事俱备，只等着种上桑树。2019年1月，坡姆屯村民共种植近150亩桑树。黎丽平家是唯一一户把甘蔗全部改种桑树的，从这一点更加验证了她的决心和信心。

2019年春节前，坡姆屯150亩桑树全部种下去了。因初次尝试种植桑树，问题也随之出现了。主要原因是之前种植甘蔗的土地有残留农药，导致桑叶长出来后比较黄；有的桑树种的地势较低，下大雨易被浸泡；部分村民刚接触种植桑树，还没有桑田管理经验。为了解决这些问题，黎丽平经常打电话向专家和老师请教，并毫无保留地把指导意见传达给村民。群众不会配药，她到田间地头去帮忙；群众缺乏信心，她耐心细致地向村民讲解。经过对症下药，全屯150亩桑树出现的问题全部得到了解决。通过这次帮村民解决问题，黎丽平不仅自身学到了更多桑田管理和桑树种植技术，同时成了村民中的技术权威。

桑树长势很好，技术也学到手了，眼见着桑树一天天长大，但是蚕房建设还没有动工。这个时候，黎丽平有点着急了，因为她心里清楚，种桑养蚕关键还是要把蚕养好，才能够换来真金白银。她多次找到我们要求尽快建设蚕房，争取在上半年试养1～2批，让其他群众练练手，尽快掌握种桑养蚕技术。

后盾单位帮扶解决了资金投入后，为了使每家每户都能拥有一间100平方米的蚕房，驻村工作队在村民议事会上向村民征求意见，不请工程队来建设，靠自己的双手来建，投工投劳建设蚕房这个提议得到了村民议事会的一致同意。

2019年4月9日，坡姆屯2600平方米公共蚕房项目开工，围着坡姆屯村庄而建。开工建设后，参与种桑养蚕的农户要确保至少1人出工。为了抢工期，不管是顶着烈日还是冒着小雨，村民都时刻坚持，最晚一次村民干活到凌晨2点钟。黎丽平不仅自己夫妻两人坚持参加劳动，还在夜晚煮夜宵给大家吃。同时，为了规范产业发展，村里成立了龙州县健源种养专业合作社，村民一致推选黎丽平为合作社理事长。

李晓辉（右二）和当地群众一起参加劳动

在2个月的时间里，坡姆屯群众用勤劳的双手，建成了2600平方米的公共蚕房，每间100平方米，共26间，25间分给25户农户使用，靠近村口的1间留给合作社使用。

蚕房建好了，合作社成立了，桑叶可以用来喂蚕了，经过一番对比，合作社决定从南宁市邕宁区那楼镇中山村的蚕种基地采购蚕种，因为这一家蚕种基地经常到龙州送货，蚕种品质好且有保障。确定了进货渠道，黎丽平又开始忙着帮大家统计预订蚕种的数量。

2019年6月18日，坡姆屯第一批蚕种送货到屯。因为这是第一次试养，我们引导农户把这当成是练练手，建议每户养半张或1张蚕种。事实证明我们谨慎的引导是正确的，由于喂蚕时间不合理、蚕房通风和消毒卫生不到位等，第一批试养出现了不少问题。这时候，黎丽平挨家挨户去帮合作社成员分析出现问题的原因，在解决问题的同时，农户对种桑养蚕技术也掌握得更全面。问题逐一解决后，黎丽平建议合作社抢在上半年养第二批蚕，以增加村民的信心。成功养出的第二批蚕茧价格是17块/斤，共卖出近2000斤，群众尝到了种桑养蚕产业的甜头，对下半年养蚕更加有信心了。

正是因为有了上半年的教训和经验，下半年第一批蚕茧的质量和产量都很好，且这一批的蚕茧市场收购价提高到25块/斤。全村参加种桑养蚕的农户把蚕茧卖到合作社，合作社再统一组织出售，共卖出2323.8斤，群众收入58095元。蚕茧收购都是当场付款，群众手里拿着卖蚕茧得来的钱，脸上挂满了笑容。

通过发展种桑养蚕产业，群众在生活上发生了很大改变。以前农闲时，坡姆屯村民大多数是喝酒闲聊，现在情况完全不一样了，大家在一起每天都很忙碌，聊的都是自家养蚕的情况，并且干劲十足，这才是贫困群众脱贫后应有的精神状态。黎丽平虽然不是贫困户，但是她先摆脱了自己思想上的贫困，从而用自己的行动影响和改变了其他贫困户。

一份入党申请书，主动追求进步

2018年12月12日，黎丽平郑重地向坡姆屯党支部递交了入党申请书。几个月前，她还是争当贫困户的思想状态，现在她深刻理解了共产党员是真心真意为群众服务的，她感觉到自己的不足，在思想上向党组织靠拢，提出申请加入党组织，用自己的实际行动追求进步。

在入党申请书里面，她写道："在生活中我接触到了许多优秀的党员同志，在他们身上我看到了党的优良传统和作风，因此我想加入中国共产党，成为先锋队的一员，为党的伟大事业贡献一份微薄之力。我是一名普通的农民，我知道在我身上有很多的缺点和不足，但希望党组织从严要求我，使我加快进步。今后，我将用党员的标准严格要求自己，脚踏实地，不忘初心，不懈奋斗，争取早日在思想上进而在组织上入党。"

申请加入党组织后，黎丽平为了屯里的公共事务变得更加积极负责，她作为合作社的理事长，要帮助社员统计每一批蚕种的数量，要指导农户管理好桑田，要检查好蚕房消毒卫生的情况，还要抽空干好自家的农活，她经常在白天忙完合作社的事后，晚上再抽空喂自家养的蚕。每当驻村工作队感谢她为大家付出的努力时，她总是笑着说："你们帮助了我们这么多，这是我们应该做的，而且这也是我们自己的事。"

2020年6月12日，经过一年半的培养和考察，黎丽平用自己的实际行动向党组织证明，她的思想得到了一次蜕变和升华，她用自己的行动在诠释全心全意为人民服务的宗旨。虽然她的文化程度不高，但是她注重学习党的理论知识，拥护党的方针政策，特别是通过自学和钻研，全面系统掌握了种桑养蚕的技术，不仅得到了群众的认同，也得到了党组织的认可。

拓宽种养渠道，在乡村振兴路上争做致富带头人

在黎丽平的带领下，龙州县健源种养专业合作社因管理规范、运行正常、效益较好，先后被评为崇左市巾帼脱贫科技示范基地、龙州县就业扶贫车间、龙州县老年科学工作者协会种桑养蚕联系点等，该合作社在当地有了一定的知名度，来参观和宣传报道的也逐渐增多了。曾经的坡姆屯没有产业支撑，村屯环境脏乱差，村民精神状态差。现如今，村屯环境变得干净整洁，村民脱贫致富奔小康的劲头和信心更足了，2019年坡姆屯获得了崇左市"四个好"宜居村庄称号。

合作社发展步入了正轨，在尝到种桑养蚕的甜头后，黎丽平积极向上级申请帮扶资金，并动员合作社成员建立小蚕房，进行阶梯式养蚕，通过增加养蚕批次来提升蚕茧产量。通过黎丽平的努力，合作社成功申请到2020年社会组织决战脱贫攻坚帮扶资金8万元，专门用于小蚕房的建设，群众对种桑养蚕产业更加有信心了。下一步，黎丽平

还考虑在扩大种桑养蚕规模的同时，计划合作社自己育蚕种、手工制作蚕丝被、扩大桑葚果树种植面积、酿制蚕蛹药酒等，想方设法带领村民增收。

种桑养蚕产业占据了黎丽平大量的时间，但是她并不满足于现状，考虑到种桑养蚕的周期性，5龄蚕期间相对比较忙，其余时间相对闲一点。2020年，面对突发的新冠肺炎疫情，市场需求量低导致蚕茧价格有所下降，一方面她带领合作社成员大力复产复工，另一方面她还动员5户农户（其中3户贫困户）发展肉鸡养殖产业，在不到一个月的时间里，她带领其他农户在山边建成500平方米肉鸡养殖鸡棚。2020年3月10日，4000羽肉鸡进场，存活率在94%以上，预计6月底达到出售的天数及重量。

受疫情影响，黎丽平的儿子没有外出务工，上半年闲在家里。为了不让自己儿子闲着，她通过流转租赁了亲戚家8亩土地，在驻村工作队员的引导下，他们一家三口尝试种植贝贝南瓜，每天都很忙碌。他们忙不过来的时候还请亲戚帮忙，从犁地到播种、从除草到搭架、从施肥到整枝等，一边做一边学，一家人掌握了贝贝南瓜种植技术，每亩产量达到了原产地产量的80%。

2020年是决胜全面小康、决战脱贫攻坚的最后一年，在脱贫攻坚的路上，驻村扶贫干部在一线落实党的扶贫政策，用心用情用力帮助贫困群众脱贫致富。贫困群众不仅摆脱了物质上的贫困，同时"等靠要"思想得到了很大的改变。黎丽平同志就是这样一个从思想上摆脱贫困的典型，虽然她没有作出惊天动地的大事，但是她用自己的实际行动先改变自己，再带动他人，一步步带领群众摆脱贫困面貌。她们是可爱的人，可敬的人，正是有千千万万个像黎丽平这样"不愿服输"的群众和"愿意付出"的党员，脱贫攻坚战才能取得成效，她们是支撑着党带领人民群众打赢脱贫攻坚战最坚实最基础的力量。

扶贫经历：

　　李晓辉，2018年3月至今担任崇左市龙州县下冻镇洞埠村第一书记。驻村以来团结全村党员，用脚步丈量贫情，落实党的扶贫惠民政策，做给群众看，带着群众干，先后发展了种桑养蚕、肉鸡养殖、贝贝南瓜等产业，引进耳机手工扶贫车间，引导群众千方百计发展生产，拓宽收入渠道，巩固脱贫成效。在乡村振兴方面，带领群众投工投劳进行环境整治，探索形成了"洞银模式"等经验，通过推动乡村振兴提高了群众满意度和获得感，2019年全村获得上级乡村风貌改造提升奖补资金85万元。

阳光照耀平桂瑶族梦想

赵万兴　黄庆健 ／ 中共贺州市平桂区委员会宣传部

揭开平桂瑶族的神秘面纱

古朴幽静的大桂山深处，生活着瑶族的一个支系，仅有 8500 多村民。

村民们聚居在鹅塘镇和沙田镇。但，鹅塘无塘，沙田无田。

这里没有田，没有地；这里不产粮食，不种蔬菜；这里曾采用原始的刀耕火种，满眼低矮的土坯房，一望无际的群山……

这里曾是一片荒芜的山村，亦是一方神奇的土地。

在广西贺州市平桂区，世居着瑶族群众。让我们走进大桂山山脉，揭开平桂瑶族神秘的面纱。

在瑶族悠远的历史进程中，由于历代封建王朝剿抚兼施，并推行羁縻制度，瑶族直接从原始社会末期进入了封建社会。历代封建统治者推行民族压迫政策，瑶族人民为了生存，被迫不断向南方和西南地区迁移，自平原越丘陵，辗转进山，"入山唯恐不深""入林唯恐不密"，在高山密林中寻找落脚之地，过着艰苦的游耕生活。由此，瑶族生活生存的基地分布就形成了"大分散，小聚居"的特点。

"南岭无山不有瑶"，瑶族生活、活动的区域，在中国境内主要分布在广西、广东、湖南、云南、贵州、江西等省（自治区）。由于各地所处的生态环境不同，经济状况不同，接触、交往的邻近民族不同，因而瑶族内部在文化上出现了差异。平桂瑶族在大山深处过着"刀耕火种、采猎狩集"的生活。

元、明、清三代，大量瑶族同胞从湖南道县、江华、江永，广东西北和广西恭城、灌阳等地迁入贺州境内，广西成为瑶族人口分布最多的地区。贺州地处广西、广东、湖南交界的南岭民族走廊的萌渚岭下，自秦汉以来，一直是瑶族从湖南迁徙到两广的一个重要节点，是瑶族从湖南迁入广西最早居住的地区之一。据清代《广西通志》记载，当时广西的贺县（今贺州市）、富川、昭平、南丹等60多个州县都有瑶族居住。

深居于大桂山山脉的瑶族村民主要聚居于广西贺州市平桂区鹅塘镇的明梅、槽碓、大明和沙田镇的狮东、金竹、新民等6个行政村，2015年人口为8500人，占总人口的82.13%。这里山高林密、地势险要，交通闭塞、恶劣的自然条件是造成平桂瑶族群众生产生活较贫困、经济落后的主要原因，平桂瑶族聚居村贫困发生率达51.73%以上，有的地方甚至超过70%，是典型的"贫中之贫、困中之困"，是平桂区乃至贺州市脱贫攻坚中最难啃的"硬骨头"。

平桂瑶族深度贫困牵动上级领导的心

平桂瑶族人民的贫困，绝非妄言，外面的人很难感受得到。究其贫困的原因，主要是如下几个方面：

地理位置偏僻，自然条件恶劣。平桂瑶族聚居地地处深山，环境虽优雅，却并非人间天堂。一到冬天，因大雪封山，村民无法下山，且种植的经济作物常因冰冻灾害而死。因灾致贫，是平桂瑶族群众贫困的原因之一。

崇山峻岭阻隔，交通条件闭塞。村与村之间隔着遥远的山路，就连两户村民之间也距离较远。山上的人出不去，山下的人进不来。村民卖生姜、杉木等，从前需要肩挑背扛到山下，即使少数村民买了摩托车，但山路崎岖险峻，村民出行也困难，导致经济流通受阻。村寨普遍离学校较远，孩子们上学也极为不便，大部分学生不得不寄宿在校。

经济发展落后。鹅塘镇的瑶族村民没有水田，生产方式还是原始的刀耕火种。他们劳动耕种一年的收成，大多仅够糊口一个月，而且全是杂粮粗粮。沙田镇的瑶族村民只有少量沼泽田，每年仅能种一季旱稻，产量很低。村民们只能依靠在山上种植茶叶、生姜、杉树等，再将卖茶叶、生姜、杉木的钱用来购买粮食和蔬菜。原始的经济流通手段，严重阻滞了村里经济的发展。去山外打工的村民，由于缺乏技术，导致就业机会少、收入偏低。

社会发展落后，教育、文化、卫生、医疗水平低下。因为交通不便，导致村里的孩子们上学极为不便；因为教育意识落后，导致大部分村民读完初中甚至小学便开始辍学做工；因为缺资金，学校师资力量也很薄弱；因为山里缺少专业的医生，导致医疗条件跟不上。

路难行，给村民的日常生活带来"五难"，即日用生活品运进难、砍伐杉树运输难、村民面貌改变难、学生上学通行难、百姓致富更是难。

除了路难行，平桂瑶族群众还面临重重困难——出行难、吃水难、用电难、发展产业难。2015年底，平桂区6个瑶族村的贫困发生率为61.42%。这是历史、自然和社会等综合因素遗留下来的顽疾，亟待解决。平桂瑶族群众消除贫困、改善民生迫在眉睫！

平桂瑶族地区深度贫困的状况和扶贫攻坚工作，深深牵动了党中央和自治区领导的心。2018年1月4日，汪洋同志在《瑶族支系"土瑶"群众深度贫困状况亟待扭转》的报告上作出重要批示，贺州市平桂区的6个瑶族深度贫困村成为脱贫攻坚的坚中之坚、难中之难、重中之重，获得了社会各方面更多的关注和支持。

自治区领导鹿心社、陈武、徐绍川、黄伟京、方春明等同志先后多次进入平桂瑶族聚居区调研，为平桂瑶族聚居区打赢脱贫攻坚战出谋划策，指明了方向。一场"向大山宣战"的平桂瑶族精准脱贫攻坚战随之在大桂山深处打响……

2019年6月30日至7月1日，自治区党委书记、自治区人大常委会主任鹿心社深入贺州市各县（区），围绕县域经济发展、脱贫攻坚、乡村振兴等开展"不忘初心、牢记使命"主题教育调研。鹿心社强调，贺州要进一步解放思想、改革创新、扩大开放、担当实干，抢抓机遇，全力"东融"，努力走出独具特色的高质量发展之路。

鹿心社乘车沿着坡急沟深的山路，历经2个多小时来到平桂区沙田镇金竹村，走村入户看望、慰问困难群众，了解平桂瑶族群众生产生活情况，同当地干部群众一起谋划精准脱贫之策，给贫困群众加油鼓劲。"看到你们日子过得比过去好多了，我们很高兴。相信有各级党委政府的关心支持，在大家的共同努力下，瑶族同胞的日子一定会越过越好。"得知村民有刺瑶绣、制作竹编、瑶乡黑茶加工的传统，鹿心社要求当地政府加大扶持和培训力度，把传统文化传承下去，带领群众把特色产业发展好，扎实推进贺州平桂瑶族聚居深度贫困村脱贫攻坚三年行动，实现脱贫致富。

鹿心社强调，攻克深度极度贫困堡垒，事关脱贫攻坚战成败。要深入学习贯彻习近平总书记关于扶贫工作的重要论述，特别是在解决"两不愁三保障"突出问题座谈会上的重要讲话精神，全力解决"两不愁三保障"突出问题，补齐控辍保学、城乡居民基本医疗等短板，确保如期实现脱贫摘帽目标。各地各部门要采取超常规措施，把扶贫工作重心、政策支持重心、社会帮扶重心进一步向极度深度贫困地区聚焦，统筹各类扶贫资金，组织各种精锐力量，综合运用多种扶贫方式，以更有力的举措、更扎实的行动，全方位深入推进极度深度贫困地区脱贫攻坚。

平桂瑶族得到了上级党委的关怀，也得益于政府的务实。2018年3月27日至28日，自治区主席陈武深入贺州市平桂区沙田镇，实地考察平桂瑶族深度贫困地区脱贫攻坚工作，强调要深入贯彻落实习近平总书记关于做好深贫地区脱贫攻坚的一系列重要讲话精神，坚定信心，突出重点，集中力量，扎实有效打好平桂瑶族深贫地区脱贫攻坚战，决不让一个少数民族、一个地区在全面小康路上掉队。

此外，自治区人民政府副秘书长、扶贫领导小组办公室蒋家柏主任多次组织自治区相关部门召开协调会，研究平桂瑶族村脱贫攻坚工作。自治区扶贫办、发展改革委、工业和信息化厅、教育厅、民宗委、财政厅、人力资源社会保障厅、住房城乡建设厅、交通运输厅、水利厅、农业农村厅、林业局、文化和旅游厅、卫生健康委、移民工作管理局、通信管理局、能源局和广东省第二扶贫协作工作组等相关部门先后组成调研组深入平桂瑶族村实地调研指导，为土瑶村发展出谋划策并给予最大支持。

贺州市委、市政府，贺州市平桂区委、区政府及时建立了市、区联动工作机制。市委书记李宏庆、市长林冠等领导带领市直有关部门分别多次深入平桂瑶族地区调研，为平桂区下一步打好平桂瑶族村脱贫攻坚战指方向、提要求，成立了以市委、市政府主要领导为组长的领导小组，新增市四家班子主要领导和市委常委挂点联系平桂瑶族村，加大帮扶支持力度，并对需要解决的实际问题集中认领，分点突破，合力攻坚，进一步加大了对平桂瑶族村脱贫攻坚工作的支持。平桂区各级各部门紧紧围绕习近平总书记在深度贫困地区脱贫攻坚的系列重要讲话精神，按照"一年初见成效，两年大见成效，三年脱贫摘帽"的具体帮扶要求，依照"紧盯一个目标，强化四大保障，聚焦六项工作"的工作思路，进一步明确工作重点、细化工作措施，为平桂瑶族村脱贫确立了"时间表"和"任务书"。

从根本上扶贫，平桂瑶族生长希望

人民群众对美好生活的向往和期待，就是我们新时代有为政府的责任与担当。

平桂瑶族地区扶贫攻坚战，从一开始打响，各级领导班子及干部职工们都能深刻认识到扶贫先扶智，从根子上去扶贫，才是长久之计，才是对平桂瑶族群众和历史负责，才是人民政府的责任与担当。

为彻底从根子上解决平桂瑶族地区脱贫致富问题，平桂的扶贫攻坚工作始终坚持党政"一把手"负责制，区四家班子主要领导直接挂点联系6个平桂瑶族村，实行区领导主抓，帮扶部门包联，扶贫专职工作队常抓，第一书记、村"两委"班子合力共抓的帮扶体系。同时，平桂区实行"定向招录人才计划"计划，面向平桂瑶族地区落实了9个全额拨款事业编制，进一步充实平桂瑶族地区脱贫攻坚工作队伍力量。而在充分调研的基础上，平桂区编制涉及平桂瑶族移民搬迁、产业发展、教育、就业培训等系列扶持政策，进一步扩大政策导向效应作用。

扶贫看产业，产业抓特色。政府因地制宜，扶持特色产业发展，对新种茶叶每亩补助1800元，大肉姜每亩补助1500元，新种油茶每亩补助1000元，油茶低改每亩补助800元，中药材每亩补助600元等，有力地调动了平桂瑶族地区贫困群众通过发展产业实现稳定脱贫的积极性和主动性。平桂区区长朱建军对这些数据了如指掌。

俗话说，"扶贫先扶智""治愚先学文"。从根子上进行扶贫，平桂区积极抓好平桂瑶族地区民族学校建设、青少年活动中心建设等工作，选派了7名年富力强的优秀教师，招录13名平桂瑶族村定向培养教师到6个平桂瑶族村支教。平桂区还相继出台了贫困村平桂瑶族学生就读城区民族学校（平桂区文华学校）教育资助方案，以及贫困村卫生医疗保障方案，完善村卫生室建设，扩建鹅塘镇卫生院、沙田镇中心医院，进一步解决平桂瑶族群众就医问题。同时，平桂区还对平桂瑶族地区全面兑现农村低保、五保供养等政策，促进贫困户就业增收，激发脱贫内生动力，从而突出"扶智""造血"功能。

值得平桂瑶族群众载歌载舞的喜庆事，就是平桂加快建设寄宿制民族学校。2018年9月该校实现开班办学，把平桂瑶族村学生集中到民族学校寄宿上学，遴选综合素质相对较高的学生家长担任生活管理员，建设一定数量的亲子公寓，向贫困学生提供伙食补助和交通补助，真正让学生舒心，让家长放心。平桂区文华学校初中一年级12岁的凤金留同学，来自鹅塘镇槽碓村，她脸上漾着满满的幸福："我做梦都想不到会来到城市上学，而且住的是高楼大厦。一到周五下午，政府就派专车和老师把我们送到乡镇，周一早上又同样把我们接到学校，真是太好了！"

这所学校总投资约2.2亿元，2018年9月刚刚落成，建有崭新的教学楼、综合楼、教师公寓、食堂、操场。

在沙田镇大冲老寨，半山腰上有一间小屋，虽窗明几净，但学前班10个孩子和二年级5个学生仍在同时上课。文华学校则大为不同，每间学生宿舍8个床位，内设卫生间，可以洗热水澡。"我一定要好好学习，争取考上大学，为建设家乡出力！"问到他们对未来的计划，同样上六年级的赵木英、赵金贵的回答几乎一样。

"8500名平桂瑶族群众中，其中有5537人是劳动力，但是3633人只有小学文化，这是平桂瑶族地区经济社会落后的直接原因。"平桂区科教局负责人说，"我们注重民族教育，在文华学校设立民族班。"文华学校调配懂平桂瑶族文化、会平桂瑶族语言的教师授课，推进平桂瑶族民族教育扶贫攻坚，促进义务教育均衡发展。据了解，民族学校建设期间，为加大平桂瑶族地区教师定向培养力度，通过"送教下乡""顶岗支教"等形式，实现各村小和教学点教师全覆盖，提高平桂瑶族地区教师福利待遇。民族学校建成后，6个平桂瑶族村教学点被改造成幼儿园，彻底改变平桂瑶族村无幼儿园的现状。

原来在明梅村任教的赵老师，如今被调到文华学校继续为平桂瑶族学生上课，她激动地说："这是我们平桂瑶族群众的千年梦想，百年的文化期盼。"

只有搬出大山，平桂瑶族群众才有希望

只有通过易地扶贫搬出大山，平桂瑶族群众才有希望。

按照现行的易地扶贫搬迁政策，平桂区安置房建设采取"农户自筹+政府补助"的模式，按照人均住房建设面积不超过25平方米的"标线"，设计了50、75、90、120、140平方米的多种户型供搬迁户选择。只要是建档立卡的贫困户，每户按人均住房缴费2500元，再签订旧房拆除协议就能住进新房。两年内按期拆除旧房的贫困户还能奖励2万~5万元。目前，平桂区移民安置点老乡家园项目已建房40栋4568套，已经全部完工并水电全通，达到入住条件。

为了解决搬出来后如何就业的问题，平桂区把易地扶贫搬迁工程与千亿园区建设相结合，集移民安置房、基础设施、公共服务及就业配套等四大工程于一体。在离安置点不远的广西碳酸钙千亿元产业示范基地，已吸纳来自20多家福建、广东等企业进驻，可吸收大量的

劳动力。

　　今年37岁的韦炎梅一家之前就是贫困户，她与丈夫及其家中四兄弟原来一起挤在几十平方米的泥瓦房里。2016年从村里搬到老乡家园后，她马上参加政府组织的技能培训，培训结束后顺利进入老乡家园物业公司工作。

　　"搬出来后生活便利很多。"韦炎梅说，现在送小孩上学再也不用跋涉好几里山路，家门口上学挺方便，而且丈夫赖学卜也能在外安心打工，自己每月工资还有1500元，日子一天比一天好了。

　　我们在平桂城区安置点老乡家园采访了几家平桂瑶族搬迁户，政策确实都落到实处，他们生活得十分满意。国家真正做到了让搬迁群众"搬得出、留得住、可发展、能致富"。在来自沙田镇金竹村鸭尾屯的平桂瑶族汉子盘春贵家里，90多平方米的房子焕然一新，现代化的智能冰箱、洗衣机、液晶电视齐备。电视机上方的墙面，贴着毛泽东主席和习近平总书记的画像。他告诉我们：2017年冬，家乡大雪封山，山里的电线被积雪压断，山泉水也结冰了，一家人住在狭窄的土坯房里饥寒交迫，于是载着两个小孩往山外跑。谁知雪地路滑，他们父子仨摔了下来，幸好没有伤着。自此以后他发誓一定要搬出大山。如今，36岁的盘春贵在平桂城区一家建材厂工作，开三轮车送建材品，妻子赵妹晚在离家500米的汽车美容店工作，夫妻俩每月收入合计近5000元。盘春贵的新家和城里人的家没什么两样：电视、冰箱、抽油烟机、电热水器、煤气灶等，几乎应有尽有。盘春贵脸上写满幸福："我儿子13岁，女儿11岁，都在小区门口的文华学校上学，只需走四五分钟。"

　　39岁的赵妹晚同样乐得合不拢嘴："政府的政策太好了，政府帮安排培训就业，所以小叔盘水金一家四口，连同母亲也一起搬迁出来，夫妻都由政府安排了工作，母亲接送小孩上下学，很方便。"兄弟俩住上下楼，一家人经常幸福地在一起，其乐融融。盘春贵由衷地说："幸福不忘共产党！好日子感谢习近平总书记！"

　　几年前他们的生活可不是这样的，那时他们住的是茅草树皮房，四面透风，家里没什么家当；每人平均只有0.12亩山地，耕种一年的收成，仅够糊口一个月；孩子上学要爬远远的狭窄山路；有的乡亲终其一生都没进过城。

平桂区水库和扶贫易地安置中心主任袁高长说，截至2020年5月底，平桂瑶族地区已搬迁294户1896人，实现就业创业294户942人，实现100%有劳动能力且有劳动力搬迁户每户至少一人以上稳定就业的目标。

平桂区人社局局长杨正杰表示，接下来还将加大劳动密集型产业引进力度，因地制宜打造就业扶贫车间，鼓励企业吸纳贫困劳动力就近就地就业。

但是，平桂瑶族群众祖祖辈辈住在山里，文化程度相对偏低、思想相对偏保守，加上对搬迁后就业、生活顾虑重重，即使拿了新房钥匙，他们也未必肯挪穷窝。

"确保每个贫困户至少一人就业，让老百姓搬得出，住得稳，有收入，留得住，是我们首先必须充分考虑的。"贺州市委书记李宏庆在全市脱贫攻坚工作会议上指出，继续抓好平桂瑶族聚居深度贫困村脱贫攻坚，要全力加强易地扶贫搬迁后续扶持，强化产业配套推进，加强就业创业扶持，强化搬迁后的管理和服务，把提高脱贫质量放在首位。

在超群实业有限公司的工厂里，数十名工人正在赶制有"小米"字样的斜挎式休闲包。"公司为小米、新秀丽、戴尔等知名品牌生产箱包，2019年'双十一'，就销售了1.32亿元！"该公司总经理张福国说，该厂2018年4月洽谈、6月即投产，招收了160名职工，其中一半是贫困人口。"现在就业有着落，我准备搬进文华社区新家来。"来自沙田镇新民村的28岁女工赵亚英说。

经充分调研，贺州市、平桂区按照因地制宜和中长短产业结合的原则，确定了"人均一亩茶、户均两亩姜、村均万亩杉"的主导产业发展格局。截至目前，平桂瑶族村达到人均1.16亩茶、户均3.02亩姜、村均1.39万亩杉，提前实现产业发展目标；创建茶叶、竹编、瑶绣加工"扶贫车间"7间，解决1000多名平桂瑶族群众就业；平桂瑶族村平均集体经济收入从2017年的1.65万元跃升至2019年的9.99万元，人均稳定纯收入9454元。苍翠欲滴的山林里，希望在拔节生长，

黄庆健（右一）走访特困老人

幸福在枝头摇曳绽放！

打通平桂瑶族脱贫致富"最后一公里"

"贺州城区至鹅塘盘谷全长9.45公里道路建成，打通槽碓、大明、明梅3个平桂瑶族村外联通道；紫云洞至沙田桂山全长23公里改建道路建成，打通新民、金竹、狮东3个平桂瑶族村外联通道，打通平桂瑶族脱贫致富'最后一公里'。"2020年6月1日，平桂区交通运输局的有关负责人说。

自开展精准脱贫工作以来，平桂区把平桂瑶族村道路建设作为重要工作来抓，打通外联、内联通道，解决了平桂瑶族群众的出行难、运输难问题，结束了仅有一条路出村的历史。"随着6个平桂瑶族村道路贯通，群众转移就业、创业致富的热情高涨，主动要脱贫致富的人越来越多。2019年，槽碓、明梅、金竹3个平桂瑶族村的705户4132人提前1年成功脱贫，贫困发生率降至4.5%。2020年，所剩3个平桂瑶族村的91户455人也将告别贫困。"平桂区扶贫办有关负责人说。

"过去，大明村到鹅塘镇市场，走路需要6个小时，村民赶集市购买生产生活物资要花2天时间；村民种植的生姜、杉树运不出去，也没有商贩愿意前来购买。现在大明村到鹅塘镇市场只需一个半小时，群众还可以把蜂蜜、茶叶、生姜等农产品运到镇上或市区去卖；农闲时，群众还可以到市区的建筑工地打零工，每天能挣100元以上。"鹅塘镇大明村第一书记林昊说。

鹅塘镇槽碓村驻村第一书记陀东说："我还没有小孩，家中父母身体也不好，无人照顾。驻村两年多来我从不睡午觉，不是不能睡，是事情太多，不敢睡。"两年的时间他从黑发熬成了白发。

有多少像陀东一样为平桂瑶族群众呕心沥血的各级领导干部，奔波于乡间山林，他们如漫山遍野的杉树一样挺拔、伟岸，在山谷挺起不屈的脊梁，摧不垮，压不弯。在他们的努力下，平桂瑶族村的变化日新月异：从崎岖不平、尘土飞扬的"泥水路"，到平坦宽阔的水泥路；从低矮破旧的木瓦房、茅草房，到一栋栋洋气的水泥楼；从挣扎在贫困线下靠天吃饭，到如今的衣食无忧。

从此，村村通，再也不用背着沉重的杉木天不亮就出发、深夜才返家了。

从此，村民也可以顿顿吃肉、餐餐吃白米饭了。"人均一亩茶、户均两亩姜、村均万亩杉"不是口号，而是事实。平桂瑶族群众跳着欢快的长鼓舞，共庆丰收。

从此，平桂瑶族群众走出大山，平桂瑶族的孩子们也可以在城里上学，考上大学的学生将会越来越多。

从此，瑶绣闻名全国，走向世界。

从此，平桂瑶族群众彻底告别了贫穷。

……

尽管雾锁苍山，山路弯弯，尽管寒风冷雨，坎坷崎岖，但在各级党委和政府的支持和投入下，勤奋的平桂瑶族群众一定会从荆棘中走出一条康庄大道！

扶贫经历：

　　黄庆健，2018年4月加入脱贫攻坚（乡村振兴）的大军，来到了贺州市平桂区沙田镇民田村。驻村期间，深入农户调研，了解民情，结合当地实际，宣传帮扶政策，带领群众抓好生产，发展集体产业，落实项目建设，用实际行动演绎共产党员务实本色。两年来，该村45户人家脱贫，20户人家移民搬迁，6户人家完成危房改造。村集体经济年增加收入近10万元。

印记

邱海富 / 中共广西壮族自治区委员会组织部

　　"民亦劳止，汔可小康。惠此中国，以绥四方。"先民渴求的小康梦，在新时代变得更加真切坚定。让贫困人口和贫困地区同全国一道进入全面小康社会，是我们党的庄严承诺。响应党中央脱贫攻坚号召，我们驻村工作队队员从四面八方意气风发走来，在山水凌云战天斗地，在乡村田间挥洒汗水。作为驻村工作队队长，与驻村工作队、贫困群众一起摸爬滚打，每天都被一些东西感动着，正如《谁是最可爱的人》所述，"我的思想感情的潮水，在放纵奔流着"，我想用笔记录无悔青春，定格难忘时光，让我们头顶着一片蔚蓝的天空前行，回首的是身后一串清晰的印迹。

出征在早上　黄昏心茫茫

　　2018年3月18日早上，初春的南宁，寒气尚未消退，晨曦中的南湖在橙红的朝霞映衬下，愈发显得波光潋滟。南湖旁边安静的自治区党委大院，刘栋明、杨洋、王贺松、严浩瀚、廖家秀和我，6名由自治区党委组织部选派的驻村工作队队员，拖着鼓鼓囊囊的行李箱，拎着单位统一发放的装有衣架和洗漱用品的水桶，登上了准备开往凌云县的中巴。车还未发动，大家的思绪开始飞扬。

"我去看过几次我联系的贫困户，他家有好几个小孩，男主人老是醉醺醺的，那儿确实比较落后！"

"我联系的那户，养了好多画眉鸟。每次去他家，鸟叫得比人热闹。"

"2017年12月我才去了凌云，浩坤湖很漂亮，但路不好走。"

"我们这次出发，可不像去看贫困户那样轻松了。"我这句话一出，大家躁动的心开始收紧，一下子都不出声了。我接着说："据了解，凌云是国定贫困县，贫困发生率曾高达25.43%，计划2019年整县脱贫摘帽，这是最后的冲刺阶段，我们必须做好充足的心理准备，付出足够的努力！"在稍显沉寂后，大家不约而同地喊出："加油！好好干！"这就算是我们出征的宣誓吧。

载着我们的中巴走了一段高速，进入蜿蜒的山路。精神差的，开始进入迷糊状态，侧靠车窗闭目养神；精神好的，忙着拍照和发微信。我们刚建立的微信群"区组脱贫一线战友群"，不时出现美图和"决战决胜"等豪言壮语。

中午12点半，我们未进城就先入户，到浩坤村坤内屯看望驻部纪检组组长周薇的联系户罗玉康。通往罗玉康家的山路弯窄惊险，车子要倒着开，我第一次感受到坐在车上脚发软的感觉。

下午，来到县招待所"迎晖山庄"。乡镇派来接人的同志，早已在招待所等候。刘栋明、廖家秀一下车，就被伶站瑶族乡的同志接走。杨洋和严浩瀚也被泗城镇的同志领走了，就剩下王贺松和我暂住在招待所，一下子感到心里空落落的。

此后一个月，我们进入了"焦虑期"。白天，老队员带着大家做事，进行工作交接，大家都很充实，倒不觉得有什么。到了傍晚，大家安静下来，开门看到的就是大山，坐下来听到的只有鸟叫和虫鸣，四周漆黑，举目无亲，思儿念女，心里真是一片茫然。

后来，我们各单位派驻的同志一起交流，说到焦虑，大家都深有体会。有的同志说："你们村还好，信号强，可以看手机、打电话。我们村就惨了，信号时有时无，天黑就只有看天花板的份了。"有的同志自嘲："我们村部建在半山腰，屋里一亮灯蚊虫就一直向窗户撞，时不时来个自然交响曲，我倒也不寂寞。"……

其实，有的同志就像《孔雀东南飞》里的刘氏，"晻晻日欲暝，愁思出门啼"。特别是很少离家的年轻同志，平时生活在城市，工作在机关，突然到了大山深处的农村长住，自己洗衣做饭，大事小事找不到依靠，确实感到孤立无助、手足无措，觉得自己很是可怜，只好偷偷抹泪了。

时至今日，驻村工作队队员的住村条件已大为改善，他们也熟悉了村情民事，一切都成竹在胸、顺理成章，坐立不定、焦躁不安早已无影无踪，回首初来乍到，嫣然一笑，这就是在历练中成长成熟吧。

昔日状元郎　今朝学习忙

"村里的工作确实跟单位不一样，具体多了，也繁杂多了。"老队员交班、新队员进入实操后，大家感叹最多的就是这句话。新队员看着前任干，好像很容易，轮到自己指点江山，对于怎么落实政策，怎么组织群众、发动群众，不少驻村工作队队员开始迷惑了。

我们这轮选派的队员，有清华大学的博士生、研究生，有北京大学、中国人民大学、武汉大学、华中科技大学和日本早稻田大学的研究生、本科生，有的还是定向选调生，学习成绩数一数二，可谓天之骄子，在单位也是业务骨干，一直很优秀，刚到凌云时信心满满，觉得什么都不是事，没想到具体操作，却并非那么简单。

单是专业术语，就得让你烧脑。"两不愁三保障""八有一超""九有一低于""十一有一低于""双认定""八个一票否决""5+2产业""3+1产业""双线四包""控辍保学""雨露计划""大病兜底""一站式结算""退出户""脱贫户""贫困户""预脱贫户""低保户""集中供养户""分散供养户"等等。这些专业术语你了解容易，记住也不难。但要弄清是怎么回事，怎么去落实，可就得花一番功夫。

还有党组织建设，对于没怎么搞过党建工作的同志，要上手也不容易。党组织评星定级、党员积分管理、软弱涣散党组织整顿、发展党员、落实"三会一课"、组织"主题党日"活动、实行"四议两公开"，每项都有一套严格的标准和程序，必须熟练掌握并认真落实。

其实，农村工作远不止这些，还有发展壮大村级集体经济，组织运转农民专业合作社，发挥"一约四会"作用，推进乡村治理，推动美丽乡村建设，实施乡村振兴战略，等等。真正是"上面千条线，下面一根针"，稍不熟悉，稍不注意，就会漏项，导致国家政策在落实过程中打了折扣。

一边是一大堆工作等着要做，一边是初来乍到，政策不熟、业务不精、情况不明，无所适从、无从下手。怎么办？只有拼命学！

驻村一个月后，自治区和南宁市密集调度，3个月内就调度5次，不断传导加强队伍管理和提升队员素养的压力。从4月到6月，县里连续举办封闭式业务培训。上课时间统一上缴手机，严格执行"逢学必考，落榜必谈"制度，培训后采取闭卷考试的方式检验成效，对4名考试不及格的同志进行约谈。他们说，高考都没有这么紧张。

不只严，还有爱。我们向每名队员赠送图书《习近平的七年知青岁月》等书，组织他们观看电影《十八洞村》，让他们以总书记为榜样，当好新时代的知青，让他们从电影和图书的人物中，找到转变角色的力量。

回过头来看，两年多的驻村，边学边干、边干边学，成为我们的常态。

2018年10月24日晚上10点半，微信里闪现"贫困户医疗报销比例要达到90%的途径是什么？"，一时间大家都答不完整，这让我们再次意识到学习永远在路上。不放过任何问题，最后我们弄清了这个与群众利益密切相关的业务知识。对于贫困户住院看病，要采取医疗保险、大病救助、健康扶贫保险、医疗救助、政府兜底5种方式逐级报销，确保报销比例达到90%。

试问，如果不懂，你怎么去落实？如果不懂，老百姓的权益怎么去维护？

因为不懂，所以要学。因为勤奋好学，所以与众不同。经过两年多的锤炼，一些勤学善思、敢想敢干的同志脱颖而出，明显比得过且过的队员优秀。"士别三日，当刮目相看"，两年多的沉淀，更是在驻村工作队队员之间拉出一条鸿沟。

门前许诺言　开出脱贫方

大约过了3个月，我们对环境不再陌生，对政策有了较全面了解，对业务知识有所把握，环境不熟带来的焦虑逐渐消除，政策业务不通造成的本领恐慌压力逐渐化解，算是渡过了"焦虑期""阵痛期"，主人翁的意识也随之增强，我们开始像一名战士投入战斗。

6月，在似火骄阳的炙烤中，我们走遍每一户贫困户，庄严地贴出"凌云县脱贫攻坚（乡村振兴）工作队员公示牌"，告知乡亲们我们的名字、我们来自哪个单位、平时怎么联系我们，并作出五大方面的帮扶承诺。

现在，我们走在村里看到这些公示牌，感觉好像并不是那么显眼。其实，当初我们每贴出一张公示牌，都感觉它重若千钧，而且至今它依然重若千钧。

我曾经和一些第一书记聊过这个话题，问他们怎么看待公示牌，他们的说法让我感动。他们说："每一张公示牌就代表一份责任，每贴一张公示牌，责任感就加重一分。"

是的，这重不过一张纸的公示牌，在我们的内心是千钧重诺，是对贫困的宣战，是对群众的许诺。

"我们村最要解决就是连通油茶林的产业路，路修通了，油茶产业就好发展了。"

"我们村集体经济比较弱，可以用县财政安排的50万元资金建个幼儿园，既可以解决小孩就近上学的问题，又可以增加我们村的集体经济收入。"

"我们村还有两条通屯道路未硬化，群众意见大，得争取列入项目库。"

摸清情况后，工作队首先与村"两委"讨论整村的脱贫计划。每个村的短板弱项都不一样，后盾单位也不尽相同，可动用的资源力量有大有小，需要制订切合实际的工作计划，谋定而后动。村支书、村主任和第一书记、驻村工作队队员往往会在一些事情上产生分歧，甚至争得面红耳赤，但大家的目的无非为了本村的发展，最后都会找到一个平衡点，达成一致意见。

　　具体到每户贫困户，因为有帮扶干部的帮联，脱贫措施在年初就写在"帮扶手册"上了，对驻村工作队来说，好像不需费什么劲。其实不然，责任心强的第一书记会跑遍每户贫困户，了解他家的具体情况，检查脱贫措施是否合理，需不需要与帮扶干部沟通，重新开出"药方"。

　　这项工作可不轻松。凌云110个村（社区）中，每个村（社区）多的有近500户贫困户，少的也有几十户，而且户主往往白天外出干活，晚上才回到家中。第一书记、驻村工作队队员入户遍访，顶风冒雨、披星戴月是常事。被狗追得腿软的经历有过，被猫头鹰"呕呕哑哑"弄得毛骨悚然的经历有过。而且，有时我们为了联系上在外打工的村民，不知道要拨多少个电话，有的电话被反复挂断，因为村民往往将陌生电话当作诈骗电话。

　　怎么才能让村民尽快熟悉并记住第一书记、驻村工作队队员呢？我们从快递小哥身上找到了灵感，就是统一给他们配发"红马褂"，印上带有心形的"精准扶贫"标记，打上"第一书记""驻村工作队队员"的字样和他们的名字。从此，"红马褂"走村串巷，成为脱贫攻坚一道亮丽的风景线。

挥剑斩穷根　落实"三保障"

　　身处云贵高原东南边缘的凌云县，右江河谷到此迅速抬升，以石灰石为主构成的大石山高耸入云，喀斯特地貌极易形成石漠化，土地贫瘠，云雾缭绕，出入不便。久而久之，部分居住在大山深处的少数民族同胞形成了容易满足、故步自封的生活状态。

　　与县城一山之隔、直线距离不足500米的后龙村，山高谷深路难行、封闭缺水少耕地，典型的"一方水土养不活一方人"的石漠化之地。新一轮扶贫开发以前，大部分村民"住茅草房、睡光板床、生活无保障""抽水烟、喝土酒，靠着墙根晒太阳，遛着画眉等小康"，贫困程度之深全国罕见。

　　可以说，与其他石漠化高山贫困地区一样，凌云的脱贫攻坚面临诸多困难，但归根结底是群众思想禁锢重、"我要发展"的原动力弱。这是一个根本性难题，是穷根。穷根不除，致富无门。驻村两年多来，我们花了大量时间用于控辍保学，用于开导群众，进行"智""志"双扶。

为了不让任何一个孩子辍学，我们反复登门劝孩子、劝家长，甚至邀请司法干部、公安干警一起家访，以法教育群众。2018年，羊囊村的干部驱车4夜5天，千里迢迢到江西上饶带回一名已在当地打工的学生，让他重回学堂。2020年4月底，他们又再次出发，历时4天，在东莞和扶绥找到了两名学生。当驻村干部看到学生暂住在四处漏风的工棚，原本要发作的恨铁不成钢的怒火，瞬间变为压抑不住的热泪，感到一切都值了。当学生看到司机因长时间开车而浮肿的脚，原本的执拗化为了信任，默默地跟着回到了学校。

为了在孩子们幼小心灵上种下向往美好生活的种子，我们利用六一儿童节和寒暑假，组织他们体验生活、见识世面，安排大哥哥大姐姐讲述成长的经历，激励他们爱党爱国、立志成才。2018年的六一儿童节，那合村驻村工作队组织村里的孩子参观吴圩机场控制大厅和广西科技馆，孩子们对这些以前只在影视中见过的东西异常感兴趣，他们欢呼雀跃，放飞梦想。2019年的六一儿童节，浩坤村驻村工作队带领孩子们乘大巴、坐动车，走出大山看大海。在动车上，他们挥舞国旗，与列车长、乘务员和全车厢的乘客一起高唱《我和我的祖国》，微信朋友圈的视频分享让我们热泪盈眶。在北海银滩，他们在海水里濯足，感叹大海的广阔澎湃；在广西大学，他们伫立校门，感受大学的育人气息；在自治区党委组织部的部史部风展馆，他们品尝自治区党委组织部赠送的节日蛋糕，感恩来之不易的幸福生活。春风化雨，润物无声，一股股暖流注入他们幼小的心田，化为努力学习、奋发图强的力量。

为了激发贫困群众的内生动力，我们组织少数民族干部、村"两委"干部到深圳盐田区学习培训，安排贫困群众参加深圳务工招聘会，让他们从先进地区的时代气息中体验封闭落后的困顿，激起对美好生活的向往。我们招呼全村男女老少摆起百家宴，在品尝美食中交流思想，增进理解和信任。我们组建少数民族文化展演队、干部宣讲团进村入屯表演节目、宣讲政策，把源自凌云实际的《懒汉脱贫记》搬上舞台，以强烈的思想转换对比，激励群众摒弃"等靠要"思想，增强"为了生存、永不言弃"信念，从骨子里挖掉穷根。

平日里，我们大量的工作围绕落实"两不愁三保障"政策开展。因为，只有群众不愁吃、不愁穿，有住房安全保障、义务教育保障、基本医疗保障，才算真正过上好日子。解决"两不愁"的问题，主要在于发展产业，让家家都有稳定的生产性收入。而发展生产，最主要是过好农民的"信任关"，让他们乐意"换穷业"。农民种什么养什么，有其根深蒂固的认识，不容易改变。我们坚持一张蓝图绘到底，不轻易否定前一轮驻村工作队确定的产业发展方向，沿着全县茶叶、油茶、蚕桑、乌鸡、黄金冠鸡"三张叶子两只鸡"和旅游等优势产业，既采取苦口婆心劝导的笨办法，又采取能人示范、企业带动、合作社连带的实招，还落实产业奖补的激励措施，劝导、带动、激励多管齐下，让贫困群众一点一滴积累起发展高效产业的信心，放弃"山区只适合种点玉米"的想法，走实产业扶贫这条路。

现在，我们惊喜地看到，每个村都有一个特色鲜明的主导产业，农民从中尝到了甜头。加西村"做大一张桑叶"，带富了全村百姓，"小小养蚕房，带贫大文章"成效日益凸显。浩坤村把"一潭苦水"打造成4A级景区，见证了昔日"穷山沟"到今天"桃花源"的巨变。上蒙村借力城郊村优势，推出的绿色生态时令蔬菜深受欢迎。平林村发挥种茶制茶传统优势，开发自己的茶叶品牌，成为自治区集体经济发展示范村。

住房安全保障、义务教育保障、基本医疗保障，每一项保障都是系统工程，涉及很多方面的工作，在推进过程中都会遇到堵点、难点。我们原本以为，挪出穷窝、住上新房是贫困群众乐意接受的事情。具体做群众的思想工作时，我们才明白，故土难离对谁来说都一样，哪怕是贫瘠得草都长不出来的地方，依然有老乡不愿意离开。所以，我们不停地劝，不停地开导，不停地做各种各样的工作。有的群众搬出去，没两天就又跑回来，我们又得再次想办法。

　　当他们真正安心地住进宽敞明亮的新居时，我们一边感叹功夫不负有心人，一边感叹党和国家的好政策。国家建好房子，让他们搬得出来；安排一系列服务，让他们住得下去；同时，配套建设扶贫车间，安排后续的就业、产业帮扶，让他们稳得住，逐步能致富。放眼全球，追溯上下五千年，有哪个国家能做到，有哪个朝代能做到？这是一个伟大的时代！这是一个伟大的政党催生出的一个伟大时代！

风起云涌时　心头最紧张

　　若你问我最担心的是什么，当然是完不成脱贫攻坚任务，老百姓不满意，在核验时得不到好的档次。

　　若你问我什么时候最紧张，我要告诉你，那是在刮大风、下大雨的时候，因为我担心群众不安全，我们的队员会出事。

　　突下暴雨，在凌云进入5月份汛期后，是常有的事。这里险峻的山间峡谷，陡峭的石灰石大山，疏松的沉积岩土，每逢大雨，就会发生山洪、山体滑坡和泥石流等自然灾害。

邱海富（右四）与凌云县浩坤村驻村工作队队员一起探讨旅游扶贫工作

2018年6月24日，暴雨引发玉洪瑶族乡乐凤村林瓦屯山体滑坡，一栋民房被掩埋，一家六口遇难。

2019年6月17日，强降雨引发山洪，乐业县新化镇百坭村第一书记黄文秀牺牲在回村的路上，地点就在凌云弄孟屯边上的二级公路。

至今，回忆起"6·17"重大自然灾害，想起黄文秀同志的牺牲，我依然心痛万分、心有余悸。

那天是星期天，我和平林村的第一书记严浩瀚从南宁坐动车到百色，再开车赶回凌云。回到凌云县城约莫晚上8点30分，我在宿舍外散步，没过多久就下起雨来。起初雨并不大，也不急，大约晚上10点左右，县城的雨才显得大，但怎么也想不20多公里外我们刚走过的二级公路上正在经历生死时刻。试想，如果我们返回凌云的步伐放慢点，我们也就有可能阻隔在弄孟屯的路段上，也可能再也睁不开眼睛了。

"6·17"重大自然灾害发生后，我全程参与救援。4天4夜，基本没有什么像样的休息。身体累，睡多点就可恢复。心累，睡不着，最难熬。每每听见捞起尸体的消息，我的心就像刀割似的。每每听见死者、失联者家属的哀号，我的心头都久久难以平静。有时，我坐着迷迷糊糊，眼前就是一具盖着白布的尸体运过，耳边就是死者家属的号啕大哭声。

人在大自然面前，实在是太渺小了。

2019年10月26日上午，在离黄文秀遇难地点约1.5公里的凉风坳到九民路段，我就遇到了一次险情。早上8点40分，正下着毛毛雨，我下乡路经此段。因为"6·17"的缘故，一过凉风坳隧道，我心头就紧张。刚要提醒师傅注意点，车辆就出现打滑，师傅根本没办法减慢速度或操控到正常轨道。轿车就这么歪歪扭扭地滑行100多米，蹿过另一边，180度掉转，卡在排水沟，才总算停下来。还好对面没有来车，旁边不是悬崖，否则，后果不堪设想。我的眼镜飞了出去，胸口给磕了一下，并无大碍。

这就是扶贫路，我们的同志每天在这条路上忙碌，为的就是让乡亲们过上好日子。其间，有些同志受伤了。龙化村的第一书记李燎，在入户的路上摔伤，轻微脑震荡。双达村的第一书记陈绍何，在出村的路上摔倒，断了肋骨。白马村第一书记韦剑，在入屯时发生交通事故，导致多处骨折。……

多想把省略号省去，但我们的队员遇到的险情远不止这些。每逢下大雨，我在微信群上发出的第一个信息，就是提醒大家"注意安全"。但当群众需要帮助的时候，我们总是义无反顾地出现在他们面前。其间，我们并不知道要经历多少危险。我们顾不上走过的路边上就是悬崖，我们顾不上爬上的山头上就是松石，我们顾不上脚下的土可能瞬间滑坡……因为，他们太需要我们了。而当我们看到群众露出满意的笑脸时，感到这一切都是值得的。

娃儿一声喊　最是断人肠

2018年3月19日出发那天，我的小儿子还未满11个月，他并不懂得自己的父亲要去远方工作，会有一段时间很少在家陪他、逗他。他的母亲抱着他与我挥手告别，我回头给他轻轻而又深深的一个吻。他"咿咿呀呀"，我万般不舍。

不舍归不舍，做好扶贫工作，只能舍小家顾大家。两年多来，我全身心投到扶贫一线，为了给别人一个幸福的家，不停奔走，从不讲价。我每每看到村里的孩子，就想到自家的娃。每天晚上，我都坚持与他视频通话，他从只会"咿咿呀呀"，到清晰喊出"爸爸"。每每回到家，我顾不上放下行囊，就要抱他一下，感觉他是胖了，还是瘦了。

他一天天长大，对我也越来越依赖。2019年冬天某个星期日的下午，我照例与他挥手告别，准备离家。当我打开大门，他竟然冲过来抱我大腿，哭着喊道："爸爸，我不许你去上班。"那一刻，我潸然泪下。此后，每一次出发，我都感觉特别恋家。我的父亲母亲认为小孩哭闹兆头不好，有时故意骗开他，让我悄悄出发。

我的大儿子已满14周岁，开始懂事。有一天，他不经意间对我说："爸爸，你陪我太少了，我希望你多点陪弟弟。"我默不作声，知道其中深意。是的，我确实亏欠他们。在他们生病的时候，我不在家。在他们渴望出去游玩的时候，我不在家。在他们需要陪伴读书的时候，我不在家。

在他们一天天长大的同时，他们的爷爷奶奶也一天天变老了。他们同样需要我的呵护，而我有时也只能通过视频通话问："阿公，身体好吗？""奶奶，身体好吗？"

2020年1月6日，正值工作最紧张的时候，父亲住院了，做心脏搭桥手术。我多想回到他身边，给年迈的他勇气与安慰，然而，身担扶贫任务我不能回去，只能再三叮嘱我那任劳任怨的爱人，想办法安排好俩娃，细心照顾好老爸。

这不是我一个人的经历，我们的驻村工作队队员大多三四十岁，家家都有小娃娃，人人都有老爹老妈，为了群众早日脱贫，哪个顾得上自己的小家？

杨洋带着儿子和妈妈，祖孙三代来凌云扶贫，无非是为了更加安心、少点牵挂。严浩瀚专门买了辆"骏马"，无非是为了方便入户，还方便回去看远在宾阳的娃。刘栋明在国庆期间，把老婆孩子接到村里，无非是为了能在加班的同时，能兼顾着陪她们过个并不像样的节日。

迢迢回村路　学习好时光

当我背着一侧装雨伞、一侧装水杯的背包，走出小区大门，踏上返回凌云的路，心情就变得舒畅起来。因为，在未到凌云之前，这是照顾家庭与开展扶贫工作压力的空白期。小孩不在身边转，我不用想着如何陪伴他们；还未到达工作地点，我不用做具体事务，也没有太多的工作压力。所以，这时的我是相对轻松的。

起初，一上车我蒙头就睡，而且睡得特别香。后来，我慢慢觉得就这么睡实在太浪费了，中间的六七个小时应该做点什么。于是，我在背包放了一本《宋词三百首》，坐动车、搭班车时，时不时拿出来看看，越看就越觉得利用好这段时间加强学习，非常有意义。

我细想，平时在县里要忙扶贫工作，节假日回到家里要忙陪伴家人，真正能够集中精力学习的时间并不多。这两点一线的六七个小时车程，往返一次就是十几个小时，一年下来就是三四百个小时，两年下来就是好几百个小时，相当于一个月，不把它用好，是多大的浪费呀。

绝不能让时间在睡梦中度过，要让学习随行变成一种习惯。甚至，买不到动车的座位票，我找份报纸垫坐在车厢出口处也要看书、看"学习强国"。班车摇晃得厉害，不方便看书，我就背书，背党章，背党的十九大报告，背习近平总书记有关扶贫的论述。两年下来，这漫长的回村路变成了我学习的好时光，充实而又快乐，既增长了知识又提高了理论素养。

有一次在班车上，我侧身准备从放在脚下的背包抽出《宋词三百首》，余光中似有一张熟悉的面孔，定神一看，是腰马村的第一书记吴小剑，他手里攥着《习近平扶贫论述摘编》，我们相视一笑。他一个刚转业的军人，中途接替上岗，短短10多天就能把村里基本情况摸清，把扶贫工作带上正轨，这是有原因的。

两年多来，我自己一直坚持积极向上的工作学习生活态度，坚持早上边慢跑边收听"学习强国"，不酗酒，不进出低俗场所，不说情打招呼，并把这个态度传递给我们的队员，为的就是打造一支有爱心有能力有情怀有担当的"四有"工作队。在讲"驻村干部的为民情怀"党课时，我列举了队员利用返村时间见缝插针读书学习的例子，从他们的反应和表情中可以看出，队员们普遍认可这个"路上学习法"，不少同志也一直这么做，这也是正能量传递的结果吧。

脚下沾满土 终为圆梦想

"脚下沾有多少泥土，心中就沉淀多少真情。"两年多来，我走遍了凌云的山山水水，看着凌云一天一天发展进步，看到老百姓的日子一天天好起来。我多次到57个贫困村明察暗访，看到我们的驻村干部为了扶贫工作废寝忘食，看到我们的工作队队员跋山涉水，劝返辍学学生，兑现产业奖补，推进项目建设。他们的为民情怀、使命担当让我感动。

苏勇力，村民眼中的好书记，2014年3月就到凌云扶贫，一干就是6年多，带领加西村发展种桑养蚕，从最初的62亩扩大到2200亩，全村桑蚕产业年收入超过500万元。加西村脱贫后，他说"我要结合此前的经验，去更艰苦的地方，啃更硬的骨头"，主动请缨到贫困程度更深的案相村连任第一书记，带领村民种桑养蚕、林下养鸡、种茶制茶，把案相村打造成"产业兴旺村""生态宜居村""生活富裕村"。他有比村民更朴素的穿着，比村民更黝黑的肤色，让你很难将他与北京大学研究生联系起来。而就是这样一位北京大学毕业的"白面书生"，寒来暑往、栉风沐雨，彻底改变了两个贫困村的面貌，树立了青年榜样。

天地之间有杆秤，民心是秤砣。我们暗访发现，村民的满意度与第一书记的付出度是成正比的。凡是村民意见大的，第一书记肯定工作不到位。凡是村民认可的，第一书记肯定尽心尽责。

2019年1月24日，我暗访教村、陇朗、安水和龙化4个村。我到达安水村时已是晚上8点40分，刺骨的寒风中，村部灯火通明，第一书记岑承壮和几位村干部正在埋头加班。按这个时间，农村早就吃晚饭了，我还是习惯性地问一句："大家吃晚饭没有啊？"他们还真就没吃，旁边放着的几桶方便面都还未打开。我走出村部，走进还亮着灯的老乡家中闲聊。老乡说："这个第一书记很拼命，跟他干，有奔头。"

翻开我的扶贫日记，清晰记录着2018年3月20日，也就是我们到凌云的第二天，送王贺松进羊囊村的经历。

"早上9点，出发羊囊。崇山峻岭，挂壁山路十八弯，贺松这个北方汉子呕吐了。这是他上任第一书记的第一天，'平原汉在高山干'，能不能干得好呀？"事实证明，我的担心是多余的，他用踏实回击了质疑。清理水沟、清运垃圾，他带领群众把昔日的脏乱村变成生态村；抢修水毁路、挖通产业路，他带领群众打通了全村的"毛细血管"；开荒种桑、林下养鸡，他带领群众走出了发展产业的新路子。为了能把工作做实，他一个月都不出村、不回家。可你知道吗？他才三十出头的年纪，已是满头白发，令人心痛啊！

脱贫攻坚，时代是出卷人，我们是答卷人，人民是阅卷人。我们清楚，新时代扶贫的艰辛，与习近平总书记的七年知青岁月完全不可比拟，我们不能叫苦。我们还清楚，一代人有一代人的长征路，赢得脱贫攻坚的全胜，我们还须秉承长征精神，以"不破楼兰终不还"的气概，交出满意答卷。

扶贫经历：

邱海富，于2018年3月担任广西脱贫攻坚（乡村振兴）工作队驻百色市凌云县工作队队长，挂任凌云县委常委、县人民政府副县长。派驻以来，坚持严管厚爱并重，打造有爱心有能力有情怀有担当的"四有"工作队，为凌云县2019年实现整县脱贫摘帽作出积极贡献。在抓好脱贫攻坚工作的同时，笔耕不辍，各有1篇脱贫攻坚经验文章被《国家治理》周刊和《中国组织人事报》刊发。经百色市委组织部考核，获评2019年度"优秀"等次。

三等奖

江口小学新来的英语老师

宣　岩／中国航空集团有限公司

　　雨，像是小瀑布一般，从天空倾斜而下，重重地砸在车窗上。浓重的雨雾和阴沉的天色下，几乎看不清前方的道路。车外，是被车轮碾压过后飞溅而起的泥浆。对于坐在大巴车里的陈媛来说，已经顾不上去看车窗外的一切，从昭平县城到江口村的这一段并不漫长的土路，是从小在成都长大的她没有领教过的，一路上的起伏颠簸已经让她感到喘不过气来。

　　这一天是2019年5月20日，陈媛来到江口村的第一天。在中国，5月20日，常常被许多人看作爱的表白日。一路上，陈媛默默在心里说："孩子们，我来了，带着对你们的爱。"

　　26岁的陈媛，是中国航空集团有限公司（简称中航集团）重庆分公司的一名普通员工。半年前，集团号召年轻的员工前往昭平，争做"蓝天课堂"支教项目的志愿者。得知这一消息的第一天，陈媛就萌发了去支教的想法。因为，在上大学的时候她一直渴望能有一个机会，到一个偏远乡村去支教，这也算她的一个梦想。对于脱贫攻坚，她也从新闻上多少有些了解。她希望能参与这样一个令人激动的时代洪流中。当她把这一想法告诉家人的时候，意外地得到了全家人的支持，尤其是她爷爷的支持。陈媛的爷爷在家里有着相当大的权威，他是一个老革命。陈媛从小就常常听爷爷讲他当年的故事，讲得最多的就是"共产党领导农民打土豪、分田地"的事。每次说到这些，爷爷都会说："共产党就是为了人民的党，共产党最了解农民、对农民的感情也最深，将来肯定能让所有贫苦人过上好日子。"爷爷每次讲到这些，都会激动不已，这深深地感染了陈媛，也促使她下定了决心，要为扶贫贡献一份自己的力量。凭借优秀的综合素质，陈媛从上百名申请人中脱颖而出，如愿以偿地实现了这一心愿。

不过，此时坐在车里的她，还没有想到，等待她的将会是什么。

陈媛来到的昭平，地处广西东部，是国家级贫困县。昭平秀丽风光的另一面，是山区交通的不便和耕地资源的匮乏，这制约着当地的经济发展。江口村是昭平县一个几千人口的大村，这里的青壮年大多外出务工，留守下来的人以茶叶种植为主要收入来源。因为是以家庭为单位的小规模种植，管理技术水平参差不齐，他们辛苦栽培出来的茶叶只能作为加工原料卖出，收入微薄。

2015年，国家精准扶贫政策实施，中航集团也全面开启了面向昭平的定点扶贫，这给江口村的小学带来了新的气象。江口村的小学里里外外的硬件都在更新：重建和修缮的教学楼，崭新的运动器材和设备，最新材质的课桌椅、黑板，漂亮的书包、文具、校服等。但是，学校最缺的，是老师。

陈媛支教的江口小学，是江口村现有的三所小学之一，学校一共只有11名老师——但这已经是江口村老师数量最多的一个小学了。江口小学包括校长和教导主任在内，都要担负教学任务，课程量最大的老师要教四五门课。不过，江口小学真正有专业教学水平保障的科目只有语文和数学。在中航集团的支教老师到来之前，英语课都是由语文、数学老师兼任，学生的英语成绩很差，几个年级的平均分都在60分以下。

　　尽管陈媛已经提前知道了这些情况，但是现实比她预期的还是"残酷"了很多。

　　陈媛的第一堂课，是给五年级的孩子进行英语摸底。她准备了考核项目，但没有想到的是，只进行了第一项就无法再进行下去了。第一项是默写26个英文字母，让她没有想到的是，没有一个孩子能全部默写下来，而一多半的孩子，只能写出不超过10个，更不要说英文字母的顺序和大小写。

　　孩子们的英语基础的薄弱，还不是给陈媛的最大打击。来到学校的一周之后，她发现，孩子们从刚开始面对陌生老师的拘谨变得大胆起来。上课不认真听讲的孩子越来越多，调皮的孩子用当地的土白话聊天，陈媛完全听不懂他们在说些什么。而当陈媛给他们布置作业的时候，孩子们学会跟她讨价还价，如果不能达成他们的心愿，就用土白话开始抗议。除此之外，陈媛还会随时收到调皮捣蛋的男孩子的"礼物"。比如，偷偷放在她讲义中的毛毛虫和蜜蜂。这些"礼物"完全是以突然袭击的方式出现的。和很多女孩一样，陈媛天生怕虫，特别是毛毛虫。当这些"礼物"突然出现在她面前的时候，她本能地想大叫出来，但还是强忍住了，因为她知道，下面所有的眼睛都在以一种微妙的心情等着她的反应——这是一场无声的较量。一旦她叫出声来，就输定了。于是，她竭力克制住内心的恐惧和不适，佯装无事地把虫子轻轻倒进了班级的垃圾桶。

　　日子一天天过去。调皮孩子的恶作剧层出不穷，而英语成绩又难有起色，这让陈媛内心烦躁而又焦虑。终于在一个周五放学之后，回到宿舍的陈媛再也忍不住一肚子委屈，放声大哭。她在不停地问自己："我千里迢迢到这里来的意义是什么？难道就是为了受气而来的吗？孩子们真的需要我吗？如此薄弱的英文基础，还有得救吗?!"

　　黄昏的天空，轰隆隆的雷声从远处传来，紧接着，大雨瓢泼而下，似乎迎合着陈媛此刻的心情。在痛痛快快地哭过之后，陈媛的心绪渐渐平静下来。雨，越下越大，似乎唤起了她骨子里那不服输的性格。她暗暗下定决心："来都来了，肯定不能打退堂鼓。我要留下来，跟这群孩子'斗争'到底！"

　　第二天，是个周末，陈媛接到了中航集团派驻江口村第一书记宣岩的电话，让她一起去村里走走，了解一下当地人的生活。

　　江口村是一个有着4000多人口的大村，陈媛到江口村半个月了，基本都是在学校，这还是她第一次近距离接触到村民的生活。她看到，村里面走动的大多是老人和孩子。老人们聚在一棵大榕树下，用当地的土白话谈着些什么。宣书记告诉陈媛，这景象跟中国的很多乡村很像，留守下来的大多是老弱妇幼。不过，江口村依然有不少中壮年是守在家里的，因为文化程度实在有限，不敢出去。宣书记到江口村已经有一年了，他给陈媛讲了了一个真实的故事。

　　"江口村有个女孩儿李桂花，住在最远的小组，今年差点儿没上成大学。为啥？因为手机没信号。邮递员送录取通知书，给她家打了三天电话都没打通。但是，当得知女儿被云南司法警官职业学院录取的时候，李桂花的父亲却不让她去读。因为他怕孩子走丢，也怕自己走丢。"

　　"那这孩子就这么可惜了吗？"陈媛问。

　　"我一听当时就急了，孩子好不容易考上大学，怎么能因为学校太远就不让她去！你可能不理解，因为长期以来交通不便，很多江口村人一辈子没走出过大山，也畏惧大山外的陌生世界，就连孩子考上省外大学，想去见见世面的机会都差点失去。但是，我们既然在这里，不能眼看着孩子错失一个很可能改变她前途的重要教育机会。所以，我跟她父亲长谈了好几次。其实，供桂花上学，对他们来说，还有一个大问题，就是学费的压力。他们家的收入主要就靠采茶。你知道刚从茶树上摘下来的茶叶能卖多少钱一斤？好的时候，10块；差的时候，3块。在一个以采茶为主要收入来源的家庭，要供桂花两兄妹上大学，是供不起的！但是，我真的不能不管。所以，我借了7000块钱给他们家，他们家买了两头牛，等两头牛长大，差不多可以卖4万块钱。等到两兄妹上完大学，有了一份稳定的工作，这个家庭也就走出了贫困的泥潭。所以，就是习近平总书记说的——教育，是阻断贫困代际传递的治本之策。你们来到这里，所有的付出都是有意义的。"

　　说完这些，宣书记接着说："现在，我就带你们去茶园走走，现在正是采茶的季节。"

正是中午时分，空气潮湿闷热，初夏的骄阳已经显示出它的威力。当他们走到茶园，已经浑身是汗了。展现在眼前的，是望不到边的茶树，人们低着头，在默默地采茶，除了虫鸣，听到的就是急促地采摘茶叶嫩芽的声音。稍微走近一些，陈媛发现，有3个女孩都是她教的班上的孩子。在阳光的暴晒下，是顶着大大草帽的瘦弱身影，她们的腰上紧紧裹着装化肥的编织袋，以此来防止蚊虫的叮咬和茶叶树杈的划伤。她们早就练就了娴熟的手法，采摘的速度惊人，因为，如果不够快，是不能完成一天任务的。

孩子们专注地采摘着茶叶，并没有留意到老师的到来。而陈媛也不忍心打扰孩子们。眼前的这一幕给了她太大的触动，她想到了城里的孩子。在这样的一个周末，填充城里孩子生活的往往是各种文艺体育的兴趣班、各种课业的辅导班。这些填充，从某种角度说，是城里孩子的"苦累"，但这个"苦累"的背后意味着优质的教育资源。这个"苦累"，是江口村的孩子们享受不到的，他们没有专职的英语老师，没有固定的英语课，26个英文字母都写不全。

眼前的孩子，是很早就要承担生活重担的孩子们，却不能享受到和城里孩子一样的教育资源，这让陈媛从内心一下子"宽恕"了孩子们的调皮捣蛋和不听话。昨天晚上她还下定决心跟孩子"斗争"到底，而此刻，她只想尽自己的全力去给他们帮助。

接下来的一周，陈媛开始了自己的行动计划。她向学校里的老师详细了解班上每个孩子的性格特点、家庭状况，然后，她还向远在成都的亲戚请求支援——她的亲戚中有好几位是中小学老师。她一个个地给她们电话，告诉她们自己遇到的问题，仔细倾听她们的建议，把她们的经验记录下来、细细琢磨……

新的一周开始了。当陈媛走进四年级课堂的时候，孩子们照例是一副无精打采的样子，有些在窃窃私语、有些趴在桌子上走神、有些心不在焉地翻着书……不过，当陈媛宣布一个最新决定的时候，所有的孩子都直起了身子、瞪大了眼睛。

陈媛平静地说道："从今天开始，我要请以下4个同学担任英语课代表，他们是李裕波、肖运喜、李少健、潘晨军。"教室里的空气仿佛瞬间凝结，但2秒的静止后，爆发而出的是哄堂大笑！这4个被陈媛新任命的课代表，是班上最调皮、最不爱交作业，也是英语成绩最差的孩子。陈媛不管其他孩子的哄笑，但特别留意了那4个被委任为英语课代表的孩子——往日脸上那种调皮和满不在乎的神情完全不见了，变成一种错愕中带着羞涩的复杂神情。陈媛继续平静地给4个新课代表布置了需要他们配合老师完成的事情：收发作业、统计未交作业人数、协助老师检查英文字母单词的听写和背诵、维持课堂纪律。

这时，班上有个孩子忍不住喊道："老师，李裕波自己都经常不交作业，凭什么收我们的作业？""老师，李少健和潘晨军上课经常讲话，自己都管不好，怎么维持纪律？"

陈媛沉静地说："他们只要完成我交给他们的任务就是协助了老师。我相信，他们会监督好自己的。"

这一堂课，注定不平凡。在扔出这一爆炸性的消息之后，陈媛继续送上"新礼"。她拿出几张动漫风格的卡片，上面分别标有10分、8分、5分、3分、1分等不同分值。她对孩子们说："从今天开始，你们可以用自己的努力去赚取这些卡片，这些卡片有不同的分值。比如，单元测验得到100分，就可以拿到10分卡；95～99分，可以拿到8分卡；流利背诵课文可以拿到5分卡；26个英文字母全部默写对可以拿3分卡；上课积极回答老师提问可以拿到1分。个人积分都会算入现在的小组总分中，最高分的小组会有奖励。注意，这些分可不是空的，是可以兑换东西的，比如自动铅笔、削笔器、橡皮、笔袋……"陈媛看到，孩子们的眼睛里已经流露出期待。

"老师，可以换吃的吗？"一个孩子试探地问道。

"好，你们说说想换什么吃的。"陈媛说。

"辣条！""棒棒糖！""可乐！"……

此刻的教室，已经变成一片欢乐的海洋。等到孩子们的兴奋渐渐平息下来，陈媛说："好的，你们想要的东西，老师可以答应你们。但是，记住，要用你们赢得的分值卡来换。并且，一定是通过你们自己老老实实的努力。从今天、从这一节课开始，你们就可以行动了。我今天拿了10张卡，看看这节课下来，这些卡片能够被谁拿走。"

虽然只是一张小小的卡片，但是，令陈媛都没有想到的是，一卡激起千层浪。改变，正在悄然发生。以前，是她声嘶力竭地推着孩子们往前走，但推得艰难而又费力。可是现在，似乎有一种力量在孩子们的内心生长起来。

课堂上，越来越多的小手举起来，希望能够有机会回答老师的问题，布置作业时的"昭平土白话版抗议"几乎没有了。课间，孩子们会围成一圈，用清脆的声音一起背诵英文单词和句子，三三两两的孩子们自行组织起来，一个人给另外一个听写、检查错误。而陈媛下课之后回到办公室，很少能够安静休息一下，因为总是有一波一波的孩子找上门来要求她检查背诵……

而那4个新英语课代表，虽然依然调皮，但明显地，从以前一周只能交一两次作业变为偶尔一两次交不上，虽然作业的内容还会有不少错误，但从变得工整的字迹可以看出，他们在努力想要写好。26个英文字母的默写，他们也默写得越来越多……这4个孩子里，唯有那个叫李裕波的孩子，作业还是会经常迟交，进步的幅度也不如另外3个孩子明显。陈媛不知从哪里下手，她从心里不忍放弃李裕波，因为，这是一个极其聪明的孩子，反应很快，领悟力也非常高，只是心思没有花在学习上。

她决定跟李裕波谈谈。在一个下午的自习课上，陈媛把李裕波叫到了办公室。这一周，这孩子已经连续3天没能准时交作业了，她想知道是什么原因。起初，李裕波一直低头不说。陈媛没有催促，静静地等了一会，说："其实，老师只是想能不能帮助到你。如果你实在不愿意说，可以不说。"

"妈妈让我做饭。"李裕波轻轻地说。

"做饭？你要帮妈妈做饭？"陈媛很惊讶，这只是一个10岁的小男孩。

"妈妈要做很多事情。采茶很辛苦。妈妈不采茶的时候就要去做工，有时候很晚回来。我就帮妈妈做饭。"

课间休息，陈媛（右一）跟孩子们一起玩丢手绢游戏

"你都会做什么，能给老师讲讲吗？"

"蒸饭、摘菜、洗菜，还有洗碗……"

陈媛的心里涌动起一种说不清的东西。她努力平息这个孩子带给她的触动，然后让李裕波坐下来，补上没有交的作业，并耐心地帮他纠正英文单词、句子的发音错误和书写中的错误。

放学时间到了，孩子们按照回家路线，在操场上排成几列纵队。年近50的李校长照例要把行路注意事项给孩子们大喊一遍。孩子们沿着一条线，慢慢地走出学校，往更深更远处的乡村走去……陈媛看着这些远去的小小的背影，想起今天李裕波的话，不禁升出一些莫名的感慨。

今天，陈媛要随同宣书记进行入户遍访，协助宣书记做一些记录。这也是中航集团给她的工作任务之一。她很愿意做这样的工作，因为，借此她可以更多地了解到孩子们的家庭生活。

太阳偏西，他们出发了。只有这个时候，在茶园劳作或者外出打短工的人们才会陆陆续续回到家中。

陈媛在成都长大，这一路对她来说，并不轻松。行走在几段上上下下的泥土路时，她脚底打滑了好几次。

"你是没在农村生活过。现在这路已经好太多了。"宣书记说。"以前，这里的人出门，大多都要靠船，走水路。现在，国家大力修建通村公路。出行，对偏远农村，真的太重要了。没有路，车就不通，车不通，村里的东西运不出去，外面的东西运不进来。你就说我们现在走的这个桥——大坡桥，这是咱们中航集团出钱建的。你可别小瞧了这桥。就说过年吧，以前，常年在外务工的村民，挣了钱买了车，高高兴兴地开着车回家，车上装满了年货，可是车开到河边，只有一座1.6米宽的小石桥，车就只能停在河对岸，拎着大包、小包的年货步行回家。"

听宣书记讲这些，陈媛已经不觉得脚下山路曲折。对于国家的脱贫攻坚，虽然从新闻上已经了解了不少，但她总觉得跟她的生活相距甚远。真正的了解，是来江口村之后，她自己看到的，以及宣书记告诉她的点点滴滴，让她感受到脱贫攻坚对村民生活带来的巨大改变。

到达第一户村民家时，天色已近黄昏。那户人家的女主人刚刚从茶园采茶回来，鞋上沾着泥土，一脸的疲惫，转身要开始忙碌一家人的晚饭。宣书记只能搬了把小椅子在厨房里坐下，向女主人了解家庭情况。女主人姓刘，五年前丈夫患癌症去世，治病花去了几十万元，留下一屁股外债和一家老小。刘姐很坚强，一人担起了生活的重担，两个孩子也很争气，大女儿考上了大学，小儿子也上了中职。两个孩子的学费对于这样一个家庭而言可是一笔不小的开销，刘姐怎么也凑不出来。这时，国家的教育扶贫政策"雨露计划""贫困学生助学金""助学贷款"，以及社会爱心人士的捐助，帮助刘姐解决了两个孩子的学费。明年孩子们就毕业了，毕业后有了工作，家里就有了稳定的收入来源，日子有了盼头。

陈媛没有想到，他们今天要入户的最后一家，正是她的学生李裕波家。当他们到达他家时，天色已经完全黑了下来。

李裕波家是建档立卡的贫困户。这是一个四世同堂的大家庭。李裕波的祖奶奶今年97岁了，爷爷、奶奶也都70多岁。他的父亲身患残疾，所以，全家七口人的生活，就靠他母亲一人操持。而此时，李裕波正在帮着他妈妈收拾饭桌，他对陈媛叫了一声"老师好"，就去洗碗了。

在做完遍访记录后，陈媛找到了李裕波的妈妈何梅，陈媛想跟她聊聊。虽然这个女人看上去十分疲惫，但面对陈媛真诚的倾听，仿佛一下子打开了心门。

"我小的时候，念完小学，父母告诉我不能继续上，我也是哭了好久。"何梅只说了一句，眼圈就红了。

"你不知道，以前我们这里的生活是很难很难的，平时就吃点自己种的菜，肉的话很少很少。以前炼肥猪肉剩下的油渣子，我们那时候有一餐油渣子吃就很高兴了。小时候，我像李裕波这么大的时候，要干很多活儿的。放学回家后我要去挑水、喂猪、做饭，周末去挖野菜。"

"所以，你知道吗，老师，我就不希望李裕波再像我们这个样子，再怎么难都会想办法送他去上学，想办法送他去上大学，如果他考得上的话。我苦点累点都不怕，为了小孩子，不怕。我对他的希望是很大的，我知道他很聪明，可是我不知道怎么说，他就是缺一点积极，学习不够积极，他就是得过且过那种……"

不知为何，陈媛感觉自己找不出一句话来安慰李裕波的妈妈。从李裕波家里回到宿舍的这一路，陈媛和宣书记各自陷入了沉思，谁也没有说一句话。

接下来的日子里，陈媛把所有的时间和心力都扑到了教学上，给李裕波的辅导也增加了很多。孩子们看到了自己努力的小小成果，信心也不断增长着，成绩一天天有了进步。

除了给孩子抓紧英语教学，陈媛还经常跟他们聊天，她希望了解他们更多。让她震惊的是，当问到他们将来的梦想时，孩子们几乎都会告诉她："去广东打工！"

"为什么？"陈媛问他们。

"因为我们村最厉害的人就在广东打工。""因为去广东打工不用再像爸爸、妈妈、爷爷、奶奶那样在家辛苦地采茶。""因为去广东打工就可以走出大山，见识到外面的世界。"

慢慢地，陈媛会抽空给孩子们讲讲自己的生活、讲讲自己在中航集团的工作，以及更多有趣、有意义的事情。她希望，孩子们可以踮起脚尖去够一够那些曾经听都没听过、想都不敢想的梦想。

有一次，中航集团客舱部的空姐来到江口小学短期支教，她们走后的一天，一个叫廖清的女孩子找到了陈媛，她告诉陈媛，她很想像来的那个大姐姐一样，以后做一个能在蓝天飞翔的空姐。她问陈媛，是否可以实现这个梦想。陈媛看到，一颗梦想的种子已经落在了廖清的心里。于是，陈媛告诉她："你可以去努力！这个职业对英语有一定的要求，飞机上会有外国的乘客，也许，你还会飞国际航班，所以，要学好英语。"

时间飞逝，转眼间，陈媛和孩子们一起迎来并通过了期末考试。令她欣慰的是，孩子们的英语成绩有了很大提高，李裕波居然从以前的60多分考到了90分，而那个想当空姐的廖清拿到了满分。

一个学期很快就要结束，按照中航集团的安排，陈媛的支教工作也将告一段落。就在陈媛离开江口村的前一天，李校长从县里领回了几张奖状，五年级和六年级获得了全县英语学科期末考试一等奖、四年级获得了二等奖。孩子们从26个英文字母认不全到收获5张奖状，虽然只有两个月，但陈媛觉得自己走过了好长的一段路。正当她无限感慨的时候，孩子们拥到了她的办公室，他们知道暑假来了，老师也要回自己的家看父母亲，所以来跟她告别。

"陈老师，这是我妈妈做的冬瓜酿，你带在路上吃。"

"陈老师，你下学期还会来教我们吗？"

"你一定要来，陈老师，我还要拿更多的积分卡！"

……

陈媛回到中航集团后的第一件事，就打了一份申请，希望下学期还能继续到江口小学支教。

一个月后，她的申请被批准了。于是，9月的第一天，陈媛又站在了江口小学的讲台上。

9天之后，陈媛迎来了一个幸福的日子。这一天是教师节，她收到了孩子们的各种礼物——有画满爱心的卡片，上面写着对老师的祝福，有手工折叠的玫瑰花，还有一个手巧的男孩子叠了一只精美的千纸鹤。所有的礼物，都是孩子们亲手制作的。陈媛翻开了其中的一张贺卡，贺卡的中间画着一颗心，下面是一行大大的字："老师，你能一直教我们吗？"一瞬间，陈媛再也忍不住自己的泪水……

2020年的1月，又一个学期结束，寒假来临。陈媛也踏上回乡之路。尽管她再次跟中航集团提出了继续支教的申请，但中航集团已经选拔好了新的志愿者来接力。陈媛知道，这一次，是真的要离开孩子们了。

陈媛坐上了大巴车，送别的老师和孩子们向她挥手。看着他们的身影渐渐远去，陈媛的泪水再一次模糊了双眼。她的泪水中，不仅仅是离别的感伤，更多的是一种欣慰。

她突然想起了一年前她来的那个日子，那时的她，在大雨中一路颠簸而来。而此刻，她脚下的路平坦笔直——那是2019年国庆建成通车的贺巴高速。她知道，沿着这条路，会有更多的志愿者来到江口村，给孩子们带来知识，打开他们的眼界和心扉；同样，沿着这条路，江口村的孩子们也会走出大山，走得比他们父辈更远，实现更加丰富多彩的人生梦想。这一切，就在并不遥远的未来……

（文中出现的人物均为化名。）

扶贫经历：

宣岩，中国航空集团有限公司派驻贺州市昭平县昭平镇江口村第一书记。2018年7月起，按照中国航空集团有限公司精准帮扶8+2措施要求，帮助江口村改善基础设施建设，发展村集体经济，落实教育扶贫政策，加强农村基层党组织建设，开展各类扶贫工作。

"空军"甜蜜的产业

颜桂海 / 中共梧州市委员会农村工作领导小组办公室

　　蜜蜂是画家喜爱之物，更是蜂农们喜欢的小动物。

　　不论平地与山尖，无限风光尽被占。采得百花成蜜后，为谁辛苦为谁甜？蜜蜂千百年来默默无闻地为人类酿造甜甜的蜜，但能吃到蜂蜜的农民却不多。昔日在温饱线上挣扎着的梧州农民往往以白糖代替蜜糖，因为白糖较多，而蜜糖产量很少。改革开放后，村民们只是在逢年过节制作扣肉时，才会厚着脸皮向蜂农讨几滴蜜糖，把蜜糖往扣肉皮上一抹，制作出来的扣肉皮金黄得煞是好看，令人垂涎欲滴。

　　随着健康养生时代的到来，蜂蜜的价格迅速飙升，冬季蜂蜜卖到每斤80～100元。既然有市场，便有养蜂业的稳健发展，这是市场铁律。2019年，仅是梧州市农村，就拥有27万群蜜蜂，这些"空军"成就了一项甜蜜的产业，助推脱贫攻坚，这是一个潜在的巨大的特色产业市场。助与推，抒写了怎样的甜蜜产业故事呢？

（一）

　　穿花度柳飞如箭，粘絮寻香似落星。小小微躯能负重，器器薄翅会乘风。

蒙山县黄村镇六埠村彭鑫养了一群群蜜蜂，藤县藤州镇谷山村徐照邦养了一群群蜜蜂，苍梧县沙头镇深塘村谢应陈养了一群群蜜蜂……

他们并不是一个村子的人，而是相距几十公里，甚至两三百公里，他们都是经过精准识别后建档立卡的贫困户。他们像千千万万的贫困户一样，进入了国家档案。

他们家勤劳的"空军"，有一个共同的特点：辛勤采花酿蜜。

他们养的都是中华蜜蜂。中华蜜蜂躯体较小，头胸部呈黑色，耐寒性较强，飞行敏捷，适宜在山区、半山区的生态环境中饲养。中华蜜蜂原产于中国，是我国的本土蜂，适应全国各地的气候和蜜源条件，适于定地饲养且稳产，尤其是在南方山区，有着其他蜂种不可替代的地位。这种蜜蜂酿造的蜜，味道甜润，口感绵软细腻，爽口柔和，余味清香悠久。

养蜜蜂，在人们的记忆当中，村民们都是养一两箱，或者三五箱，一户人家能养三五箱的，都算是很多的了。他们养蜂都是随便放置在房前屋后，任由它们采花酿蜜。他们得的蜜也不多。由于缺乏精细的技术管理，蜜蜂也会"造反"的，"造反"的方法很简单，就是蜂王带着蜂群举家逃跑，甚至有时一户人家养的蜂全都逃跑掉，最后剩下的只是一只空空如也的蜂箱，主人只好望箱兴叹。

可彭鑫、徐照邦、谢应陈等与村民们不一样。

（二）

这一片崇山峻岭，位于大瑶山余脉的梧州市蒙山县境内。蒙山属于自治区级贫困县，距首府南宁市460公里，距梧州市186公里，当地只有南北走向的国道321线通过，没有高速公路，没有铁路。山多地少，田更少，全县农村总人口达19万人且大多数经济来源为外出务工。

蒙山县黄村镇六埠村距离县城26公里，被列为"十三五"规划扶持的贫困村，全村人口1370人，其中有建档立卡贫困户112户452人。村里主要产业是松树、杉树和沙糖橘等，村民有养蜂的传统，重视林下经济，全村有20户养蜂，其中15户是贫困户。

村里33岁的小伙子彭鑫，是贫困户中的一名苦命汉子。

彭鑫的父母是老实巴交的农民，一辈子在土里刨食。母亲生了5胎6个孩子，由于贫穷，那一对双胞胎男孩的其中一个在未满月的时候送给了广东新会人养。贫困，硬生生地拆散了这对一模一样的双胞胎。母亲拄着拐杖含泪把孩子抱给别人时，饱含着无奈的泪水。

在这偏远的小山村，父亲拉扯几个孩子长大很不容易。

为了让老大彭鑫能吃得饱，父母把1岁多的他送到桂林荔浦市农村舅舅家寄养，直到9岁时才把他接回来读小学一年级。

老二在3岁时，由于父亲的一场胃病花了不少钱，又不得不把她送给舅舅家当女儿养。

老三好不容易长大成人到广东打工，正值婚嫁年龄，却因2015年的一场车祸，过早地离开了人世间，一家人悲痛欲绝。

老四，由于母亲奶水严重不足，缺医少药，危在旦夕，父母含泪将他连夜送给藤县濛江镇不知道姓名的人抚养。

老五、老六是双胞胎男孩，老五送给广东新会人后，母亲眼含热泪把哭着的老六紧紧地抱在怀里，说：“我们一定要把你养大成人。”

用命运多舛概括这个家庭并不过分。老奶奶成了这户苦难人家的领路人，但心有余而力不足。2001年秋，奶奶不幸因心脏病发去世。3个月后，长年被贫穷生活压弯了腰背的父亲，因胃病而痛苦离世，这年刚52岁。

在温饱线上苦苦挣扎的一家人支离破碎，只剩下三口人：残疾的老母亲、年轻的老大彭鑫、双胞胎中的老六。

屋漏偏逢连夜雨。2015年秋，长大成人、立志当兵报效祖国的老六，在黄村镇参加兵役体检后骑摩托车回村的途中，不幸摔成重伤。虽然有保险公司理赔，但是由于缺少一个青壮劳动力做工挣钱，给家庭很大打击。

因为贫穷，有一件事令老大彭鑫刻骨铭心。一次，母亲回桂林荔浦市农村娘家探亲。在娘家，她悄悄偷走了其母（即彭鑫的外婆）300元现金，想拿来给儿子买点吃穿用的。其母发现后破口大骂，训斥起来：“你这个女儿，今后不许再回娘家！”

从此，母亲再没有回过娘家，因为她觉得羞愧难当，觉得很对不起娘家人。她经常坐在自家的瓦房门口，绝望地对着门前青山绿水大哭，却又无可奈何。日子，就在她的拐杖下，佝偻着难以抬起的腰背，与两个儿子艰难地爬行着。

徐照邦，男，54岁，生活在藤县藤州镇谷山村。这里距离县城8公里，位于西江上游的浔江边，滔滔的浔江流经这里，被一座巨大的谷山阻挡，浔江也被拦截成几乎直角90度的大转弯。全村761户3232人分为19个小组，有山林面积1万多亩，建档立卡的贫困户有110户475人。徐照邦家是贫困户之一。

徐照邦有一位81岁的老母亲。老母亲常年有病，十几年前在医院做白内障手术，由于自身原因，手术失败，双目只剩下一目，接近失明，另一目的眼球已腐烂掉，至今仍会不定期地流血出来，需要长期用药医治并有人照顾。

为了支撑这个家，父亲以前经常担柴、担沙、抬石头，双肩与腰椎严重受损。父亲看了医生，效果不大；找了民间医生，也不奏效。2010年冬，身子蜷缩在瓦房子房间里的父亲，含痛含悲离世，其痛苦样令徐照邦没齿难忘。

他家里的外债，几乎堆成了像村里的谷山山峰那么巨大。

为了挣钱，为了养家糊口，徐照邦的妻子不得不卷起铺盖，前往广东中山市一家五金厂打工。

徐照邦在做完繁忙的农活，空闲时会发呆：这样贫穷的日子，什么时候才是尽头啊？

谢应陈，男，59岁，生活在苍梧县沙头镇深塘村。这里，山明水秀、蕴藏灵气，但是贫穷落后，属于深度贫困村。全村面积64平方公里，林地面积9万亩，产业主要有茶叶、油茶、蜂蜜等，辖40个小组，有农户1106户，人口5208人，其中有建档立卡贫困户250户1154人。谢应陈家是贫困户之一。

谢应陈有一个嗜好，那就是喝米酒。他说只有喝酒，才能有力气干农活。由于贫困，没钱买酒，他就用酒曲发酵自己煮酒。每隔两三个月，他就煮一次酒。每次，他就用自家种的大米煮饭，加入酒曲发醇，用木柴烧大镬头蒸酒，通过自制简易冷却器，蒸出一坛香醇的米酒。十多年了，他从没买过一滴酒。据传，这村子在1949年以前，几乎家家户户都煮酒，且大都是用镬头、杉木盖、竹筒等设备，用土法煮酒。俗话说"煮酒论英雄"，其实，在村子里，勤劳淳朴的村民大多数能利用村里清冽的泉水蒸出好酒。谢应陈利用这里独有的自然生态环境、天然优质的谷物、清冽甘甜的山泉来酿酒，所酿造的酒以色清、气香、味醇、质好闻名，诱人的醇香透过瓶子也能散发出来。

由于贫穷，没有女孩子愿意嫁给一贫如洗的他。究竟贫穷到什么程度呢？如别人家早已买摩托车代步或跑运输，而他依然是靠走路赶圩。村离镇上17公里，他几乎要走3个小时。

漫长的贫穷日子里，他依赖喝米酒解闷，每天至少喝两斤米酒。他说，喝酒才能够解愁，而且做农活才有充足的力气。喝酒让他感觉过瘾，浓浓香醇中，暂时忘记生活的贫困。

到了40多岁，谢应陈在媒人的牵线搭桥下，与同村一个姓严的姑娘结婚，婚后生育了两个男孩。至此，他的家共有四口人，夫妻两人和两个小男孩。

随着两个小孩的相继出世，本来就一贫如洗的家庭经济更是困难。妻子由于身材矮小，身高不足1.4米，窄窄的肩头承担不起生活的重担，干不了重活，也干不好农活，因为缺乏劳动的耐力啊。就是因为这样，她才愿意嫁给比自己大十几岁的老公。在这深山老林里的村庄，她力气小，无疑是挣不了什么钱的。

一家四口人的生活重担，落在谢应陈一个人身上，能不重嘛？！妻子患了胆结石，有时候痛起来简直要命。为了给妻子治病，他花去了7万多元，虽然新农合报销了大部分，但自己仍要东拼西凑借来几千元，紧巴巴的日子在咬紧牙关中艰难地过着。

大儿子在深塘小学读书，需要吃午餐，但缺少钱，怎么办？谢应陈就想办法，让大儿子在中午放学时分到学校附近的饮食店帮端菜、洗碗、洗菜等，换取店主给的免费午餐，以解决没钱买午餐的苦恼窘境。大儿子也很懂事，在店里干活很勤快，俨然一个优秀的小服务员，深得店主的喜爱，店主每天让他免费吃饱午餐。

实施精准扶贫之前，在梧州这片土地上，还有许多像彭鑫、徐照邦、谢应陈这样的贫困家庭。他们是农村的苦楚，更是国家的忧戚。

2015年秋，梧州像全国一样，开始全面部署和实施精准扶贫战略，数以千计的贫困家庭被纳入国家档案。

我国政府向全世界郑重承诺，2020年现行标准下的农村贫困人口全部脱贫。

过去，对于像彭鑫、徐照邦、谢应陈等成千上万的贫困户，只重视"输血式"扶贫，却忽略了"造血式"脱贫。虽然政府在努力，社会在帮扶，但就是速度慢、成效不够明显，原因是重点产业发展的力度不够。

（三）

中华蜜蜂，我国人民很早对它就有了认识。我们翻开《诗经》，可看到其中有"莫予荓蜂，自求辛螫"。春秋战国时期，我国已有养蜂的历史，当时的楚国也已出现蜂箱。屈原《招魂》诗也描述了当时的食品中有蜂糖。大约在12世纪，蜜已应用于治疗疾病。姜岐可谓我国古籍中有文字记载的第一位养蜂专家。

往事越千年！

小小蜜蜂，那是一个有趣的大世界。蜂蜜是蜜蜂通过特殊的身体结构和所吸取的花蜜在蜂巢中酿制的：蜜蜂用舌管吸取植物的蜜腺、树液或一些半翅目昆虫的蜜管所分泌的甜汁，经蜜蜂的口器混以唾液，并暂时贮于蜜囊中，归巢后，吐入巢房，经过反复酿造而成的。人们都称赞说蜜蜂是勤劳的，因为酿蜜并不是一件容易的事情。

但得蜜成甘众口，一身虽苦又何妨。蜂蜜是宝。近代医学研究表明，蜂蜜内含多维高浓度葡萄糖、果糖、蔗糖、蛋白质、矿物质、有机酸、酶等，营养丰富，对人类的肝炎、贫血、便秘、肠胃病等，都有一定疗效。在现代生活中，蜂蜜对调养人们生活、疗养身体会起到积极作用。

八桂大地地处祖国南疆，雨水丰沛，蜜源丰富，非常适宜养蜂。近年来，广西蜂产业取得了长足发展。蜂产业具有明显的资源优势和区位优势，进入新世纪后，蜂群数量、蜂产品产量稳步增长，养蜂业生产规模不断扩大。

蜂业是畜牧业的组成部分，是生态农业，被誉为"健康产业""空中农业"，具有投资少、见效快、回报率高等特点，对于促进脱贫攻坚、农民增收、提高农作物产量、维持生态平衡和促进人民身体健康具有重要意义，是实施乡村振兴战略和开展产业扶贫工作的重要措施。

带声来蕊上，连影在香中。2016年，广西蜂群数量为76万群，蜜蜂产量达2万吨，蜂业产值20亿元（养殖业10亿元、加工业10亿元）。

广西不断扩大规模，撬动这个特色产业市场，培育蜂产业。梧州也在探索这产业的发展，助推脱贫攻坚，贫困户对发展这产业也在"摸着石头过河"。

产业是脱贫之基、富民之本、致富之源。为加快发展蜂产业，梧州致力"蜂情小镇""蜜意小村"的建设，着力打造国家重要的蜂产品生态产业基地，让贫困户插上脱贫致富的腾飞翅膀，为梧州成为"中华蜜都"奠定坚实基础。

蜜蜂，正逐渐走进梧州农民的视野，成了脱贫攻坚重点培育与发展的特色产业利器之一。

坚持产业富民，梧州市组织像彭鑫、徐照邦、谢应陈等贫困户参与蜂产业项目开发，大力发展养蜂，以增加贫困群众收入，增强"造血式"功能。

（四）

2015年深秋，经过精准识别后，彭鑫被列为精准扶贫的贫困户，纳入国家档案。

在享受国家相关帮扶政策后，政府发放扶贫小额贴息贷款，帮助贫困户发展产业，拉开了浩浩荡荡的"造血式"扶贫的帷幕。

扶贫小额贴息贷款，贷款金额最高5万元，期限最长3年，免担保、免抵押，国家财政全额贴息。也就是说，3年后，你还回本金就可以了。放贷的对象是有劳动能力、有致富愿望、有致富项目，且信用记录良好的建档立卡贫困户。

彭鑫开始时有些顾虑。他想，如果3年后，还不了5万元贷款，会不会被抓去蹲牢房呢？一天，他把想利用贷款养蜂的想法与村里的养蜂户龙伟林商量。龙伟林表示支持彭鑫的大胆做法，建议彭鑫一定要好好利用这笔免息贷款，好好利用国家政策养蜜蜂，试一试，至少应该可以赚到本钱的。

彭鑫深思熟虑后，2016年夏，他利用政府提供的5万元扶贫小额贴息贷款，购买了30箱蜜蜂。

春有百花秋有月，夏有凉风冬有雪。这就是彭鑫所在的六埠村。这里山清水秀，森林覆盖率高。这里一年四季都有蜜源，春有龙眼、荔枝开花；夏有各类野花盛放；秋来了，有桂花、玉兰、菊花等；冬天枇杷花、鸭脚木、山苍树等吐出花蕊。一年四季鸟语花香，这丰富的蜜源，大自然的美好环境，成了蜜蜂们快乐的天堂。

当这30箱蜜蜂运到彭鑫家放养时，蜜蜂们在他家的瓦房顶上盘桓，踩点采花，看着这破旧房子，看着这陌生环境，似乎有些失望。

一群群蜜蜂像云朵般地聚集在香气四溢的花丛里，尽情吮吸着大自然的结晶。可爱的小蜜蜂来到这陌生环境，便撒娇起来，有的蜂群，在他开箱观察时蜇他，甚至有个别蜂群开溜，飞到附近山上的松树林，另筑新窝。

面对这些调皮的蜜蜂，彭鑫有着足够的耐心，也更加虚心地向有经验的养蜂户请教。他从以前怕蜜蜂蜇到不怕蜇，忍着肿痛，每天细心观察、护理着每一箱蜜蜂，防蚂蚁、蟑螂等蜜蜂的天敌。初冬来了，他怕蜜蜂受冻，每天晚上把蜂箱孔口堵小，只留下三五个孔通气。次日清晨，他再重新打开箱的全部孔口。渐渐地，这些小精灵也温顺很多了。不出1个月，他与它们成了好伙伴。

这些可爱的"空军"小精灵，每天勤恳采花酿蜜，它们变得更加活泼起来。

在藤县藤州镇谷山村的村子里，以前有十几户人家养蜜蜂。徐照邦也养过两箱，由于不懂得管理，养了几年，依然停留在"一二一"原地踏步的水平。那两箱蜂，会偶然分窝，不断分出来新的蜂群，但由于徐照邦忙于农活，没有时间留意分窝出来的蜂群，因此分窝出来的蜜蜂飞走了，不知它们究竟飞到哪里去。他养蜂采割得到的蜂蜜，只够自家人喝，根本没法外卖，也根本没赚到钱。

　　蜜蜂的繁殖周期较短，有时两个月可分窝分出一群蜂。分窝前，需要主人密切留意，因为它们会随时飞走，所以说饲养蜜蜂，要进行及时的护理。

　　最后，连剩下的一窝蜜蜂，也在春寒料峭时放晴的一天午后，无情地飞走了，留给徐照邦的是一只空箱，留给他的是无限惆怅，无限惘然。

　　蜜蜂养殖，人们都称其为"甜蜜的产业"，有很多农民都是通过养蜂而走上了致富之路。其实，蜜蜂是很容易饲养的。养蜂占地不多，只在屋附近饲养就可以了。

　　徐照邦算过一笔账，蜜蜂养殖的投资成本小，相对于其他养殖行业来说非常小，主要投资是蜂种的购买，一般情况下50～100元一箱，在有技术的情况下，一箱蜂很快就能繁殖成为一大群，然后进行人工分蜂便可得到几箱蜜蜂。

　　蜜蜂养殖的主要产品就是蜂蜜，好的蜂蜜基本上不愁销售，它的养殖效益高。在农村的蜂蜜基本都是一割下来就销售一空，很多人购买蜂蜜时都要上门看着它从蜂箱中被割下来才放心。这种土蜂蜜一般每斤80～100元，一箱蜂正常年产量在5～10公斤。

　　蜜蜂养殖对场所的要求不高，不占用耕地，也不需要像猪、牛一样要种植大面积的饲料；管理较简单，平时定期开箱检查一下蜂群的情况，平日里要驱赶前来蜂箱的大黄蜂、蚂蚁等敌害。但蜜蜂养殖在技术要求上可不简单，尤其是在疾病的防控方面，一不留神可能就会导致全军覆没。

　　蜜蜂易于管理，从这个角度来看，蜜蜂很适合类似徐照邦这样的贫困户家庭操作。

　　家庭养蜂，只要有地方就可以进行粗放管理，几乎家家户户都可以养。像徐照邦一样，瓦房的天棚可置放蜂箱，牛栏旁边的屋檐下也可以放养，村头的大榕树树根处也可以放养，甚至是山上的石洞、岩洞也可以放养蜜蜂。

　　蜜蜂全部飞走后，徐照邦才觉得蜜蜂是宝贝。因为他懂得，蜂蜜价格坚挺。如果是规模饲养蜜蜂，国家还有扶贫补贴，如果是10群蜂以上，每年还可以领到国家补助2500元。如果蜂蜜是深加工的，卖到澳门赛马场，每公斤7000元人民币。据传，马如果饮了这种蜂蜜，耐力足，赛场上肯定能够获得冠军。

养了几年蜜蜂，徐照邦对它们有了特殊的感情，望着以前蜂飞过江溜走而剩下的空蜂箱，他决心要把脱贫的希望寄托在蜜蜂的身上。

那年春天，春暖花开，花开蜂来。

一天中午，徐照邦干农活回到家，发现瓦屋的柜子里有蜜蜂飞出飞入。他大喜过望，打开柜子，发现原来是一窝可爱活泼的蜜蜂，它们聚集成一团，蜂翅在不停地颤动。他望着这窝蜜蜂，决心要好好服侍它们，不再让它们飞掉。当时，他忘记了肚子饿，连忙找来一只蜂箱，小心翼翼把它们哄进蜂箱。"蜜蜂，你终于来了！"他喜出望外。

养蜂，要讲究养殖技术的。不久，县里开设全县脱贫攻坚农业技术培训班，徐照邦主动找到村委会，报名参加了养蜂技术培训班。同时，他也不断向村里养蜜蜂的村民讨教，逐渐提高了养蜂技术。

2016年春开始，梧州市委、市政府对经过精准识别后，对纳入国家档案的所有贫困户进行建档立卡，实施精准帮扶。

发展特色产业，成了精准帮扶的重头戏。梧州市委、市政府提出要打造"蜂情蜜都""蜂情小镇""蜂情小村"，随后纷纷出台有关产业奖补的政策，各县（市、区）八仙过海，各显神通，目的就是一个：让贫困户增收增效。

政府部门注重引导养蜂的贫困户进行规模养殖，畅通蜂蜜销售渠道，稳定价格。从事蜂蜜深加工的梧州甜蜜家蜂业有限公司也进行大量收购，一下子打消了贫困户的顾虑。

这时候，千千万万像彭鑫、徐照邦、谢应陈的贫困户，纷纷发展壮大养蜂产业。

（五）

家庭是社会的细胞，是一个个元素。如何激活这一个个元素，是梧州市委、市政府一直在思考和探索的问题。

就好像银行卡一样，你要激活它才能正常使用。如何激活一个个贫困户脱贫增收的元素，同样也是党委、政府思考得最多的问题。即使政府出台再多的扶贫政策，倘若没有激活贫困群众脱贫增收的元素，政策也落不到地，也是空话。

发展蜂蜜特色产业，让贫困户脱贫增收增效，成了当地不二的选择，激活他们脱贫奔小康的元素，势在必行。2015年实施脱贫攻坚精准识别后，国家和地方，陆续出台了一系列发展产业的奖补政策，大大激活了贫困户脱贫致富的元素。

本文涉及的几个地处偏僻山村的贫困户，因为几箱蜜蜂的加入，脱贫元素被激活起来。他们凭自己的优势，在精准扶贫的路上，带着蜜蜂行进着，"飞翔"着……

为了能收获更多的蜂蜜，彭鑫不甘囿于家乡六埠村的山水——家乡虽然蜜源丰富，但盛夏时节、初秋季节，花少，蜜源不多。他便带上他的30多箱蜜蜂，周游在蜜源丰富的两广地区，"追花逐蜜"。何谓"追花逐蜜"？也就是在不同的季节，不同的月份，把蜜蜂运到不同的地点且蜜源丰富的乡村进行流动放养。有一次，彭鑫携他的蜜蜂"追花逐蜜"，最远去到广东省河源市农村放养，仅是运费就花去4000元。在野外"追花逐蜜"，哪里花多、花盛，就把蜂放哪里，就地安营扎寨。一顶简陋的帐篷，一床简单的铺盖，一台摇蜜机（提取蜂框的蜂蜜所用），十几只装蜜糖用的塑料罐，便成了他的全部家当，以流动的山村为家，常年奔波于广西桂林、柳州、贺州、贵港、玉林和广东肇庆、河源、惠州、清远、韶关等地。

尝到养蜂增收甜头后的彭鑫，生活逐渐好转。随后，他利用国家出台的贫困户危房改造政策，建起了一幢崭新的水泥楼，告别了祖辈住的旧瓦房，倍感政策的亲切和温暖。他继续与心爱的蜜蜂为伴，辗转珠江流域"追花采蜜"，让其弟老六在家一边干农活一边照顾生活不便、一瘸一拐的母亲。

生来贫穷并不可怕，可怕的是一辈子都甘于平庸、甘于贫困。彭鑫一家在逆境中找到了一条新路子。蜜蜂们见证了彭鑫的脱贫，也养活了他那支离破碎的家庭，助推他们一家增收增效致富。一天，母亲在儿子老六的搀扶下，捎上蜂蜜等蒙山特产，走到村口的321国道边，搭上长途客车去往桂林荔浦市娘家。母亲此行的目的，一是给娘家的老母亲道歉，二是把几年前偷老母亲的300元钱还清。在娘家，母亲见到老母亲后，老泪横流，倾诉着家庭的不幸，讲得更多的是儿子彭鑫养蜂拼搏赚钱的事。当老母亲得知女儿家建起了新房，改善了生活条件，早已脱贫致富，母女二人相拥而抱，哭过之后，传出了更多的欢声笑语……

谷山村的徐照邦至今还清楚记得自家养的第一箱蜜蜂。当时，蜜蜂是在离他家不远的粗大樟树根处的树洞里笼回来的。

外出务工，不行啊，因为家里有患眼睛疾病的老母亲需要照顾；发展种养业，他又缺乏本钱、缺乏技术。

他看到别人养蜜蜂能赚钱，就彻底地动心了。2016年春天后，他背着钢钎和锄头，到村子山上的石洞、悬崖、岩洞等地方，甚至撑一只小艇横渡浔江到对岸的丽新村，去寻找蜜蜂。为了能够得到一群蜜蜂，他可以大半天不吃不喝。

经过多方寻觅，他笼回了30多群蜜蜂。养蜂，让他找到了生活的希望。可是由于缺乏过硬的技术，不久，30多群蜜蜂跑得只剩下两群蜜蜂。一天中午，他猛然发现一群蜂飞出箱口朝浔江江面横飞过去，他还来不及拿捕捉工具，只能眼睁睁地看着蜜蜂飞越江面逃跑掉……

为什么饲养的蜜蜂会出走呢？他对这个问题思考了很久，也得不到答案。后来，他请教了几位养蜂师傅，综合众人意见后，他逐渐探索出一条地下养蜂的创新路子。

原来，养蜂也要讲究科技，徐照邦在屋后山上的松林地挖开泥土，用瓷砖、水泥建造蜜蜂巢，给蜜蜂造窝。他认为，蜜蜂是喜欢冬暖夏凉的，人工造巢应该可以有效解决蜜蜂逃跑的问题。

改造好新的蜜蜂窝后，他就把余下的两窝蜂转移进去，没想到蜜蜂真的听话了，很喜欢新家，采花酿蜜，十分勤恳。慢慢地，蜜蜂越繁殖越多，加上他自己不断外出找蜜蜂群，他家的蜂增加到100多群。

在这样冬暖夏凉的生活环境里，每群蜂产蜜比木箱饲养的平均多五六斤蜂蜜。他家蜜蜂的情绪相当稳定，至今没有一群蜂逃跑的。蜜蜂尝到了甜头，他也品尝到创新技术养蜜蜂的甜头。

颜桂海（右一）指导贫困户养蜂

　　勤快飞翔的蜜蜂为徐照邦争回了一口气。2017年，他家仅是蜂蜜收入，就达到5万多元，当年顺利实现脱贫，并于当年告别了瓦房，建起崭新的水泥楼。

　　地下养蜂取得了成功，他马不停蹄，继续探索创新，利用天然岩洞、石洞养蜂，也就是在石头洞里养蜜蜂，让蜜蜂酿造天然的野生蜜糖。这一探索创新的形式，经过半年多的实践，他再获成功，每群蜂每次产蜜比用木箱饲养的多产两三斤蜜。

　　目前，他拥有100多群地下蜜蜂、石洞蜜蜂，没有一群出走的。2020年他卖蜂蜜的收入已超过8万元，有效巩固了脱贫成果。

　　谢应陈为了拥有更多的"空军"队伍，他跋山涉水，经常入山冲，爬山岭，四处寻找蜜蜂。他更多的时候都是失望，空手而归。但功夫不负有心人，几年来，经过他努力寻找和蜜蜂自繁，现已拥有100多群蜜蜂。

　　蜂多了，他的目光也越开拓了。有一年春暖花开的大好时节，他赶集经过隔壁村的塘湾村，看到很多龙眼树花开得正盛。回家后，他马上请一辆农用运输车，把他家的100多群蜂群运到塘湾村放养，只留两群蜂在家里"看门口"。

　　看到这盛开的蜜源，他笑得合不拢嘴。但谁也想不到，一场厄运正在悄悄降临。一个星期后，他发现有的蜜蜂箱前出现有零星的蜜蜂死亡现象，他心急如焚，因为从没出现过这种情况。他在蜂箱前驻足，拣了几只蜜蜂放到手掌上观察，发现蜜蜂是中毒而亡的。顿时，他尖叫起来，但为时已晚。100多群蜂无一幸免，他痛哭起来。原来，那里的果农喷农药除龙眼树的病虫害，殃及了他的蜂群。他，无可奈何。

　　幸好他还有先见之明，家里留下"看门口"的两群蜂，成了难得的蜜蜂种子。痛定思痛，他不得不加强学习养蜂技术。可是，祸不单行。第三年，他把80多群蜜蜂运到广东省封开县大洲镇的油菜花基地放养时，全部蜜蜂也被除油菜花病虫害的农药毒死了。他十分伤心，十分愤怒，却欲哭无泪。最后，他连蜂箱也不要了，含泪回老家。

　　连吃了两次大亏，他开始醒悟。从此，他发誓再也不运蜜蜂到外地放养。后来，他钻研探索养蜂技术，自学成才，把一窝蜜蜂一分为二，让新蜂群在新箱再筑王台。如此这般坚持一年多，他又发展到拥有100多群蜜蜂。

　　为了获得更多蜂蜜，挣到更多钱，他把这100多群蜜蜂全部放养到自家的责任山的树林里，每天加强巡逻看管，防止大黄蜂袭击蜜蜂巢。他说："我是逼上梁山走这条路子的。"那段日子，他几乎每天都要拍死一两千只大黄蜂。这大黄蜂是蜜蜂的天敌，会袭击蜜蜂，会钻进蜜蜂巢里偷吃蜂蜜，迫使蜜蜂出走。

　　就这样，谢应陈与心爱的蜜蜂相伴，每年获得1000多斤蜂蜜，收入六七万元。这稳定的收入，成了他脱贫的坚实硬件，家里建起了一幢水泥楼。

　　贫困的记忆，在时过境迁之后，像泛黄的照片一样，会产生一种朦胧的美感，转化为辛酸而甜美的回忆。

　　2017年底，彭鑫、徐照邦、谢应陈这3个贫困户家庭，像千千万万的贫困户一样，陆续彻底脱贫。

　　养蜜蜂，成了贫困群众的喜好。养蜂，可实现可持续性脱贫，巩固脱贫成果。目前，梧州市全市蜂群总数和蜂蜜产量连续多年位居广西第一，蜂产业带动1400多户贫困户，户均增收2300元以上。当前，全市农村养蜂专业户3000多户，从业人员6500多人，养蜂合作社多达25个。他们，俨然就是一群群辛勤的蜜蜂！

在贫困户和蜂农养蜂的背后，还有一个龙头企业在带动，在助推，那就是自治区龙头企业梧州甜蜜家蜂业有限公司，它一直是梧州市蜂产业的"领头羊"，拥有移动平台养蜂车127辆，拥有超过2.7万群蜜蜂，是家融现代机械化、标准化、信息化养蜂项目蜜蜂养殖公司，移动平台养蜂车常年流动于全国各地"追花采蜜"，蜂蜜产品供不应求。

基于养蜂取得这样的骄人成绩，所以梧州市成功申办2020年全国蜂业博览会暨全国蜂产品市场信息交流会。这个盛会，用专业人士的话就是全国蜂业两会，级别可高了呢！

在时代进程中，蜂农十分辛苦，但又是万分幸运的。这一切都是蜜蜂带来的，更是国家脱贫攻坚的大时代带来的。

一群群蜜蜂，一片片爱意，孕育着脱贫致富的一片片希望。梧州大地的蜜蜂一年一年多起来，蜜蜂与人类和谐相处，青山绿水依旧，蜜蜂兴旺，人间和谐……

扶贫经历：

颜桂海，从事脱贫攻坚工作6年多，并担任三届贫困村驻村第一书记，其中2012—2016年连续两届担任梧州市藤县埌南镇黎寨村驻村第一书记，挂任埌南镇党委副书记；2018—2020年担任深度贫困村梧州市苍梧县沙头镇深塘村驻村第一书记。在各方共同努力下，这两个贫困村，分别于2018年、2019年顺利实现整村脱贫摘帽。

大山里的初心

——浦北县驻村第一书记工作纪实

梁妙玲 / 钦州市浦北县文化馆

吴达立 / 钦州市浦北县脱贫攻坚指挥部办公室

时值盛夏，浦北县境内处处荔红飘香，万山红遍。水泥铺就的乡间大道两旁村居俨然、整洁，亭台水榭错落有致，房前屋后花红树绿。一片欢声笑语中，农民正在田间收获满满的幸福。

这是浦北县自"十三五"以来，实施乡村振兴和开展脱贫攻坚工作后乡村风貌华丽嬗变的缩影。这一切变化的背后，凝聚着一群人"白+黑"的坚守，他们，就是驻村第一书记。

在第四届亚太可持续发展论坛现场，一个帅气、阳光的中国小伙子用流利的英语向联合国副秘书长阿赫塔尔介绍中国与钦州市的扶贫成果。阿赫塔尔边听边点头边赞叹："中国，very good！钦州，very good！"

这个阳光帅气的小伙子叫刘昶，是山西省太原市人，父母希望他大学毕业后回老家山西太原市，成家立业。刘昶却说："好儿女志在四方，有志者奋斗无悔，要扎根基层，让青春之花绽放在祖国最需要的地方。"

2016年，刘昶从广西民族大学外国语学院毕业后到钦州市外事办公室任英语翻译。2019年2月，他被单位派到浦北县三合镇新村任驻村扶贫第一书记。初到基层，刘昶人生地不熟，语言不通，分不清"三鸽"和"三合"；又如，把"供艮坡"听成"公斤坡"，进村入户往往听不懂贫困户所说的话，严重影响了脱贫攻坚工作进度。

身为翻译官的他，深知顺畅的语言沟通是一切工作的前提。刘昶认为，要想征服一座城，首先要征服当地的语言。一个半月后，刘昶把全村197户贫困户全部走访一遍。曾经的"小白脸"晒成"锅底色"。一分耕耘，一分收获。当地的方言与白话，他基本能听懂了，时不时还会跟村民们来几句"夹生话"。

"新村被列为广西'十三五'规划贫困村，全村有农户1438户5587人，其中建档立卡贫困户197户832人，已脱贫119户566人，贫困发生率已从14.8%降至4.7%。2019年，新村实现62户贫困户231人脱贫摘帽，贫困发生率降至0.58%。"谈起村情和扶贫，刘昶如数家珍。

"创业容易守业难"，脱贫容易，巩固脱贫成果不容易。刘昶意识到，巩固脱贫成果同样是脱贫攻坚工作的重中之重。他为2017年钦州市脱贫榜样吴德邦夫妇量身定做一套发展母牛养殖产业的长远发展规划，并通过向镇政府和后盾单位申请帮扶资金，帮吴德邦和韦爱娟夫妇争取到15万元的贴息贷款，扶持他们建造母牛养殖场。同时，为彻底消除村里"危房改造难"的问题，刘昶多方筹措危房改造资金，并将自己的第一书记专项帮扶资金以及市领导联镇包村资金、后盾单位帮扶资金，全部统筹到村里的危房改造上面。他驻村以来的短短8个月时间，村里所有危改贫困户全部搬进新房。村里的住房保障率从96.94%一下子上升到100%。

"若不是刘书记帮忙，我们家哪有新房子住呀？"住房达标的脱贫户高如魁感慨地说。

走在寨圩镇歌棉村的进村道路上，映入眼帘的是一片绿油油的茶叶种植园，一片垂帘式的百香果园，一箱箱嗡嗡作响的蜜蜂小窝，到处是金灿灿的稻田……

歌棉村曾被列入自治区"十三五"规划的贫困村，位于寨圩镇南

刘昶帮助贫困户收摘、销售沃柑

部。由于没有支柱产业，村里的青壮年基本外出务工，因此村里剩下的大多数是"空巢"老人和留守妇女儿童。

莫吾雏，这个来自寨圩中学后勤处的副主任，在组织派他担任驻村第一书记后，面对歌棉村一穷二白的现状，他深深地感到肩膀上担子的分量。

为了让许许多多农户和贫困户不再舍家离子到外地务工，过"候鸟式"生活，能够在家门口实现就业。莫吾雏经过多方考察，积极奔走，功夫不负有心人，2018年，他成功引进广东芊源运动用品有限公司建设就业扶贫车间的项目，共吸纳100多人就业，其中建档立卡贫困家庭劳动力15人，人均工资2100元以上。

"我活了大半辈子了，从来没想过能有一份稳定的工作，再也不愁吃了，真是太感谢莫书记了。"歌棉村村民罗祖锐感激地拉着莫吾雏的手说道。罗祖锐是歌棉村六笔村屯的贫困户，莫吾雏推荐他到车间做门卫，平均每个月有2000多元的收入，并于2018年脱贫摘帽。

光靠"输血"还不行，还得提高贫困户自身的"造血"能力。莫吾雏深深明白"授人以鱼不如授人以渔"的道理。为了提高贫困群众脱贫致富技能，莫吾雏邀请了县农业农村局、水果局的高级农艺师来村里举办培训班，传授百香果丰产栽培技术、百香果病虫害防治知识、茶叶的优势种植条件和管理技术。"我家里原来就种有百香果，但由于虫害，收成不好，幸好莫书记组织这次培训，（让我）学到很多百香果病虫害防治知识，真是太好了。"家中新种植20多亩百香果的贫困户覃高喜开心地与大家分享喜悦，通过莫吾雏的精心指导，覃高喜种植的20多亩百香果销售额达20000元。

面对缺少资金的贫困户，莫吾雏利用第一书记专项帮扶资金，投入4.2万元为贫困户购买茶苗、百香果苗，帮助贫困户发展产业，种植茶叶28.7亩、百香果48亩。不仅壮大了村里的经济，也给贫困户带来了增收。

翻开第一书记莫吾雏的工作账本：光伏发电项目收益3万元，投资入股分红5800元，发展黑猪养殖、龟鳖养殖、蜜蜂养殖、茶叶和百香果种植等特色产业，有效改善歌棉村的集体经济结构，带动贫困群众发展农业产业……

2018年，歌棉村整村脱贫摘帽。

上村村民小组的贫困户留守老人钟月芳逢人便夸莫吾雏："莫书记经常来看我，嘘寒问暖，还帮我争取低保和医保，真是比亲儿子还亲呀！"

与莫吾雏同行的陆华杰放下教鞭，来到田间地头，成了名副其实的"脱贫专家"。

"当别人认为不可能开通的路，你却铺好了；当别人认为解决不了的矛盾，你却瓦解了；当别人认为做不了的事情，你却完成了。"这是龙门镇江埠村群众对驻村第一书记陆华杰发自肺腑的称赞。

陆华杰是浦北中学初中部的教师，2018年，被组织选派到龙门镇江埠村担任驻村第一书记，面对一双双充满希冀渴求与企盼的眼睛，陆华杰下定决心，一定要改变这里一穷二白的面貌。

陆华杰刚上任的时候，正好是雨季。大蒙麓村有一座石板简易桥，每次一下雨就会崩塌，村民在石板桥旁边搭了一条临时桥，但水一涨，便会被水冲走。陆华杰明白"要致富，先修路"的道理，他积极奔走上级部门，多次带施工队实地考察，虚心听取群众的意见，在他的努力下，大蒙麓桥终于如期竣工。当崭新的桥梁出现在众人的眼前，江埠村支书何尚荣由衷地赞叹："'新官上任三把火'，陆书记这把火照亮了我们前行的道路，点亮我们人生的希望。"

"党和政府处处为民着想，处处为民办实事，陆书记是我们家的大恩人啊！"平山底村脱贫户陈家海，谈起陆华杰，不禁哽咽起来。2019年6月12日，陈家海的妻子突然脑出血昏迷倒地，虽然经过医生的抢救，康复出院，但医疗费用高达23万多元，家里为了替她治病已经家徒四壁，负债累累，一家人的生活受到严重的打击。眼看着陈家海一家面临返贫的情况，陆华杰经过多方努力，帮陈家海妻子申请到医疗兜底90%，又组织社会力量捐资2万多元，终于避免了陈家海一家返贫的风险，确保了脱贫质量。

无独有偶，另一个脱贫户张福美家庭成员5人，其中4人患有重症疾病，一家人意志消沉，对人生灰心丧气，对社会抵触。陆华杰知晓情况后，发挥自己当过班主任的特长，三天两头上门做心理辅导，打开他们一家人的心结。在一而再再而三、掏心掏肺地游说下，陆华杰终于赢得张福美一家的信任，帮他们一家建起平房，种了30多亩柑橘、10亩茶树，养了20多箱蜜蜂，使他们的生活越过越红火。2019年，张福美一家顺利脱贫。无论到什么地方，张福美总会自豪地夸陆华杰："若不是陆书记的耐心教育和不断鼓励，我们的消极情绪不会彻底改变，生活不会好过，更谈不上脱贫了。"

经过陆华杰的一番努力，江埠村脱贫摘帽"十一有一低于"指标全部达标，实现整村全部脱贫摘帽。

我们看到谭聚桂的时候，他正在田里忙活，卷起半截裤脚，脚上沾满了泥土。谭聚桂风趣地说："习近平总书记说过，脚下沾有多少泥土，心中就有多少真情。脚上不沾泥，工作不踏实。"

谭聚桂是浦北县税务局副主任，是福旺镇龙眼村驻村第一书记。龙眼村很多百姓祖祖辈辈都是靠耕田种地为生，采取小农经营的方式。谭聚桂深知，只有改变思想才能彻底地摆脱贫困。在新形势下，小农经营的模式已经不具备市场竞争力。为了发展产业，他通过土地流转，与合作社、种植大户合作发展规模化种植，形成"党支部+合作社+贫困户"的经营模式；积极引进浦北县三吉种养农民专业合作社，在龙眼村建成百香果种植示范基地近15.3公顷，每年总产量可达18.4万公斤，按照6元/公斤的收购价，年收入达110余万元。同时，颇具发展眼光的他，又打造"公司+合作社+基地+贫困户"的产业模式，形成长效减贫带贫机制。在他的带领下，龙眼村通过土地流转发展百香果220亩、沃柑140亩，引进养猪合作社，年出栏2万头，每年为村集体经济增收2.5万元。

彭玲是龙眼村一家玩具厂的老板，与大多数人一样，在扶贫车间创办之初，她对涉税业务感到非常迷茫，说："一开始，我不清楚像我们这样的个体户到底要交多少税？我们创办的扶贫车间，国家又给我们多少税收优惠？我们吸收贫困户务工，国家又有什么奖励政策？"谭聚桂听说后，在税务局工作的他第一时间就联系彭玲，上门为她仔细讲解就业扶贫车间的补贴政策以及她能享受到的税收减免优惠。听了谭聚桂说小规模的纳税人，月销售额如果未超过10万元，可以免征增值税，彭玲一颗心放了下来，眉开眼笑："真没想到，我居然不用交税。国家新的减税政策对我们的扶贫车间帮助这么大！"

彭玲喜滋滋地对家里人说："现在不仅免了我们的税费，政府对我们的扶贫车间还有好政策，像我们招收贫困户务工，一年内累计工作不少于6个月的，工资不低于6000元，政府就按每人1000元的标准发就业奖励。"

"谭书记为人非常好，如果不是他的帮助，我爱人颜家强就不会有今天了。"提起帮扶，龙眼村福通水村屯贫困户阮彩玲热泪盈眶。

原来，龙眼村福通水村屯低保贫困户颜家强患高血压、脑梗死、肾功能衰竭等多种疾病，其妻子阮彩玲是肢体一级残疾人，并长期患有贫血、脑梗死、高血糖等多种疾病。在颜家强病重住院期间，谭聚桂获知其需要献血抢救的情况后，马上发动党员干部为颜家强无偿献血，终于让颜家强度过了危险期。

当别人问及谭聚桂驻村工作累不累时，他回答："帮助贫困户脱贫致富是我对党的郑重承诺，脱贫路上，一个都不能少。"

2020年春节，全国上下遭遇前所未有的新冠肺炎疫情，疫情的影响一直持续不退，龙门镇中南村贫困户宋家琼和老伴对着熟透的百香果一筹莫展。眼瞅着宋家琼一家辛苦一年的成果就要血本无归，来自钦州市中级人民法院的驻村第一书记倪勇便想到发动自己单位的同事购买，于是他在单位的微信群里发出了销售的信息。钦州市中级人民法院干警们看到消息后，纷纷加入购买"爱心百香果"的队伍，仅仅两个多小时，宋家琼滞销的百香果就被他们购买一空。走出困境的宋家琼逢人就夸倪勇，把他当成"村里人"。

村里有一位叫李恩贵的老光棍，致贫的原因竟然是他收养了三名弃儿。全家人住在水田边的一间简易木板房，生活十分清苦。倪勇了解李恩贵的事迹后，深深地为他的善心而感动，他多方奔走筹集，终于帮李恩贵争取到危房改造指标，让他们一家从此有了温暖舒适的房子。

谈起"脱贫路"，中南村委主任李远志指着漫山遍野的鸭子和鱼塘里游来游去的鱼介绍，倪勇利用中南村空置的20亩集体山塘，帮助村里建成农业综合开发项目，40名贫困户入股，通过水上养鸭、水下养鱼的养殖模式，村集体经济得到发展壮大，村容村貌得以改善，村民口袋一齐鼓起来。如今，水上养鸭、水下养鱼的"双擎"养殖让村委和贫困户对发展农村经济充满了信心。

"若干年后，回想起我曾经投入到这场没有硝烟但无比伟大的脱贫攻坚战中，我依然会觉得无比自豪！"对于担任驻村第一书记，倪勇坚毅的脸上露出坚定的神情。

上山进村、下田犁耙，仿佛老一辈知青岁月再次重现。

"驻村以来，像这种耐磨鞋，我已穿破了6双。"谈到鞋的故事，江城街道青春村驻村第一书记谢炳远指着自己脚上穿的山地施工鞋诙谐地说道。谢炳远是浦北县农业农村局的一名干部，从2015年9月至2020年6月的四年多时间里，从精准识别到现如今的决战脱贫，谢炳远见证了贫困村、贫困户脱贫摘帽的整个过程。"雨天穿水鞋，晴天穿山地施工鞋已成谢书记固有的装束。"江城街道青春社区支部书记黄全东介绍说，自驻村以来，谢炳远便一心扑在扶贫事业上，跑项目、跑资金、做群众思想工作、推进项目建设、发展扶贫产业等，几乎每天都忙得像个陀螺。

青春村被列入浦北县"十三五"贫困村，全村381户1746人，其中贫困户38户160人，扶贫任务比较重。为扎实高效完成扶贫任务，谢炳远一改以往西装革履的穿着，还特意让在供电局工作的妻子从网上购买耐磨性强的山地施工鞋，便于每天走村串户、跋山涉水开展扶贫工作。然而，如此坚韧耐磨的山地施工鞋，他竟穿破了6双，成为他扶贫工作最有力的见证。

"2016年率先实现整村脱贫，2019年实现所有贫困户100%脱贫，这是穿破6双耐磨鞋的直接成效。"谢炳远略带自豪地说。自驻村以来，他先后落实项目资金超过1200万元，推进了村屯道路、人饮工程、文化活动中心、公共服务中心、扶贫车间厂房、危房改造等一大批项目建设，其中修建道路5.4公里，修建村级商铺14间，解决了14户贫困户住房保障问题。同时，推进了8个生态鸡养殖场建设，实现年存栏鸡10万羽，发展黑猪养殖年出栏600多头等，贫困户参与扶贫产业率达96.3%。

"谢书记作为县里下派的工作人员，我从没有见过他穿皮鞋。"一直视谢炳远为恩人的脱贫户黄全兴如是说。当年谢炳远为了让他早日脱贫，常常穿着耐磨鞋往他家里跑，不仅为他申请危房改造项目建起了新房，还为其妻子联系到了一份在镇内做家政服务的工作，并鼓励和指导他发展百香果、养鸡、养猪等产业，其中百香果种植面积从1.9亩扩大发展到11亩，于2016年如愿实现了脱贫摘帽目标。

"如今，每天穿耐磨鞋已成为我的习惯，不仅因为它是我妻子支持我驻村工作的见证、是我努力推进扶贫工作的见证，更是因为穿上它，我就会马上进入工作状态，就会有源源不断的工作热情和动力。"谢炳远说，他会一直将耐磨鞋穿下去，脚踏实地，直至取得脱贫攻坚最后胜利。

在浦北，像谢炳远这样将鞋底磨穿的第一书记比比皆是，他们用自己的实际行动，诠释了一名驻村第一书记的初心与使命，用脚步丈量人生的价值。正是这份执着的坚守，使浦北县在全区52个有扶贫开发工作任务的非贫困县一类县（建档立卡贫困人口2万人以上的30个县）考核中，连续三年获得"综合评价好"的殊荣。

扶贫经历：

　　吴达立，2015年9月，被组织派驻钦州市浦北县龙门镇林塘村任驻村精准识别工作队员，2016年9月，被组织抽调到浦北县脱贫攻坚指挥部办公室工作。在开展脱贫攻坚工作中，经常深入贫困户家中和驻村第一书记工作现场一线调研、采访，对扶贫产业发展、扶贫成效有深刻的了解与体会。

江涵秋影雁初飞

邱崇赞 / 贺州市钟山县疾病预防控制中心

别开生面的林下经济电视采访

2019年初秋，同古河畔。

骄阳微微地露出了羞答答的容颜，凉风也悄悄地轻拂翠柳的脸颊。流域上下，到处洋溢着新翻泥土的芬芳，就连被裹在绿姑娘霓裳里的瓜果也不甘逊色，争相飘逸出最诱人的清香。山前岭后，右寨左村，全让原野的花木、田地的绿茵点缀得花枝招展；小溪大川，浅渠深沟，犹如同盟伙伴，相互竞争着把地上的景象投影给水中的碧海蓝天。

流域内几乎所有的村寨，两三层的小洋房就像春天雨后竹林里的笋子，锥子般、参差不齐地钻出地平线。好多的房顶上置备铝皮储水桶，也有加热装置——太阳能热水器。

一过了平钟高速服务区，就是兴隆村林下经济示范项目养牛基地的连片果场。

此时此刻，一位头顶芒编草帽、身着防护工装、体格粗壮健硕、脸上肌肤呈古铜色的六旬男子和工人们喷完最后一桶除草剂，便从马山仔半山腰沿蜿蜒曲折的果场机耕车道缓缓地走下山麓。在冲口树荫下的一口泉眼处，他双手叉腰、临风开襟，不一会儿蹲坐泉边，用清泉涮涮脸，勾回两个手掌合起来当水瓢，喝了两口清泉后，又站立起来伸伸懒腰，用掌心捆了捆嘴边、腮边的水珠。也许是长年累月从事农活或多年操劳繁杂事务的原因，他的额头上已显露出四道皱纹。随身手机响了："喂？你好，哪位？电视台？冯台长？我是莫恃美呀，什么事请？林下经济采访？已经到同古镇政府了？好的，我马上去接你们。"话音刚落，他就跨上三轮工具车，一溜烟淹没在林荫小道上……

莫恃美其人其事

请允许笔者把镜头拉回到那个曾经的年代，这是跟现实相比较而言的。

兴隆寨，那幢宽阔高耸的古老青砖瓦房大宅院，坐南朝北，大门朝东。户外北面是一片十多亩的莲塘，临水一面的屋檐下仍保留着一幅幅用油灰筑成的大自然生态万象彩图，栩栩如生的花鸟鱼虫，五谷丰登的稻黍稷麦豆，六畜兴旺的马牛羊猪狗鸡，还有威风凛凛的下山猛虎，腾飞自如的戏珠双龙。那是新中国土地革命的一个成果，里面住着土改革命老根子莫珏成一家。他的5个儿子先后参加了中国人民解放军（中国人民志愿军）。

1959年农历四月初六傍晚六时许，大宅院内，主人莫宽杨正在给厨房炉灶添柴续草烧开水。此时此刻，从厢房传出了十分清晰却非常紧促的喘息声，不到一袋烟工夫，"哇——"的一声又从厢房传出，紧接着又连续传出"哇——哇——"的喊叫声。

"哎呀呀，真是大富大贵哦，九嫂给榨瓮九哥生了个胖小子啦！"接生婆逢人便炫耀说，"这是我接生得最顺利的一个，足月的呀，六斤重呀！"

胖小子排行老大，书名莫恃美。他先在村里的幸福庵结伴嬉戏玩耍，度过一段美好的学前时光。他第一次走进就读的学堂是同古街文武庙，后来转回村小学继续就读。高中毕业即将走出同古中学（初、高中各两年）大门时，他曾有过美好的憧憬。然而，要知道，农村知识青年要跳出农门，没有背景支撑，没有实力厚实的靠山罩护，前途是非常渺茫的，要想进厂矿公司当工人售货员什么的，连门都没有，简直就是二两棉花——免弹（谈），唯一能跳出农门的途径就是参加全国统一的高考了。他好不容易盼到了一年一度的高考，然而填报志愿时，由于个人疏忽，结果没能录取，只好回乡务农。

尽管改革开放的春风没有缺席，吹过了同古河畔，然而，姗姗来迟的暖流由于不堪长途跋涉，要染绿兴隆寨的山山水水还欠火候。

1994年至1997年，莫特美与大多同龄人一样，加入了浩浩荡荡的农民工队伍，希望能在时间就是金钱的深圳找到自己的人生坐标，同时挖到第一桶金。然而，事与愿违，他只好无精打采地回到生他养他的兴隆寨。

作为返乡农民工的他，经过短时间的情绪调整，决定重新找回人生坐标，决定以自己娴熟的驾车技术参与家乡各种建设，也参与桂柳高速路平钟段一些路段土石方竞标。在兴隆寨新农村建设多项目中，他始终发挥了共产党员的排头兵作用，受到人们的敬仰，2008年被选举进同古村村"两委"班子。

他，给马山仔换过三套盛装

也许是天公有意考验人们的智慧，2008年1月12日，西伯利亚的寒流（圈内人戏称"寒牛"）横贯钟山，24小时内平均气温下降达10.5℃，已经达到桂北寒潮天气标准。

1月27日凌晨，狂风呼啸，寒气刺骨。这天的气象观测记录显示：最低气温0.8℃，地面最低气温-2.4℃，日平均气温-0.1℃。这是钟山建立气象站并且有气象资料记录以来的第一次低温天气，这就是人们常常挂在嘴边的"50年一遇"的气象，也是21世纪第一场雪灾，给全县大大小小的林场和成片经济林带造成无可估量的损失。兴隆寨集体林地马山仔一带也不能幸免。

马山仔位于同古河流域同古村至平竹村段北岸，左临水竹冲，右靠大马山，背傍牛头顶，桂柳高速横亘山口原野。由于疏于管理以及连年松脂价格低迷，本村二房集体经济持续低位运行。为了集体效益最大化，让二房的集体经济恢复高位运行，2009年经全员表决，同意将马山仔稀松林地出租。经过多方验证，同属二房的莫特美排除了各种干扰，终于将马山仔林地承租下来。

都说一张白纸没有负担，好写最新最美的文字，好画最新最美的图画。承租林地也有异曲同工之处。宛若烹调，能量守恒定律告诉我们，采购食材只不过是能量转换的一道程序而已，假如食材的色香味不能跻身食物链的上游，则原始食材还是原始食材，能量转换的过程则不能完成，原始食材最终还是沦为糟粕，何谈效益的最大化？

哲学家告诉我们：存在即为合理。

莫恃美承租二房林地绝不是拍脑袋的事情，他是有他的理由的，只不过讲了估计他家里人也不懂而已。所以他对家人就选择了"董（懂）事长不懂事"的那招。然而，当家里人反复追问他："你承租马山仔林地要做什么？"他不假思索地随口蹦出："养蚂蜗。"

"什么，在马山仔养蚂蜗？你不会是被两瓶黄汤马尿搞醉了吧？尽说些找不到北的话。真是酒醉砌得三座屋，酒醒了就什么也没有。"

"我没有酒醉，是真的，美国肉蛙、牛蛙，很出名的，你们没听过也没见过，不怪你们，你们只见过井底的青蛙。"

其实此时此刻他心里也没底，他也在自己问自己："承租马山仔林地能做什么？"

一段时间以来，他白天饮食乏味，夜间辗转难眠。和同龄人相比，本属结实型的身骨架子也明显地瘦下一两圈。其实，在承租林地前他是有好几套方案的，只不过在不断地论证过程中被自己一一否决了而已。就这样，已经承租出来的马山仔林地闲置了两年。家里人劝他转租，他自己也曾想过要转租出去。

2011年冬，受国家生态林业、观光农业政策的感染和鼓励，特别是受到广西三江成功开发万亩连片油茶林启迪，他率先在马山仔林地连片开发了油茶籽产业园，规模从试种时的40亩逐渐增加到80亩。他第一次给马山仔的春姑娘换上了盛装。

然而，由于管理层面跟不上，尤其不懂得不同品种油茶籽的生长习性，第一批栽种的油茶籽种苗成活率不高，他的身心受到严重的打击。不过打击归打击，他并没有因此气馁和放弃。

2015年是钟山县贡柑发展的关键年，这年，种果人依托贡柑文化节的特殊魅力不遗余力地开拓市场，创下了钟山贡柑远销广东、进军北京的大好局面，贡柑市场始终以每市斤5元以上的高价位运行，果场的经济效益非常明显。以幸福冲万亩连片贡柑果场为龙头的水果产业园异军突起，一大批大、中、小型贡柑果场如雨后春笋般蓬勃发展起来。

马山仔百亩贡柑果场就是在这样的背景下诞生的。他第二次给马山仔这绿姑娘换上盛装。

都说种果人有几个怕：怕不挂果或少挂果，怕水果品位不高，怕没市场或价格低迷，怕果树发病……果场只要惹上一怕就算倒霉，甚至是致命的。

2018年，马山仔果场云飘雾绕绿树葱茏，蜂迷蝶恋鸟唱枝头，一派春意盎然绿浪无边的壮美景象。果场内，工人们雄心勃勃，施肥、喷药、除草，干起活来个个都像拼命三郎。果场外，簇簇捻子果、串串野葡萄、蓬蓬大籇子、层层五指牛奶也凑起热闹，为果场添姿增彩，十分诱人。

这是马山仔的一条岭脊，成片成片绿油油的贡柑树，让黄澄澄的累累硕果坠弯了腰，工人只好用杂树杈将贡柑的枝梢撑起。然而，这年贡柑的价格却断崖式走低，始终徘徊在每市斤2元左右的低价位，作为种果人的莫恃美一下子就像泄了气的皮球，就连工人也受到感染，正可谓一荣俱荣一损俱损，因为此时此刻工人们的心和经济利益已经和种果人连在一起了。

有好事者给他算了一笔账：马山仔果场先后投入至少100万元，就按5500株来算，仅挂果试产的2018年就应该产果11万斤，2019年达产应该产果27万斤，若按2015年的价格，试产和达产的两年，果场的收入应该分别是55万元和135万元才对。结果事与愿违，两年仅因价格低迷就亏了至少20万元。由于市场疲软，他只好采取软着陆的办法让果场处于低成本维持的状态，即农家肥当家，化学肥为辅。

都说，没有憋死的牛，只有愚死的汉。莫恃美虽然没有军人的光环，然而，他的父辈中很多人都参与了抗美援朝，在这样的家庭环境熏陶下，他对商场犹如战场的解读理应比别人更深一个层次。他知道，任何经济产业，只有通过商业流通才能形成杠杆效应，最终锁定效益目标，他也懂得单一产业的风险。

到了2017年，莫恃美已经种田种地大半辈子了，也给马山仔这位绿姑娘换了两套盛装，按常理，他该和很多同龄人一样在家安享晚年了。然而，他从同古村脱贫攻坚作战图以及有关文件了解到，兴隆寨还有26户133人尚未脱贫，同时还有许多闲置土地没有合理使用，为此，他依然选择了奋斗。这年冬，他在马山仔贡柑林深处山脊开辟了林下经济养殖专业合作社，第一批养殖40头牛。通过劳务和技术交流，合作社实质上已经成为精准扶贫的平台，村民们也因此成为精准扶贫中坚力量的阶层。

受惠于银行、农村信用社等的金融机构和有关部门扶持，养殖合作社不断得到壮大和发展。2019年底，他又在马山仔左侧的水竹冲租地110亩，建起了现代化的养牛场，还在山口外的公路沿线一侧租了40亩地种草，同时开辟了牛饲料发酵基地。采访时，笔者从冲槽底下就听到黄牛"哞哞"的欢叫声。当笔者沿着一根便捷的松树独木桥爬上到土岭半腰的牛栏时，看到168头黄牛在现代化的牛栏里面自由、欢快地生活着，牛栏里面开辟了平地对照组、平地实验组、发酵床对照组、发酵床实验组，这是科研机构的产物。存栏的90头母牛和78头子牛正在轮流探头出栏栅，咀嚼干草和发酵饲料，它们的左边耳朵上都镶上了编号牌。根据莫恃美介绍，雌性子牛留养，养牛场发展目标为存栏400头母牛。当然，为了效益和资金周转，雄性子牛也有当肉牛出售，已经先后出售了40～60头。

莫恃美又一次给马山仔换上的更加斑斓多姿、更加令人流连忘返的盛装！

脸面是自己争的，不是靠恩赐的

尽管同古河仅仅25公里，集雨面积也只有60平方公里，然而，它弯弯曲曲的地方却很多很多。经过金龙庙那一段，形成了一个很显眼的河套，更像一弧绚丽的彩虹。

自从河两岸有居民以来，人们在同古河上修了很多水坝，仅金龙庙辖地村落之间就陆续建起了三大水坝，鱼鳞坝和金龙庙坝头之间还有一坝，叫大坝头，两坝之间约摸4公里路。在漫长的峥嵘岁月里，这些河段成了不同年龄阶层的人民探讨生活和谋求娱乐的好地方。不受家规管束的"水鸭子",暑期一到便跑到河里摸虾、捞鱼、游泳。而没有水性的"旱鸭子"则在树荫下悠闲垂钓。

透过清澈的河水,人们可以清晰看到:很多河段都有从水底笔直往上长的水草,叶子一直长到水面,当然还有缭缭绕绕的、丝丝缕缕的,抑或藤蔓状的叶子。水草间,鱼游虾戏,这些小生物似乎时刻在踏节而歌、聚众而舞。伴随河水流动,那些花瓣也一朵一朵地悠然散开,从岸边古樟上飘落水面的叶片和从合欢树散落到水面的带着晨露的含羞的红绒球花,也在流水的追逐下快快地向岸边躲藏……

一过了同古河大坝头就是兴隆寨。昂首远眺,作为照山的老城冲岭和九十九岭是多么巍峨挺拔,大旗岭是那样的葱茏毓秀。先祖九选公立寨后在此养育了三个儿子,分炊后成三房,分别为长房、二房、晚房。

同古河南岸,兴隆寨村前公路西行右侧低处河边,是一大片平整的保水田,大概有好几百亩,属于旱涝保收的天然粮仓。

沿着村前公路继续西行至茅花冲口,行程七八里地的公路沿线两

莫恃美在给牛喂饲料

旁，那是一片泥层肥厚且土质松软的旱地作物种植区，也是一片露天作业的生态园地，那是靠天吃饭的瓷饭碗。兴隆寨人民生活用油近八成、豆类和红薯近九成都产于这片旱地作物区。你看：春天油菜遍地金黄，夏季豆荚枝头缀满，秋天花生原野飘香，冬日红薯甘甜诱人。

本来这一带就是柴米油盐酱醋茶齐全、不愁吃不愁穿的代名词，然而，20世纪三四十年代，这里却流传一首民谣：

白胶泥丸笼箕担，冲墙屋里挂瓦铛，煲瓶煮粥匙羹舀，有饥有饱又一餐。

直到20世纪五六十年代，劳作之余打擂台时还有人唱这首民谣，以显示洪亮的歌喉。民谣歌词还基本算是这个寨子当时村民住宅的真实写照：冲墙屋、泥坯房，青砖白瓦镂龙王，巷路乱石荒。

1968年属于大旱年，许多地方爆发抢水群殴。迫于无奈，莫恃美父母请畜力车（牛车）、人力车拉着家当，从兴隆寨举家迁居至平乐县源头同属莫家宗支的峡口村，尽管有屋子住，也参加所在地生产队劳动和年终分红，但毕竟是寄人篱下，生活的滋味可想而知。

随着岁月的流逝，渐明事理的莫恃美知道了什么叫羞，什么叫面子。在峡口生活没几年，因水土不服，他闹着要回兴隆寨住，父母拗不过他，只好答应。

结婚前的一个秋夜，他邀村里的同龄人穿板鞋（涩蛇）和拖鞋（木呐蛇）一起去压马路"拍拖"。

这是一个适合随心所欲的季节，人们可以到原野沐浴高爽秋意，去拜访那独自呢喃的秋虫，或一个人找个水畔发发呆，或爬上烤烟炉天台，细数那满天繁星……

人们喜欢这明澈、爽朗的秋，它既没有春雨催眠润色般的矫情，也没有夏日骄阳猛似火的烦躁，更没有冬夜那赖床的慵懒。

月光轻柔地给田野上返青的晚禾披上银纱。银色的月光下，路边旱地显得那么静谧而又生机勃勃，花草似乎都睡去了。然而，空气中却充满着刚刚薅过田的那种新翻泥土的芳香、树花瓜果的清香、晚禾吐穗的茗香，还有人们窃窃私语和低声笑谈的馨香。

月光照耀山林，一片秋色，青翠山峦多么安谧幽静。这不就是皎皎白林秋，微微翠山静的真实写照吗？

莫恃美穿梭在人群中，去谈人生、谈理想，谈兴隆寨的现状和未来。他最经典的那句话许多人至今仍记忆犹新，他说："脸面是自己争的，不是靠恩赐的。"

是的，争脸面的过程其实就是树形象的系统工程，那是要靠润物细无声般的潜心渗透、日积月累诚心堆砌才成可能。叮不是吗？我们只需浏览一番他的人生轨迹便可窥一斑而知全豹。

为了争得自己的脸面，他跟发妻小陆安然地度过了银婚蜜月期，婚后的30多年时间里，他默默地体验生活、静静地观察世态、悄悄地践行孝道。他还要"奔金婚"、奔"钻石婚"。

为了争得自己的脸面，他在经营家庭的几十年时间里，栉风沐雨，带领妻儿春耕夏锄防旱排涝、秋收冬储跑车养猪。他还潜心钻研农村脱贫致富的法律法规和现行政策，为村民提供咨询。

为了争得自己的脸面，他勤俭持家低调处事，把父辈留下的低矮砖坯危房改造成上层次、示范性的生活宜居小洋楼。

为了争得自己的脸面，他在兴隆寨饮水工程修建、乡村道路改造、公益事业维护等一系列的活动中身先士卒，还无偿提供了自家的运营车辆和燃油。

为了挣得自己的脸面，他甘垒债台开辟脱贫扶持项目，有效地支持了本村贫困户脱贫。

兴隆寨的石山土岭吮吸过他洒下的串串晶莹汗珠，同古河天上的太阳和水中的月亮见证了他那高风亮节的善举。他高调倡导"脸面"哲学，低调践行自己的承诺，他的风范言行难道不值得我们借鉴吗？

江涵秋影雁初飞

不久前，县文联转来了贺州市委宣传部、市委组织部、市扶贫办、市文联"决胜小康　奋斗有我"征文比赛通知，笔者与电视台同仁商量后，锁定了同古村马山仔莫恃美的林下经济合作社和他的牛场以及果园。

文章拟以唐代诗人杜牧七言律诗《九日齐山登高》首联第一句为

标题，取意：领头雁刚刚携雁群南飞，任重而道远。

这首诗是唐武宗会昌五年（845年）杜牧任池州刺史时的作品，那年张祜到池州拜访杜牧，二人命运相仿，皆是怀才不遇，所以杜牧在登齐山时有感写下此诗。

全诗为：

> 江涵秋影雁初飞，与客携壶上翠微。尘世难逢开口笑，菊花须插满头归。

> 但将酩酊酬佳节，不用登临恨落晖。古往今来只如此，牛山何必独沾衣。

全诗的大意是：

江水倒映秋影，大雁刚刚南飞，与朋友（张祜）带上美酒一起登高望远。尘世烦扰平生难逢让人开口一笑的事，满山盛开的菊花我定要插满头才归。

只应纵情痛饮酬答重阳佳节，不必怀忧登临叹恨落日余晖。人生短暂，古往今来皆是如此，不必像齐景公那般对着牛山独自流泪。

实话实说，笔者对马山仔的演变过程和本文主人公的人生轨迹还是比较熟悉的，两年前就想让更多人认识马山仔，但本文主人公莫恃美认为成绩不够，时机未到，委婉谢绝了。

2020年5月笔者特意频繁回乡采访了他，感受到了马山仔的新气象。

从四合公路一侧穿过高速公路桥洞就是马山仔的山口，从山口进山麓的那条便道虽然尚未铺水泥混凝土，但已经铺上了石渣，而且加宽了许多。

山麓下面多了一间带厨房的餐厅，尽管炊具餐具尚未搬过去，然而工人可以在里面用餐了。这天，莫恃美从集市采购回来的食材就是在餐厅对面的老厨房加工后端过来的。

合作社有两间办公用房，办公室的桌面上置放着一台笔记本电脑，莫恃美说他不会用，是小仔莫乃兵用的。办公室的尽头立着一排文件柜，两侧墙面上挂满各种规章制度，诸如领导岗位责任制、合作社成员责任制、监督岗位责任制、财务管理责任制、牛场免疫制度、用药制度、养殖档案管理制度以及牛场无害化处理制度、消毒制度、检疫申报制度等。

马山仔的林果园和牛场现已转到他两个儿子的名下，大儿子莫乃超主理牛场，小儿子莫乃兵主理林果园。兄弟俩有分有合，共下一盘棋，他在一旁督战。正可谓扶上马还要送一程，关键时刻甩手掌柜万万当不得。

原来，他的两个儿子一心向往城市生活，大有农村包围城市的雄心壮志。

曾记否？2011年是莫乃超立业的关键一年，他虽然尚未达到而立之年，然而他却以过人的胆魄独闯深圳这座国际大都市。

深圳作为一个流动人口高达千万、建市不过40多年的城市，"时间就是金钱"的观念在中国几乎家喻户晓，来了就是深圳人。

有人如此调侃深圳：

如果你买了房，你还可以更"深"一点，被称作"深圳本地人"。

如果你祖上已来此，你还可以更更"深"一点，被称作"深圳原住民"。

如果你家里还有地，你还可以更更更"深"一点，被称作"深圳土著"。这年，莫乃超在罗湖区开办家庭超市尝到了甜头，他立志成为"深圳本地人"。

然而，这年也有两难的事摆在他的面前，一是婚姻，二是事业。对莫乃超来说，两者是相辅相成的，缺一不可。仅为婚姻而抛弃事业他不干，但仅仅为了事业不顾婚姻，父母这关也通不过。28岁是个关键的年龄，在大城市不觉得怎样，人人都在打拼，优胜（剩下）劣汰（太大）大有人在，而在农村很可能成为"茄子不大茄核老"的代名词了，若不抓紧时间解决婚恋问题，就很可能贻误战机，成为早谢的"残花"。

到了2017年，有两件反差很大的事情一直困扰莫乃超，一是他在深圳的的确确挖到了第一桶金，而且超市连年获利，每年都在20万元以上；二是家里2011年起在马山仔连片开发的第一批油茶果失利。2015年连片开发的百亩贡柑虽然尚未试产、达产，然而，眼前市场并未被看好。在是否当返乡农民这一问题上，莫乃超徘徊在十字路口。实事求是地说，他已经适应了深圳的生活，并不想当返乡农民工，返乡就意味着要把做深圳本地人的砝码扔进林果园这个无底洞，仅是一味地投入，而没有明显的产出或仅有细微的产出，这种投入无异于背着黄金去做贼。再说任何一个投资者都不是一盏省油的灯，明明知道是亏本或难以如期收回投资的买卖，还有谁愿意花钱去打水漂？

此时此刻他的大脑在快速运转，他真的不想放弃做个深圳本地人的机会，而且做个深圳本地人所要具备的硬件条件他眼下已经唾手可得，他完全有实力跟家里拗下去。然而，他更是个孝子贤孙，他爱父母，更爱奶奶，他压根没有勇气跟家里拗，他更加害怕自己的幼稚棳茪会梳穿家族的感情风帆。他相信，家里这样的投入肯定有家里的道理。他默默地祈祷、等待沿海城市鲜果市场的转机。直到2017年冬天家里又高调地引进了养殖肉牛项目，才坚定了他弃城返乡的决心。

采访马山仔时作者发现了"新大陆"。村民们那种"做奴勤做仔懒"的本性显露无遗。他们花在自己田地上的时间和精力明显减少，反过来倒是天刚刚麻麻亮就宛若赶会期吃大餐般地骑着女士摩托、电单车，三人一帮七人一伙进军马山仔。春剪赘枝，夏除虫草，秋摘果实，冬施肥宝，一年四季都有活可干。

大家叫她十七叔娘的董氏女工跟笔者说："林果园有十多个工人，都是季节工，工种不固定，样样都得拿得起放得下。刚才你问我得多少钱，我说够吃够用，那是谦虚的说法，不好意思说出来的话，便是每月进账千把两千块钱的，一年四季都有得数数，这若放在以前，那是想都不敢想的事。"

吴民敬说："我和恃蒜二人是长期工，专司牛场的工作，我们的工作岗位在牛场和牛饲料沤制场，既铡饲料草也从事牛饲料沤制。只要身体没有什么大的病痛，我们两人都得出满勤，每个月两千块钱那是稳拿的。"

采访那天，莫恃葱夫妇给新餐厅外墙墙根涂抹水泥浆，已经是午饭时间了，可两人说肚子不饿，说农业服务中心的农艺师叫他们给面前垌古的稻田杀虫，他俩连午饭都不吃就骑着电车一溜烟跑去赶集买农药了。

"吃饭不用等我们——"娇滴滴的声音甩向车后，在马山仔的冲槽、沟壑激起长时间的回响……

江涵秋影雁初飞。在这里，笔者想借用诗人赋予诗句的特定内涵，表达对同古河畔山山水水的眷恋之情和对"领头雁"的牵挂，因为他们任重而道远。

在这里作者斗胆问一声：

"作为初飞的'领头雁'，恃美你准备好了吗?!"

扶贫经历：

　　邱崇赞，2018年4月由贺州市钟山县卫生健康局派驻任钟山县同古镇平竹村村委第一书记。驻村3年以来，全身心投入到同古镇平竹村的脱贫攻坚工作中，通过多种途径增加村民和村集体经济收入，使村集体收入由原来不到1万元增加到现在10多万元，带领平竹村脱贫摘帽和全村162户815人脱贫。

决战脱贫攻坚，我没有缺席

邓　昊 / 桂林市兴安县兴安镇人民政府

九六后生，城市嫩娃，理工型男，职场新手。风风雨雨、踉踉跄跄地在脱贫攻坚的战斗中打拼了近2年，不曾想到单位推选我为2019年脱贫攻坚先进工作队员。青春由磨砺而出彩，人生因奋斗而升华。我也坚定了脱贫攻坚不获全胜，决不收兵的信心和决心。

一、初出茅庐派驻村

2018年盛夏，烈日当空，酷暑难耐。我带着满脸的稚气，拖曳着简易的行李，怀揣着美好的梦想，来到了人生地不熟的兴安县兴安镇。这是我第一次离开城市到乡镇工作和生活，诸多的不便与不适没有动摇我的初心。我一边投身工作，一边租房安家。稍作安顿，心里萌生了几分幸福感。

工作和生活刚理出头绪，镇扶贫办突然通知我到塘市村担任脱贫攻坚驻村工作队队员。乍听到这个消息，我的脑袋都懵了，人像掉进了冰窟窿底，心里拔凉拔凉的。按照当初自治区的招生公告，我这个省外"双一流"高校的选调生，可以安排在县直机关上班。但当被分配到乡镇工作时，我没有丝毫怨言，愉快地服从了组织的调遣。如今又要下派驻村，到农村干农活，与农民同生活，我感到一片茫然，心里有些许委屈。

我打电话和父亲倾诉苦衷。我不是不愿去，而是我生在城市长在城市，对农村农事农活一窍不通，对犁田打耙、春播夏种、秋收冬藏一无所知。我这是"滚油锅里捡金子——无从下手"。再说了，我刚租了房子安了家，又要退租搬迁，住到村里，岂不是白忙活、瞎折腾？

父亲不急不躁、心平气和地和我说起了我12岁时割水稻的旧事。

小时候，我总觉得收割稻谷是一件很有趣的事，每到暑假就缠着父亲要到农村帮爷爷奶奶搞"双抢"，但一直没有合适的机会。有一次，我们从老家回桂林，车行到资源梅溪，看到公路边有人正在收割稻谷，那兴致、激情、冲动，像火山喷发般迸发出来。我执意要父亲停车，下车后立马脱了凉鞋，激动地走进稻田里，向农户要了一把镰刀，学着他们的样子，弯下腰，左手抓住稻秆，右手握紧镰刀，将齿口贴紧稻蔸，像拉锯似地用力一拉镰刀，稻秆就被割了下来……

我静静地聆听着父亲述说往日的故事，冥冥之中仿佛感觉到自己去农村工作是命中注定的事儿。既然如此，我就虔诚地、心悦诚服地服从吧，于是把"家"又搬到了塘市村村委会。

塘市村距兴安县城有近10公里，面积6.73平方公里，共有1005户、3500人，像天女散花般散居在桂黄公路的两旁。这里并不属于那种穷乡僻壤的贫瘠之地。

村委会办公楼为一栋砖混结构的两层小楼，紧邻桂黄公路。一楼为门面，用作销售农资产品。村"两委"办公挤在二楼的4间房间里，书记、主任各一间，一间综合办公室，还有一间为会议室。

村支书和村主任热情地迎接了我，喜悦之情溢于言表。村支书胡建东、村主任蒋新瑞都是在村里干了30多年的老村干部，书记精明清瘦、和蔼可亲，主任则是村里大名鼎鼎的致富带头人。

我被安排在二楼左边的一间房里，寝室兼打字复印室，仅能摆下一张单人床和一张办公桌，电脑和复印机就放在桌上。这里以前是村计生服务室和药具存放库，已经闲置很久，桌子和柜子上都落满了灰尘。后来，村委会将大半个房间租给了通信公司修建通信基站，两个

2米多高的通信设备和一个变压器就安装在房内，与我的床头仅咫尺之隔。设备的嗡鸣声和循环闪烁的指示灯光，令人心烦意乱，寝食难安。

夜晚的村委会办公楼没有了白天的喧嚣，孤寂地偏居在村庄的远处，黑灯瞎火，鲜有人至。我孑然一身，有些害怕。

最作难的是，晚上要穿过一条杂草丛生、两旁荆棘比人高的小道，到几十米外的茅坑上厕所。农村的蚊子又饿又狠，像寻着猎物似的，疯狂地无休止地叮咬着我暴露在外的肌肤。

令人心旷神怡的是楼北的莲藕田，白天可以欣赏亭亭玉立的荷叶，晚上可以侧听蛙声一片。没有都市光污染的星空闪烁，看星空、观天象，对于我这个天文爱好者来说，也是件很惬意的事。

办公楼没有洗澡间，我在走廊里的自来水龙头下接了半桶水，简单地抹了脸、擦了身、冲了脚，倚靠在床头，顺手拿起一本《扶贫手册》，慢慢翻看，等待瞌睡来袭……

农村的早晨，万物复苏，生机盎然。我在一片鸡鸣狗吠声中醒来，不知名的小鸟在窗前飞来飞去。站在走廊上，清新的空气扑面而来。在极目可及的天际线上，一轮红日害羞地露出了半张脸蛋。整个村庄笼罩在薄薄的晨雾中，神秘而庄重。勤快的村民已经在地里耕作，赶圩的人们三五成群地挑着大小箩筐装着的各色农产品在公路旁等候班车，火急火燎地赶往集圩或县城。

我简单地洗漱完毕，泡了一碗方便面，边吃边看书边等候村干部上班。

村干部都来了，胡支书把我介绍给大家，我向大家鞠躬致谢。同时，胡支书也向我介绍了每位村干部，彼此礼节性地握了握手。从此，大家就是一条战壕里的战友了。

胡支书向我灌输了很多脱贫攻坚的大道理，而蒋主任则诉苦似的介绍了扶贫工作的诸多困难。大家不约而同地说："邓干部，今后全靠你了。"我连忙接过话茬，谦逊地说："别这么称呼，大家都比我年长，以后就叫我小邓好了。"

分管扶贫工作的副主任边翻阅档卡边告诉我：塘市村的经济发展

处于兴安镇的中等水平,全村的建档立卡贫困户共有23户83人,主要有因病返贫、因残致贫、因学返贫三类。扶贫任务不是太重,这使我深深地嘘了一口气。

二、出师未捷心先伤

做哪行要像哪行。我购买了草帽、手电筒、高筒水鞋、军用雨衣等下乡必需品,还把父亲的电单车也托运到我单位,作为下乡的必备交通工具。

上头千条线,下面一针眼。我尽管被派驻村,但在镇机关的工业统计、安全生产、环境保护、招商引资以及宣传、工会等业务工作无人接手,领导要求我两头兼顾,做到"两不误、双促进"。

我不怕工作多,就怕像无头苍蝇似的来回奔跑。既浪费时间,又没有工作效率,也很不安全。

每天天刚蒙蒙亮,我就开着电单车急匆匆赶往20里外的镇机关上班,忙着处理部门的日常业务工作。中午又马不停蹄地驾着电单车风风火火地返回村里,下午在村里忙于扶贫事务。晚上一个人在村委会办公室录入数据、整理资料、建档立卡、撰写笔记。

日复一日,月复一月。期待着自己的扶贫工作旗开得胜,马到成功。然而接二连三的挫折,几乎把我推到了崩溃的边缘。

一个大雨倾盆的初冬中午,我像往常一样急切地赶往村里。如注的暴雨打在我的脸上,使我的视线模糊。桂黄公路上恣意横流的浑浊雨水把坑坑洼洼的路面掩饰得若隐若现。

突然,我的电单车冲进了一个深坑,一个趔趄,我连人带车摔倒在地上。几乎同时,身后传来急促的刹车声,一辆大卡车停在我身后四五米远处。司机惊魂未定地跳下驾驶室,先查看了自己车辆的前保险杠,再走到我面前问:"没事吧?"我吃力地摆了摆右手,痛苦地吐出两个字:"没死。"

我躺在地上影响了他的车辆通行。他把我的电单车扶起推到路边,将散落的材料捡起,放在电单车的前踏板上,再搀扶我挪到路边,关心地说:"以后开车小心点。"然后他驾着大卡车扬起一两米高的水花，一溜烟消失在浓浓的雨雾里。

我坐在路边，非常无助，泪水在眼眶里打转。新裤子摔出了个大洞，膝盖处擦掉了一块巴掌大的皮肉，左手臂上的伤口在不停地渗血。活像一只"落汤鸡"，失魂落魄，狼狈不堪。

此时，我很想给父母打电话，希望能得到他们的慰藉和帮助。但我没有打，怕他们担心。我想起入职时父亲向我提出的人生拷问："你对你的职业选择后悔吗？"我扪心自问，当初自己主动放弃在北京工作的机会，回到经济落后的家乡，放弃每月近万元的薪金，却领着两三千元的工资，真的不后悔吗？不！我不能后悔。我从事的工作是彪炳史册的伟大事业。"天降大任于斯人也，必先苦其心志，劳其筋骨，饿其体肤。"脱贫攻坚的伟大战斗中，我不能当逃兵。

我调整了自己的情绪，坚强地从地上撑起，拭去左手臂上的血水，掸了掸身上的污泥，扶着痛手，拖着瘸腿，脱掉雨衣帽子，顶着凉飕飕的暴雨，开着刮伤的电单车，继续向村委会赶去。

牺牲在脱贫攻坚道路上的英雄不胜枚举，我邻校的选调生学姐、全国优秀共产党员黄文秀，同一个单位朝夕相处的脱贫攻坚工作队友、桂林市优秀共产党员黄忠新。他们用生命谱写了最悲壮的扶贫诗篇，用行动为千千万万的扶贫工作者作出了表率，树立了标杆。

摔跤，伤着的是皮肉之痛。但面对贫困户的脱贫失败，不但没有解贫，反而背负更重债务的打击，伤着的则是扶贫干部和贫困户脱贫的信心和致富的希望。

蒋小春因车祸致残瘫痪，完全失去生活自理能力，被列为重点监测贫困户。蒋小春的父亲蒋镇创利用家中积蓄，购买了一头母猪和七头仔猪。满怀信心地期待着猪年能走好运，给家里带来福气。精心饲养、小心呵护，仔猪长成了膘肥体壮、毛色发亮的大肥猪。母猪也体格健壮，大腹便便，等待产崽，全家人开心地盼着好日子的到来。

然而天有不测风云，人有旦夕祸福。一场前所未有的非洲猪瘟席卷大江南北。"非洲猪瘟"是一种输入性高致命猪传染病，被我国列为一类动物疫病，其毒素对生猪致死率高达100%，严重影响生猪养殖发展。我国政府对非洲瘟猪一律实行强制性无害化处理，发现一例，扑杀一批；发现一户，全村处置，严防疫情扩散。老蒋的8头猪也难逃厄运，全部染上了穷凶极恶的非洲猪瘟。全家人欲哭无泪，手足无措。

眼巴巴看着8头大猪将被无补偿、无害化处理，损失3万多元，一年的辛劳无果而终，想到老蒋致富不成再遭"倒春寒"，将要背负更多的债务，我感同身受，难以言表。

并不讳言，在内心深处，我虽然支持老蒋尽可能把损失降到最低，但再亏不能亏良心，再赔不能赔良知。老蒋心疼地把亲手养大的母猪、肥猪全部做了无害化处理，一家人一年的汗水和希望也随之付诸东流。

面对打击，我心如刀绞，压力山大。千方百计帮助老蒋共渡难关，向上级申请补助，四处求援，但仅仅只争取到安慰性的240元救助款。

农村风云变幻，农业多灾多难，农民增产不增收的尴尬一茬接着一茬。沙糖橘丰产不丰收，鸡鸭鹅遭遇禽流感，订单农业遇上违约老板，新冠肺炎疫情造成农产品滞销，等等。一波未平一波又起的天灾人祸，映现出扶贫必须攻坚，致富还需防"病"。

三、战疫战贫守一线

2020年，本来是放声高唱"爱你爱你年"，但是谁承想，爱未到，灾先至。新冠肺炎疫情突如其来，无妄之灾如泰山压顶。全国全面停工停产停业停课，全民居家隔离观察防控。

疫情就是命令，防控就是责任。驻村扶贫干部守土有责、守土负责、守土尽责。不让驻村发生新冠肺炎疫情，不让村民遭受病毒侵害，不让贫困户因疫致贫返贫，是时下最紧迫的工作任务。扶贫就要防疫，防疫就是扶贫。战贫战疫两手抓、两手都要硬，坚决打赢疫情防控的人民战争、总体战、阻击战。

塘市村交通便利，国道322线和泉南高速公路贯穿全村，是南下入桂的便捷通道，外防输入形势严峻。塘市村又是兴安镇最大的劳务输出村，大量务工人员接踵返乡，内防扩散任务艰巨。

内外交困，刻不容缓。我同村干部进行了认真研判，迅速制定了疫情防控预案。全面摸排"四类"人员，掌握疫情动态。对重点疫情对象实行专人负责，每天电话询访。在高速公路收费站、国道沿线入村路口、与邻村相连路口设置5个防疫卡点，进行外围布控。成立15个村小组疫情防控巡逻分队，负责内部防控。组织60多名党员先锋队员、文明实践志愿者和基层干部民兵进行24小时轮番值守。严格控制村民外出，对每个入村人员进行身份登记、扫码查验、测量体温。严防死守，阻断病毒传播。及时编写图文并茂的入户宣传资料，录制了通俗易懂的广播宣传音频。反复播放防疫广播，挨家挨户发放宣传资料，普及卫生防疫知识，提高村民防范意识。

贫困户钟荣军的儿子钟辉，是父母的骄傲、全家的希望，2017年以优异的成绩考上武汉大学。学校放寒假，刚回到塘市村的家里，是"四类"人员中的重点监控对象。我第一时间电话联系钟辉，仔细询问他的身体状况，督促他立即到县医院进行核酸检测，要求他自行居家隔离14天，每天测量体温两次。叮嘱家人要分餐分住，注意隔离观察，每天定时报告。

吉人自有天相。钟辉的两次核酸检查结果均为阴性，自行隔离观察14天亦无症状。钟荣军全家平安无事，我一直悬着的心终于落下了。

兴安镇是兴安县的政治、经济、文化中心，疫情防控情况复杂、任务繁重。村里的防疫如火如荼，镇里的防控紧锣密鼓。关键时刻，镇领导一个电话，把我抽调到镇疫情防控指挥部办公室。上传下达、布置任务、汇总数据、收集材料、分发物资、爱心捐赠，我都做到一丝不苟、准确快捷，有效地协调了全镇的疫情防控工作。我所采写的稿件《兴安镇：党员干部"请战"返岗，鲜红党旗高高飘扬》被桂林生活网采用。

封城封村，停产停业。万物互联互通的城乡瞬时变成了彼此不相往来的孤岛，人流物流车流仿佛瞬间凝固断流。市场萎缩，蔬菜滞销、水果滞销、蛋禽滞销。民生无小事，战疫必战贫。必须通过市场流动，增进民生福祉。

天无绝人之路。市场闭市，实体店停业，就另辟蹊径找出路，利用互联网进行网上销售。车辆进不来，人员不让进，就主动把产品运出去，实行接力式点对点配送。

我首先想到了在桂林市叠彩区社区工作的母亲刘永红，她的手机里有社区居民群、辖区单位群、学校家长群等众多微信群，群众有数千人，潜在市场大。我找她商量，请求她支持。她二话没说，鼎力相助。我和她一起在微信群里设置了为民服务居家小程序，搭建起"防疫爱心助农平台"，把滞销农产品的品名、单价和菜农的收款码发布在助农平台上。居民通过微信接龙方式进行认购，自行扫码付款下单，分批流水取货。我负责信息采集、货品发布、数据统计、货源组织。菜农照单备货，分袋包装，定时定点送货。母亲刘永红义务派发物资，志愿者无偿送货上门，实行"一条龙"服务。

没有中间商、不收中间差价，双方直接结付，价格普遍低于市场价，菜品直接从田间地头端上市民餐桌。物美价廉，购销两旺。

滞销的农产品卖了，村民们笑了，没想到如此顺利地把滞销农产品都卖了；居民们也笑了，没想到在封小区的防疫期间，还能吃到既便宜又新鲜的农产品。"防疫爱心助农平台"成了村民与市民的"互助桥"。既解决了我驻点村村民的燃眉之急，又帮助阳朔、临桂、兴安溶江销售金橘、马蹄、芥菜等农产品2万多斤。既照顾了农民的"钱袋子"，又保障了市民的"菜篮子"，有效化解了因疫返贫的危机。爱心助贫的暖心事迹，被《桂林日报》跟踪报道。

借问瘟君欲何往，纸船明烛照天烧。经过2个多月的连续奋战，战疫战贫工作取得了阶段性胜利。塘市村无新冠肺炎确诊病例、无新冠肺炎疑似病例，确保了一方平安。

四、决战决胜传捷报

春光不负，农事不误。2020年是脱贫攻坚的决胜之年，一定要把疫情耽误的脱贫攻坚的时间夺回来，把防疫期间耽搁的扶贫工作补上来。

我毫不犹豫地申请继续担任驻塘市村扶贫工作队队员，义无反顾地连续奋战在决战脱贫攻坚、决胜全面小康的第一线。

驻村两年来，我以小学生的姿态，以抓铁有痕、踏石留印的韧劲，把责任压实，把工作做实，一步一个脚印地跋涉在脱贫攻坚的征程上，攻克了前进道路上一个又一个的脱贫堡垒。

我拜《扶贫手册》为师，反复通读原文，仔细领会要义，把内容印刻在脑里，把要求铭记在心上，把责任扛在肩上，做实扶贫工作的规定动作。

我拜村干部为师，谦虚谨慎、虚心请教，向他们多学习、多商量，团结拧成一股绳，带头合力一起干，增强村"两委"班子的凝聚力和战斗力。

我拜村民为师，走村串户、促膝长谈，访疾苦、拉家常、学方言，问计于民、问策于民。察村民之所思，帮村民之所盼，解村民之所困，贴近群众，扎根一线，增强工作的针对性和实效性。

我拜先进单位为师，"请进来""走出去"，学习工作经验，借鉴先进做法，取经学艺，博采众长，取长补短，为我所用，不断拓展脱贫攻坚的途径。

白天里，我穿梭在田间地头，修村道、建新房、改水厕、搭大棚、搞种养、办企业……

夜灯下，我废寝忘食地忙碌，填报表、整资料、建档卡、录数据、做方案、写笔记……

扶贫攻坚，"坚"在特困户，难在没门路。我们以问题为导向，因地制宜，对症下药，一户一策，久久为功，不达目的不罢手、不收兵。

要致富先修路。我们采取向上争取资金、社会募捐资金、村民出工出力等多种途径，解决修路经费和施工劳力的问题，累计筹措资金400多万元，出工1200多人次。先后对4条主干村道进行改造，将原来的泥土路全部改建成水泥道路，并在道路沿线安装了太阳能路灯。对各自然村之间的村道和户与户之间的便道进行地面硬化，村道硬化率达92%以上，从根本上解决了村民出村难、出门难、行路难的老大难问题。

　　扶贫先扶智，强智先强村干部。我刚到村委会，发现上级配发的电脑及打印设备成了"瞎子的眼睛——摆设"，村干部不会使用电脑办公。自从大学生村官走后，村委会的电脑就一直闲置在那里。我寻思村干部不懂电脑，村里的信息服务中心怎么建？谁来管？谁来用？必须把村干部培养成懂电脑、会使用的"智能性人才"。

　　我说干就干，在村委会办起了电脑培训班，年过半百的村支书、村主任带头参加培训。我手把手地教他们打字排版、办公软件操作、上网浏览查询、网上收发邮件、信息收集发布等基本操作技能。编写了《电脑基本操作流程》《村信息服务平台操作规程》等工作手册，人手一册。把所有的扶贫档案资料、党建档案资料、农户基本信息等全部录入电脑，分门别类地建立了电子档案，使村委会基本实现了电子化办公。我还乘势而上，建起了塘市村信息服务中心，并正式上网运行。

　　发展产业没本钱，我们认真落实政府的金融惠民政策，帮助村民办理小额无息信贷，申请生产发展资金，给予产业奖补，全方位助力建档立卡户脱贫致富。先后有曾桂秀等7户建档立卡户享受到小额无息信贷政策，获得35万元生产发展资金。2020年为蒋卫东等19户贫困户发放产业奖补资金4.5万多元。有效解决了"巧妇难为无米之炊"的尴尬和窘况，为他们脱贫致富、发展生产提供了有力支撑。

　　蒋春莲是塘市村第一个"吃螃蟹"的人，率先通过无息小额信贷，获得了5万元的生产发展资金。承包了村民撂荒的20亩土地，种植沃柑和沙糖橘。2019年7月，蒋春莲绿油油的果树上，挂满了绿圆圆的柑橘。在微风的吹拂下，热情地向主人点头致意，一片丰收景象。但贷款期限将至，而柑橘还未成熟，蒋春莲急得像热锅上的蚂蚁。我知道情况后，当天中午顾不上吃饭，顶着烈日赶到银行，帮她填写了《小额信贷展期申请表》，分别到村委、镇政府、县扶贫办签署展期意见，第一时间办理了信贷展期手续，解决了蒋春莲的燃眉之急。

　　农业实用技术是脱贫致富的敲门砖。我们邀请市农业专家和县农业技术员，采取集中办班、以会代训、现场讲课、个别指导、分片包户、跟踪服务等多种方式对村民进行实用技术培训和技术服务。先后开办各种培训班8期，培训人员200多人次，提高了村民的种养致富能力，形成了多种产业齐上阵、十八般武艺助脱贫的喜人局面。

塘市村科学养猪示范户、村主任蒋新瑞，发挥致富带头人的"领头雁"作用，主动与遭遇非洲猪瘟沉重打击的贫困户蒋镇创结成"一帮一"帮扶对子，破例邀请他到自己的养猪场参观学习，把自己的养猪技术毫不保留地传授给他，使蒋镇创很快恢复了养猪事业。

塘市村有家禽养殖的传统，发展家禽养殖成本低、见效快。为了引导扩大养殖规模，政府以60元/羽的标准对贫困养殖户进行奖补。为了规避养殖风险，我们与兴安湘江鹅专业养殖合作社达成协议，对贫困户的家禽饲养实行订单式养殖、保姆式服务、无限量收购。由公司负责提供禽苗、饲料、防疫和成品收购。贫困户足不出户就能旱涝保收，稳赚不赔。每年年末，村委会还举办扶贫户农产品专卖交易会，组织建档立卡户将自产自销的鸡、鸭、鹅和沙糖橘等农产品集中摆摊销售，发动机关事业单位、区辖企业、扶贫后盾单位和桂林市民认购采购，开展爱心消费扶贫。

塘市村是兴安镇的柑橘种植大村，年产值达300多万元，对村民的"钱袋子"起着举足轻重的作用。我们想村民之所想，急村民之所急，千方百计解决技术指导不到位、产业链低档和丰产卖果难的问题。采取政策引导、资金扶持等多种措施，发动村民扩大种植面积，实行规模化生产。引进兴安龙君农业开发有限公司对柑橘种植进行全天候技术服务，解决种植技术短板缺位的问题。与兴安日盛食品有限公司达成供销协议，专门收购符合标准的柑橘进行罐头深加工生产，使全村的柑橘产业走上了"公司+基地+农户"的合作发展之路，破解了塘市村及周边村柑橘销售难的后顾之忧和丰产不丰收的伤农问题。村民纷纷扩大种植面积，全村柑橘种植面积超过1700亩。尝到甜头的贫困户蔡定顺再次扩种了5亩沙糖橘，使果园面积达到了32亩。

塘市村也是兴安镇的劳务输出大村，每年外出务工人员多达100多人，仅建档立卡户务工劳务收入就有40多万元，外出打工成为脱贫致富的重要途径和重要收入来源。我们因势利导，筹建了塘市村劳

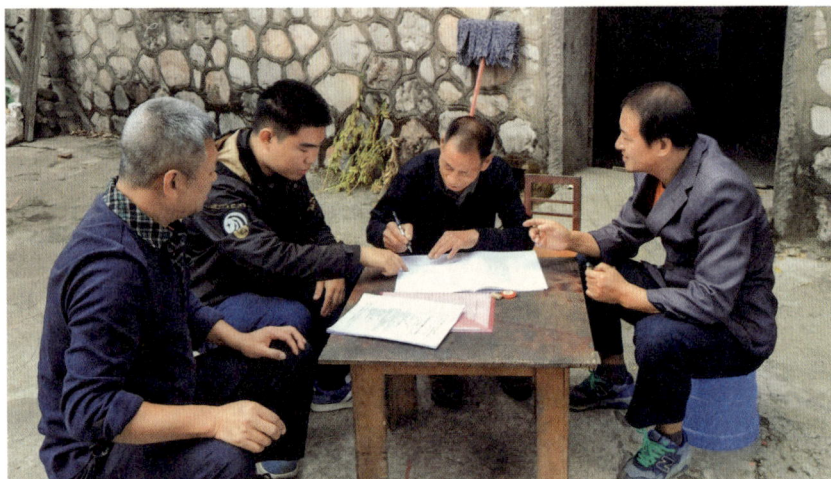

邓昊（左二）指导2019年预脱贫户蒋镇创确认脱贫"双认定"材料

务输出服务市场，与珠三角、长三角地区的企业建立了长期劳务派遣合作关系。利用村信息服务平台，滚动播放最新企业招聘信息。根据务工人员的工作意向和个人素质，向合适的企业推荐选用。在用工高峰期举办劳务用工双向选择专场会，组织村民与用工单位面对面洽谈，进行双向选择，使村民未出家门就能找到心仪岗位，一出家门就能高兴上班。

贫困户龙兵的两个小孩都在读书，教育负担沉重，脱贫而未脱困。杨兴安因房屋破旧识别为贫困户，但无力负担房屋重建的资金。我把他俩推荐到兴安鑫富建材公司工作，经过岗前技能培训，两人均被公司聘用。

文翠云本是外乡人。丈夫去世后，举目无亲的她携幼女辗转来到塘市村，投奔远房表哥，蜗居在低矮破旧潮湿阴暗的土坯房子里。孤儿寡母一无所有，相依为命。好强的文翠云不等不靠，农忙时在村辖企业上班，农闲时就到珠海生蚝养殖场打工。天道酬勤。文翠云凭借自己勤劳的双手，不仅成功甩掉了贫困户的帽子，还修建了窗明几净的砖混结构新房屋。

据统计，塘市村建档立卡户共有12户14人实现就近就业。灵活弹性的工作时间使务农务工两不误，群众生活日渐充实，日子有了奔头。龙兵的日子越过越红火，杨兴安也改建了新房，还加层建成了小洋楼。

时间的车轮不知不觉地驶进了脱贫攻坚的决胜之年。塘市村23户建档立卡户，只剩下荣凤芝1户1人还没有脱贫摘帽。

荣凤芝不是小康路上的掉队人，而是脱贫路上的最后冲刺人。她一定会凤凰涅槃，华丽转身。

荣凤芝是一个苦命的孩子，在出生的第一年，车祸和病魔先后夺走了她的双亲，爷爷奶奶含辛茹苦地把她拉扯大。

荣凤芝是一个优秀的孩子，2016年高考，她被广西金融职业技术学院会计专业录取。2019年，又成功实现了人生的一次飞跃，顺利考上了桂林电子科技大学财务管理专业，成为一名梦寐以求的全日制大学本科生。

荣凤芝是一个幸运的孩子，国家给予了她全方位的政策保障，享受了低保、"雨露计划"、高校国家助学金等政策的关爱，还凭借自己的努力，获得了校级二等奖学金。

荣凤芝是一个懂事的孩子，她趁着新冠肺炎疫情期间在家学习的机会，从合作社购买了50只中鸡饲养增收，还获得了政府3000元产业奖补资金。

面对自己是村里唯一未脱贫摘帽的建档立卡贫困户压力，荣凤芝并未被打倒，青春的脸上泛出自信的笑容，用她会计专业的习惯，给我们算了一笔账："开学时，把鸡卖给合作社，稳获4000元；再打一份暑期工，又有2000多元收入；我每月还有325元的最低生活保障金。这贫困帽能不摘吗？"

明年即将毕业的她对未来充满了憧憬。毕业后她希望能在家乡找到一份教师工作，既实现儿时当老师的梦想，也能照顾古稀的爷爷，报答爷爷的养育之恩。

博观而约取，厚积而薄发。我们有理由相信她能梦想成真，明天会更好。在全面建成小康社会的大家庭里，荣凤芝不会掉队，塘市村一个也不会少。

奋斗创造历史，实干成就辉煌。塘市村脱贫攻坚的历史，由全体奋斗者写就；全面建成小康生活的辉煌，由每一位参与者创造。我作为这项伟大工程的见证者、亲历者、实践者，倍感使命光荣、责任重大。功成不必在我，功成必定有我。两年的驻村经历，刻骨铭心，终生难忘，将为我刚刚开启的人生征程写下浓墨重彩的一笔，留下弥足宝贵的精神财富。我将继续以梦为马，不负韶华，砥砺前行，再立新功。

我为我的选择而骄傲，我为我的坚持而自豪。因为在决战脱贫攻坚的伟大战役中，我没有缺席。

扶贫经历：

邓昊，2018年8月接受桂林市兴安县兴安镇人民政府选派，担任兴安镇塘市村驻村工作队员。驻村期间扎根基层、团结村委、深入群众，帮助贫困户联系就业岗位、保障收入稳定、争取发展资金、落实奖补政策等，在村集体经济发展、村委会办公楼维修、全村土地增减挂钩、"三清三拆"等乡村振兴工作以及防控新冠肺炎疫情、防治非洲猪瘟、抗洪抢险等突发事件中表现突出，获得"兴安县2019年脱贫攻坚先进工作队员"称号。

诗（词）

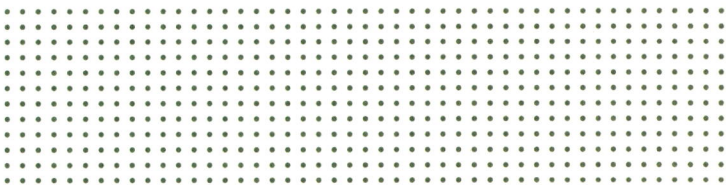

SHI（CI）
HUOJIANG ZUOPIN

获　奖　作　品

一等奖

冬至，在我驻村的地方（外一首）

潘宽平 ／ 河池市大化瑶族自治县社会科学界联合会

我曾在不同的地方，驻村。这些地方
拥有花骨朵般健朗的名字：温和、江栋、龙马
我曾在美好的时光里
错过一些美好的事物——
山冈上青藏色的鸟群，十一月漫山遍野的
红枫……还有存活在泥土底部的
粮食的恩养

我错过那些田间地头的美，错过一首藏头诗
错过相通的村落，相闻的鸡犬
错过三月的山歌和九月的爱情
而今天，正值冬至，在我驻村的地方
那些所有被我错过的
重新被我认领
我成了一年中最漫长的夜里最富有的国王
只要你需要
我随时可以向你批量馈赠优质木炭
以及木炭内部的星火

冬至，在我驻村的地方
冷和暖交相辉映，静与闹各自绽放
村庄以外的世界风起云涌
从北国的水饺到南国的汤圆
再到深埋于指纹深处的烟火
再到那些被贫困一再勒紧的骨骼
说真的，我从不畏惧一场轰轰烈烈的大变革
也从不置身事外
尽管我长期据守谷底
但我同样时刻感受浪头潮尖的
曼妙风光

在我山风满楼的村庄
今夜，冬至，我是我自己的王
我真幸运，我守住了
欲望世界里最后的一点
繁华与荒凉

鸟语把村庄洗得雪亮

鸟永远是这片土地上最干净的一拨
即使沾着泥土和草屑
甚至是它们自己不小心遗落的粪粒
也充满阳光的芬芳
和粮食的气质
鸟，远比分布城里乡间的那些保洁员
更有洁癖
更加知晓卫生的意义

鸟每夜都在漱口

用诗歌

用羽尖上的宁静与颤动

鸟的洁癖

从一入夜便开始

并且在黎明时分达到高潮

它们清脆圆润的歌喉

它们婉转妩媚的嗓音

它们不知疲倦的抒情

一下子把村庄洗得雪亮雪亮

这些年来，每天我都以驻村工作队队员的身份

尾随鸟儿们深入村庄

沿着山脊，与清凉的草木并行

我贴着农家的气息，小心翼翼

试图触摸鸟儿们无比匀称的呼吸

这时候它们突然叫了

没有前兆地全叫了

那些正在觅食戏水的同僚

那些正在追逐逗乐的同党

它们的童贞它们的初恋它们的亲热它们的乡愁

全交织在这天籁之网

那一刻，我发现

我根本算不上合格的驻村队员

它们才是。它们是乡村天生的工作队队员

它们是天才的第一书记

它们把村庄的扶贫做得无比精准

不差毫厘

扶贫经历：

潘宽平，2014年以来，先后连续在河池市大化瑶族自治县雅龙乡的温和村、北景镇的江栋村和大化镇的龙马村担任驻村工作队队员，积极开展脱贫攻坚工作，努力带领乡亲们摆脱贫困走向小康，为大化瑶族自治县脱贫攻坚事业贡献一份力量。

《燕子》组诗

覃秋乔 ／ 南宁市马山县里当瑶族乡人民政府

1. 燕子

燕子年年飞来，岁月总是紧随其后
老房子总是面容慈爱，笑看燕子
追逐嬉戏，啁啾呢喃

燕子每叫一声，老房子就又老了一点
在声声轻啼之中，在经年风雨的揉搓之中
老房子已然眼神空洞
皮肤褶皱、衣衫褴褛

深红的瓦砾，遮不住季节丰沛的雨水
松垮的泥墙，支撑不起岁月无情的变迁
这时，一座老房子就是一个因循守旧的老人
他们拄着拐杖，颤颤巍巍
在历史前进的滚滚洪流中，摇摇欲坠

倒不如，把敲响房梁的锤音
还给柔软的心脏，让山谷记住它们
像把女儿还给母亲一样，把泥土归还大地
在长出房子的地方，种植生机勃勃的绿色
种植焕然一新的故土家园

告别它，以动听的脚步去追逐蒸蒸日上的明天

燕子虽已飞走飞远，但乡愁不会因此改变
来年燕子春回，吟唱着一首首关于复兴的美丽诗篇
在低回盘旋之间，它们已经寻得更结实、更舒适的屋檐

2. 那一汪清泉

地下水、山泉水
就如濒临灭绝的野生动物一般
踪迹难寻
黑黢黢的石头与石头之间
除了杂草还是杂草
除了石头还是石头

"饮水工程"的手掌，捧出了一汪汪清泉
那等天靠天吃饭喝水的劳动人民
终于放下磨得锃亮的扁担和变形的水桶
把弯下的腰杆挺直起来

只要一喝这清亮的水
他们就笑了
那一面大大的镜子
倒映着他们并不洁白的牙齿

扶贫干部说："我们有脱贫的信心，
和清泉一样的初心。"
那是思想和行动的打火石
点亮了多少贫困者心中的希望之光

3. 脱贫方案

每一年，我都没能想出快点致富的脱贫方案
我好似敷衍，年年如是
反复而认真地
宣传各种扶贫政策，鼓励他们种植养殖

但他们仍然像感激恩人一样
用收获的红薯、藕粉和笑脸对我表示感谢

以他们勤劳的天赋
致富就是门前秋天的果实
现在辛勤培育果树的他们
等到秋天，只要轻轻一伸手
就可以摘到饱满的累累硕果

4. 被苦难纠缠过的人

山与山构成的波浪此起彼伏
日上三竿，锄禾的人们在波涛中汗流浃背
大山的儿子和女儿，除了贫穷
还有多少苦难之山需要攀登

他们当中的很多人
被苦难纠缠过的人
最终通过勤劳和奋斗改变了自己的命运

5. 不眠的船只

越往深处走，道路就越多

像极了树头不断蔓生的枝丫
我曾幻想把这些路一一走遍
怎奈腿短脚小
一条小路没走完就得喊累了

在这里，有人却把山之海当作征途
用双脚做桨，日夜兼程
作为一只不眠的船只
把那些致富路上落下的人
捎到对岸

扶贫经历：

　　覃秋乔，2016年开展扶贫帮扶工作以来，积极宣传各类扶贫政策，仔细地跟贫困户沟通，详细地了解贫困户的生产生活情况，积极申报以奖代补，致力于为贫困户解决难题，尽心尽力做好帮扶工作，赢得了贫困户的认可。

驻守乡村（组诗）

俞昌春 / 柳州市三江侗族自治县文化体育广电和旅游局

马甲

这场战争并非虚拟
披上它
你必须脚踏实地才赢得胜利

起初迎迓嫌疑的目光
至今两手一招一式对折贴近心房
一段情感升华的过程
已经深埋在乡村里

洗去都市铅华
你当真来到与喧哗唱反调的山弄里镀金吗
这一路忐忑的马达声
不是使命在召唤吗

这片薄薄的黄色缎料
印染着你鲜红的名字
只因缺乏一段履历的润泽
你披起来轻若烟云
随手一挥便可淡去
没有人会记住你姓甚名谁

战幕在田间山头拉开
战鼓阵阵擂响
战旗猎猎飘扬
这个没有硝烟的战场
画面同样壮烈
你披着这道瞬间凝重的色彩
正如
武装一副耀眼的战袍
一路英勇杀来

经历的片段
浓墨重彩或轻描淡写
都留存在乡野民间
以四季的方式
沿着黄色的主线
完成春夏秋冬的咏叹调

可歌或可泣
马甲的姿态经受洗礼
蜕变成乡间一道独特风景
在汗水与血水的化学反应中
色彩单调却亮丽迷人

捧颗心来驻守乡村
你不是要与这片并不富饶的土地同脉共振吗
把真情爱意洒向民间
你不是因为这里同样驻守生生不息的父老乡亲吗
聚力铺架道路桥梁
你不是为城乡之间描绘一道七色彩虹吗

你把使命担当砥砺前行
人们却把你刻在心窝里

你已是一名铠甲勇士
这身战袍
厚重无比

驻村

你随一纸命书飘远而来
如一粒种子尘埃落定
请告别都市霓虹灯的诱惑吧
你将栖身这片黄泥土地
这里只有素描里的青山绿树儿童老人黄狗
还有一条鸭子欢闹的溪流

村部
就如那位忠诚的卫士
固执地驻守在小溪边
溪水如此委婉地与它擦肩而过
没人会关注
这刚柔相济的故事演绎在村寨边
岁岁年年

我的到来
不会惊动这里的一草一木
斜眼走过身边的那两条黄狗
不还在你眼皮底下打情骂俏吗

抬头可见的树丫那头
那一团黑鸟不是在肆意叽喳目中无人吗
至于那帮嬉闹的顽童
被我叱喝着刚随这夏天一哄而散了

躁动的心
请用夜的静谧安顿好
头枕这溪流
任凭溪水洗涤被七月晒黑的皮肤
聆听淙淙溪流一成不变的韵律
终于在不知不觉中进入梦乡

常常半夜醒来
我的思绪便汩汩流出
随这溪流
奔向漫无边际的远方

这毫不设防的山寨啊
敞开她的胸怀
坦诚地接纳我的宿命
白天
赤脚浸入这清澈的溪流
有如我毫无装备走进这朴实的山寨
炎炎夏日里
我感到缕缕爽透周身的清凉

这一刻
我不愿拔脚离开

夜会

夜色如漆
乡亲们不屑于路灯光
双脚丈量巷道的长宽高度不差毫厘
石板路的平平仄仄已演奏成乡间小调
双脚重复浅唱
半曲正好一步跨进鼓楼的会场

一张张虔诚的老脸
爬满期待
依次排列在火塘边
他们心田里渴望播种什么
我输灌养分的底气并不十足
我只有脚板接地
以平起平坐的姿态注视众乡亲
利用柴火气息传播我的思想
又用我乡土的话和乡土的事做诱饵
撩拨乡亲们蛰伏心脑深处的触角

温馨的火塘
被留守老人如母亲般一直守候
鼓楼里不灭的火种
点燃满场的母语肆意发挥
始终如一的篝火温度
让如约而至汇聚一堂的乡亲们热血沸腾

外面的空调
要么太冷要么太热
从山里来又回弄里去

我还是适合用火塘的方式聚会取暖
外加一身烟熏火燎的味道

不分季节
会场播种什么
我的心和乡亲们长得一模一样
盼望经过并不漫长的黑夜的发酵
天亮时有幼芽破土而出
开出美丽的花
抑或
长出一棵树

鼓楼

一个本土文化符号
感叹于寨子中央
如尊雕像注目众生
昨往光鲜的外表
经百年风雨磨砺
苔痕斑驳
依旧巍然矗立令人景仰

亲近鼓楼
置身时光回流隧道
喜怒哀乐荣辱今往说唱哭笑
都雕刻在墙壁上隐藏于瓦片间
凝固成一座庄严的历史碑座
任凭来访品读

一物一风景一人一故事的演绎惟妙惟肖
火塘
在冬季里方方正正地释放暖气
烟雾缭绕着围坐成团的人们
一堆杂木炭火便可轻易烘红的脸庞
写着心满意足

长板凳面油光可鉴
"生产队专用"的印章刀痕凌厉
走过的岁月
正如这文字雕刻在木板上清晰可辨
历史
总将人的思绪拉得很长很长
记工分的年代
偃旗息鼓的劳动人们吧嗒着旱烟
坐成一排

鼓楼坚不可摧
"脱贫攻坚势在必胜"这一时代书写的字迹
渗透墙体
深入村寨人们的肌肤骨髓
任凭
风吹雨淋也无法抹去
风言风语也不可动摇

这一圣地
常聚集民众休养生息谋事议事
心平气和或面红耳赤
终究形成历史
被鼓楼封存

扶贫经历：

　　俞昌春，2016年开始在柳州市三江侗族自治县林溪镇弄团村担任第一书记。驻村开展扶贫工作以来，能紧紧围绕驻村工作队五大工作职责，严守驻村工作纪律，吃、住、干在村，带领驻村工作组与村"两委"并肩作战，如期实现林溪镇弄团村、独峒镇平流村两个贫困村当年的脱贫摘帽任务，见证贫困村脱贫摘帽每个攻坚阶段的风吹雨打和阳光甘露。

扶贫，我剑亮深山（组诗）

韦朝斌 ／ 河池市大化瑶族自治县雅龙乡胜利村村委

驻村的第一夜

窗被风拍打之后
颤抖的事物，更加颤抖
幻影，游离的磷光
最终被初心熄灭

而长途背负的睡虫
却被次日的走访扼杀
抽屉锁不住的扶贫对象
从手册中纷纷站起来
陌生的突围
是那寒酸的面孔和生硬的笑

于是，我被摁入
那个入木三分的夜
泅渡，任由不眠的船只
将我载向使命的终点

夜翻开在眼前的
是一张难写的答卷
思想和灵魂不断打火
而群山依然苍茫

走访的片区

像桌上摆放的瓷碗和瓷碟
是山弄罗列的姿势
少得可怜的人家
如同被煮烂了的几粒米
散落其中

植被作为身上的衣裳
单薄而遮盖不住露骨的部分
石头之剑，操架
在他们生存的脖子上

拐过一道又一道弯
车子玩了一场场捉迷藏
偶尔误入羊肠深处
遇见的泉眼，水枯竭在路上

临近人家，碰上一两个青年
好不容易打开他们有限的阳光
谈这方水土
及水土的不服

易地搬迁或危改方案
是我随身携带的良方
痛痒之处，我擦拭他们
记得阴霾的天，一抹霞光掠过

听贫困户的自述

父母早逝，她接受了孤儿的命运
连同的，还有她的两个弟弟
生活耸立的山，压在肩上之后
她以母亲的名字给自己命名

要比村子里的其他女孩提早嫁人
是她选择的出路
她嫁给一个她可以叫叔叔的男人
嫁出去的，还有她的弟弟

男人成为她生命的第一根稻草
在踏实的思想里，他们终于安定下来
一有了自己的儿子，男人就老了
可惜的是，儿子却成了她终生的包袱

她说她脱不掉孤儿的帽子了
男人和儿子极像她小时候的弟弟
要一边务农，一边照顾
肩上甩不掉的，还是那座山

她说，扶贫工作队一次次来访
像极了她父母来自天堂的慰问
说着说着，我的眼角湿了
而她的眼泪，却咽入肚子里

此时，抬头
在座的扶贫干部
每一张红润的脸，保持一致
透亮人间，真善美的光芒

亮剑

走上的路，在内心放平
它们就不是登天的斜径
穿越高山峻岭，连接悬崖低谷
我这北方汉子的肉身
就不怕走失在猴子摇头的深山

一个个巴掌大的洼地
他们以弄来命名
弄献弄洪弄常弄毫等等
碗一样的山弄，向天张口
我就不怕自己被吞噬

生活裸露在石头上
风雨摇曳中
他们的日子是一个手中的蛋
我就不怕这紧紧一捏
蛋浆四溅

两年，两年了
经过锻打、淬火
把铁炼成钢
他们苦难纠缠内心的渺茫
一剑，我挥之而去

纷飞的劳燕

他们放下工作，放下爱情
从一张辞职书
从一条分手短信

从一张薄薄的车票里回来

在陕西、贵州和山西
在一个个暗黑的煤窑里
他们从一个个坟墓
把自己挖开
蜂拥而来

他们逢山开路，遇河搭桥
掏出迷茫了的时光
掏出不死的精神
奔赴这最后的战场

就这样，道路四通八达
就这样，高楼爬满山坡
就这样，纷飞的劳燕
进进出出的掠影，剪断
我最初的彷徨

扶贫经历：

　　韦朝斌，自2016年参加扶贫工作以来，作为河池市大化瑶族自治县雅龙乡胜利村党支部委员之一，与战斗在脱贫攻坚一线的同志一起，动员建档立卡贫困户易地搬迁，动员有劳力的村民劳务输出，鼓励村民重视产业，敢于创业，带动村民经济稳定高速发展，胜利村已实现道路覆盖、电网覆盖、产业覆盖，饮水工程得到提升并有序地投入使用。2020年9月，胜利村脱贫摘帽。

二等奖

抗贫

滕海平 / 贵港市港北区中里乡人民政府

山乡
在延绵的炊烟里升腾
三千年的人间烟火
春风里期许
秋凉里叹息

走不出的乡井
却也还有花香鸟语
望不尽的山高水长
也还有满院的山娃
和下不完的蛋儿
和哼不老的愁曲儿
山外
大梦无边

山雨
仰望长天的乌云
要沉了这烟村大地

村头一条腿的老五叔
老娘卧床八载
四个娃念学堂
七口人
挤在祖父留下的半堂山房
另一半塌给了岁月

风扫荡整个山乡
老五叔追着屋瓦跌跌撞撞
老五婶奔找着接屋漏的瓦罐
山雨来了
整整下了一天一夜
那半堂山房塌了
严严实实地平躺着

风雨过后
青山云海
村委会挤满了第一天驻村的工作队队员
乡干部和老五叔一家
雨过天晴
挖掘机轰鸣
十天十夜
十全十美
山乡第一栋危房改造生烟了
老五叔老娘大病医疗初愈了
四个娃的"雨露计划"有了
老五叔用残疾补贴在新房边盖了个草棚
养了两头母牛

明年啊
来山乡一起看牛仔

山娃
山娃回来了
提一盏明灯
一把撑过风雨的油纸伞
怀揣乡愁
为世人觅一方山乡净土

他的世界里
雨时有伞
晴时有诗
聚时有茶
散时有酒
只为苍穹里点亮那人间灯火
只为时光里留下一段中华往事

南征北战的洗礼
注定了他向往清淡高雅
躬耕山乡
领一方百姓精耕细作
竹海苍茫穿越千年
迎八方宾客

他只是大山的娃
用生命热情
敬了山河岁月

山风
八千里奔腾而来
灌满了
延绵百数里的莲花山盆地
三月的风啊
吹了稻花
垄上的脚踏水车
已换了蜿蜒八方的水渠
岭上的清晨
沙糖橘的家园
百香果的地盘
一层一层地
吞噬着穷乡僻壤

村头巷尾
线条流畅的水泥路
将山村勾出神采飞扬
那齐刷刷的太阳能路灯
灿若千阳地温暖着大地

帮扶的政策
让孤残和留守成了中央的牵挂
"两不愁三保障""八有一超"
是我们扶贫人的请战书

山风拂面
写在生命里的记忆
是那
坚韧抚平了贫瘠

理念撼动了苍穹
燎火燃烧了青春

扶贫经历：

滕海平，自2016年分管扶贫工作以来，任劳任怨开展工作，用心用情服务群众，带领贵港市港北区中里乡23个村全力以赴进行脱贫攻坚战，实现9个贫困村摘帽出列，1368户6244人脱贫，贫困发生率由原来的8％降至目前的0.2％，赢得了干部群众的良好口碑。2016年和2017年连续两年被评为港北区脱贫攻坚"先进个人"，2018年被评为贵港市脱贫攻坚"先进个人"。

那一丝光亮
——夜访贫困户
黄　荣 ／ 南宁市武鸣区融媒体中心

贫穷，还有那些浸入肌体的懒散
切入光的力量
滚进了泥土房旁那些不规则的石山里

三年前，我们刚来到这里
天空很高，房子很矮
黝黑的石头山，不高不矮
瘦瘦的，却顽强地长出许多绿
三三两两，花朵的摇曳
生发出浅浅的诗意
一条弯弯的泥巴路
把不大不小的村庄分成山里山外
村头在山这边
村尾在山那边

从惊蛰到芒种
正好三个月
你和我，走遍了村里的贫困户
厚厚的笔记本写下了
德材家危房要改造
绍平家女儿要做残疾鉴定

翠花家的儿子上大学，要申请"雨露计划"
十队那口井已经不出水了
人畜饮水要解决
八队的通屯路还是泥土路要争取硬化
村里的集体经济，一穷二白，
要发展，要壮大
解决贫困难题，
就这样在你我心里，扎根

改变贫困户贫瘠的执念
比起肥沃，这些瘦的山，更难一些
于是，芒种过后，端午未到
我们，从驻地出发
暑夏傍晚的小山村，
月亮还未升起
阳光绕过山坳间的缝隙，
散落在村庄屋顶的瓦片上
穿过路上两个嬉戏的少年，
趟过一条小河，绕过三个山梁
来到住房未达标的贫困户黄三哥家
女主人手抓着滴水的青菜，
追赶淘气的小孩子，嘶喊着
男主人的咆哮
仿佛要把煮着玉米糊
热气腾腾的锅盖掀起。
男人的脸，如这一屋子的黑
柴火正旺，
老人被浓烟熏起了眼泪，
咳嗽、叹息。
一条狗，耷拉着，

从床底走到了墙角。

坐在有些摇晃的瓦房下，
三哥目光透过门缝，
望向远处微暗的天空，
暗淡、散漫
我们问了家庭的情况
这一季南瓜的收成
外出打零工的收入
再沿着围墙，查看
那些裂开的缝、松动的横梁
那些透着天空的瓦片
还未解读到危房改造政策
太阳已经彻底掉入山后头
此时，你，打开手电筒
昏暗中，亮起了光
光线刚好足够，照亮
沿着光亮，一字一字向三哥
宣传、解读、计算
光亮下，计算器数字闪烁
看到自己要负担的建房款，数字
变小，再变小
三哥暗淡的眼睛渐渐有了光泽
沿着政策的光亮再解读，
三哥心底的枷锁，
渐渐打开
当数字敲定
三哥连连点头，可以了可以了
今年我一定要把房子建起来
手电筒渐渐暗淡，贫困户心里那几乎熄灭的、

残存的带着阴冷的一丝光亮，
却已经变成一片金黄暖色

当我们走出贫困户家，
门外，月亮正满。

扶贫经历：

　　黄荣，2016年至2018年9月到南宁市武鸣区锣圩镇弄七村挂任驻村工作队队员。驻村扶贫期间，除了做好驻村面上的工作，还负责帮扶两户贫困户。2018年9月至今，任中共南宁市武鸣区委宣传部扶贫工作联络员，继续负责锣圩镇弄七村的扶贫联络工作。

第一书记

管裕森 / 梧州市政府办公室

当晨曦为我披了衣裳时，
一个声音说
"……你该出发了。"
从那天起，
它给了我新的名字。

我唤大山，
它说："用心思量。"
我唤大地，
它说："用脚丈量。"
我唤风雨，
它说："沾湿衣裳。"
我唤老乡，
他们笑意荡漾。
于是，
我记住了，
我新的名字。

月亮做我的提灯，
星光做我的披挂，
多少个披星戴月的日子，
我不敢忘记，

我新的名字。

路通了，
我的茧厚了；
水清了，
我的肤黑了。
山美了，
我的发白了；
我听见，
他们呼唤，
我新的名字。

从沙田到汗池，
从第一年到第八年，
从一届到现在，
我看到，
山笑了
水笑了
他们也笑了，
于是，
我把岁月留下了。

那一刻，
我终于想起，
我新的名字，
我叫
第一书记

扶贫经历：

　　管裕森，2014年受单位委派下村开展扶贫工作以来，历任梧州市藤县塘步镇沙田村、汗池村的第一书记，并先后实现了两村的脱贫摘帽。其间，先后为所在村引进扶贫产业十多个，均取得很好的效益。产业的引进也极大地促进了当地群众就近务工，几个产业基地累计带动贫困户80多人次务工，人均增收8000多元。先后为贫困村争取道路建设项目十多个，累计完成道路建设40多公里，并率先在汗池村筹措资金建起了全县第一个"三清三拆"美丽乡村示范点。

脱贫攻坚组诗（词）

陈志强 ／ 广西壮族自治区人力资源和社会保障厅

谢池春·建档立卡

忧心难眠，建档立卡漫漫。用真心，入户访谈。披星戴月，鸡鸣伴吠犬。有团队，携手克难。

旧桃将换，稻花村里冬寒。莫等闲，家家期盼。广袤天地，脱贫谁无胆。待明日，旧貌新颜。

注：2016年1月6日，小寒，在历经100天精准识别后，各工作队开始进行建档立卡再次入户填表，数据翔实，要求较高，我厅派出后援队协助第一书记开展工作，经常晓出夜返，我因此有感而作。

雨后

在村访民情，娇莺傍人飞。

夏雨风斜斜，四目辨雾霏。

衣单任雨欺，欺雨任单衣。

一朝归去后，难与故人违。

注：2017年5月23日，下村归来，一阵急雨，穿衬衣，骑电车，斜风急雨，戴眼镜，四目朦胧，故颔联化用元稹《虫豸诗·浮尘子》中"病来双眼暗，何计辨雾霏"；东坡先生的《菩萨蛮·回文冬闺怨》说"欺雪任单衣，衣单任雪欺"，但因马山处于北回归线附近，常年无雪、多雨，因此颈联偷改一字；尾联借用孟浩然《留别王侍御维》中"欲寻芳草去，惜与故人违"，孟浩然在归隐前舍不得老友王维，我也准备离任，新华村的老党员、村干部、村民们，何尝不是我的故人？

风入松·别新华①

雄心万丈自请缨，结伴前行。新华扶贫九百日，听多少，雨打窗声。千亩肥田沃土，百垄稻香蛙鸣。

三杯别酒正满倾，足慰平生。千言万语道不明，到如今，功业未成。期盼今年冬至，马山会鼓②佳音。

注：①2018年4月13日，是正式离开第一书记工作岗位的日子，看着打扫干净的宿舍，和下一任第一书记交接完毕，和同志们合影留念，和同志们一一拥抱作别，想到这900多天的驻村工作，百感交集，想到自己做得还不够多、不够好，真心希望新华村在新任第一书记的带领下越来越好。2018年底，新华村通过自治区核验，整村脱贫摘帽，真可谓"会鼓传佳音"。

②会鼓：是马山壮族人民独有的民间活动。2012年，马山县被中国民间文艺家协会授予"中国会鼓之乡"称号。

无题

窗外桃花淡，室内书香浓。

再忆驻村事，情谊满心中。

扶贫经历：

陈志强，2015年10月至2018年4月任广西南宁市马山县林圩镇新华村第一书记。2018年，新华村顺利脱贫摘帽。驻村期间，注重强化党员引领作用，发展两位经济能人入党。2016年，新华村党总支摘掉"软弱涣散党组织"帽子。引导村返乡青年创办本村第一家农民专业合作社，吸收本村4个屯30多户贫困户入社。2017年个人荣获三等功（2014—2016连续三年考核优秀）。

去看一棵小树

黄　咏／南宁市委督查室

往北，到上林县东红村小学
我去看一棵小树
那是一棵在大风大雨中种下的任豆树
生长在石头上
远远地
我看见树的手
伸向天空
深入过去
是盘在石头上的根
展望未来
是钢铁一样坚硬的枝
如山里的小孩
在长高，在长大
我知道
用矿泉水瓶装着清水午餐
正成为昨天的故事
我看见
免费营养午餐
如风一样
飘向八桂大地的每一个角落

往西，到西乡塘区石西村小学
我去看一棵小树
那是一棵普通的扁桃树
当年的小树
已然变成一把大伞
呵护着小孩子
在绿荫中快乐成长
我一边轻抚着手植的树
如抚摸自己的小孩
一边喃喃地说
"长大了"
这时，天空飘过一首歌
让我联想
这里曾经的苦楚
让我想起
这里曾经种下的希望
那是《老人与海》一样的坚毅

往南，到良庆区新团村小学
我去看一棵小树
那是绽放着花的紫薇
在七月的太阳下
像天边飘来一朵紫色的云
让人眼前一亮
我捡起一片黄叶
久久凝视
叶脉千言万语
似乎在告诉人们
这里，曾经是文学的绿洲
这里，曾经是诗人眷恋的地方

我希望，

凡是光和热

能进去的地方

孩子们都能进去

凡是鸟儿能飞去的岛屿

孩子们都能飞去

于是，在七月的太阳下

我对小树说

纵使青丝变成白发

我依然不会懈怠

继续飞舞热情的手

为孩子们迎风送爽

扶贫经历：

　　黄咏，2009年至2010年在南宁市上林县澄泰乡东红村担任新农村指导员，2010年至2011年在南宁市西乡塘区石埠街道石西村任新农村指导员，2013年至2014年在南宁市良庆区新团村任新农村指导员。在东红村担任新农村指导员期间，推动"南宁市贫困县义务教育学生营养改善计划免费午餐"工程启动并向全区推广，解决当地农村学生"吃饭难"问题。

致木榔（组诗）

莫桂兰 ／ 贺州市富川瑶族自治县第一幼儿园

不舍

我想悄悄地离开，
不愿回头看身后的你们……
清风迎来，稻禾摇曳
心像稻浪的跌宕起伏

田边的雏菊艳朗朗地开了，
我多想把你捧回家，
但你应该属于大地。

木榔的清风鸟鸣，
木榔的甘泉鱼跃，
木榔的风土人情，
……

在这，
将留下我的足迹，
和不一样的青春年华。
念你，我的木榔驻村之路。

表白

都怪消息来得太突然。
我已经没有留下的理由，
我只能把你让给了她。
其实，你一开始就不属于我，
但是我更想拥有你久一点，
哪怕一天。
你不知道，你是我儿时的记忆；
你不知道，你是我成长的港湾；
你不知道，你是我故乡的情怀……
从第一天的下乡，
我就对你情有独钟。
我把你当作，生我养我的故乡，
一草一木，
都像极了小时候。
不，我更把你当作我的家人！
感谢你，让我童年往事重现，
你就像我那时的奶奶，
催促我成长，
让我怎能不爱你。

入户（一）

这一次入户，
非同寻常。
您像往常一样拉着我，
聊着过去
白天您在田间劳作，
夜晚您才有空在家。

暗黄灯光
映着粉色的帮扶手册，
我抬起疲惫的头，
热气腾腾的油茶已在面前，
您把最好吃的点心推到我面前，
像推给自己的孩子

合上手册，
喝上一大口油茶，
开始我们的长谈。
您时而欣喜若狂，
时而伤心落泪。
"家家有本难念的经"，
谁又不是呢？

每次离开，
您总是要硬塞点小东西。
说要留给我的孩子。
您还把我送出家门口，
一再叮嘱，骑车要小心。

这一次，
说不出再见，
最后一次以驻村队员的身份走进您的家门。
往后，我想有机会，
定是以家人的身份回去，
看您……

入户（二）

很明显，
他有点不知所措
略带羞涩地把菜挪了挪……
电磁炉上的鸡蛋丝瓜汤，还冒着热气
一碟豆角酸菜
一碗满满的白粥

起身立马再拿过几个碗
非要我们一起共进晚餐
一番推脱
还是盛出一片心意
端起碗
有点沉
酸菜真够味

边聊边感受米粒的清香
谈到家中难事时，倾听宽慰
谈到生活趣事时，欢声笑语
谈到享受政策时，心存感激
您不再那么腼腆羞涩
放开了聊，笑容舒展了

放下碗筷
起身，填写好手册卡表
再一一跟您说明
您脸上泛出了喜悦
是啊，政策好

迎检

花非花
雾非雾
又是一个加班之夜

寒风呼啸，撕打着门窗
屋外的树枝发出求救的声音
哆嗦着身体，迈下台阶
偌大一栋房子，空无一人
神一般的速度，洗漱完毕
哆嗦地钻进冰冷的被窝
时间，已经深夜两点

闭眼，脑海是调皮跳动的数据
再睁眼，把闹钟调到五点半
掐指一算，只有可怜兮兮的几个小时睡眠时间
再闭眼，耳边微信又震动
再睁眼，材料新细节一早要更改……
眼皮睁不开了，不能再见光了
求求你，让我睡觉吧！
顾不上窗外鬼哭狼嚎般的厮杀声
终于闭上双眼，进入梦乡

可是，
梦里还是人物、数据、走访……
闹钟未响
人已惊醒

骄阳下的希望

骄阳似火
按捺不住的蝉鸣
纹丝不动的路边草
热气萦绕的水泥路
走进你，是为你明日的避风港

一砖一木
或从一堆破房瓦砾
或从一摊荒草丛林
开辟出一块新地基
于是，日期定格在那里
众志成城把希望的房屋盖起

一言一行
简单却不失温度
递上凉茶，促膝长谈
加油打气，早日入住
房檐更高了，目标更近了！

抬头仰望
喜悦油然而生
胜过是自己的房屋
屋里人
笑盈盈地走出来
黝黑的皮肤
乐开花的笑容
这次，茶比往常更淳了！

扶贫经历：

　　莫桂兰，2018年8月16日派驻贺州市富川瑶族自治县富阳镇木榔村驻村工作队员，于2020年6月结束扶贫驻村任务。在驻村扶贫期间，走访贫困户、了解村情、上传下达，并按照要求完善各类材料，协助各帮扶人做好入户工作，与村干部团结合作，有序开展村级工作。

写在扶贫路上的赞歌

李可校 ／ 南宁市横县税务局

走着走着
不知不觉就走到了脱贫攻坚的扶贫路上

路，有些泥泞，有些荒芜，有些坑洼，也有
些……灿烂
一路走过了20多年，经历了不少的风风和雨
雨，也经历过不少的弯弯和曲曲
却从没有体会到扶贫路上的沉重与……兴奋
因为
这是党的使命和重托，是人民的呼唤与叮嘱，
是历史的挑战与见证

怀着这种忐忑的心情
走进一个个并不是很平静的家庭
他们，有的重病，有的残疾，有的年老体弱，
有的精神失常，还有一些充满渴望的稚嫩眼眸
他们，是那样的淳朴、那么的善良，虽然身上
的担子很重很重，但他们不会因此而倒下
因为，他们心中有着坚持，有着希望，党和政
府一直都没有忘记他们

寻着那清新而芬芳的泥土气息

走过一个又一个村子和一个又一个巷子

踏上一块又一块荒田和一片又一片花地

渐渐地

芬芳摘进了花篓，荒田变成了金黄，旧房换成了新房，乡村改变了模样

看着一张张充满幸福的笑脸

他们，不再担心没钱治病，不再担心供不了孩子读书，不再担心生活没有着落

一路走来，有着不少的艰与辛，流了不少的血与汗

跌倒了再爬起来，病倒了也要挺过来

无论有多难、有多苦，我们都不怕，只有看到老百姓摆脱了困境，心中才能有所踏实，心中才能感到收获，心中才能放下牵挂，人生才能因此而圆满。

扶贫路上，每一个扶贫工作者都留下了平凡而又不平凡的足迹，这是我们的职业，也是我们的使命，更是我们为党和人民作出的最真诚的承诺。

扶贫经历：

李可校，2016年参加扶贫工作，在2个乡镇担任过驻村（镇）工作队队员，帮扶过的贫困户有20户71人，2019年负责帮扶的贫困户全部实现脱贫。在4年多的扶贫工作中，积极深入村屯，深入群众，帮扶指导脱贫攻坚和乡村振兴工作。2019年所驻村屯一名贫困户先进典型得到上级的肯定和推广。

我依然记得你

陆文清 ／ 广西科技师范学院

也许多年以后我已记不起你的名字
但我依然记得你在扶贫路上奔忙的影子
金色的田野
逶迤的青山
还有那灿烂的笑脸
洒满汗水的足迹

也许多年以后我已记不起你的样子
但我依然记得你用爱播种后结出的果实
流淌的小河
丰收的喜悦
还有那质朴的乡音
亲如一家的情谊

驻村的日子里
你曾惦记的每一个乡亲
其实都在心里给你腾出了一个位置
你用脚步一回回丈量的那一片土地
已然成为小小村落最温暖的回忆
时光荏苒像流水匆匆离去
而你早已驻扎在我的心底
梦里也甜蜜

冬去春又来
也许彼此不再相遇
回首凝望
我依然记得你
梦里也甜蜜

扶贫经历：

　　陆文清，2015年10月至2018年4月任来宾市武宣县东乡镇河马村驻村第一书记，驻村工作期间，按当地政府的部署完成各项工作任务，同时创新开展评选"好媳妇""书香之家""创业模范"等活动；所驻村屯先后获得广西"特色文化名村""绿色村屯"和"四星级乡村旅游区""中国美丽休闲乡村""全国示范农家书屋"等称号。本人被评为来宾市2016年度五星级贫困村党组织第一书记、来宾市"美丽广西"乡村建设（扶贫）优秀贫困村党组织第一书记。

精准扶贫组诗

罗华林 / 广西艺术学院

山路上奔波的身影
——致敬奋战脱贫攻坚第一线的村干部

村里的老百姓，
个个都尊敬你，
走村串户，脚步不停，
调查着村情民情。
山路上看你，奔波的身影，
只盼那乡亲，笑脸来相迎！
啊！乡亲！笑脸来相迎！

脱贫攻坚的路上，
都把你当成兵，
服从领导，听从指挥，
奋不顾身要拼命。
山路上看你，奔波的身影，
只盼那乡亲，致富又脱贫！
啊！乡亲！致富又脱贫！

家中的妻儿女，
是多想亲近你，
才拿起饭碗，又有民情，

放下碗筷向前进。
山路上看你，奔波的身影，
只盼那乡亲，家和万事兴！
啊！乡亲！家和万事兴！

夜深人静的梦里，
你才是个老百姓，
有喜怒哀乐，也有感情，
也多想一家人亲。
山路上看你，奔波的身影，
只盼那天下，国泰民安心！
啊！天下！国泰民安心！

啊！我的乡亲！
脱贫攻坚，乡村振兴！
啊！我的乡亲！
你不忘初心，牢记使命！
啊！我的乡亲！
山路上看你，奔波的身影，
中国梦里，永远有你，美丽的身影！

伞
——扶贫艰辛自勉

做人，
要像伞，
放得开，
收得拢，
能撑起一片天，
能立稳一块地，

经得住风吹雨打，
笑迎阳光灿烂。

选派欢送下村

精准扶贫形势严，第一书记冲向前。
教师本在象牙塔，投身基层来锻炼。

那王屯入户精准识别

崎岖山路陡峭坡，心里有苦也不说。
兢兢业业教师本，岂能基层把它脱。

那贯屯入户精准识别

教师村干转变快，村民不语拭目待。
村屯当作三尺台，扶贫政策讲解来。

完成建档立卡

辛苦奋斗三个月，识别建档没日夜。
摸清农户穷家底，帮扶项目才好列。

参加东凌镇产业植树活动

丢下画笔和教鞭，挥锹抡锄在春天。
合力种下山楂树，期盼增收万万千。

考察桑苗基地

今日勘地到新屯，跋山涉水抖精神。
种桑养蚕建基地，易种好管促脱贫。

桑苗逢喜雨

东凌烟雨一夜情，孕育桑苗诞新屯。
种桑养蚕建基地，产业扶贫我看行。

下村运送种植桑苗

初夏烈日如烧窑，汗滴黄土可浆苗。
辛勤劳作苦不怕，期盼桑蚕吐金条。
田间地头处处忙，怎奈腹中有饥肠。
寻路过桥农家坐，白粥面条也逍遥。
家常便饭果足腹，满血复活战土壕。
本想日落荷锄归，大雨倾盆屋檐逃。
电闪雷鸣狂风作，山洪汹涌淹石桥。
玉帝下旨风雨收，日落西山漏斜阳。

种桑养蚕艰辛路

产业扶贫要实干，种桑养蚕路漫漫。
辛勤期待回报时，吐出银丝千万贯。

首批蚕苗吐丝结茧

种桑养蚕首成功，一路走来不轻松。
千难万险众人除，产业扶贫道路通。

产业扶贫

春风总多情，云雾锁东凌。
雷鸣酥雨下，土润万物兴。
田间地头看，种桑养蚕行。
产业八方助，脱贫攻坚赢。

记结对帮扶户

坡洞屯里罗显观，支书助力养羊欢。
黄姜种下猪圈起，外推内动穷根端。

鸿雁南归思乡情

秋风夜袭晨露白，天凉鸿雁渐归来。
捎带北方慈母信，决胜脱贫把家还。

精准扶贫到东凌一周年有感

去年今日到东凌，佩戴红花来扶贫。
时光匆匆转眼过，与日俱增乡土情。
绵薄之力尽献上，众人拾柴火不停。
外推内动齐努力，脱贫攻坚必定赢。

徒步坡洞屯入户

翻山越岭把河过，结对帮扶羊圈坐。
认真念好惠农经，掌握政策路开阔。

徒步下村遭遇

清早徒步下村好，秀色可餐不觉饱。
跋山涉水看桑苗，入户又见羊不少。
主人不在门前坐，闻知上山摘八角。
小黄汪汪渐觉累，呼呼大睡地上倒。

下村遭遇狗将军

进屯忽见忠犬卧，威如将军把阵坐。
狭路相逢勇者胜，自叹不如绕道过。

徒步下村多秀屯

惊蛰酥雨甜，农耕不等闲。
牵挂村屯里，行走山水间。
牛羊来带路，春花映眼帘。
徒步劳筋骨，逍遥赛神仙！

周末往返颠簸感想

精准扶贫在东凌，班车颠簸火车行。
海报刚做背行囊，风尘仆仆离南宁。
草枯枫红秋意浓，牛肥稻黄丰收景。
奔波劳碌尽人事，只盼脱贫攻坚赢。

扶贫经历：

　　罗华林，2015年10月至2018年4月，担任百色市德保县东凌镇新屯村驻村第一书记。带领新屯村2016年顺利实现整村脱贫摘帽，新屯村党支部获评全区五星级基层党组织，新屯村荣获百色市第八批文明村镇。个人荣获全区优秀贫困村党组织第一书记、百色市群众满意的第一书记、德保县及东凌镇优秀第一书记等荣誉称号。

我们是驻村队员（外二首）

李绍华 ／ 南宁市高新技术产业开发区信息中心

从城市来到偏远的山乡
一步一步把这里的细节丈量
村坡上安家小路上奔忙
我们是驻村队员
汗水洒落在田间地头
用真心拥抱山村的梦想

把土地的冷暖记在心上
一天一天奔向美丽的远方
岁月中磨砺霜雪里坚强
我们是驻村队员
情感倾注给父老乡亲
用汗水滋润大地的希望

把滚烫的初心装在胸膛
一心一意把乡村的明天点亮
风雨里耕耘　阳光下成长
我们是驻村队员
智慧奉献在原野山冈
用青春唱出时代的向往
逐梦为马　脚步铿锵
乡间路上一样宽广康庄

不负韶华　阳光明亮
城乡携手同唱幸福小康

驻村队员

说我是干部
更像庄稼汉
喝的是山泉水
吃的是农家饭
刚出张家门
又进李家院
想的是致富策
情系着千家暖

朝在垄上走
身披星光还
百姓的苦与乐
点点记心间
修通致富路
建起幸福园
村民生活有保障
不愁那吃和穿

驻村队员　驻村队员
小小的芝麻官
重任担在肩
携手奔小康
不辞苦和难
立下愚公移山志
不拔穷根誓不还

驻村队员　驻村队员
干的是平凡事
大爱天地间
汗水洒村寨
青春谱诗篇
撸起袖子加油干
定教乡村换新颜

小康路上大步走

离开老家的时候
几多悲喜心中留
低矮破旧的小土屋
装载多少忧和愁
告别山沟沟
住进小洋楼
新房新村新生活
日子从此有奔头

赶走贫穷和落后
灿烂阳光照心头
春风化雨好政策
还有一双勤劳的手
来到新天地
田野铺锦绣
好山好水好梦圆
小康路上大步走

一个也不少
幸福生活共追求

天南地北手拉手
小康路上大步走

扶贫经历：

　　李绍华，2019年11月至2020年1月，到南宁市西乡塘区金陵镇南岸村开展驻村扶贫工作。驻村期间，协助第一书记和村"两委"开展工作，走村串户了解情况，开展村容村貌整治，整理工作台账，帮助贫困户开展特色种养工作，发动民盟西乡塘基层委员会开展助力扶贫攻坚活动。

三等奖

白露的路

李　鑫 ／ 柳州市柳北区白露街道办事处

在这片土地上
我们都是白露人
有一条我们曾走的路
路上有夙兴夜寐的白露村民
路旁有星罗棋布的田地鱼塘
一条蜿蜒在白露村里的老路
沾染白露人辛勤的汗水
散落在生活的曲折

在这片土地上
我们都是白露人
有一条我们刚走的路
路上有勤恳务工的白露村民
路旁有精耕细作的白露村民
一条蜿蜒在白露村里的脱贫的路
汇聚白露人共同的力量
支持着生活的温暖

在这片土地上
我们都是白露人
有一条我们在走的路
路上有入户随访的家庭医生
路旁有放学归家的儿童少年
一条蜿蜒在白露村里的政策的路
传递白露人互助的精神
一直在生活里流淌

在这片土地上
我们都是白露人
有一条我们正走的路
路上有川流不息的工程机械
路旁有拔地而起的回迁小区
一条蜿蜒在白露村里的改造的路
凝聚白露人不懈的努力
建设起生活的家园

在这片土地上
我们都是白露人
有一条我们将走的路
路上有比肩继踵的白露居民
路旁有鳞次栉比的三产商铺
一条蜿蜒在白露村里的幸福的路
寄托白露人幸福的生活
承载着美好的憧憬

扶贫经历：

　　李鑫，2018年10月到柳州市柳北区白露街道白露村担任驻村工作队员至今。工作期间扎实做好驻村工作，依托村"两委"班子，团结带领农村党员干部群众，扎实开展"八九不离十"工作，加强与贫困户沟通交流，加强政策宣传和引导，认真做好推动精准扶贫、推动乡村振兴、坚强基层组织、为民办事服务、提升治理水平等五项重点工作内容。2018年、2019年工作组获柳北区脱贫攻坚优秀工作组称号。

第一书记

戴永玖 ／ 中共东兴市委员会组织部

怀揣朝阳
从那遥远的地方而来
不渝铸乡间
从此
田间地头忙

游走乡间
习惯了笔杆的细
绘就脱贫攻坚的蓝图
涉水跋山
搭桥修路
都把你的意志
讴歌成百姓的幸福村庄

敝庐换新颜
五谷丰登旺
岁月证明你的影
乡亲见证你的情
你把对美好的期望留在这里

胜利已有了答案

而在这山花烂漫之时

你却

只欣慰，无奢求

扶贫经历：

　　戴永玖，2018年3月被选派到防城港市东兴市江平镇吒祖村担任驻村第一书记。驻村以来，紧紧围绕脱贫攻坚（乡村振兴）目标任务，致力于提升党组织战斗力，认真履行驻村工作职责。2019年吒祖村贫困人口在现行标准下全部实现脱贫，村集体经济实现倍增。

青春汗水挥洒在扶贫路上

王鹏飞 ／ 北海市城市绿化管理站

我们——作为平凡的驻村工作队员，
在生命中最灿烂的年华，
坚定地响应党和国家的号召，
全力以赴投身到脱贫攻坚事业中来。
当离开了喧嚣繁华的城市，
走进扶贫第一线合浦县石康镇水车村，
才真正理解"脱贫攻坚"这四个字沉甸甸的分量。

我们——作为平凡的驻村工作队员，
深感肩上的重大责任与使命，
既是点亮帮扶对象对生活的希冀和斗志，
也是打下水车村脱贫致富奔小康的牢固根基。
通过研究落实党中央的一系列扶贫政策，
深入走访每家每户调查民情了解民意，
"望闻问切"找准症结开对"治贫良方"。

我们——作为平凡的驻村工作队员，
两年扶贫时光不知留下了多少青春的汗水，
印在眼眸的是水车村焕然一新的巨大改变，
60多盏新装的路灯让村民心里亮堂堂，
生活垃圾有序分类处理助力"美丽乡村"建设。
果蔬大棚合作社及花卉苗木繁育拔地而起添绿色，

农贸市场与水产养殖等多个项目规划建设。
20万的年收入印证着水车村发展模式步入正轨，
村集体经济呈现自主经营、出租入股等多元化方式。
39户贫困户实现高质量脱贫，
帮扶对象破除"等、靠、要"依赖思想，
树立主动参与、合作分红、劳动致富观念。

我们——作为平凡的驻村工作队员，
勇挑重担走到扶贫第一线，
践行了"扶产业摘穷帽，固基层拔穷根"的新理念，
创新了"党支部+合作社+基地+贫困户"的新模式。
发扬吃苦耐劳的精神，
立足本职凝聚各方力量，
将我们的青春奉献给困难群众，
全力打好脱贫攻坚战。

扶贫经历：

　　王鹏飞，2018年3月至今任北海市合浦县石康镇水车村驻村工作队员。严格按照脱贫攻坚（乡村振兴）工作队员的职责和任务要求，协助驻村第一书记及村"两委"做好各项扶贫工作，参与建设与管理的产业扶贫基地被列为现场教学主要的参观示范点。2019年水车村村集体经济收入达21.65万元，39名贫困人员实现高质量稳定脱贫。该村被评为"五星级党组织""文明村庄""远程教育学用示范基地"。

感谢一路有你
——致敬扶贫一线的工作队员
宋庆临 ／ 贵港市港北区人民检察院

有一种逆行是
你往城市走
我朝乡村行
这边有组织的召唤
那边是父母妻儿的不舍
没有豪言壮语
一张任命书
简单的行囊
割舍了家庭的温馨
选择对初心的忠诚

你的日记
记录了你驻村的点点滴滴
烈日烘烤的季节
挥汗穿行访民情
问计于百姓
努力"造血"
寒风凛凛的日子
在乡间田里

丈量土地
落实"精准"
你自己也记不清
多少个不眠的日夜
校对了多少数据
整理了多少台账

扶贫路上
泡面是你的家常饭
挎包和草帽是你的标配
你咬定目标
不怕艰难险阻
风雨兼程
苦干实干
措施落地见实效
让每一户贫困家庭感受到了党中央暖暖的关怀
你像一个善战的士兵
肩扛脱贫攻坚的大旗
吹着必胜的号角
打赢了疫情防控和脱贫攻坚两场硬仗

你如一缕春风
唤醒了村民心田的种子
你如一抹阳光
温暖了这片荒芜多年的土地
你像老黄牛般
但问耕耘
任劳任怨

你努力的样子真美
如同你恪守的诺言
在这片原本贫瘠的土地上
落地生根
开花结果

看呐
昔日的贫困落后
如今的村兴民富
八桂大地
瓜果飘香
稻香鱼肥
水更清了
天更蓝了
尽显盎然生机盎然

采得百花成蜜后
为谁辛苦为谁甜
中央的决策英明决策
你的负重前行
换来百姓的岁月静好
苍白的言语
无法表达内心感激之情
道一声
感恩共产党
感谢一路有你

扶贫经历：

　　宋庆临，2014年至2015年担任贵港市港北区武乐镇长城村"美丽广西"乡村建设（扶贫）工作队员，曾荣获贵港市"美丽广西"乡村建设（扶贫）工作先进个人称号。认真学习新农村建设相关政策制度，注重实地走访调研，深入群众摸排了解村情民意，依托"三帮三扶""一村一检"活动为平台，积极开展新农村建设，协调自治区人民检察院党组和有关部门支持资金4万余元解决长城村购买垃圾车、修建村级公路和群众文化活动中心等基础设施问题，为改善长城村群众生产生活条件、创造良好人居环境作出了贡献。

太平镇脱贫攻坚记

陈群林　张　伟 ／ 广西幼儿师范高等专科学校

革命老区太平镇，过去荒凉又贫困。
育儿也难求温饱，更加别提上学校。

房子泥土来建造，远看一片茅草房。
如遇雷雨来洗礼，家里变成养鱼塘。

山水迢迢雨蒙蒙，情系老区在心中。
村民世代走小路，背着背篓赶圩场。

幼师驻村书记多，精准扶贫送下乡。
脱贫攻坚贵精准，进屯入户遍访忙。

广西党委下决心，穷则思变路先行。
整合交通投资大，致富道路人安宁。

党建引领促脱贫，吃穿不愁三保障。
深度贫困攻坚战，党员带头啃骨头。

昔日小路绕山边，下雨路滑又艰险。
如今水泥来铺路，金光大道党支援。

危房改造村变样，家家房屋亮堂堂。
平果脱贫攻坚战，先把基础设施建。

山寨瑶村路羊肠，贫穷落后又荒凉。
吉祥如意平地起，易地搬迁斩穷根。

第一书记当头雁，村屯公路紧相连。
硬化屯路通山外，车辆人行交通便。

医疗保障"一九八"，饮水安全群众夸。
送教送医好政策，群众获得真正好。

义务教育零辍学，广东广西联防控。
特殊教育进村里，送教上门师资强。

"八有一超"任务重，收入达标最为要。
就业创业提收入，以奖代补产业忙。

发展产业"三加一"，还有县级"五加二"。
内培致富带头人，外引良种户户忙。

桑树种植满山坡，蚕房座座紧相连。
农民高兴心中喜，福满园来唱歌赞。

脱贫攻坚成效高，感谢党恩最重要。
歌唱党的政策好，会议精神要记牢。

幼师领导觉悟高，领会脱贫精神早。
广西幼师好干部，脱贫帮困到农户。

集体经济发展难，人民群众有不满。
第一书记有办法，发展经济解民难。

因地制宜短平快，满山种桑建蚕房。
肉鸡蛋鸡吴茱萸，桑枝瘦身鸡满园。

脱贫攻坚虽艰难，幼师书记要争先。
撸起袖子加油干，不拔穷根誓不还。

扶贫经历：

陈群林，2016年3月至2018年到百色市平果市太平镇旺里村担任"美丽广西"乡村建设（扶贫）工作队员，2018年任期结束后担任该村第一书记，五年来，带领旺里村从深度贫困村到2019年整村顺利脱贫，贫困发生率从原来的42.85％下降到2019年底的0.78％。为旺里村实现新建一栋文化楼、两个舞台，硬化四个篮球场，申请五个农民合作社，所有屯道路硬化，集体经济从无到有，建成种桑养蚕、种植吴茱萸、养殖桑枝生态肉鸡和蛋鸡，2019年实现村集体经济收入22.4万元。带领旺里村党总支部2019年获得平果县先进基层党组织，2020年旺里村获得文明村称号。

赞塘岭

罗浩文 / 来宾市中级人民法院

竹板一打响四方，走上台来赞家乡。
大美塘岭好风光，经济腾飞谱新章。
各位父老和乡亲，见到你们格外亲。
今天塘岭开晚会，个个都有好心情。
舞台落成真高兴，四面八方都欢迎。
唱歌跳舞乐不尽，还有快板表心情。
如今塘岭变化多，塘岭村民好生活。
千居楼房一栋栋，家家房屋亮堂堂。
如今塘岭变化大，扶贫政策成效高。
革命老区塘岭村，过去贫穷又荒凉。
如今塘岭变化多，村民生活好欢乐。
金光大道党指引，建了舞台又建房。
精准扶贫送下乡，移民工程横山置。
硬化路面通山外，山清水秀好地方。
帮扶干部辛苦多，走村入户查生活。
特困贫穷都帮助，扶贫工作管的活。
精准扶贫攻坚战，主席为民排忧难。
为民打造好前途，铺开生活幸福路。
打好扶贫攻坚战，不忘初心记使命。
双脚踏上幸福路，圆我中华腾飞梦！

扶贫经历：

_____

　　罗浩文，2018年4月被派驻到来宾市忻城县马泗乡塘岭村驻村。驻村以来，入户了解贫困户的真实具体情况，宣传扶贫政策，帮助贫困户解决实际困难，积极申请项目资金，带领全村群众大力开展脱贫工作，发动贫困户大力发展育肥牛、种糯玉米、种百香果、种养桑蚕等产业。贫困发生率大幅下降，投入项目建设41个。

红衣行

刘科晖 / 柳州市柳北区科技局

冷风穿墙过，石屋炭火摇，
薄裘难抵寒，紧裹几重重。
病妇神无光，其夫心悲恸。
医住暖温饱，相望皆是空。
雨密密、风萧萧，屋门外客敲。
主家心疑惑，何人访深宵？
咿呀开门声，村委干部到。
手执记事本，身着短红衣。
寒暄问候语，落座入主题。
一问住安居，凛冬可挡雨？
二问身上暖，年关有新衣？
三问口中食，缸中存米粒？
四问日常需，水电能自给？
五问意外事，家人曾患疾？
六问儿女育，读书可依制？
夫妻两相望，忽而垂泪滴。
患病两三年，贫苦不知期。
借住简陋屋，居无立足地。
馀者勉可持，久病难自医。
长贫难常顾，无人可靠依。
听罢轻叹息，干部低声语。
留下慰勉言，红衣转身去。

沟通远近亲，访谈隔壁邻，
人人均肯定，句句皆实情。
村镇群商讨，方案初落定。
住建兴土木，民政保助金。
卫计销医费，压力骤减轻。
捐衣送家具，帮扶献爱心。
入住新居室，着上暖心衣。
门庭有暖色，曙光望可期。
翻天覆地变，扭转有红衣。
老乡齐口赞，村民亦感激。
微风拂面过，红衣春花粘。
驻村扶贫路，来回有经年。
百姓无小事，乡民心手连。
贫富无差别，死生有尊严。
出征宣誓时，十万大山前。
君不见，乡间路，红衣守一线。
待至收官日，回家再相见！

扶贫经历：

刘科晖，2018年3月至今任柳州市柳北区长塘镇黄土村驻村工作队队员，认真贯彻落实各项扶贫政策，截至2019年全村贫困户10户31人全部脱贫，每户均有劳力外出务工并通过发展家庭种养产业保证长期稳定收入，三年间村集体经济收入均在30万以上并保持稳定增长，协助实施黄土村饮水工程，全村农户接通城市管网用上了自来水。

大国小康（组诗三首）

黄　劼／中共广西壮族自治区委员会自治区
直属机关工作委员会

这一个大国来自东方
上下五千年不同凡响
天天都在创造奇迹
招引天下惊叹的目光

每一个窗口写满阳光
每一个酒碗都在飘香
每一条路上洒落笑声
大国今天迎来小康

大国小康
只有自信的大国　才能决胜全面小康
大国小康
只有奋斗的大国　才能圆就幸福梦想

村里老支书

你的脚步已经有些迟缓
但还一直走在群众的前面
你走村入户苦口婆心
磕磕绊绊是家常便饭

经常也会受些委屈
可你总是露着笑脸
老支书　村里老支书
你把全村都揣在心里
却给自己留下了苦寒

你的头发已经有些花白
但你还有挑担负重的双肩
你面对眼前的大石山路
一步一步迈过难关
你是个农民所求不多
只盼乡亲不愁吃穿
老支书　村里老支书
你把欢笑送给了大家
却把艰辛留在了身边

我也想

我也想花前月下诉说衷肠，
我也想逢年过节看看爹娘，
我也想三五好友喝点小酒，
睡到自然醒一觉到天光。
啊，既然责任扛在肩上，
就要把这一切暂放一旁，
走进大山播放春光，
让这里从此不再寒冷　不再荒凉

我也想世界各地到处走走，
我也想陪陪孩子公园逛逛，
我也想电影院里欣赏大片，

让美丽心情如花绽放。

啊，既然责任扛在肩上，

就要把这一切暂放一旁，

走进大山播放春光，

让这里从此水绿山青，收获梦想

扶贫经历：

　　黄劼，2018年到百色市田东县印茶镇龙贵村担任驻村第一书记，舍小家顾大家，一心在村里扶贫"走亲戚"，村里孩子们称他为"黄书记爷爷"，事迹被区内外多家媒体宣传报道。2018年，其担任驻村第一书记的龙贵村被百色市评为"四星级"党组织和"治理有效红旗村"。2019年个人被评为广西"八桂最美退役军人"。

青春奔跑在脱贫攻坚路上

谈　杰 / 中共广西壮族自治区委员会自治区
直属机关工作委员会

那蜿蜒曲折的是，
千百年奔腾不息的右江。
用甘甜的乳汁哺育了英雄的人民，
连绵不绝的是，
万古长青的苍翠群山。
挥舞壮硕的臂膀托起了初升的朝阳。
清澈嘹亮的渔歌，
唱出两岸的美好憧憬。
芬芳扑鼻的硕果，
映衬奋斗的青春靓影。

逼仄坎坷的小巷里，
依然回响着伟人的声音。
炽热通红的篝火旁，
仍旧燃烧着革命的激情。
车痕累累的石板上，
峥嵘岁月岂能难忘。
细雨飘过土瓦泥墙，

青年的视线凝望着远方，
在脱贫攻坚的征途上
按下人生的快捷键。

领袖的召唤，
时时激荡在心中。
冲锋的号角，
再次吹响在耳畔。
年轻的肩膀，
定能扛起新时代的使命担当。

牢记前辈的谆谆教诲，
不忘红旗下的铮铮誓言。
为了乡亲的淳朴笑颜，
岂问前路荆棘重重。
但求热血铸芳华
尽管青丝染白尘，
不负锦绣书年华

遥想全胜收兵时，
登高眺望，
天高云淡，
丹桂留芳。
笑看两岸山谷稻浪起伏。

扶贫经历：

　　谈杰，2010年3月至2011年3月，派驻河池市罗城仫佬族自治县乔善乡古金村担任社会主义新农村指导员，开展扶贫工作。2019年5月，再次派驻百色市田东县印茶镇立新村担任党组织第一书记，开展脱贫攻坚工作。曾被自治区党委组织部、农业厅、扶贫办等部门授予"优秀社会主义新农村指导员""先进扶贫工作者"等荣誉称号。

瑶山，感恩之梦（外一首）

黄显刚 / 贺州市平桂区第三中学

瑶山，又一个清晨
您与我们在校园相见
笑脸、花朵、五星红旗
交相辉映，融为一片
而助学车身后绵长的鹅卵石小径
通向旭日，拥抱蓝天

您让我们重新骑上骏马
尽情地驰骋在书山
您让我们又能划起小舟
勇敢地在学海中扬帆
琅琅读书声应和鸟儿的欢唱
清风散发着一股股开春的香甜

清泉石、独木桥、吊脚楼、黄泥茅屋
到处留下恩人的脚步
恩人遍洒的甘霖
让瑶山四季芬芳，硕果起舞
篝火升起、暖意融融
升幡、铜铃舞、刀梯百步
七彩霓裳伴随着锣鼓唢呐笛音
诉说着恩人遍洒甘霖的一幕幕

甘霖，洗涤着一方水土
幼苗开始成长为一棵苗壮的大树
甘霖，滋润着朵朵花儿
瑶山再一次展现蓬勃昂扬的风度
人们幸福地吟唱着生活的甜蜜
载歌载舞

寂静的月夜
淙淙流水诉说着古老的传说
孩子们渴求知识的眼睛
如同天上的星落
灯光映入湖面
我仿佛看到天安门倒映在粼粼水面
就一刹那，发现美
如同梦幻王国里公主手中的海螺

如果可以
我愿化身为一粒种子
将来变成参天大树
留在家乡的美丽山水里
为家乡呼唤出春天般昂扬的绿意

寻梦，我和你
瑶山，感恩之心曲
仿佛天籁之音
在心灵深处唱起、唱起……

春苗

美丽的晨曦
照亮了希望的大地

一个个活跃的班级
传来的读书声整整齐齐
一个个可爱的孩子
绽放甜甜的笑语
每个人的心里
都燃起了扬帆的动力

助学的上级
撒播一粒粒种子，装饰希望的土地
扶贫的书记
满舀一瓢瓢泉水，浇灌茁壮的雏菊
巍峨的山脊
翠绿的田基
党的春风早已，吹绿了祖国大地
孩子们的脸上，写满真挚和欢喜
所有人的心里，都满怀欢呼与感激

和煦春风带来浓烈春意
一只只小荷尖尖的角儿悄然独立
从家乡的池塘中探出眼耳
孩子们重新哼唱歌曲
梦想的萤火虫再次飞翼
掠过云彩飘过大地
穿山而过衔水而去

数不尽天上的星棋
是孩子渴求的飞船仪
一座座航海明灯直立
是党温暖而厚实的福利
在孩子们心灵深处绽放、美丽……

种子，一粒接一粒
这是助学的播种车
一点点汇集走起
只要在心田打开了憧憬的书籍
就会有一辈子幸福的回忆

万物复苏如同奔腾的马驹
展露一片春的气息
春雨轻轻地
滋润了新翻的土地
小树苗茁壮成长，

乡村城市惠民普及
无论南北东西
引领着众多莘莘学子
把祖国建设美丽
无论何时无论何地
都不能忘记
——那些曾经"播种施肥"的恩义……

扶贫经历：

黄显刚，2018年6月至今在贺州市平桂区沙田镇新民村担任驻村工作队员，2019年底该村贫困发生率从46.75％降至9.39％，除了贫困发生率未达标以外，"十一有一低于"其他指标全部达标，脱贫攻坚工作取得了阶段性胜利，得到领导和村民的一致好评。2017年，荣获"广西道德模范"提名称号；2018年，被评为"全国向上向善好青年"。

驻村第一书记的扶贫（组诗）

罗阳安 / 崇左市扶绥县工商业联合会

渡

你在那边
我在这边
我们之间隔着一条深沟
我向党旗立誓
愿以此身化桥
度你脱离贫苦

画

在党的百宝箱里
我只拿了一支画笔
在田间地头
街头巷尾
不分白昼
风雨不改
以青春为墨勾画着你的梦想

护花

你是一朵盛开的无名花

在十九大的春风里
享受阳光雨露
我是你的护花使者
为你挡风遮雨
保驾护航
让你的理想之花永不衰败

牵手

经组织安排
我们喜结连理
我没有三媒六聘
更无八抬大轿
只有一颗向着美好憧憬的心
且愿意牵着你的手在党的指引下
走上脱贫致富的道路

奉献

这一路走来
我们的队伍保持阵容
精神饱满
慷慨激昂
没有因艰苦而临阵脱逃
有的人说我们是新时代的战士
在新冠病毒防疫战里
随时随地看到我们队伍的身影
组织群众开展抗疫阻击战
有的人说我们是"最可爱的人"
舍小家顾大家

义无反顾

不怕牺牲

黄文秀、黄景教……

他们为党的事业

人民的幸福

献出宝贵的生命

他们是我们队伍中的模范英雄

他们就是我们

我们也是他们

在脱贫攻坚的道路上

我们时刻保持

"不忘初心、牢记使命"

用党的光辉照亮群众的心房

用党的情怀温暖群众的生活

用党的信念谱写人生的乐章

扶贫经历：

　　罗阳安，2018年4月至2020年4月，派驻崇左市扶绥县山圩镇那任村担任党支部第一书记。自驻村工作以来，紧紧围绕精准扶贫中心工作，牢记第一书记"抓党建、促脱贫"的责任和使命，坚持用情走访农户，用心服务群众，千方百计谋发展，多措并举做实事。在全面走访掌握村情的基础上，从建强基层组织、推进精准脱贫、发展本村产业入手，带领群众克难奋进，使那任村的产业发展、村情村貌得到改观，民生保障有所提高，逐步形成和谐稳定新局面，树立了驻村第一书记的良好形象。

鼓足干劲　共建小康
——"决胜小康　奋斗有我"主题诗歌
韦童章 / 广西北海工业园区管理委员会

一、精准识别

听！

飞鸟出茂林，欢声啾啾；

清风拂翠竹，摩挲簌簌；

绿水绕山村，细流潺潺。

看！

红日初升，照亮了众人的脸庞。

来回奔走的，是驻村扶贫的工作队；

荷锄归来的，是早起耕作的劳动者；

追逐欢闹的，是赶往学堂的孩子们。

村落间，

工作队员不惧风雨，

白天入户，收集生产生活信息；

夜晚挑灯，整理分析致贫原因。

他们精准识别、挂图作战，

因村、因户、因人施策；

他们攻克贫困的信念坚定，

不获全胜、绝不收兵。

田地里，

群众跟驻村工作队熟了起来，

听他们宣传政策，
向他们反映情况，
同他们谋划发展。
播种耕耘仍旧，
但这一次，他们充满信心。

学堂上，
孩子们专注凝思。
他们勤学刻苦，
他们就是希望。

二、精准帮扶
希望不能寄托于"等靠要"，
工作队铆足干劲，
第一书记带头拉项目。
修通干道、机耕路，
种养项目惠农户；
医疗卫生大服务，
小额信贷找门路。

利好政策纷至沓来，
农村党员干劲十足。
机械干不到的地方，
是党员带头，
扛着镰刀锄头就上，
清除了拦路的树根杂丛。
发展壮大集体经济，
是支部书记领路，
以自有产业为基础成立合作社，
让利分红，
带动贫困群众。

于是，
泥巴路变水泥路，四通八达；
农产品成抢手货，产销两旺；
听诊器到家门口，看病不愁；
贫困户当小股东，利润分红。
生产生活条件不断改善，
群众日子越来越有盼头。

教育扶贫也没落下，
学校扩建了图书馆，
请来了新老师，
购进了多媒体教学设备，
孩子们的阅读丰富了、视野拓宽了、志向更大了。

三、全面小康
千里之外，
毛南族同胞整族脱贫，
鼓舞了小山村。
大家昂首朝着全面小康的目标走去。

村东头的李伯住进了新房，
大门贴着对联：
入驻新宅幸福生活万年长，
新居落成感谢共产党恩深。

村南边的三弟考上了985，
给学堂里的孩子树立了榜样。

西面的王叔搭建了大棚和猪圈，
扩大规模、多样种养，生态循环。

北村张老太评上了低保，
老有所养，病有所医。

现在，
山村里不只有自然的律动，
还有勤劳致富的干劲，
民族复兴的梦想。

再听！
清晨，教室里书声琅琅；
日中，号角声铿锵有力；
傍晚，广场乐婉转悠扬。
再看！
春风起耕牛遍地；
夏日里栉风沐雨；
秋叶落满载而归；
冬雨中俱庇严寒。

扶贫经历：

　　韦童章，2015年10月至2018年4月，任北海市合浦县常乐镇中直村驻村第一书记。亲历精准识别、精准帮扶工作，为中直村协调投入超1000万元的土地整治项目，实现13个自然村全部通抵水泥路，总里程约10公里；水渠三面光建设约13公里。发挥党员先锋带头作用，成立种养合作社，吸纳43户贫困户入股，并争取到了200万元财政奖补资金，发展产业辐射带动脱贫致富。

党的扶贫政策如春风

原连辉 / 来宾市武宣县二塘镇农业农村综合服务中心

外面是百花盛开，繁华盛世
你却独自蜗居在家
抱怨着命运不公让你残病相连
不要悲伤
请你相信
纵然我们无法改变上天的安排
但我们和你站在一起
共同面对
因为党的扶贫政策如春风

外面是漫天乌云，狂风暴雨
你待在残旧的屋里紧锁眉头
感叹着屋漏偏逢连夜雨的无奈
不要发愁
请你相信
我们和你站在一起
在改革开放、国家富强的新时代
我们不再允许还有这样的窘迫继续
因为党的扶贫政策如春风

外面是青春勃发，书声琅琅
面对着闪亮的录取通知书

你想笑却笑不起来
只因学费是那样的沉重
不要失落
请你相信
在改革开放、国家富强的新时代
我们不再允许还有这样的窘迫继续
继续你青春无悔的梦想吧
因为党的扶贫政策如春风

外面是天地祥和，人间大美
你却躺在医院的病床上忧心忡忡
穷家薄业的你倾尽所有
也无法面对那长长的医疗清单
不要忧郁
请你相信
我们和你站在一起
在改革开放、国家富强的新时代
我们不再允许还有这样的窘迫继续
安心治疗吧
因为党的扶贫政策如春风

然而
面对贫困
我们不要心安理得
我们不要当懒汉
我们不依赖"等靠要"
让我们要聚在一起群策群力
共同迸发出强大的脱贫内生动力
誓把穷根拔掉
誓把贫困的阴霾扫清

让我们一起同步迈入小康社会
让我们一起感恩
——党的如春风般的扶贫政策

扶贫经历：

　　原连辉，2015年参加入户扶贫精准调查，2016年担任扶贫帮扶联系干部，在来宾市武宣县二塘镇七星村负责帮扶6户贫困户。2018年2月加入二塘镇七星村驻村工作队，其间，担任驻村工作队长7个月。2019年7月抽调到县扶贫办工作至今。5年来，走村入户，下基层了解民情，到县扶贫办协助工作，长期奋斗在扶贫一线，对扶贫各方面工作有切身体会。取得了一定的工作成绩，完成了各种驻村、扶贫办工作任务，所联系贫困户自2016年以来陆续稳定脱贫。

后来，我也成为了你

吴建晟 / 防城港市港口区光坡镇党委

中国共产党领导下的社会主义精准扶贫事业
开古今中外历史之先河
扶贫干部为此前赴后继的奋斗光辉
是夜空中最亮的星
如此庆幸
这一路上
有你
也有我

曾经被人笑话十指不沾阳春水
却不曾丢掉修身齐家治国的士人信仰
因为黄文秀事迹的震撼
我也信誓旦旦地在大学毕业晚会上
表示对前辈的仰慕和学习
记得那期间笑声和掌声并存
或许是有讥笑鞭策
也有欣慰鼓励吧

终于如愿以偿
选调扬帆上岸
先是帮扶干部
再到工作队员
峰回路转乃见君

我也成了你

驰骋在红砖黑瓦的乡间大道上
往来于稻香满溢的田埂池塘边
烈日里流淌着光荣的劳动热汗
风雨下修补那一道道断壁残垣
原来啊
这不仅是受人景仰的无上荣耀
也是沉甸甸的历史建设重担呀

我们背负起为民服务的初心使命
从最基础的"两不愁三保障"
使黎民不饥不寒
颁白者不负戴于道路
有志学子可以大胆扬帆寻找梦想和希望
让诗和远方可望又可及
再到伴随晨曦朝露和云绕月光
倾听群众发自肺腑倾诉的困难需求
谋划产业发展民众增收的灵醒妙招
可谓德智体美劳都要在路上

岁岁年年世事漫漫
念念不忘件件回响
一条条村庄道路平坦开阔
一个个扶贫项目有序发展
危房改造新楼拔地起
改厨改厕生活焕新机
乡村风貌提升改良了社会主义农村习气
甚至连那澄洁明净的自来水
也能甘之若醴

在处理繁杂的事务中变得游刃有余
在基层打磨的蔚蓝天空下日益成长
也有过不被理解配合的暗自嗟叹
更多是欣喜于群众感恩党好政策棒的悠悠声响
于是那一坎坎皱纹
一丝丝白霜
也都来不及隐藏
在倾诉着扶贫干部一路上光荣的沧桑

每一个地方小小的助农举措
都将汇聚成大大的中国力量
日复一日不抛弃不放弃的老黄牛奋斗精神
也终会推动全国扶贫事业的向前向强发展
愿全面脱贫决胜小康之时
告慰先烈盛世如愿
你我举杯互嘱
淡淡地道一句
功成有我
此生无悔矣

扶贫经历：

　　吴建晟，2019年9月至今担任防城港市港口区光坡镇栏冲村山东组帮扶干部，主要负责帮扶联系某2017年脱贫户，巩固对象户"两不愁三保障"和"八有一超"等脱贫攻坚成果。2020年4月至今任光坡镇栏冲村驻村工作队队员，主要负责村党支部党建工作，协助驻村第一书记完成其他脱贫攻坚（乡村振兴）相关工作。

散文

SANWEN
HUOJIANG ZUOPIN

获 奖 作 品

一
等
奖

为谁辛苦为谁甜

刘瑜明 / 广西壮族自治区文化和旅游厅

　　岁月如歌。每每想起下乡扶贫的日子，我总要翻出那本《昭平县贫困村第一书记风采》，去追寻昔日扶贫时品尝过的那份苦累和甘甜。许许多多的日子已过去，那些往事不仅未随时间的流逝而淡去，反而如窖藏醇酿，越流连其中，其味愈浓。

　　2016年4月，我受组织委派，从原文化厅机关到国家级贫困县——贺州市昭平县担任自治区"美丽广西"乡村建设（扶贫）工作队驻昭平县工作队队长，挂任县委常委、副县长，分管遍布全县152个村388人的扶贫工作队。昭平县是广西20个深度贫困县之一。"十三五"期间，全县共有60个贫困村，建档立卡贫困户17087户69999人，脱贫攻坚的任务异常繁重。

　　下乡扶贫不久，我的家庭经历了两件始料不及又令人刻骨铭心的坎坷事。

　　2016年6月24日上午，我请假回南宁陪伴儿子参加中考。刚送儿子进考场，就接到岳母去世的电话。当时，我和妻子被这突如其来的不幸消息惊得

2016年4月18日，刘瑜明（左一）深入昭平县仙回瑶族乡鹿鸣村了解稻耳轮作木耳种植情况

不知所措。最后，我和她强忍着悲痛，决定瞒住儿子，留下她继续照顾儿子完成中考，我只身赶往桂林市灌阳县料理岳母的后事。我儿子在这种情况下完成了他人生中的第一场大考！妻子也因照顾儿子完成中考而没能送母亲最后一程，留下终身遗憾！安葬完岳母后，我匆匆赶回南宁，安抚好还未走出丧母之痛的妻子，又匆匆返回扶贫一线。

　　一波未平，一波又起。

　　2016年8月，妻子在一次体检中被查出患有乳腺癌，医院要求她立即住院化疗和手术。当得知这一消息时，巨大的压力像一座山一样随之而来，我深陷痛苦、迷茫之中，犹豫过、苦恼过、彷徨过。最后，我决定把这一切扛在肩上，不向组织透露这一情况，更不向组织提出任何帮助的申请，暗下决心，决不能因此事而影响扶贫工作！根据妻子每次化疗的间隔时间，我与医院协调，尽量把化疗时间安排在双休日前后，便于我回南宁照顾。就这样，从2016年8月份第一次化疗至2017年的1月份，妻子共进行了8次住院化疗。那段时间，我多次奔波于昭平与南宁之间，很多次周五下午从昭平出发，半夜才赶到南宁，周一大清早再赶回昭平。12月中旬，在妻子做肿瘤切除手术时，我才向县里请了10天的假。

　　2017年春节前，一次偶然的机会，厅领导知道我妻子患病的情况后，厅党组专门安排厅领导到家里探望，并打电话征询我是否换人的意见。当时，我也想顺着厅领导的意见换回去，但我转念一想，妻子化疗和手术已完成，最艰难的日子已经熬过去了，加上我已经熟悉农村扶贫工作，如果换人的话，接替我的人又要经过几个月甚至半年的时间才能熟悉情况。不想给组织添麻烦。更主要的是我妻子非常坚强，她非常支持我继续干下去。厅领导探望她时，她跟厅领导表示，所有的困难她都能克服，绝不会拖我扶贫工作的后腿！于是，我就放弃了换回去的想法，联系好亲朋好友帮忙照顾，我则继续留在扶贫一线！作为家中的顶梁柱，我告诉自己必须要坚强，即使再累、再辛苦，我都只把坚强、乐观的一面展现给妻儿，从不在妻儿面前表露任何不悦情绪。那段时间，我是咬着牙走过来的！因为，我懂得，只有自己坚持住，这个家才能挺住！只有把这份心酸和压力埋在心底，才能不影响扶贫工作！只有坚持把责任默默扛在肩上，才能承受这份苦和累！夜深人静的时候，有几次我也偷偷流过泪，泪水沾湿了枕巾。

　　"十三五"脱贫攻坚工作的力度之大、任务之重、困难之多前所未有，这让我们"十三五"期间第一批扶贫人员始料不及。尽管如此，两年间，我咬紧牙关一扁担挑起两头重担：扶贫工作方面，带领扶贫工作队想尽一切办法克服困难，撸起袖子加油干！家庭生活方面，双休日尽量赶回南宁照顾病妻。尽好扶贫工作队队长与一名丈夫的责任。

　　在任期间，我积极统筹全县扶贫工作队工作。一方面严格管理好这支队伍。另一方面多次举办专题和全员大培训，提升驻村工作队员的履职能力；积极协调经费，多次组织第一书记外出参观学习考察、开阔视野。另外，为做好这支队伍的服务工作，只要一有空，我就下村调研，看望他们，了解他们开展工作的情况。与他们谈心，一起谋划引进合适的产业项目，鼓励他们迎难而上，帮助他们协调县里职能部门解决相关实际困难，想办法筹措资金改善他们驻村的住宿和生活环境，协调相关媒体宣传报道他们的先进事迹，节假日组织开展关爱驻村工作队员慰问活动，在县里积极为他们争取各种荣誉……那两年，我下乡进村调研，公务车行驶里程达23000多公里，足迹遍布昭平县各乡镇的村村落落。

新故相推，日生不滞。2018年4月12日，"十三五"第一批驻村扶贫工作结束，县里隆重召开了2015—2017年度"美丽广西"乡村建设（扶贫）工作队工作总结暨2018年新选派工作队员动员部署大会。县4家班子领导、各乡镇领导、县直各部门领导及新老驻村工作队全体人员参加了大会。在大会上，当老的工作队员们接过领导为他们颁发的优秀第一书记或优秀驻村工作队员的荣誉证书时，当他们接过我和县基层办为他们编印的《昭平县贫困村第一书记风采》画册时，我看到了他们脸上露出了久违的笑容！

会上，我代表工作队做工作总结发言，高度肯定了驻村工作队员们的工作成绩。在谈到驻村工作队员们为了昭平的脱贫工作而付出许多时，深情的表述和到位的总结提炼，深深打动了与会人员。许多第一书记当场流下了激动的泪水，纷纷在微信工作群上上传自己当时的感受，还要求上传讲话稿留作纪念，拿回去给单位领导和家属看。

是啊！他们的确不容易，我知道他们中许多人跟我一样是把自己的苦往肚子里吞，一心扑在扶贫工作上；一样终日奔波，远离家人，以满腔的热情全身心地投入到伟大的扶贫事业中！舍小家顾大家，把忠诚与担当记在心上、扛在肩上、抓在手上，用自己的青春与热血，在昭平农村大地上展现风采：用自己的脚步丈量村里的每一条路，丈量每一个贫困户的心；用自己的双手下足绣花功夫，托举起脱贫致富的大民生；用心谋划、用情交流、用力扶持，做到行动在村里、成效在户里、致富在个人，实现村村产业有特色、户户增收有项目、人人脱贫有门路。这期间，付出了多少心血，克服了多少困难，经历过多少次的检查、督查、暗访、考核、验收，填过多少扶贫表格，整理过多少扶贫档案材料，入过多少次贫困户家，经受过多少次文件政策修改的折腾，受过多少委屈，为争取村里的各种项目跑过多少路、流过多少汗水，在村里度过了多少个担惊受怕的不眠之夜？他们的父母妻儿生病了不能及时回去照顾，有的人因扶贫工作而推迟相亲、推迟婚礼，有的人因扶贫工作而推迟要二胎，还有的人顶住病痛仍然奋战在一线，等等。

我离开昭平县的那天，没想到的是，在家的所有的县委常委、政府办的同志、基层办的同志、县里派驻的第一书记等几十号人来到我的住所为我送行，颇令我感动。他们围着我，跟我说着"辛苦了"和感谢及祝福的话语，为我搬运行李。上车前，我跟他们一一握手告别，我发现有几个是县城附近我联系那个贫困村的贫困户。关上车门车子开走后，当我透过车窗看到车后那几十双手还在齐刷刷地向我挥着的那瞬间，一股暖流从我的心底涌了上来，我再也控制不住自己，泪水夺眶而出。

那种场面和场景中所受到感动在我一生中是很少很少的。是啊！有了这份感动和昭平父老乡亲的认可，那两年吃过再多的苦、受过再多的累、经历过再多的煎熬，都值！我想，其他扶贫工作队员肯定也是这种感受。2016年至2017年间，昭平县15个贫困村实现脱贫摘帽、6196户27566人脱贫出列、两次顺利通过扶贫成效国家第三方评估，全县贫困发生率由18%下降到12.8%。这些成绩的取得，使得昭平县的父老乡亲没有忘记我们扶贫工作队的功劳！

如今，昭平县已顺利摘掉贫困县的帽子。看到县里贫困村的崭新面貌和贫困户脱贫后那一张张笑脸，就有种奋斗后的欣慰、欢喜与自豪，可谓百感交集！也庆幸能有机会亲自参与这场没有硝烟而又伟大的脱贫攻坚战斗！

我坚信，挂职扶贫这份不平凡的经历和磨炼，已成为我人生中一份沉甸甸的积累、一份宝贵的精神财富！有了这笔精神财富，我的人生道路上还有什么障碍和困难不可逾越呢？

扶贫经历：

　　刘瑜明，2016年4月至2018年4月，任自治区"美丽广西"乡村建设（扶贫）工作队驻贺州市昭平县工作队队长，挂任县委常委、副县长。两年间，能深入贫困村、深入群众，结合昭平县贫困村实际情况，积极统筹协调全县"美丽广西"乡村建设（扶贫）工作，充分发挥驻村工作队员的积极性。整个工作队为昭平县15个贫困村顺利脱贫摘帽和贫困户27566人脱贫出列，并在"美丽广西"乡村建设等方面发挥了重要作用。2016年，被评为贺州市优秀工作队队长；2017年，在昭平县委县政府班子成员中年终考核为优秀。

扶贫何惧山路长

罗传锋 ／ 河池市中共南丹县委党校

　　第一次听到"独田"这村名的时候，不免望文生义，以为那是一个只有一块田的地方。早些时候，也听吾隘的朋友提及，知道那是一个偏僻之地。曾在网上搜索过，而无所不能的互联网提供给我的，居然还是20世纪六七十年代的信息，依旧把独田划归于罗富镇。是扶贫工作，让我和独田之间产生了千丝万缕的情愫，给我留下了挥之不去的印记。

　　2016年初，县里对扶贫工作进行了调整，独田一下就又跃到了眼前，独田村成为我们单位的联系村。时值"两学一做"如火如荼之际，精准扶贫工作无疑就成了最能体现和践行这一要求的行动。在动员大会上，领导那掷地有声的动员讲话，触动和刺激着每个人的神经，虽然深知此行任重道远，可大家的热血都被催动得加速流淌，脸上，是满满的坚毅。

　　车沿着317省道行驶半小时，就到了吾隘镇政府的所在地，再顺河而下，就是去独田的方向。猛然想起，其实我是去过独田的，只是，那是很多年前，且是夜半时分冒雨乘船前往的，难怪提到独田这村名时总感觉有些耳熟，而详细忆来，却犹如盲人摸象。

不到20公里的山路，却颠簸了很长的时间。山路如蛇，穿行山间，而山脚下就是被称为壮族母亲河的红水河，这伟大的河流从古王屯进入吾隘境内，几经转折，在独田稍作停留后，流入东兰。于是，独田就这样静卧在大山中，背靠大山，面朝河水，任凭岁月将其雕塑。

在村支书家里，我的目光一下就被一面铜鼓锁住，支书说这是他们每年在"蚂蜗节"上敲的鼓。这才想到，独田地处红水河流域，过"蚂蜗节"也是传统习俗之一。铜鼓上的云纹和图案，是壮族先民征服自然的场景再现，而铜鼓则铭记和蕴藏了历史的声音。轻抚鼓面，一下就可触及千百年前壮族先民的脉搏。而独田，在贫瘠而厚重的土地中，也沉睡了四百多年。

站在徐徐的山风中，俯瞰拉仁古码头，那曾是南丹唯一的通商口岸，古时外来的物资和客商均汇聚于此，再由马帮经盐茶古道，运送至南丹、天峨。码头那棵古榕，依旧低垂着头，对河水述说着过往。

问到拉则，支书的脸色一下严肃了起来，说就在他家背后，但步行要40分钟。一再追问，他才坦言，要去到拉则，除非越野车，而且是老司机驾驶。也不知哪来的勇气，我说连这点山路都征服不了，何言其他困难？支书欣然一同前往，当向导。只是一路上他一直紧紧握住车门把手，手上青筋可见，弄得我陡然增了几分紧张。"说个故事吧，要不大家都太紧张。"我对支书说。几年前，拉则上面有人在广东打工出了车祸，人死了，广东警方来函，要死者家属前去处理，可此事一拖就是6年。那日，来了两个广东的交警，叫支书带他们上去。望了望挂在半山腰的拉则，他们选择步行。到了死者的家，见了连普通话都听不懂的死者母亲，再看看破败不堪的房屋，两人一言未发，径直从各自兜里掏出了1000元钱，塞到老人手里，转身离开。"我看见他们的眼泪都快落下来了。"支书说。像掐好时间似的，支书把故事刚说完，车也开到了山路的尽头。

再步行一小会儿，就到了我的联系户陆运三家。站在他家门前，山风呼啸。俯瞰，红水河宛如细带，眷恋地缠绕着大山的脚。平视，目极处层峦叠嶂，虽然近在咫尺，而那边已经属于东兰县。稍抬头，几朵浮云从山巅掠过，伸手可及。在河和云之间，错落着层层农田，如同登天的梯子。

陆运三把凳子搬到门口的空地上，坐定之后，我不想按部就班开展工作，而是递上一支烟，随意地找个话题，聊起了家常，所需的数据，尽在闲言絮语中娓娓道来。当他一下拿出两本户口簿的时候，我的心还是咯噔了一下。他说，家里人多，一本装不下。夫妻二人，四个孩子，哥哥服刑，弟弟残疾，全家生活的重担落在了夫妻俩的肩头上。生活的残酷化为重负，压得这个比我年轻五岁的壮族汉子，看上去比实际年龄要苍老许多。

门口空地边上有个猪圈，分为两间，一间里有两头猪，它们听到动静，把前蹄搭在栏门上，好奇地张望着，身躯甚为肥硕，看得出主人的精心喂养。另一间，则空着。陆运三说，还想再在养几头猪，可买不起猪仔了。

这是我第一次见到的拉则，离开那儿，一直到回了县城，以至此后很长的一段时间里，拉则的印象和陆运三的家境，烙在脑里，时常浮现在眼前，如影随形，挥之不去。

在夏蝉声中，接到了陆运三的电话，他兴冲冲地说拿到产业扶持的资金了，自己补了点钱，一下买了4头猪仔，已经开始喂养了。还说按照我的叮嘱，把猪圈重新整理了一番。替他高兴之余，难免又增了些许担心：去年他就养过4头肥猪，都快长到100公斤了，一直在观望，是想等生猪价格稍稍上涨点再卖掉的。可没过几天，一个清晨，再也听不到猪的嗷嗷叫唤，一看，全死在了猪圈里。说这事的时候，他一个劲地仰着头，看着天，说自己命里倒霉。他奋力上仰着头，是不想让泪水掉下。

很快，帮他申报的第二个扶持项目也得到了落实，接到电话通知后，他第一时间跑到了指定的养殖场领回了鸡苗，可不幸的事还是发生了。由于天气过于炎热，到家时，50只鸡苗死去了几只。电话那头，他像个做错了事的大孩子一样。我也找不出半点责怪他的理由，安慰他说，实在不行，等到吾隘赶集的日子，我们再去买几只补回去。这次又叮嘱他把鸡笼修得紧实一点，不要让山鼠把鸡苗糟蹋了。

随着上拉则的次数不断增多，每次通话，他的话也渐渐多了起来。一个晚上，他在电话里问我今天是不是去村里的小学了？今天是和单位的同事一起去村里开会了，没时间上拉则，就去学校看了他的4个孩子，把带去的文具给了孩子们。我让老师帮找到陆运三的孩子，那老师还说，你这同志的记忆力真好，一下就能记住4个孩子的名字。陆运三说："那些孩子嘴巴笨，连声谢谢都不会讲的，我在这里谢谢你了，兄弟。"那一刻，他说话也没了平日的顺畅，可那声兄弟我听得清清楚楚，这是他第一次叫我兄弟。

假期里，我再次上到拉则，孩子们见了我，不再躲避，叫我"南丹伯"，虽然都还是怯生生的。他那失明的老母亲也问，是党校的老师来了吧？操着壮语，可我听得懂。就连他弟弟也搬来了凳子，在我旁边坐下，尽管他什么也听不见。陆运三掏了电话，大声地对在地里干活的爱人说："罗哥来了，你回来做菜，我没空，我要和罗哥商量点事。"见我笑了，他说："你也懂壮话？"那顿午饭，是我进到拉则后的第一顿"团圆饭"，之前每次都只是他陪我吃，那4个孩子就在一边咽着口水看，怎么招呼也只是看着父亲不敢入座。看得出他家还是很传统的，就如我小时候的我家一样。那顿饭我吃得格外地香，倒不是那天特别地饿，而是我知道，他不再把我当成外人，至少在我老家那，亲近一个人的方式是这样的。

此后，陆运三似乎也更信任我起来。有次在村里，村干部问我，你给陆运三下了什么药，他这么听你的话？以前这家伙可是个刺头。上次好多村民都来村里闹，说贫困户都可以在县城得房子什么的，他不但不闹，还说要符合什么条件才得的，讲得头头是道的。我笑了笑，说，我和他"打伙计"了。

时光如同红水河水，无声地流淌着，转眼间就到了九月。陆运三不断在电话里说到他家的事：说这学期4个孩子全部享受了贫困学生住宿补贴；说他母亲的重度残疾人护理补贴也办得了；说存折里多了800多元，应该是他家这个月的"低保"……还说了好多。我说，这都是当前的扶贫政策的好处。他说，政策好了，也靠你，要不我都不知道我妈还可以办理这个补贴。他母亲的户口是随另一个兄弟，按理

罗传锋在村委为贫困户书写春联

说，还真不是我帮扶的对象。在卖掉两头大猪的前一天，他叫我一定去看。我说你叫村干部或者队长看一下就可以卖了，他执意要我去，挂掉电话前他的一句话，击中了我心最柔软的地方。他说，我怕万一以后有什么说不清楚的，影响到兄弟你。

今年的中秋节，我是在拉则过的。那天我改掉了一向大大咧咧的习惯，挑了不同口味的月饼，给老人买了牛奶。看着那佝偻的身影，我总会想到我的外婆。给孩子买了水果，上次我来的时候，几个孩子爬上门口的野梨树上，摘下几个乒乓球大小硬如石头的梨子，选了一个最大的，塞到我手上。

那天，也是他第一次把我送到车边，还颇为自豪地对路人说，我伙计，来和我过节的。说的是和我老家相去甚远的壮语，可我听得懂，也听得出，那些话是出自肺腑的。

数日前，到了"双认定"的时候，接了电话，他闻讯就从武鸣赶了回来。中秋过后，他们夫妻两个都去了武鸣，去给人挑芭蕉。我一直劝他坐班车回来，这样安全点，往返路费算我的，可他不肯，执意骑摩托车回来，一骑就是6个小时，我见到他时，他还是一脸的风尘和疲倦。

　　和他核算今年的收入的时候，他说你放心算，我今年一定能"过关"的。我说你知道"过关"的标准？他笑了，说，不就是超过3100元嘛。他的态度让其他人面面相觑，谁都担心联系户会找各种理由或借口，不认可我们帮他核算的收入，怕联系户不签字。村干部说，看来，你真的联系到他心里去了。

　　再次送我们的时候，他突然沉默了起来，弄得我的脚步也沉重起来。我说，扶贫工作只是告一段落，我们一直是兄弟是伙计，以后有什么事，一样可以随时找我，空了带孩子去南丹认识一下我的家门，还要记得转告孩子们，我许诺的谁得了"三好学生"奖励一百元的"政策"一定兑现……

　　一直到同行者都走远了，他说，再来支烟，就送你到这里了。点烟时，他的手在颤抖着。我们还约定，等杀年猪的时候，我一定来，风雨无阻。

　　车到山脚的公路上，回头仰望，看不到来时的路。拉则，又隐在了云雾中。

　　也许，在很长的时间里，拉则的路依旧难行，正如扶贫之路，需要我们通过这"路"把心和贫困户连接起来，用真情、真心去铺就。若能如此，扶贫何惧山路长。

扶贫经历：

　　罗传锋，2014—2015年任河池市南丹县"美丽广西"乡村建设（扶贫）工作队驻城关镇换白村工作队员。2018年8月，任南丹县脱贫攻坚（乡村振兴）工作队驻吾隘镇独田村工作队员。在驻村期间，除认真地完成各项扶贫工作之外，充分利用和发挥个人特长，为群众做实事、做好事，在扶贫攻坚一线工作中践行"全心全意为人民服务"的初心和使命。

70岁后他俩登记结婚了

杨云升 ／ 贵港市港南生态环境局

　　朝阳初升，村里的父老乡亲陆续到田地里忙活去了。虽然我戴着一顶草帽，但还是被他们认了出来。不时有人向我招呼："杨书记，去哪里？等下到我家吃饭……"而我也毫不客气地应了声"好嘞！"

　　乡亲们对我的热情，让我这个驻村两年多的外来汉，从未有陌生感，倒成了名副其实的村里人。回想驻村期间办过的事，特别是那对曾经令我牵肠挂肚、70岁后才登记结婚的古稀老人，至今还历历在目。

　　"嘿，你是第一书记吧，我看见你来几次了。"不远处一位正在拄着拐杖的老伯伯向我招手，我飞快地走到他跟前，他端坐在路边的石块上，跟我聊起了家常。

　　"听说你是来扶贫的，可以帮我一个忙吗？"

　　"可以啊，杨书记就是专门来帮助群众解决困难的。"跟在身旁的村支书李国兵不等我回答，便快言快语地应了他。

　　闲聊之余，我才知道伯伯姓黄，名叫亚信，村里人管他叫"阿信"，是同安村特困供养（五保）户，而且身患重病。

　　交谈中，我发现阿信话特别多，可他始终没有和我提起需要帮忙的事情。村支书李国兵揣摩出他的心思，向我吐露了他鲜为人知的感情历史。

原来阿信年轻时是一名游走江湖的郎中，以摆摊卖药为生，稍有名气。25年前，阿信在港南区桥圩镇街上卖药，恰巧遇到了一个流落街头的残疾女子，自称韦小英。那时阿信单身，他试图通过自己的医术治好韦小英的病，所以便把她接了回来。25年如一日地医治和照料，不离不弃，只可惜一直都没法治好韦小英。现如今，阿信已经72岁，韦小英也70岁了，两人依然相濡以沫。

由于韦小英瘫痪不能自理，长期无户口和身份证，没办法办理养老、医保、残疾人补贴等保障性手续，全靠阿信的五保金和养老金供养，生活非常困苦。不难想象，如果有一天阿信不在了，韦小英将无依无靠，失去最基本的生存保障。

村支书李国兵说："我想他是希望你帮韦小英办理户口和身份证，申请政策救助，来解决他们生活的后顾之忧。"

说到这里，我发现阿信的眼泪已不由自主地流了下来。我看在眼里，放在心里，始终牵挂着怎样解决这个难题。

经进一步了解后，我发现事情并没有那么简单。原来韦小英是河池市南丹县人，25年前嫁给港南区桥圩镇徐村黄某，无婚生子女，后因黄某去世，被亲属流放至桥圩街上，这才发生了与阿信相逢的离奇故事。

为了争取得到当地公安部门的帮助，我多次前往桥圩镇派出所，详细了解办理韦小英的户籍事宜，并想办法补办其户口和身份证，再通过为他俩办理合法婚姻登记，把户口迁移到湛江镇，之后为她办理养老、医保、残疾人救助等生活保障手续，这样才能彻底解决两人的后顾之忧。经过初步判断，这个女子极有可能与失踪了25年的韦小英是同一个人。工作人员在仔细核对情况后，决定通过抽血鉴定DNA备份、前夫亲属指证等程序办理。

25年了，早已物是人非，要找到她前夫的亲属出来指证，谈何容易！

事不宜迟，我立即电话联系其前夫所在的村委，遗憾的是因时过境迁，村委会工作人员也找不到相关线索。

我只好带着韦小英的照片，亲自赶往桥圩镇徐村，逐家逐户走访了解。不知何故，很多群众对此避而不谈，似有疑虑。经过一个下午的忙碌，还是毫无头绪。这时天色已晚，我虽然有点心灰意冷，但是并没有放弃。我开着电动车在村屯游荡，逢人便问。正当一筹莫展的时候，在路边碰到了热心的杨大姐，我向她表明了身份和来意，并随手掏出韦小英照片给她看，她看后甚是吃惊，"啊"地叫了一声道："这就是以前我们村那个残疾瘫痪的女人，已经失踪很多年了，不知道是否还活着。"通过深入交流，拉近了我们彼此的距离。当我告诉她，韦小英还活着，就在湛江镇同安村，而且处境非常艰难时，她心生同情，表示愿意带我去韦小英前夫的侄子黄某家中。在她的指引下，我很快来到黄某家。

黄某对我这个突然而至的"不速之客"有所防备。庆幸的是，他看了照片后，一口便认定此人便是当年嫁给他叔叔的韦小英，但不乐意配合，以叔叔已去世、老人的事与年轻人无关等理由拒绝提供帮助。我没有指责他，瞬间换位思考——当年他们把韦小英流放街头，现在怕承担责任，心里有顾虑也是不出奇的。

我耐心地做黄某的思想工作，我说："当年你叔叔去世，韦小英被流放街头，其中缘故，我们不想也没必要去探究了。这么多年，她没有找你们任何麻烦，现在她生活困难，又无依无靠，你就当做个好心人，去派出所指证一下，让我帮助她补办户口和身份证，申领政府救助，也算弥补以前对她的不公，这也算是一件积德的事。"听完这话，他的思想有了松动。经过一番软磨硬泡，他终于答应到派出所指证。

令人意想不到的是，第二天他却反悔了，以白天工作忙为由不肯露面。为了打消他的顾虑，我晚上继续入户做他的思想工作，当场答应负责接送，同时补偿他当天的误工费，他才爽朗地应了下来。经过几轮辗转，终于顺利办下了韦小英的户口和身份证。

至此，事情仅是告一段落，但并没有完全办结。为了让韦小英尽早享受政策补助，我打算马上带他们到港南区民政部门登记结婚。

提起要去登记结婚，没想到他俩非常抗拒，并且倔强地说："一把老骨头了，去登记结婚，别人看见会笑掉大牙的！"

"如果你们不去，怎么能把韦小英的户口迁回来办理政策补助呢？

之前我们的努力不是白费了吗?”我轻声细语地说。

“登记结婚就是去拍照,这辈子留个纪念也不错啊!”我又补了一句。

对此,他俩无言以对。可能是年纪大的原因,一路上,两位老人由于晕车,呕吐不止。说心里话,我真的生怕再出什么意外。

来到婚姻登记大厅,72岁的新郎阿信腿脚不便,挂着拐杖步履蹒跚,70岁的新娘韦小英瘫痪无法走动。为了登记顺利,我顾不上旁人异样的眼光,抱起韦小英,按照结婚登记流程不停地转移挪位。许多办事群众看到这对特殊的情侣,都好奇不已,纷纷围观。在大家的见证下,工作人员为他们办理了结婚登记和发放结婚证。

手捧鲜红的结婚证,这对老人露出了幸福甜蜜的微笑!

扶贫经历:

杨云升,2018年3月至今派驻港南区湛江镇同安村任第一书记。驻村以来,在完成扶贫常规工作的同时,注重解决民生问题,巩固提升村中饮水工程,解决整村2000户6143人的饮水问题;申请协调手术成功救治张锦恒先天性心脏病;协调解决韦永英从贵州嫁来23年无户口和身份证的“黑户”问题;协调解决鼻咽癌患者黄某荣大病救助5万元;帮助申请补办韦小英改嫁25年无户口和身份证的问题,彻底解决其生活后顾之忧;争取获得上级1.43万元捐助36户贫困户,并捐助贫困学生4000元;突显壮美的脱贫攻坚事业和显现艰难逆行的扶贫工作文章《点亮希望的灯》《触痛灵魂的大山扶贫情怀》分别获2019年贵港市“我的扶贫故事”征文比赛三等奖、优秀奖。

山村大歌

郑彬昌 / 藤县社会科学界联合会

"有一种责任叫脱贫攻坚，有一种担当叫责无旁贷，你将村村寨寨走个遍，只为圆了心中那份守护……"早晨，位于藤县最北边的大黎镇国安村委办公楼飘出了铿锵的歌声。唱歌者黄弘，是国安村脱贫攻坚工作队员，唱的是由他谱曲的《风雨同路》。

黄弘作为演出队员，要参加由广西壮族自治区扶贫开发办公室等单位主办的"克难攻坚、决胜小康"文化扶贫下乡巡回演出，《风雨同路》是节目之一，他要带着这首歌到广西各地演唱，因此有空就抓紧排练。

2018年4月，48岁的藤县文化馆副馆长黄弘，被选派到国安村担任脱贫攻坚工作队员。接到组织安排，黄弘心里不免有些忐忑，未担任脱贫攻坚工作队员前，他帮扶了5户贫困户，已深刻领教了扶贫工作的艰巨。

山多、田少、偏僻、交通落后，是国安村的短板，全村747户2953人只有耕地196亩，人均仅0.07亩，有53户187人处于贫困线之下。在当地，单纯靠耕地种粮食，养活一个人要0.3亩。

"要带领村民脱贫致富，就要赢得村民的心，而村民的心唯有真心换取。"黄弘说。

　　5月6日，我们跟随着黄弘的小汽车来到国安村西头一处翠竹掩映的房屋旁停了下来。"嘀嘀"，黄弘按了两下喇叭下了车。听到汽车喇叭声，两个五六岁模样的小孩蹦蹦跳跳地从屋里跑出来，笑嘻嘻地围到黄弘身旁。一个拉着黄弘的左手，另一个拉着黄弘的右手，往家里扯。

　　"小梓、小杰，看我带什么来啦？"黄弘一只手摸着小梓的头，另一只一手拍着小杰的肩膀，笑呵呵地叫着兄弟俩的名字。随后黄弘打开车尾厢，从大塑料袋里拿出面包、饼干、牛奶、豆浆等食物分给兄弟俩，还吃力地拖出一个大纸箱，里面是麦片、奶粉、核桃粉等营养品，还有一大袋面条，那是给兄弟俩的母亲孙石鸿的，孙石鸿怀着孕，需要补充营养。

　　黄弘一直牵挂着这一家子。户主叫江少强，50岁的汉子，不懂什么技术，平时就跟村里的建筑队有一天没一天地做捣制水泥楼面的苦力活。他们家是建档立卡贫困户，生活很艰苦。

　　黄弘驻村后，第一次入户到的就是江少强家。黄弘看着家徒四壁、无门无窗破旧的房子，看着可爱的两个孩子，一阵心酸。黄弘利用危房改造政策，再通过各种途径凑了一些钱，帮助江少强建起了一层砖混结构的平房。随后，他又在网上广发"帮扶贴"，发动爱心人士捐款，"化缘"来5000元，帮江少强安装了门窗，从此，江少强有了不惧风雨的家。

　　进屋后，黄弘一边一个搂着小梓和小杰，与江少强一家子聊起天来：交代孙石鸿要定期去做体检，注意多补充营养，营养品要怎么吃；叮嘱江少强要照顾好妻子，有活就去干，没事就在家多干些家务活。

　　聊了一会儿，黄弘拿出江少强夫妻俩的结婚证和户口本。原来，虽然江少强与孙石鸿共同生活近10年，但是一直没有办理结婚登记手续，两个孩子也因为出生证明遗失而无法办理入户手续，享受不到相关的扶贫政策。

　　黄弘知道情况后，心里很着急，几次打电话给当地派出所和公安局户籍科，找朋友咨询办户口入户需要什么手续和资料，让在县人民

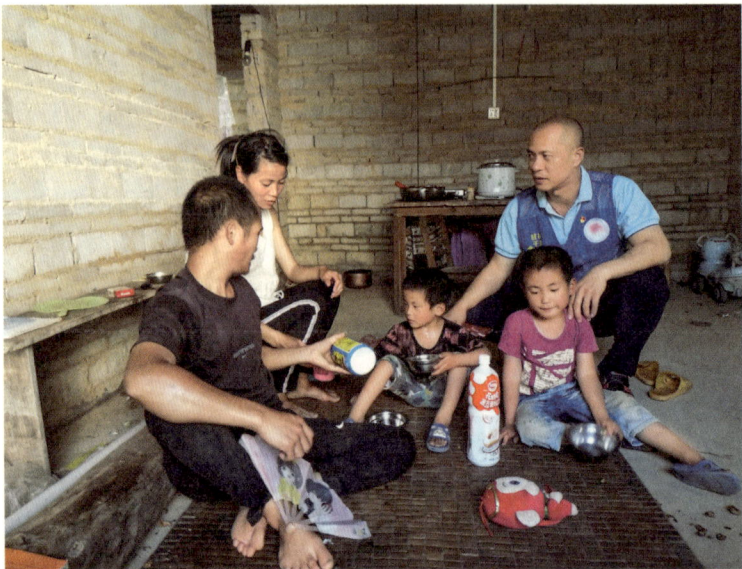

黄弘（右后一）与贫困户拉家常了解他们家庭情况（郑彬昌摄影）

医院工作的妻子帮忙寻找两个孩子的出生证明副本等有关佐证材料。"连具体时间都不记得了，你这是要让我在大海里捞针吗？"妻子黄文萍为难地对黄弘说。"对我们来说只是花费多点时间；对国家来说就是扶贫政策的落地；而对贫困户来说就是活命钱，就是希望。这个'针'值得我们去捞。"

花费了两个多月的时间，黄弘终于帮江少强和孙石鸿收集完结婚所需要的有关材料，并从医院找到孩子的出生证明副本。4月28日这天，江少强穿上人生第一套西服，孙石鸿也第一次穿上红色的嫁衣，和孩子们一道，搭乘黄弘的车，高高兴兴地到县城办理结婚登记手续。随后，黄弘又着手帮他们办理户口等相关手续。

一天，江少强看到了江吉冰，连忙拦住他说："兄弟，你就帮我写首歌，赞扬我们的黄馆长吧。"江少强脸上满是央求的神色，他早就想好好感谢黄弘，但是一直不知道该怎么谢，看见江吉冰，他想到了这个特别的方式。

"好！我一定写首歌，赞扬咱们的黄馆长，赞美我们的国安村。"江吉冰接话说。

江吉冰为什么那么爽快答应了江少强呢？

原来，江吉冰也曾经历过艰难的日子。江吉冰是江定希的二儿子，一家9口人，上有80多岁的爷爷奶奶，下有几个弟妹，因为奶奶中风、姑姑先天性血管瘤、哥哥和弟妹上学，家里欠下20多万元债务。父母什么活儿都做过，勉强拉扯大几个孩子。在江吉冰的印象中，小时候从来就没有吃饱过，家里最穷时连一包盐都要赊欠。

由于耕地又少，没有挣钱的门路，所以苦难的日子并没有随着孩子长大而好转。2014年，在精准识别时，江定希家被列入建档立卡贫困户。

国安村"两委"和帮扶干部对江定希家进行精准帮扶：鼓励他们养猪养鸡、种植优质水稻、沙糖橘、大青枣、百香果等，又动员家中的年轻人外出务工。2017年江定希家还清了外债，摘掉了贫困的帽子，建起了一座三层的钢混楼房，楼房外墙贴着白花花的瓷砖，还有银光闪亮的大铁门。楼房矗立在村道拐弯处，融入村中众多的小洋楼中，成为山村美景。

元旦，黄弘策划了一场展示国安村村民精神面貌，以及脱贫攻坚、乡村振兴成果的"村晚"。

黄弘从选定地点，舞台如何设计，安排些什么节目，到谁来做主持人，一项项事情做得有条不紊，还动用了所有的关系，借来音响道具，请来了喜爱音乐的姐姐、县音乐家协会的歌手、武当三丰派梧州分会会员……

"村晚"开场了。华美的舞台，炫丽的灯光，激越的音响，把全村老老少少都吸引到了村中的大晒场。还有外村的村民也闻讯赶来。绕村而过的大黎河洒下了绚丽的华彩，而欢乐的空气却一直在国安村的上空飘荡。

"村晚"上，一群孩子穿着整齐划一的崭新武术服、练功鞋，出拳如虎奔，呼号似龙吟，推掌可拔山，全场为之震撼。

这个节目叫《武当太极八段锦》，是国安村武当太极八段锦队所表演，那是黄弘开展的文化扶贫系列项目之一。

江吉冰被"村晚"深深震撼着。35岁的他，音乐梦因此被重新点燃。

　　小时候，江吉冰每次听到隔壁邻居家的录音机播放音乐，就立即被深深吸引。邻居播放音乐时，他要么在家跟着哼唱，要么到邻居家，选择自己喜欢的歌曲播放，陶醉在音乐的世界里，生活的困苦也暂时消散。从此他拥有了一个音乐梦。

　　走进江定希家二楼江吉冰的房间，房间干净整洁，正对门口的书柜依墙而立，里面放着一些音乐欣赏、作词作曲等方面的书籍，还有一些唱碟，而最醒目的是两套大型音箱，还有电子琴、吉他等各种乐器。去年"村晚"后，江吉冰利用自己打工挣的钱，购置了这些器材，开始向自己的音乐梦迈步。

　　平时，江吉冰最喜欢的事，就是打开音响，让自己的思绪随着美妙的音乐纵横驰骋。或者邀上一些音乐爱好者来到家中，举行小小的音乐派对，各自演奏自己喜爱的乐曲，玩得不亦乐乎。

　　兴之所至，江吉冰或一袭白西装白皮鞋，或一袭黑色燕尾服，邀上三五知己，到镇里的歌厅唱歌，颇有专业歌手的味道。江吉冰也逐渐在村里镇上有了名气。

　　江吉冰在努力实现自己的音乐梦。黄弘对江吉冰竖起了大拇指。物质生活要脱贫，精神生活也要富裕，这也是黄弘开展文化扶贫的追求。黄弘开始指导江吉冰演唱、弹吉他、作词谱曲……

　　一段时间过去，黄弘对江吉冰开始担心起来：才脱贫不久，经济的基础还没牢固，整天搞音乐总不是事，物质和精神要同时丰富，小康的步子才会更加扎实稳当。

　　今年新冠肺炎疫情稳定下来后，黄弘就不断上门做思想工作，动员江吉冰家的青壮年外出打工，并与江吉冰签下君子协定：帮江吉冰创作的歌词谱曲，并在镇"春晚"乃至县"春晚"和网络上推出，前提是他们去务工。

　　3月中旬，江吉冰带着他的梦想，开着轿车载着哥嫂、妹妹、侄子前往广东打工去了。

　　"大黎江水清澈见底，一河两岸青翠秀丽，拜上帝坪充满传奇……"黄弘一边朗读出声，一边轻声吟唱，时不时看着窗外沉思。这是江吉冰创作的《美丽大黎》歌词。

江吉冰一边工作，一边进行歌词创作。他一连创作了《我的家乡在广西》《梧州小城》《美丽大黎》等多首带着深厚情感、歌颂家乡的歌词。

"我不会忘记我们的约定，你放心好好工作，有空再创作。"黄弘一收到江吉冰的歌词，就跟他聊了起来。面对还不太成熟的歌词，黄弘询问了江吉冰的创作初衷和思想情感，接着把歌词发给县里的词作家帮助修改润色，然后根据歌词进行谱曲。

听着优美深情的歌声，我似乎看到，承载着村民美好生活的一首首山村大歌，正飘出大黎，飘出藤县，飘向更广阔的时空……

扶贫经历：

郑彬昌，从2016年开始参与扶贫工作，挂钩帮扶梧州市藤县天平镇三益村的5户贫困户，于2018年3月任藤县天平镇三益村脱贫攻坚工作队员。自参与扶贫工作以来，按照上级要求认真做好政策宣传、致贫原因调查、"两不愁三保障"等各项帮扶工作，想方设法争取项目，夯实脱贫致富基础。贫困户均能享受到各自符合条件的低保、产业扶贫等各项政策，实现了"八有一超"，全村贫困率降至0.7%。2019年获年度考核优秀等级，并被推荐参评藤县脱贫攻坚工作优秀个人。

二等奖

寂静的夜

黄　剑／崇左市天等县税务局

入冬后，该是果实累累、丰收满满的时候。

这时候也是脱贫攻坚工作检查的集中期。

这是2018年12月的事了。

为做好迎检工作，开会、布置、通知、加班都是近期的家常便饭。这不，12月19日下午接到通知，各村的迎检材料统一上交到镇里，全体人员集中加班进行查缺补漏，何时完成，何时离开。

村里到镇政府共11公里的路程，不巧的是，有一段200米左右的路正在铺设水泥硬化路，机动车无法通行。前往镇里，还有另外一条路，但需绕行经过其他村，路程多了4至5公里。

我们是骑电动车前往的。吃过晚饭后，趁夜色未降，我们出发了。为了顺便查看道路修建进展情况，我们从常规路线前往镇政府。下午，这条约200米的路刚刚浇上混凝土，目前是不能通行的，绕至路边的沟渠和田埂可通过，但必须爬上半米左右的坎，电动车是没办法直接开上去的了，我和第一书记刘书记合力将两辆电动车依次抬过那段路。

累出一身汗的我们，都决意返程的时候不再走这段路了。

　　加班工作都还算顺利，深夜零点过后，材料验收过关，我们可以返回村里。我们从松山村洞良屯前往救汉村，再从救汉村返回我们福宁村。我所骑的电动车在经过洞良屯后，上坡时，车速明显变慢了许多，此时才想起，傍晚前往镇政府时，感觉动力还很足，竟忘了在加班期间充电了，这回麻烦大了，前不着村后不着店的，往前回村还有10多公里，往后到镇里也有5公里左右。没一会儿，刘书记发现我落在后面了，就停下来，他说他体重比我的轻，由他来骑这辆即将耗尽电量的电动车，兴许还能让它多跑一段路。

　　夜，多么寂静的夜。

　　我们刚才一路过来，耳边都是呼呼的风声。这条3.5米宽的村级路建成一年多，最大的特点是弯曲、坡多且又长又陡，有几段路还是劈山而建，一边是峭壁，一边是深谷。

　　我们的行进速度变得非常慢。为了更省电，刘书记将车灯关闭了，我则在后面紧跟。冬夜，无风，但已经很凉了，路边草丛、树林静静地等待着我们的检阅，已然没有春夏时节的虫叫声，只有车轮碾过路面的沙沙声，偶尔还有远处村庄传来微弱的狗吠声。

　　离开镇政府的时候，我还暗自庆幸，我们村的贫困户较少，才能比其他村提前脱贫，可如今，虽然他们仍继续挑灯夜战，但提前离开的我们也遇到了麻烦。于是，我心底的各种后悔就油然而生了，假如镇里早点通知，我会把电动车充满电，假如到镇里以后，我记起要找地方充电，假如这次的材料检查整改时间换成白天，我心里就不会有些许害怕了。

　　而说到走夜路的害怕，往往都是来源于我小时候听大人讲的一些夜间行路的奇遇，那时，因为自己掌握的知识无法去解释这些奇遇，如走了一段时间，却发现在原地打转、移动的火苗、脚步沉重迈不动等，自然会觉得害怕。记忆中，大人们描述的奇遇，与今晚的夜色很吻合，天上有乌云，还有忽隐忽现的月亮。

　　前面又是上坡路段，那电动车估计已耗尽电量，刘书记只能推着走了。这个季节，北方已经很冷了，我摸了摸头盔，湿了，露水很重。这个时候，我的家人应该都睡下了。假如不加班，我在村里也应进入梦乡；假如我不驻村扶贫，这个时候应该是和球友打球结束后不久，或是在外面吃夜宵，或已回家。虽现在还不是今年最冷的时候，但我想念那温暖的被窝。说到被子，我想到了村委会所在地附近的宁下屯正在建新房的贫困户。他是无能力建房户，我们动员了许多次，他才勉强同意拆旧房。由于要在旧址新建，他们一家三口日常居住就成了问题，于是他就在村委会篮球场边搭了个简易住棚，一家人挤在里面住。这个时候，他们应该不会冷吧？我把这个担忧告诉刘书记，刘书记说，这个不必担心，在他们搭好棚、搬运日常用品的时候，我看到他们有好几床棉被呢。另外，准备过冬了，如果镇里下发御寒物资，我们就优先考虑给他。

　　走到坡顶后，前面就是下坡路了，但依稀可看到，不远处就是一个大角度的拐弯，我们都跨上车，战战兢兢地往坡下遛。这时，我耳边又响起了风声，这段路左边是陡峭的壁崖，右边是深不见底的山谷，布满了灌木和草丛。我又联想，假如我们不小心，冲下山谷，会是什么结果呢？嗯，应该不会"挂"掉，但肯定是挂在灌木上面的了，爬是没法爬上来的，即使是喊破喉咙也是没有人来帮忙的，这里离村庄太远了。我们福宁村也有一段类似的路，村民们长久以来进出，对路况了如指掌，对危险万分警惕，所以基本没有事故发生。福宁村分为内片和外片，外片各屯分布在村级公路边，通往内片有一条屯级道路，2016年10月，这条屯级路已全线硬化成水泥路，极大方便了村民出行。从村级道路前往是村里最远的龙昌屯，我们还有10公里的路程才能回到村委会。再过5个小时，龙昌屯的贫困户黄河，将会起床了，黄河和儿子用过早餐后，将骑上摩托车，搭上儿子，赶往20公里外的镇中心小学，把儿子送进学校后，他又返回家中，开始一天的农活。傍晚学校放学时，黄河又从家里出发，到学校门口，把儿子接回家，第二天一早又送过去。镇中心小学是可住宿的，唯独黄河的儿子，无论如何都不愿住学校宿舍，吵闹着晚上要回家住。无奈的黄河只能每天来回驱车80公里接送儿子，周而复始，一个星期要走上400公里。

下坡路段结束后，前面又是上坡了。我耳边又恢复了安静，此时月亮躲到了乌云后面，又听到了狗吠声，似乎比之前听到的要清晰些。

有狗必有村庄，村里人养了不少的狗，专门拿来看家护院的，但不乏凶猛好叫的。狗通人性，据说能听懂主人名字。刚到叩三屯附近黄利军家时，他家的狗就朝我们狂叫，摆出要冲过来的架势，我们大声喊着黄利军的名字，那狗一边叫喊着，一边朝主人家门口望去，待黄利军回应我们之后，狗的尾巴才垂了下来，我们和黄利军寒暄几句之后，狗的叫声才停了下来。假如我们一声不吭地走过去，或者扭头就跑，或者不是喊着主人名字，它也许会冲过来扑向我们。可从那之后的很多次，我们再去叩三屯时，即使我们喊主人名字，径直走进他家门口，狗已不再叫喊，偶尔还站起来冲我们摇尾巴呢。

上坡后，前面是一段较平坦的路。我询问刘书记是否累了，是否需要换我来推车，他说还撑得住，已经走了三分之一的路程了。刘书记老家就在福新镇，这条路是前往他老家最近的路，他比较熟悉路况。我的车灯在后面照射着，刘书记高瘦的影子被拉长了映照在前方的路上，他的脚步声和两辆车车轮摩擦路面的声响，竟也能传至路边的石山，形成回声，我竖起耳朵，生怕还有别的声响。此时，周围太安静了，如果50米外有只蜜蜂飞着，我都能听到它翅膀扇动的声音。说到蜜蜂，村里有两户贫困户养殖蜜蜂。

一个是叩二屯的黄定洪老人，68岁的黄定洪，身形健硕，皮肤是很健康的古铜色。黄定洪老人的女儿都外嫁了，家里只有他和老伴两人，养蜂也许是他的爱好，他的蜂箱都是固定放在家里的，且数量不多，每年都能收获一些。有一次我和刘书记到他家时，他很热情地给我们各冲了一杯蜂蜜水，那个甜我至今还记得。黄定洪老人的蜂蜜，每年除了自己吃的、送人的，还能卖一些补贴家用，也曾作为一个养殖项目获得奖补。

另一个是龙亮屯的赵英勤老人。他的子女都外出务工了，家里就是他和老伴留守。他的蜂箱布置在房子周边的屋檐和阳台上，和黄定洪老人不同，79岁的赵英勤把养蜂当作产业来发展，但由于年事已高，老伴行动不便，他只能发展家养蜜蜂，酿制百花蜜，龙亮屯四面环山，山上树木四季常青，各个季节都有野花开放。赵英勤老人很热情，每次在路上遇见他，他都热情地和我打招呼，主动问我说要去哪，还总邀请我，有空去他家坐坐。

继续往前，路边有个小村庄，依稀可看到，仅有几户人家，但现在已是深夜，都是黑灯瞎火的了。在视线范围内，看到的都是楼房，村口的空地上，空空如也，而中元节时我们开车路过，那里停了几辆小车。嗯，定又是个老人村，子女们都外出谋生计去了。这样的情况，在我们福宁村的各个屯都很普遍，老人和儿童孤独地守护着村庄、家园，默默地耕耘着自家的田地。政策里界定，男60岁、女55岁以上可算为无劳动能力，但在农村，农业生产的主力军，就是60岁以上的老人。如同龙亮屯的刘志刚老人，87岁了，子女都不在身边，但种田、养鸡，一样都没落下。还有宁下屯68岁的黄汉恩老夫妇，养牛、养鸡、养鸭、种地，整天进进出出地忙碌着，似乎都没有清闲过。

过了前面山坳边的荷池，就还有一半的路程而已了。荷池边的小村庄就是救汉村的范围了，荷叶早已凋谢得七零八落了，露出的水面，倒映着刚刚从云层里探出头的月亮。此时我想起了李清照的《一剪梅》："红藕香残玉簟秋，轻解罗裳，独上兰舟。云中谁寄锦书来？雁字回时，月满西楼。花自飘零水自流。一种相思，两处闲愁。"眼前所看到的画面，与离别、相思、忧伤特别应景，可我回想了一下，并无这些思绪的呀，可能是某些电视剧的画面还在脑中残留。想想，我上次看电视的时候应该是国庆节的时候了，有几天的假期，也才有机会和家人一起看电视。如今，电视已不再是生活的必需品，手机正慢慢剥夺它存在的意义。但是在农村，老人们的饭后休闲，还是离不开它，倘若它出现故障，定要火急火燎地找人修理。村里宁上屯贫困户黄作俭就是个修电视的，大家都知道他虽然没学过这方面的技术，但他能修好电视，令人惊讶的是他收的修理费太便宜了，有位村干部曾让他上门修理2台电视机，他捣鼓了一上午，修好了，问他要收多少修理费时，他说50元就可以了，村干部见他辛苦，给了他100元。

更让我们惊讶的是2017年以前，他家是没有电视的，于是，我们还笑话他，你自家都没有电视机，你却给人家修，能修得好吗？而黄作俭修理电视机这个事，在村里还是有口碑的。所幸的是，因2017年广播电视援边工程，黄作俭领到了1台电视机。

前面拐弯后，是一段直路，走完前面这段路，前面的村庄就多了。我想，老人故事里的夜路奇遇估计是碰不上了，但过了救汉村砚下屯后，在拐弯处，路边猪圈里的臭味伴着轻微的嗷叫声飘了出来。这气味，100多米开外的砚下屯应该能闻得到。我们福宁村也有类似情况，村民的猪圈要么建在村头，要么建在自家周边，养殖的规模也不大，少的几头或十几头，多的也在100头以内，居住在周边的群众受苦却也难言，这类问题我们也考虑了，但解决起来相当棘手。

我们穿过下尧屯中央后，来到村头的小桥上，此时已是深夜两点了。刘书记有点乏了，我建议小憩一下。休息中，刘书记说，如果有绳子的话，我们就可以互相牵引着走了。可这个点了，我们去哪里找绳子呢？见到两辆车车把上都有商家绑着的红丝带，我们解下，将两辆车连起来，可走起来不到5米，带子断了。见此状况，刘书记突发奇想，说用腰带吧，二话不说就把腰带解下。我摸摸腰间，哎呀，今天穿的是松紧带的运动裤，没别腰带，就和刘书记打趣说，你这样，裤子不会掉吧。刘书记笑答，不会的，即使掉下，这个时候不会有人看的。

一根腰带连着的两辆电动车，总算能同时动起来了。幸好从那里到我们驻地的3公里路程中，路还算平坦，没有又陡又长的坡，我们小心翼翼地出发了，我又在想，假如我今天也别着腰带，连着的两辆车的距离会长一点，就不会互相磕磕碰碰了。出发后的前500米，我们还没掌握技巧，前面的车一旦刹车，后面的就撞上来，后面的车一旦刹车，前面的就被拉停，所以，速度很重要，不能太快或太慢，两辆车必须保持合适的匀速状态。

本是10分钟就能走完的路，我们花了半小时。

我此时发现，福宁的夜色很美，在月光的笼罩下，散落的村庄寂静、安详，县税务局捐赠给各个屯的太阳能路灯还散发着亮光，守护着熟睡的人们。对我们来说,这是个不寻常的夜晚,对村民来说,这只是个普通的夜晚。再过几个小时,天就亮了,村民们会早早起来,忙碌着,也许无法感觉到,凌晨时分,有驻村工作队队员在念着他们;我们也依旧按时起床,忙碌着,用实际行动和村民们一起,共同打赢脱贫攻坚这场战役。

扶贫经历:
_____

   黄剑,2008年3月至今派驻至崇左市天等县福新镇福宁村任驻村工作队队员。协助驻村第一书记贯彻落实各项扶贫政策,扶持村"两委"推进产业扶贫,促进村集体经济发展,带领贫困户发展产业,脱贫增收。

我的扶贫故事

李 苗 / 贵港市平南县市场监督管理局

2018年3月接到单位让我驻村的通知，我也曾犹豫，因为我的第二个孩子才8个月大。现在还经常有朋友问我："你们这些干部在村里扶贫都干了些什么，有效果吗？"对此，我也曾心存疑虑。如今，我可以很肯定、骄傲的回答他们："我们做了很多实事，成效当然显著！"

驻村参与扶贫工作两年多，我进步很大、感触很深、感悟很多。

我，来到偏远的盆龙村，群山中依稀看到几处民居，道路也十分的崎岖，他们的生活并不是想象中的那样悠然自得。

"心"至令人感动！

驻村以来，通过对贫困户家庭成员信息、家庭住房安全、水源保障、家庭主要收入来源、致贫原因、生活中面临的重大困难等基本情况的询问了解，我才真切体会到扶贫这项工程是何等的重要和伟大。

我记得第一次去留守老人李奶奶家走访时，还是夏天，迎面看见的堂屋就是杂物房，李奶奶完全驼背，正在掰玉米。李奶奶家里基本没有任何像样的"八大件"，所有的衣服分散地搭在一根长篙上，一些衣物也因为屋里太潮而发出一丝丝霉味。我懊恼于并不能立刻帮助她改变什么，当天我便用心帮着李奶奶把家里的卫生搞好，把衣物重新收拾了一下，心想着下次带个柜子来。

走的时候，李奶奶拉着我的手不断道谢，纵然我对于这里的方言还不是完全懂得，可我从她的眼里读到了感动和那份乡人独有的朴实。过了好久，李奶奶都不愿松开手，喃喃地说道："跟家人一样呐，你们干部太好了，我都不知道说些什么才好。"出门时，我轻快地在路上小跑着，浑身都是一股干劲儿，我暗下决心，以后碰到乡亲们，一定要尽我所能地去帮助他们，即使每天只做那么一件小事。

"言"来互相尊重！

基层工作是错综复杂的，我们常常会遇到对政策不理解、不支持，也不愿听的部分农户。他们刻意抵触我们，说些风凉话，不待见扶贫干部；他们邻里矛盾交错复杂，难以调和；他们之间互相攀比，不满足现状；他们性格激进，刁钻发难；他们言辞"朝令夕改"，态度反复无常；等等。作为刚参加工作不久的年轻人，我想，要打赢这场没有硝烟的战役，唯有抱着一颗迎难而上的心，脚踏实地，永不放弃，大家互相尊重，在不断摸索中前进，方能迎接胜利的曙光。

刚开始，领导们带着我去潘大叔家走访，谈话基本靠"吼"，我们根本无法心平气和地和他讲道理。潘大叔的家庭条件不算太差，而他固执的脾气和激进的性格让我们每个驻村干部都对他较为熟知。他可以为低保金数额上的某几个数值发牢骚，也可以因为他自以为的某些"不公"对着我们大发雷霆，跟我们扯上歪理，闹个半天。他认为迟发的或者没发的低保金，我们耐心地一一帮他查实。所谓好事多磨，我们在宣讲有关政策、调处矛盾纠纷的过程中，晓之以理，动之以情，从未想过放弃他。

前些日子发大水期间，我们冒雨去他家核验鸡鸭，我们在他家门口足足等了一个小时，他才回到家，看见我们衣服都湿了，他眼眶也湿了，最终被我们感动。我们终究是融化了潘大叔心中对扶贫工作的这块坚冰。"这么大雨，你们搞扶贫的干部也辛苦，都进来躲躲雨吧……"现在每每路过他家门口，他都会热情地招呼我们进去陪他拉拉家常。

"水"至万物复苏！

让扶贫这股暖流流进每个村民的心间。

要勤快、多做事、做好事、做实事，切实解决农户的困难和问题。我帮扶的潘国坚那户家庭，本来靠自己努力拼搏，生活很幸福，然而，人有旦夕祸福。他的儿子大专一毕业就得了尿毒症。潘国坚夫妻60多岁，女儿都出嫁了，儿子读书也欠了债。刚开始潘国坚夫妻一听到儿子生病了，深受打击，一蹶不振。我收到扶贫任务之后，经常上去跟他们谈心，介绍现在的医疗政策，还帮他们申请了低保、大病救助。他们得到国家政策的帮助后，慢慢释怀了。现在每次入户我都看见他们坚毅、忙碌的身影，扶贫也扶志，他们现在乐观地面对生活，走在不服输的路上，自己种稻谷、养猪、养鸡、养鸭，用自己的勤劳脱贫致富。在核验产业时，看见他们的猪长得壮壮的，鸡又成群，作为帮扶人的我也为他们的勤劳感动。我心想，我也要向他们学习那种在生活中永远不服输的精神。我相信他们一家的精神也感动着整个村庄，引领着大家一起奔小康！现在每次入户，潘大叔都感激说："感谢党的政策，感谢党的干部！养老金让我们老有所依，医疗救助让我们有医疗保障。"

要真情，要争做农户的贴心人，把他们当成自己的亲人、朋友，以诚相待。关爱孤儿，从我做起！我自从驻村以来，我经常上门或者用微信和我们村的孤儿覃梅聊天。她经常和我谈心，她说读了高职，还要考大专。她毕业后要努力回报国家，帮助像她那样的孤儿！所以我永远坚信扶贫先扶志，教育保障奔小康！

要能吃苦，无论刮风下雨，我们翻山越岭也要去做扶贫工作。盆龙村山美水清，但是蚂蚁也"凶"。记得一次产业核验柑橘，我不小心踩到了一窝蚂蚁，被蜇得整个脚都肿了，又痛又痒。周末回家，娃指着我的脚说："妈妈为什么受伤了？"得到懂事的娃的关心，我很开

驻村工作队员李苗参加沃柑高产栽培技术培训班

心，摸摸他的头说："没事，妈妈只是抓痒抓到的，很快就好。"感谢孩子的爷爷奶奶、外公外婆对孩子的照料与教育，让我在扶贫的路上更加努力！

"日"出万里无云！

奋斗小康，决胜小康！"村里的条件确实越来越好，如今大家用水、用电不用怎么发愁了，房屋改造还有补助可以拿，路也修到家门口来了。冬天你们还送吃的、穿的、用的给我们，我们每天还能烤着火炉看会儿电视，这都是托共产党的福啊，要不是你们干部，我能有这些？几十岁的人了，原想着在山旮旯里窝囊一辈子，这下好，碰上盛世了，生活又有盼头了。"在入户调查时，覃大哥对我说了这样一番话。

"你们要注意身体，生活变好了，我们才觉得扶贫是做到位了。"我答道。

"小李，这么冷又是雨天，多穿点，路也滑，注意安全，为了我们贫困户，你们也是够拼的，别摔着了。"临别时，覃大哥坚持送我们到很远的地方才返身回去。

那一刻，我仿佛觉得屋外的寒风比火炉还暖，扶贫工作期间的每一个步骤都是如此有意义，成了我人生中一份宝贵的经历，显得弥足珍贵。看到贫困群众生产生活条件得到改善，在农户家围着圆桌开心地吃着饭，那发出的阵阵欢声笑语，深深地在我脑海里定格，我想这就是同一个小康梦吧。

扶贫经历：

李苗，2018年3月至今驻贵港市平南县镇隆镇盆龙村任工作队员。3年来，密切联系群众，深入群众，走访贫困户，针对不同的贫困原因，有针对性引导带动他们脱贫，并同贫困户建立了亲人般的感情。在这3年时间里，全村建档立卡贫困户268户1183人，2020年已经实现了全部脱贫。已建成123亩沃柑扶贫产业基地并成立了合作社，115户贫困户入户该合作社。2019年在贵港市举办的"我的扶贫故事"征文比赛中获得了二等奖，2020年荣获平南县扶贫先进个人。

纸短情长，写给党校老师们

叶　敏 ／ 贵港市中共平南县委党校

敬爱的党校老师们：

　　我是一个普通农民的孩子，给你们写封信的念头老早就有了，这几天，我终于鼓起勇气执起笔来了。

　　我的家乡平南县官成镇章逻村，背靠三宝山，面临官成水库，这里山清水秀，风景如画，你们在这小村落里往返了不知多少次，一步一个脚印走过的时光，正是家乡最美的印记。

　　"党校老师们来了以后，我们村越来越美了。"这句话，是我回到村里后听我的叔伯、婶婶们讲得最多的一句。是的，这几年，村里新建了篮球场、文化室、戏台，水泥道路宽敞干净，家家户户有路通、有电视看、有网络用，主要道路旁都安装了太阳能路灯，三面光水渠里碧波荡漾，村屯面貌焕然一新，村民们的幸福感大大地提升了。我知道，这些变化，都离不开你们：章逻村挂点联系帮扶单位——平南县委党校老师们辛勤的付出。

　　心中有大爱，才会一花一叶总关情。

　　前两天还听到我的邻居群扬叔乐呵呵地说："我的帮扶联系人黎华昌副校长对我家的事可上心了，他指导我们因地制宜发展沃柑产业、申办扶贫贷款，请农技员上门传授种植技术，还帮忙申请产业奖补。奖补验收那天，天气酷热，山路又难走，他都不嫌累，坚持在沃柑地里丈量面积，清点株数。这不，疫情时期，他又帮我联系到附近的扶贫车间务工。我们一家人都非常感谢他！"

群扬叔可以说是村里精神面貌变化最大的人了。他家是建档立卡贫困户，儿子患病无劳动能力，每年光医药费用就要2万多元，以前只能靠种田维持生活，生活困窘得让群扬叔脸上终日不见一丝笑容。可这几年，通过发展产业，他家摆脱了贫困，建起了两层小洋楼，群扬叔的儿子富健的残疾补贴和低保申请也审批通过了，群扬叔的脸上显现出久违的微笑。他常说："黎副校长帮助我们脱贫致富，还帮我们解决了后顾之忧，真是我们家的大恩人呀！"

我还知道党校的韦知坚老师，为调解他的帮扶户罗金荣的家庭矛盾，多次往返章逻村，讲道理举实例，层层诱导分析，终于化解了矛盾，使金荣一家重归于好。

村里年轻人变化最大的是大村一屯的陈桂宏哥哥。他父母早亡，与妹妹相依为命。前几年妹妹初中毕业后到广东打工了，只剩下他一个人在家养蜂或打点零工维持生活。党校的李永健老师担任他的帮扶联系人后，常常到村里与他谈心，勉励他只要依托党的政策，踏实肯干，未来的日子会越来越好的。

桂宏哥原来住的是土坯房子，李老师帮助他申请了危房改造，住上了稳固住房。在知道桂宏哥有一套祖传的养蜂技术后，李老师还通过自己的同学亲友，推荐他到海南的一家养蜂场担任技术指导，月收入有1万多元。最近桂宏哥回家加建了二层小楼，还装修得挺漂亮的。我前段时间见到他，他还羞涩而喜悦地说："等疫情结束，我就要带女朋友回来办喜酒了，到时候，可要请李老师过来喝一杯。"

党校的老师们，你们用全部的真心与热情，带大家走上致富的路子，更带来了新生活的希望。

我的所见所闻，都是老师们为改变章逻村贫困面貌的付出与努力，而发生在我自己身上的事，更是让我真切地感受到老师们对扶贫事业的无私付出。

2020年春天，随新冠肺炎疫情而来的更大的灾难忽然袭来。腊月二十七，爸爸突发脑梗住进了医院，几天之后永远离开了我们，而我们的妈妈，在几年前就因车祸去世了。突如其来的打击，使我和哥哥一下子懵了，哥哥才21岁，2019年才到广东打工，而我今后的生活将如何为继，我的学业还能否继续？失去亲人的痛苦，对往后生活的迷茫，使我和哥哥感到恐慌和无助。就在这个时候，党校派驻的驻村扶贫工作队队员劳健玲老师和我们的帮扶联系人韦知坚老师来了，他们与我们聊家常，嘘寒问暖，宽慰我们要相信党的政策，依靠政府的扶持和帮助，一定能渡过难关。尽管戴着厚厚的口罩，但他们眼神坚定、语言温暖。没过几天，他们就送来了向政府申请的5000元临时救助金，解了我们的燃眉之急。韦老师还安慰我说："困难是暂时的，你的低保申请、雨露计划申请我已第一时间递交上去，按政策很快会通过审批的。"他还要来了我学校的电话，跟学校说明了我家的情况，请求学校在开学后优先帮我申请助学金，以解决我的生活费用的困难。这一切，无一不使我们感受到虽然亲人离去，但党和政府的关怀，依然能照亮逆境中前行的路。

敬爱的老师们，因为有你们，我们才熬过了艰难的寒冬，迎来可贵的夏日暖阳。

前一段时间，黄文秀姐姐山谷遗芳的扶贫事迹令我们深深感动着，回首眼前，党校派驻我们村的扶贫工作队队员劳健玲老师为扶贫工作常年奔忙的点点滴滴，同样滋润着我们章逻村村民的心田。在我们眼里，劳老师您虽然是党校派来的，可您就是跟我们奔同一个目标，真正想在一起、干在一起的"村里人"。我常常见您与村民们唠家常，了解各家各户的家庭经济发展情况，宣传党的政策和理论。农忙时，我也常见您在田间地头与村民们一起劳作的情景。

五保户林桂馨爷爷过去住的是泥砖房子，2018年台风"山竹"过境时，您牵挂着这位老人的安危，在大风大雨、雷电交加的晚上，硬是把林爷爷背到了安全住所。此后，您每天都放心不下老人的住房安全问题，经过多方协调，终于通过危房改造让林爷爷住上了安全稳固的房子。林爷爷高兴得逢人就说："党的政策好，劳老师就像是党派来帮助我们的亲人，连我这孤老头子都觉得日子有盼头了。"

其实我们的"村里人"劳老师，心中牵挂的何止是林桂馨爷爷呢，您心里牵挂的是我们村里面每一个人。

是的，新冠肺炎疫情防控期间，我常常见您与村干部们在关卡值守，守护村子的安全。村凉亭里，您为老人们进行养老认证。村民们家里养的鸡、种的沙糖橘难以卖出去，是您多方联系，为村民找来线上线下平台，帮助村民们销售。您还经常上门入户给村民详细讲解缴纳医疗保险等国家政策的好处和用处，使大家慢慢地了解并接受相关惠民政策。在这最漫长的寒假，疫情防控的形势一好转，村里的孩子们就到处疯跑疯玩，是您，在村里的溪旁河边立下警示牌……

劳老师，我多想偎依在您的肩头，叫您一声"劳妈妈"！党校老师们，我多想向你们深深鞠躬。这些年来，村里的贫困户从101户469人，下降到1户3人，这其中，倾注着你们多少的真情与汗水。你们身上，都折射着共产党人义无反顾的责任与担当。

感谢这伟大的时代，让我们在这小山村相遇，使我们章逻村可以走出贫困，奔向小康。也请等着我，在未来的历史征程中，你们将会是我最美的标杆。

　　此致
敬礼！

章逻村村民　罗敏玲

2020年5月8日

（注：本文为中共平南县委党校驻章逻村扶贫工作队队员叶敏代笔）

扶贫经历：

叶敏，2018年3月至今选派为贵港市平南县官成镇章逻村扶贫工作队队员，章逻村是中共平南县委党校的挂点帮扶联系村，官成镇的两个贫困村之一，在其与镇村扶贫工作队队员、村"两委"干部及后盾单位共同努力下，2018年该村顺利脱贫摘帽。

扶贫路上温暖有光

廖小平 / 中国民主建国会北海市委员会

　　从一个被帮扶人，到成为脱贫攻坚工作队队员，对于扶贫工作，我有太多的体会和感受。有时在工作中，一些人会质疑和困惑：开展扶贫工作这么长时间，每个单位、每个人都花了不少时间和精力，意义在哪呢？这时，我都很想对他们说，我们的扶贫工作，一直温暖有光，它照亮前路，它点燃希望。

一

　　在扶贫工作中，我算是早期的被帮扶人。

　　我是在桂东北农村长大的，我家是不折不扣的贫困户——家里林地水田少、母亲长期患病、三姐弟都要读书，彼时义务教育还没能免除学杂费，我很可能像其他贫困孩子一样辍学。特别是在上初中以后，大部分农村孩子都得思考："现在中专不包分配了，靠读书改变命运还得高中三年、大学四年，家里能否承担？是早点跟着小叔去广东打工，还是争取参军入伍呢？"

　　那时候没有精准扶贫，庆幸的是有希望工程结对帮扶。因为所在乡镇是瑶族乡，当时是县里主管民族事务的部门来资助我读书。他们到我家走访资助的形式跟现在的也差不多，拿着一袋米、一桶油，聊一聊家里最近情况，还教育我要好好读书。那时候，我见到他们都会紧张，那些叔叔阿姨跟我讲话的时候我不知道怎么回应，也不懂得如何去表达感谢，只会点点头。周边热情的邻居乐意帮腔，也不过简单的几句"这孩子成绩好，幸亏有你们帮助"，"辛苦了，留下来吃顿饭吧"，然后就是就是常见的"感谢党，感谢政府"。来也匆匆，去也匆匆，他们从来没能留下来吃饭。

他们的到来虽然可能只是他们普通的一次帮扶工作，却给我带来了读书的希望和生活的憧憬。他们每次跟我交流虽然也都只是叮嘱我要好好读书——"政策一定会越来越好的，只要考得上好的高中和大学，大家一起为你想办法解决学费的事情"，虽然没能打包票说出具体如何解决学费的事情，但是他们这份叮嘱却成了我读书的一份动力。他们给我家带来的米和油，可能是他们在城里平常买的，但一定是农村家庭不舍得买来吃的。至今还记得第一次看着那些粒粒饱满的大米的感受，我觉得这些大米就是漂亮！

他们还给我留下名片，我也从来没好意思打电话过去，但我一直保存着这些名片。留着这些名片不是说以后会联系，是自己不敢忘记曾经有那么些陌生人——每次都很辛苦地坐那么久的车来看望自己、关心自己。机构改革、人事轮换，要再找到他们已很不容易，我忘记了他们长什么样，但我不会忘记他们给我带来过的温暖和希望。

因为他们的资助，我完成了小学和初中的学业，成了全县唯一一个考到市里并且享受包括生活费在内全额资助的学生。三年后，我考取东莞的大学，利用学校的勤工俭学机会和寒暑假在校外打工，完成了大学的学习任务。是他们的帮扶使我有了不一样的宝贵经历：包括我在内，当初村小学的53个同学，有42人在东莞，他们打工，仅我上学。"还是读书好啊！"聚在一起的时候他们总会特意找我说几句。我相信这不仅仅是他们的客气话，也一定会成为他们日后对子女教育的态度。

拿我受过帮扶的例子是想告诉大家，永远不要轻视扶贫工作的价值，有一些可能对于我们来说只是区区小事，但是对于贫困户来说那可能是会记一辈子的事。我们在帮扶工作上的每一分努力，虽然不见得都能改变别人命运，但一定会产生或肤浅或深刻，或短暂或长远的影响。

二

我也曾经是一些人所调侃的"路上三小时，入户十分钟"的所谓"旅游式扶贫"——结对帮扶的市级帮扶人。

单位帮扶相对集中的7户贫困户。我们所帮扶的村离单位60多公里，往返路上耗时约3小时。我们一般需要先到村委会学习了解一下最新的政策和要求、手册填写规范，分配到每一户的入户时间其实也就十几分钟，大多是问问家里情况，了解收入，填手册，逢年过节再拿点米和油慰问。

但我们也作出了亮点。有一户贫困户，家里有一个70多岁的老人，老人有一个肢体严重残疾的儿子，老父亲的日常就是照顾残疾儿子，除社保兜底无其他任何收入。我们争取到一辆轮椅，帮助其儿子改掉了以往长期卧床的习惯，之后每次入户都能见到他主动出来"炫耀"轮椅，村民也纷纷表示"以前只听说他们家有个儿子，现在就常常见到他们家有个儿子了"。老父亲终于得以脱身出来打理农活，我们就根据其年老体弱、村里多甘蔗叶等特点，筹资为其购买一头种牛，三年来他卖小牛的收入达6万元。通过自己的劳动增加了收入，老人家的整个精神状态有了可喜的变化。

还有一户贫困户，家里有一个患精神疾病的母亲和一个正上学的女孩小郑，母亲需常年住院治疗，小郑寄居外婆家里。结对帮扶时小郑正上初三，我们就详细地研读了解教育扶贫方面的政策和民建方面的助学活动。因为小郑成绩较好，我们重点向她介绍了"思源·盛邦助学"项目和雨露计划，鼓励她克服困难安心学习。高中的三年，我们总趁着她放寒暑假和她见面聊聊。2019年9月，她考上湖北科技学院，"思源·盛邦助学"项目和雨露计划共1.2万元的资助使她顺利开启了大学生活。小郑说："你们的帮助已经能保障我大一一整年的学习和生活了。接下来，我将通过校内勤工俭学和校外暑期工作实践，减轻经济压力、增加社会阅历，努力做更好的自己。"

　　也因为小郑，我更关注教育扶贫，推荐了一名与她年纪相仿但成绩一般的小陈获得"李锦记希望厨师项目"全额资助，并完成为期三年的学习任务。小陈的微信朋友圈，记满了她在读书期间参加李锦记希望厨师班公益活动的相片和感悟，她摆脱了农村贫困家庭女孩常见的羞涩与自卑，洋溢着乐观和自信。小陈说："报读希望厨师班不是我最初的梦想——山沟里的农村女孩以前就不知道有这不一般的求学道路，但希望厨师班真正让我乃至整个家庭有了新希望，作为校学生会和希望厨师班的学生干部，我参加各类活动，能力有了明显的提高。参加赴香港交流游学团的活动，让我有机会第一次坐飞机、第一次出入境、第一次上镜……学会感恩，继续努力！"

　　我还先后通过学校、脱贫攻坚工作队筛选推荐两批共11名学生获得"思源·盛邦助学"项目8万元助学金。家境困难的小王，起初想着逃课也要出去兼职赚点生活费，得到资助后，她说："感到松了一口气，终于可以更好地谋划自己的大学生活了。大一主要任务还是先认识新同学、适应新环境吧。"她成功当选班级团支书，很好地带领全班同学一起完成了从应试高中生到多彩大学生的转变，还两次应

廖小平（中）自带食材，与贫困户共煮同吃，庆祝贫困户光荣脱贫

邀赴南宁参加"盛邦助学日"活动，向学弟、学妹介绍如何更好地融入大学新生活。

三

加入脱贫攻坚工作队之后，我对扶贫有了更新的认识。

我派驻的乡镇，贫困户最少的一个村有贫困户4户15人，按规定选配2名驻村工作队队员。两名队员原有的工资福利待遇加上驻村伙食补助等费用每年约21万元。从经济的角度看，不计入其他扶贫资金投入，就这21万元直接分给15人，人均收入1.4万元，已经远超4000元的脱贫标准了，为什么我们还派驻扶贫工作队队员专门从事扶贫工作呢？我认为，驻村帮扶的意义，不仅仅是用"能给贫困户多少东西""帮助贫困户增收多少元"来衡量。更重要的是，驻村帮扶可以引导他们开拓思路、向他们传递温暖、与他们保持密切关系。

孩童时期，讲着普通话、到村里勘探开发铅锌矿床的地质队队员帮助我们山里娃乃至村里老人打开了一扇了解村外世界的窗口；青年时候，王蒙的《组织部来了个年轻人》一度让我想象自己是故事里的主角。我想，组织上投入大量的人力、物力，选派驻村工作队开展工作，当然不是因为我们"上面来的干部"会更懂基层的群众工作，也不是为着我们能更迅速、更规范地填好各类统计表格，而是有着拓宽村民尤其是村干部思路的考量。驻村工作队引进的个别扶贫产业项目确实没能实现经济效益最大化，但它能推动村干部主动谋划发展村集体经济，能带动村民改掉多年来的种养习惯。

通过驻村帮扶，我们可以传递"落实低保、危改、助学、大病救助等各种政策，确保扶贫路上不让一个贫困户掉队"。这些扶贫政策不是驻村工作队或帮扶联系人自己创造的，是国家的，但会因为有我们面对面的传递，变得不再冰冷，变得有温度、有力量！

村里的蓝大爷，70岁时被安排为村里公益性岗位的保洁员，他说："交了几十年'皇粮'，没想到到老还能'吃皇粮'领工资。"我每次见到他，他都是乐呵呵的，他负责的区域也总是干干净净的。2018年驻村工作队走访时，发现花大爷一家生活困难，主动将其纳入贫困户并给予帮扶。如今他家通过落实危房改造政策，住上了新房，他说："以前下雨的时候半夜都得起来挪床位，现在可以安心睡觉了。"驻村工作队队员小王那天突然收到一条短信提示小王加入亲情网，问过之后才知道是村里梁叔加的，梁叔轻微智障，2019年父亲过世后家里就只有他一人了，大事小事都想着先问问小王意见，移动公司见他每月与小王的号码有十几元的通话费，就建议其组建亲情网了。

近年来，一些后盾单位争取项目资金在帮扶村里完善了很多基础设施，我派驻的乡镇有几个村安装了太阳能路灯。村委会办公楼一般建设在人群相对密集的村级主干道旁，循着路灯往往就能找到村委会大院，并且那里总住着我们的驻村工作队队员——我有过在晚上10点多还遇见村民到村委会找我们了解产业奖补政策的经历。

外人或许很难体会到这些路灯有多大意义，可是在晚上，这些路灯就是黑夜里的一道道光，不仅照亮了村里的道路，还给这些偏远地方带来了生机，照亮了生活的希望。

我们的扶贫工作，正是贫困村里不灭的灯光、入心的温暖。

扶贫经历：

廖小平，2016年起先后结对帮扶潘敏莉、蓝成全等贫困户，帮助他们享受各类扶贫政策，感恩党的帮助。负责对接民建广西区委"思源·盛邦助学"和李锦记希望厨师项目，先后推荐11名学生获得"思源·盛邦助学"项目8万元助学金。推荐1名贫困生到李锦记希望厨师班（成都）就读，享受全额资助4万余元。

2019年6月起派驻广西脱贫攻坚工作队乌家分队工作，团结带领全体队员切实履职，助力该镇在全县率先实现全面脱贫。

扶贫"奶爸"情几许

潘能仲 ／ 北海市教育局

自从贫困户庞亮的第五个孩子出生，我便多了一个"奶爸"的称呼。虽然这是调侃话，但却真真切切地道出了我在扶贫路上奔走的一段故事。

时间回到2018年。这一年，党中央作出指示，指出脱贫攻坚战已经到了逆水行舟、爬坡过坎的关键时刻。中央连续出台了多项惠民政策，特别对农村贫困人口进行了倾斜。也是这一年的4月，组织上一纸公文把我从贫困村调整到非贫困村，担任驻村工作组长。我本以为这里的贫困状况没那么严重，应该轻松点吧，但接下来看到的一幕把我的猜测彻底改变了。

4月的惠民春风吹遍祖国大地，中央审时度势，又作出了在脱贫攻坚的路上一个都不能少，并且必须做到"应纳尽纳、应保尽保"的指示。我们所在的村根据上级指示，开始开展有序排查，然而就在进村进行排查的第一个晚上，发生了一件让我难忘的事情。

一家五口睡在猪圈里

南方仲春的晚上，凉意犹浓，8时许，我和村主任手持电筒和木棍，深一脚浅一脚地走在泥泞的乡间小路上。当行至马屋村时，有小孩的哭喊声从微弱的灯火处传来，这引起了我俩的注意，我俩沿着小孩哭声方向走去，发现一处低矮的瓦房。我俩弯着腰走进"房间"详细察看，只见一个40多岁的男人和4个小孩蜷缩在一张大约2.5平方米的睡垫上，男人的左手边睡着两个小孩，脚后跟也睡着两个小孩，大人小孩5个人一起挤在不足5平方米的猪圈里。我和村主任对视，心情瞬间沉重起来，随即一股强烈的责任感从我心底升起。

这件棘手的事情就这样摆在了我的面前。第二天，我立即组织村委会干部和驻村工作队队员召开会议，共商解决办法。然而好事多磨，当我们驻村工作队第二天再次入户核实时，一个更加严重的现象又呈现在我们的面前，我们看见一个女人不知什么时候开始就抱着一个脏兮兮的小女孩横坐在门槛上，用一种特别的眼光"迎接"我们。我们询问男主人（庞亮）才得知，眼前这个女人是他的妻子，是一个具有暴力倾向的精神病人，且已怀孕7个月。这个情况令我们一下子措手不及，全然不敢相信眼前的这一幕，村里还有这种遭遇的人。

然而使命感和责任感容不得我们退缩，于是我们立即向镇党委、政府汇报请示。很快，我们接到领导的授意，为防止病人危及小孩或他人，决定协调派出所和精神病院双管齐下，采取强制措施把庞亮的妻子送至精神病院进行治疗。

不久，在9月里的一天，有消息传来，庞亮的妻子产下一名女婴，母女平安。一个新的生命降临，本来是大喜之事，可是，对于这个特殊的家庭，真高兴不起来。嗷嗷待哺的婴儿整天哭喊，母亲却无法喂养婴儿。

这样一个家徒四壁、连锅都揭不开的七口之家，横亘在我们决战脱贫攻坚的征程中。

喝"百家奶"的小女娃

我来不及细想，便向北海市第二实验学校家长群发出求助信息，很快得到了该校冯校长的声援，她利用自己名师工作室的影响力发出倡议，仅一天时间，便得到了多位家长的热心支持。家长们共商决定，为该婴儿提供两年的奶粉和日用品。第二天，第一批奶粉和婴儿日用品募集到了，当我从家长代表手中接过这份充满大爱的物品，百感交集，旋即飞奔向婴儿家中。

第一份15天的奶粉，第二份15天的奶粉，就这样，我不知不觉地走在为婴儿募集奶粉的接力道路上，也许这就是我的光荣"奶爸"称呼的由来吧！

"应纳尽纳"的调整工作按部就班进行着。2018年10月中旬，市督查组到村里指导扶贫工作，当督查组实地察看到庞亮这一家的状况时，带队领导感到非常惊讶。临走前，他特别叮嘱我，一定要加大推进力度，帮助庞亮家早日脱贫。接下来，我们立即行动起来，把庞亮家的事提上工作日程，从摸排、调查到评议、公示，然后到上级批复，只用了20天时间，在10月下旬，庞亮这一户7人被纳入贫困户范围。可是这一家的状况，对照"两不愁三保障""八有一超"标准，简直是一片空白，困难就这样摆在我们的面前，要想如期脱贫，压力非常大。此时习近平总书记的叮咛又在耳边响起，扶贫工作要有绣花的功夫，马虎不得！

办法总比困难多，我们坚信有党中央做坚强后盾，有强力的政策和措施，困难最终都会迎刃而解。我们根据庞亮家的实际情况，因需施策，制定切实可行的帮扶方案与措施，聚焦"两不愁三保障""八有一超"的标准，一项一项抓落实。为了使贫困户充分享受国家扶贫政策，2018年11月在相关部门通力协作下，各项政策惠及了这户贫困户。医疗保障方面，户主庞亮的妻子领取了精神残疾人证，享受特殊医疗救护并获得残疾补贴；教育保障方面，3个适龄孩子分别在小学、初中接受义务教育；民政部门为该户办理了农村低保金，他们的基本生活有了保障。最值得一提的是，为了保证庞亮一家尽快住上稳固住房，我们迎难而上，针对贫困户建房资金不足的困境，采取帮助垫资、赊材料、争取领导支持等办法，推进房屋建设，通过各方努力，新房建设从规划到竣工入住只用了4个月的时间。

为响应党委、政府"能脱尽脱"的号召，2019年11月，我们对庞亮一户进行了"双认定"，核验组认真对照国家的"两不愁三保障"、自治区的"八有一超"标准，一致认为庞亮一户符合国家脱贫标准，可以脱贫出列，实现提前一年脱贫。看看如今的新房，对比昔日他们蜗居的猪圈，我感慨颇多，可谓是天地转变一朝间，全靠中央政策好。准备离开时，我回头看了一眼慢慢长大的小女娃，她无忧无虑地喝着"百家奶"。此时，夕阳如此美好，微风拂面，走在乡村小路上，我的脚步轻快了起来。

扶贫经历：

潘能仲，2016年10月至2018年4月担任合浦县廉州镇中站村驻村第一书记，推动中站村以高质量成功脱贫摘帽，20户45人（全村45户103人）按照"两不愁三保障"和"八有一超"标准脱贫出列。

2018年4月，潘能仲服从组织安排，来到合浦县石湾镇沙朗村担任驻村工作队组长，能够迅速调整好角色，积极投身到脱贫攻坚工作中去。2019年，沙朗村15户65人全部脱贫，提前一年高标准完成任务。在2018年由于扶贫工作成绩突出，潘能仲被评为优秀工作队队员。

这一生，应当驻村扶贫一次

钟振清 / 广西壮族自治区科技厅

令起频催远征疾，当窗未眠忍惜离。

不求汗青后世名，但有丹心留过迹。

1997年，香港回归祖国一个多月后，我离开了生我养我的故乡，从此走上了艰辛曲折的求学与谋生路。我为了学富五车，为了多收五斗米，从此我见到的故乡只有冬夏，再无春秋。远离故土的人，正如陶渊明所言，是"零落同草莽""飘如陌上尘"，儿时坐在父亲肩上玩耍的画面，母亲面对穷困生活的一声叹息，没有电视的年代躺在铺在地上的竹席上遥数满天繁星等情景，在岁月沉淀中成为我心底最珍贵的记忆。对于很多从农村中来的孩子来说，在历经了数不清的坎坷与风雨之后，心底或多或少的都有过回到农村的梦想，只是大多数人大抵是摆脱不了"渐行渐远渐无书"的宿命与结局。

大学毕业后，我如柳絮飘萍，天涯随波。2006年，一个巧合的机缘，我在自治区科技厅下属一家科研事业单位工作，开启了之前职业规划不曾设想过的科研之路。这些年来，我一直有一种预感，将来的某一天，我会短暂离开南宁这座熟悉的城市，离开每天陪伴我的家人，到某个偏远的陌生乡村从事一线的扶贫工作，这种奇怪的感觉越到后来越是强烈。果然，2018年下半年，这个预感猝不及防地变成了现实。

九月北上为异客　一朝归来无贫者

2018年7月前后，新一届驻村工作队队员下派4个月左右，就听说派驻天峨县六排镇令当村的第一书记因身体原因，请假回南宁治疗，没能正常开展驻村扶贫工作了。后来，因为个人另有发展，他辞去了公职，他原先担任的第一书记自然就是虚位以待了。2018年是一个特殊的年份，是我国改革开放40周年，也是广西壮族自治区成立60周年。对于天峨县来说，还有一个特殊的任务和意义，那就是2018年是整县脱贫摘帽的一年。对扶贫工作稍为了解的人都知道，整县脱贫摘帽意味着什么。天峨县有94个村（社区），任何一个村的扶贫工作都可能影响到整县的脱贫任务，是真正意义上的等不了、拖不起、慢不得。在这样的背景下，自治区科技厅驻天峨县扶贫工作队、天峨县、六排镇、令当村等各方都请求尽快解决第一书记空缺多月的问题。

9月的一天，单位领导找到我，说打算派我去天峨县接任第一书记，让我做好心理准备。说实在的，当时，我心里是有诸多顾虑的。作为二胎家庭，当时儿子才一岁半左右，刚刚学会走路说话，正是人生中最可爱的时候。女儿读小学二年级了，面临早晚接送难题。妻子在南宁市良庆区一个偏远的农村小学当教师，每天很早就要出门赶去上班。如果我去扶贫，她只能早早地把女儿送到学校门口后再匆匆地赶去上班。从另一个层面看，我是事业单位的专业技术人员，走的是职称路线，下去扶贫要求全脱产、吃住在村、工作在村，这就意味着我不能申报和参与科研项目，也没有时间撰写和发表论文，这对于2022年就到时间评正高职称的我来说，必定影响很大……

尽管我心中有过不舍、有过顾虑、有过犹豫，但到2020年现行标准下农村贫困人口全部脱贫，是党中央向全国人民作出的郑重承诺，必须如期实现，没有任何退路和弹性。身为一名有着15年党龄的党员，我清楚地意识到，除了服从组织的安排，我已经没有其他的选择了。那一刻，我自己比谁都清楚，我离那个预感更近一步了。2018年国庆后没多久，自治区党委组织部对我担任令当村第一书记的批复文件下来了。在安顿好家里、交接好工作后，10月17日，在第5个国家扶贫日的当天，我正式开始了驻村扶贫工作和生活。在离家前的那个夜晚，因对上有二老、下有二小的不舍牵挂，对即将奔赴扶贫一线的未知顾虑，我辗转反侧难以入眠。我透过窗外路灯斜照进来的微光，依稀看到妻儿脸庞的轮廓，想到以后不能天天陪伴在他们身边了，竟涌起一股莫名的伤感和几许淡淡的哀愁。

2017年春节过后，家族的兄弟们商量，决定把共有的老房子拆除一部分，在原址新建一栋多层住房，搬新房的日子定在了10月17日重阳节当天。巧的是，女儿也是重阳节出生。按我之前的想法，是计划回岑溪老家参加完乔迁之庆，陪女儿过完生日之后，再北上赴天峨的，但领导说村里正好在重阳节这天举行盛大的敬老活动，全村60岁以上的老人都参加。如果我当天到村里报到，对向全村介绍宣传我这个新来的第一书记是个千载难逢的机会，而村民是否认识第一书记也是扶贫考核的一个内容，最终，在重阳节当天，我来到了令当村。

河池是广西一个产酒大市，南丹丹泉酒、罗城天龙泉、东兰墨米酒、都安野生山葡萄酒等都具有一定的知名度，酒文化浓厚。我只记得那天晚上，一番番举杯、一次次痛饮后，在觥筹交错、推杯换盏中，平生不好饮酒、不胜酒力的我，在村民的热情感染下，第一次喝当地自酿的土茅台便酩酊大醉了。半夜几分清醒过来，在这个离南宁400公里、离岑溪650公里的偏远乡村，夜色凉如水，思绪任纷飞，我想起了今天过生日的女儿，想起了老家正沉浸在搬迁新居喜庆中的兄弟姐妹，王维《九月九日忆山东兄弟》的诗句伴随着充满酒味的打嗝自然地在脑海中盘旋，才下眉头、却上心头的依然是无计可消除的想念与牵挂。

几度曾闻令当名　相见已是村中人

天峨县地处河池市北部，居红水河上游，与贵州省罗甸县隔红水河相望，因传说美丽的白天鹅在此飞升而得名，是自治区级贫困县，全县贫困发生率一度高达19.62%。天峨县委书记陆祥红曾写过一篇叫《大小天峨》的散文，以饱含深情的笔触，描绘了天峨的地理、自然、人文等。文中写道："我找不到太多史记，只见浅浅的一行行：唐代置麋峨州。"在之前，我只是知道广西有个县叫天峨，但却不曾到过那个地方。巧的是天峨县有个乡镇叫三堡，而我就出生和长大在岑溪市一个同样叫三堡的乡镇，我在家族中排第六，一再错过金秀、融水而最后来到这个叫六排的地方扶贫，或许是冥冥中已经注定了的（2012年之前自治区科技厅定点帮扶来宾市金秀瑶族自治区县，2012年之后转战柳州市融水苗族自治县，2015年调整到了河池市天峨县）。

六排镇是天峨县管辖的9个乡镇之一，也是天峨县委、县政府所在地。不知是哪位世外高人曾经这样形容六排镇的地理概貌："绿在一条岭，谷在六条川，福在一片城，穷在两座山。"据我后来驻村将近两年对六排镇的了解，这几句话倒也算描述得较为恰当，而这最后一句"穷在两座山"，说的就是我所驻的令当村这一片大石山区。

我在下来驻村之前，就听说令当村是自治区政协副主席磨长英联系的贫困村。自治区科技厅作为天峨县后援单位，定点帮扶5个贫困村（六排镇令当村、纳合村，八腊瑶族乡五福村、老鹏村、甘洞村），其中4位厅领导、20多位处级领导结对帮扶的贫困户在令当村。我在关于扶贫的各类文字材料和新闻报道中，不时看到令当这一地名。从地理位置上看，令当村的村委会所在地海拔超过900米，距县城8公里，是典型的大石山区，石多土少，土地贫瘠，世代以种植蔬菜、水果等为主，是天峨县16个深度贫困村之一。经过多年的努力，令当村贫困人口从原来的216户928人下降至2019年底的3户9人，贫困发生率也从55%下降至2019年底的0.5%左右。2020年，令当村将高质量地实现整村脱贫摘帽，历史性地解决绝对贫困问题。

令当村是典型的大石山区，无论是生产还是生活，用的水都是看老天爷脸色的望天水，家家户户都是靠在房屋前后自建水柜来解决用水问题，大多数水柜是没有加盖的，也基本没有什么消毒处理措施。驻村工作队队员日常起居所用的也是这种在村里随处可见的水柜，建在村部后面的小半山腰上，在我驻村将近两年的时间里曾经断水多次，只得临时从附近农户家的水柜借水，这让我不自觉地想起了当年诸葛孔明草船借箭的故事。大石山区水柜里的水如果不常更换，看起来多呈浅绿色，水柜里有落叶、虫子和青蛙是很平常的事，如果某天发现老鼠和小青蛙跑到水柜洗澡后长眠在里面，那也不要觉得惊奇和意外，这在今当村是常见的现象。

令当村村部所在的地方海拔有900多米，具有冬冷夏凉的特点，夏天一般在20多摄氏度，基本不用开风扇，甚至半夜还需要盖被子。但是冬春两季，却是另一番滋味。春天，长时间的浓雾天气，让村部笼罩在重度潮湿中难以自拔，即便我这个来自每年回南天气都比较严重的南宁的人，也觉得雾锁重楼的令当实在是不太宜居的。而冬天，干冷的天气又给人另一种别样的人生体验。2018年的冬天特别冷，村部附近结冰霜很严重，据说是近十年来最冷的一年，连当年试种的百香果水泥支架都被压塌了。至今我仍清楚地记得，2019年1月，在当年最冷的时候，我们协调广西中医药研究院捐赠的一批化肥运到村部，通知村民来领取。当时，我感觉整个人都冻僵了，登记领取人员时，手指僵硬到不听指挥，难以连贯的写字，即使用嘴哈气给双手取暖也无济于事，而双脚早已被冻得麻木了，每隔一两分钟便得上下跳动以加快血液循环，那上蹿下跳的场面，或许外人看来，活像经常出没在村部附近山头的猴子。

令当村民风纯朴，一些民间的传统仍然被保留了下来，比如土葬，很多农户的屋后或左右两边都有坟墓。当然，村部也不例外。我住在村部的二楼最右边的那个房间，我到村里第一天就发现了窗外不到3米远的地方就有一座不知道何时就已经存在的坟墓。每到清明，那座坟墓主人的后人们便会插上一些诸如彩旗之类具有本地特色的祭拜用品。令当村村部位于石山怀抱当中，独特的位置导致其比别的地方容易形成大风。冬天的半夜，我睡在距离坟墓3米远的地方，那一阵阵呼啸而至的风声和村部大楼前红旗绳子猛烈撞击旗杆的敲打声夹杂在一起，成为每个夜晚萦绕耳旁的《晚安进行曲》。

又闻访者现令当　原是深山藏三弄

要致富，除了要修路，对于扶贫者来说，培育和发展适合地方的特色产业更为重要，正如一句口号所说的"科技赋能产业，创新引领未来"。科学技术是第一生产力，作为自治区科技厅派驻今当村的第一书记，如何在脱贫攻坚中发挥科技这个第一生产力的作用，打造科技含量高、发展潜力大、市场前景好的特色产业，在脱贫攻坚中体现科技特色，彰显科技元素，成为摆在我们面前一个不得不面对和解决的重要课题。

在全面摸清搞透村情特点、需求和优劣势的基础上，驻天峨工作队决定以令当村为试点，采取"引进来—扶上马—送一程"技术路线，把培育发展产业、持续稳定增加农民收入作为脱贫攻坚的"牛鼻子"，推动"输血式"扶贫向"造血式"扶贫转变。而"令当三弄"就是打造示范试点的新探索、新载体、新举措。所谓"令当三弄"，即全面引入广西农科院蔬菜研究所、园艺所、生物技术研究所等强势科技资源和力量，打造建立"一弄菜（蔬菜）、二弄桃（猕猴桃）、三弄果（百香果）"产业科技扶贫连片示范基地，以"科技+"提升产业的科技含量。在管理和服务方式方面，采取"1+1+1+1"的方式，即采取广西农科院1个专业研究所对口扶持1个产业基地（蔬菜研究所指导蔬菜产业，园艺研究所指导猕猴桃产业，生物技术研究所指导百香果产业，后调整为由广西作物遗传改良生物技术重点开放实验室负责指导），1名驻村工作队队员和1名村"两委"干部配合协助，同时邀请专家加入百香果种植微信群等，形成了"政府部门引导、社会力量支持、科技特派员指导、驻村工作队队员落实、村干部协调、群众（贫困户）参与"的多方联动模式。

经过两年的实践探索，令当村初步形成了"3+3"产业科技扶贫模式，即采取三项措施：做给农民看，带着农民干，农民自己干；实现三个目标：天天有产出，月月有收成，年年有钱赚。"点、面、看、赚"是"3+3"产业科技扶贫模式的宗旨。"点"就是建立在贫困村的示范点，通过技术成果应用示范，拉近科技与农民的距离，将示范点真正建成闪光点、带动点。"面"就是科技界、产业界强强联手，企业、高校院所协同创新，联合科技攻关，实现大成果、大应用、大示范，解决整个行业发展问题。"看"就是让贫困农民有点可看、有

钟振清（后排左三）组织协调农村新技术杂志社到令当村开展百香果专场直播

点可学、靠点脱贫。"赚"就是通过项目示范推出新品种、形成新产业，让企业及时跟进参与，让贫困农民有钱可赚。实践证明，"3+3"产业科技扶贫模式能有效地让资源活起来、产业大起来、群众富起来，实现"成果下地、人才下沉、科技下乡"，即使在资源极度匮乏的大石山区，深度贫困村也能走出一条适合自己的产业发展道路。

2019年，"令当三弄"获得国家知识产权局商标注册，也成为农户（贫困户）增收致富的重要法宝，开启了"注册一件商标、带动一个产业、富裕一方百姓"的新征程，正朝着规模化、科技化、标准化的方向迈进。名声在外的"令当三弄"特色果蔬菜产业基地，成为全镇、全县的知名产业品牌，吸引了上级领导、各兄弟贫困村、县内外客商关注的目光，迎来了一波波参观、调研、合作热潮，故言"又闻访者现令当"。

至于为什么把蔬菜、猕猴桃和百香果这三个产业基地命名之为"令当三弄"，据说是因为单位派驻天峨县脱贫攻坚（乡村振兴）工作队队长，天峨县委常委、副县长韦昌联，这个"令当三弄"的创始人、推动者，一度在为令当村的这三个产业基地起一个特别的名字而苦思冥想，在某一天下乡调研的路上，无意中听到了姜育恒的《梅花三弄》

这首歌。唱《梅花三弄》的姜育恒，像一个感情细腻、伤感多情的诗人，他用磁性而哀怨的声音，向世人细数着爱情的凄苦与缠绵，让人欲罢不能，让人肝肠寸断。在绕梁三日、余音不绝的音乐中，韦昌联文思如泉涌，灵感似山崩，当场拍板定了"令当三弄"这个特别的名字。

待君征战归来时　醉卧沙场又何妨

驻村扶贫以来，我们战斗在一线、坚守在一线、奉献在一线，很自豪地说为天峨县的脱贫攻坚流过汗、出过血、拼过命，在美丽的红水河畔书写了属于我们自己的青春之歌。我们身兼指挥员、战斗员、宣传员和服务员，抢晴天战雨天，白天加油干，晚上加班干，忙于遍访贫困户，忙于填写表、卡、手册，忙于逐户排查宣传新冠肺炎疫情防控知识，忙于应付随时而至的各类检查、督导、调研，忙于似乎永远也忙不完的各种台账材料……颇有点古人所说的"披星戴月，谓早夜之奔驰；沐雨栉风，谓风尘之劳苦"的味道。

扶贫是一项政治任务，也是重要的人生体验，工作和生活的环境让我们接触到形形色色的人，面对纷纷杂杂的事，在酸甜苦辣咸和喜怒哀乐愁间切换与轮转，体验百态人生，感受世间冷暖。近两年的驻村扶贫经历让我深深地体会到，如果不曾在农村工作过、扶贫过，即使如我这般生于农村、长于农村的人，也难以了解国家扶贫政策的惠民性，难以理解基层工作的重要性，难以明白理顺基层管理体制系的迫切性，难以想象基层干部任务的繁重性，难以读懂贫困群众脱贫致富的复杂性。

按照当初选派文件，我们这一届驻村工作队队员工作到2020年3月。正当我们做好按时收队准备的时候，2020年春节前武汉市突然爆发了新冠肺炎疫情，并迅速蔓延到全国各地，迫使我国社会经济发展按下了"暂停键"的同时，也顺带按下了新一届驻村工作队队员轮换的"暂停键"。我们都是父母的儿女，孩子的父母，爱人的另一半，都有着对家里那些大事小事无法割舍的牵挂，然而，家国当前，使命担当，在中央和自治区的号召下，"舍小家而顾大家"成为我们共同的选择。我们在脱贫攻坚和疫情防控这两场恶战硬战中"双线出击、两面作战",伴随着最后的冲锋号响起,我们跃出战壕,一往无前,穷追猛打,在与时间赛跑的激战中,坚决啃下最难啃的硬骨头,攻克最顽固的碉堡,我们用实际行动诠释了什么是"若有战,召必回",在新时代中践行了一名共产党员的初心和使命。

多年后,我们都终将成为雪鬓霜鬓、残喘余生的耄耋长者,炉火旁打盹,睡意昏沉间回忆起如云般游走的往事,回想起我们历史性地接过了脱贫攻坚接力赛最后一棒,亲手把全面建成小康社会这面胜利的旗帜插上脱贫攻坚最后的山头上,这于我们,是何等的荣耀、何等的荣光!

扶贫经历:

钟振清,2018年担任河池市天峨县六排镇令当村第一书记。同年,令当村党支部被评为自治区四星级基层党组织。2019年,"令当三弄"获得国家商标注册,村集体经济收入排在全县前列,成为河池市首批示范性农村集体经济组织。2020年,钟振清被评为全区优秀党组织第一书记;参与创作和表演的扶贫宣传作品《雨夜》获得自治区科技厅2020年迎新春团拜会一等奖。

我与帮扶干部的"战争"

刘永兴 / 南宁市邕宁区市场监督管理局

　　我，向金仁，百济镇红星村屯为坡人，2015年识别的贫困户。

　　梁发国，我的帮扶干部，邕宁区食品药品监督管理局流通股股长，2016年开始帮扶我。这是我与他的"战争"。

——题记

　　2015年10月，各路干部断断续续来我家，看我家的房子、各种生产生活条件，给我评分，然后我就被纳入贫困户名单。

第一回合

　　2016年2月23日，我清楚地记得那是2016年元宵节过后的第一天。在村干部向金礼的带领下，一个20多岁的小伙子，从车里出来，手里提着水果，沿着小路走进我家。他一进屋就很有礼貌地说："向叔，您好，我叫梁发国，是城区食品药品监督管理局的，我是城区分派下来为您解决困难的帮扶干部，您叫我小梁就行。"

　　我就答了一声"哦"，我在想，下来为我解决困难，唉，他能够为我解决什么难题，不过就是下来走走过场，做做样子而已，绝不会为我做什么的。想我当初去办个残疾人证（我腿瘸多年），跑了多少次，因为手续烦琐，需要各种证明，要跑很多的地方，而且自己文化水平不高，行动不便，一直没办得好。我家就我一个人，腿脚不便，年纪也大了，都办不了低保。我不相信他可以为我排忧解难。

接着他又说："向叔，我下来您家帮扶就是为了让您增加收入，生活档次有个提升，明年达到脱贫标准能够脱贫。您有什么打算，有什么想法，我可以为您做点什么？"

我说："我们这边节还没有过完，我现在要去我兄弟家过节了，下次再说吧。"然后我就走了。看着他愣愣地站在那里，脸涨得通红，我都有点得意了。

我大概走了20米远，他便追了上来，跟我说："向叔，既然您要忙，那我就不打扰您了。给，这是我制作的帮扶连心卡，您收着，有什么困难，您打电话给我，这上面有我的联系电话。下次我再来看您。"（第一回合，我全胜）

第二回合

2016年3月1日，距他第一次来，仅仅过去一个星期。这一次他是一个人开车过来的。下车后，他一路小跑，来到我家门前敲门，说道："向叔，我是您的帮扶干部小梁，我上次来过您家，您在家不？"我开门让他进来（他来之前，提前一天就打电话通知我了，要我在家等，所以我不好意思不给他开门）。刚进来，他就说："向叔，我这次给您带了点东西来，麻烦您找个人帮我一起搬一下。"听后，我就找来邻居，帮着把东西卸了下来，抬进屋里。然后他接着说："向叔，我这次给您拉来了一张床，我上次来您家的时候，看您睡的是木板，您年级这么大了，那木板硬邦邦的，对身体不好，我这次给您拉了软的床给您，您以后就睡这，那样会舒服很多。"听到这，我心里咯噔一下，心想这么细微的地方他都看到了，想得这么周到，这么体贴人。难道他真的是好……不，他就是这一次罢了，就是装的，我才不相信有那么好的干部。安装好床后，他就跟我聊天，又问到了上次的问题："向叔，您想做点什么，有什么打算，有什么想法，我可以为您做点什么呢？"我愤愤地说："你看，我腿瘸多年了，行动不便，还能够做什么，而且年纪也大了，也做不了什么了，我现在就想办个残疾人证，然后依据政策办个低保，就这样慢慢过完余生了。但是我为这残疾人证都跑了好多次了，没有办下来。因为我年纪大了，不方便上城区，也没有钱做检查，更没有医院开具的证明，所以怎么都没有办下来，你能够帮我解决吗？没有残疾人证也就办不了低保，一环扣一环的，你可以解决吗？"我边说边看他，竟然发现他在用笔记录。他记录好后，就跟我说："向叔，您放心，我一定会帮你想办法解决的，您等我电话。"然后他就开车走了。我纳闷，他这次怎么一个人过来呢，我住的地方这么偏僻，路又这么弯，那么多岔路口，他来一次怎么就记得了。我后面才知道，原来他知道来我家不可能每次都有村干部带路，所以第一次回去的时候，他让师傅开得很慢，他自己一步一步地把路记下来，然后画在笔记本上，制成一个简易的地图。（第二回合，我还是胜）

第三回合

回去后的当天晚上，他就给我打来电话，要我2016年3月2日早上9点在家等他，准备好户口簿、身份证，他开私家车下来接我去城区医院做检查，做伤残鉴定，然后办理残疾人证。我连忙说："好，好……"我当时怔怔地伫立在那里，想他怎么这么快就把事情联系好了，怎么这么快。原来3月1日那天他离开后，就直接去了村委会，向村干部询问申请低保事宜，回到城区后又立即驱车前往城区人民医院，找到医院办公室，向他们说明实情，说明来意，询问伤残鉴定一事，希望医院能够帮忙解决。他的诚心感动了外科医生陆启恩，陆医生决定第二天就为我做伤残鉴定。

3月2日那天，我在家里静静地等他。这时我看到车上下来三个人，其中两个是小梁和他同事黄卓飞，另外一个穿着像医生，他们两个朝着我家缓缓走来。近了，小梁说："向叔，我又来了，这一位是城区人民医院的陆医生，他是下来帮你做检查的，做残疾鉴定的。我担心您年纪大了，来回城区路途那么远，路上又颠簸，我怕您累着，身体受不了，所以我就和陆医生说上门来给您做检查，请您配合。"

我一脸惊愕，说不出话来，不久就完成了检查。陆医生刑具鉴定证明后，他就跟我道别，然后又马不停蹄地驾车去到城区残联交材料，为我申办残疾人证。看着他们远去的背影，想到刚才他们甚至都来不及喝一口水，就为我忙这忙那的，我想我这次错了，政府真的是有好干部的，有为群众办实事的好干部，有把群众当亲人的好干部，有能够急人所急、想人所想的好干部。他们走后，邻居们都围过来，说：这个干部真不错，真是好干部，老向你这么久都没有办成的事，他一天就给你解决了，真是厉害。老向你知道不，那个小梁呀，他不仅给你解决了难题，还给黄子增妻子苏桂香也做了残疾鉴定，而且还给他孙女黄萍、孙子黄长远买书、行李箱，鼓励他们好好学习；还给黄蔼官户做两扇铝合金窗，送床和被套，带他的儿子黄闪宗和儿媳李色芝到城区民政局补办结婚登记。我不记得邻居最后说了多少件事，我知道，我这次误会他了。（第三回合，我输了，输得心服口服）

第N回合

目前我已经办好了残疾人证，也办好了低保，并且经过帮扶干部耐心地反复地做思想沟通工作，我跟兄弟也和好了，他也愿意帮我。我把我的产业帮扶资金交给我的兄弟向金友，和他一起投资养鸡，等到卖鸡获得收入后再进行分钱，这样我也有了稳定的收入来源；还有除了春节、中秋节等节日送油、米、月饼外，小梁还给我送了电视和收视设备以及电磁炉、电饭锅等，不间断地来我家看我，陪我聊天、拉家常，让我对未来有了更多的憧憬。

现在我们之间的"战争"结束了，我们成了战友，我们成了亲密互信的战友，成了打赢脱贫攻坚这场战争的战友，成了共同奔向小康生活的战友，成了实现中国梦的战友。

后记

如今，当我问他当初为什么那么做的时候，他说只有他把群众当家人，群众才会把他当亲人。

扶贫经历：

　　刘永兴，2016年3月至2018年3月作为精准扶贫工作队派出的第一批驻村工作队队员，来到南宁市邕宁区最偏远的乡镇百济镇，成为百济镇人口数量最多的红星村新农村指导员。工作两年间，在百济镇党委和镇政府的领导下，刘永兴时刻牢记责任和使命，以满腔的热情投身到农村基层工作中，积极配合红星村的村"两委"开展工作。2016年红星村共脱贫180户749人，成为邕宁区第一批脱贫示范村，圆满完成城区下达的任务指标。帮扶的5户贫困户中，脱贫4户13人，并于当年获得城区"十佳帮扶干部"荣誉称号。

我的驻村扶贫这十年

王贵军 / 中共桂林市委员会政策研究室

"老爸你什么时候能从村里回来呀？你从我上小学时就开始扶贫，我马上都要大学毕业了，你还要扶贫？"最近，女儿一直在问我什么时间能回单位上班。这些年驻村扶贫真的是舍小家顾大家，跟家人相处的时间远远没有跟村民在一起的时间多，我刚下乡扶贫时孩子上小学，如今都大学三年级了。

因为受新冠肺炎疫情影响和决战决胜脱贫攻坚的需要，驻村工作队队员的工作要延期到2020年底，这意味着我驻村扶贫整整十年了。

我2005年从部队转业到桂林市政府发展研究中心。2007年，中心的帮扶村是恭城瑶族自治县龙虎乡龙岭村，虽然我没有农村工作经验，但我还是主动申请担任新农村建设指导员驻村扶贫一年。2011年调入桂林市委政策研究室后，我又担任临桂县临桂镇兰塘村的新农村建设指导员。2012年至今，我分别在灵川县的3个贫困村担任第一书记。

这十年，我放弃机关舒适的工作环境，走过一个又一个贫困的山村，通过抓党建促脱贫攻坚，争取一大批项目、政策、资金到村到户，如期完成了一个又一个贫困村脱贫摘帽任务，现在成了桂林市驻村最多、任职最长、职务最高的第一书记。

　　这十年，我先后驻过恭城瑶族自治县龙岭村，临桂县兰塘村，灵川县的岩山村、大义村、赤江村。每到一个村，我都做到与村"两委"精诚合作，做事充分调研、充分对比、充分讨论，保证这几年项目建设的质量，办一件是一件，做一件成一件。我始终以"一个声音、一个步调"出现在全村面前，主动与他们一起加班、一起干活，不摆谱。我跑上跑下为群众办了不少事：在龙岭村积极争取中国扶贫基金会支持瑶乡修建江玲溪桥；在兰塘村配合临桂新区的新农村建设、项目征地；在岩山村修建村级文化活动中心、村屯道路和农贸市场；在大义村带领村党员干部外出学习种植沙糖橘、蔬菜，协调资金修建通村、通组道路；在赤江村动员村党员干部采用"公司+基地+合作社"方式发展村集体经济，如期完成赤江村脱贫出列和82户贫困户脱贫摘帽任务。

　　这十年，我始终在脱贫攻坚第一线，始终把脱贫攻坚的政治责任扛在肩上、抓在手上，通过抓党建、引项目、争资金，提高村干部履职能力，通过产业帮扶、就业帮扶、教育帮扶、健康帮扶等措施，完善基础设施，引导产业发展，先后为驻点村争取各类资金600多万元，修建村屯道路12000米，发展果蔬种植1800亩。我通过自己的努力争取、帮助群众解决好问题，有些事在外人看来微不足道，却被贫困群众看在眼中、记在心中，他们都在感谢党恩、点赞政府。

　　这十年，驻村奔波肯定是艰辛的，每到一个村要克服人地两疏、语言不通、工作无从下手等实际困难，但来自各个方面的支持和鼓励，让我坚持驻村更加有力度。如单位领导的关心关爱，帮助我解决驻村帮扶中的实际困难，及时并最大限度地解决我驻村的帮扶资金工作经费和支持村委会各项建设的其他费用问题，让我感到很知足、很感恩。我以"十年立三功、年年是优秀"的驻村成绩回报组织。又如单位同事的招呼问候，经常询问我帮扶工作怎么搞、扶贫App怎么填、产业奖补有什么新规定、危房改造标准是什么、雨露计划还要不要提供什么材料、慢性病卡及残疾人证要到什么地方办理和需要提供什么材料等脱贫攻坚"一帮一联"的细节问题，他们向我请教，目的都是为了把单位定点帮扶工作做得扎实，帮扶贫困户实现"八有一超""两不愁三保障"，都能如期脱贫摘帽。还有来自家人的支持，我驻村后，家庭和生活的重担都是妻子独自承担，这中间是无数次的哭泣、无数次的抱怨、无数次的争吵，但他们也都慢慢理解了，也都全力支持了。特别是我现在驻的赤江村离家比较近些，他们时常到村里看望我、时常关心我的驻村工作、时时鼓励我努力做好工作。

王贵军带领赤江村党员干部外出学习考察

这十年，我把扶贫当作事业干，能为脱贫攻坚而奋斗感到无上光荣。我认为做好一项工作，除了有担当还要有行动，有行动就会有成效。我为全力以赴完成组织交给我的坚强基层组织、实现全面建成小康的脱贫攻坚答卷而继续砥砺前行。

这十年，我交出了一份份优秀的答卷，努力配得上所有的荣誉和尊重。我被评为自治区优秀第一书记（连续三届）、优秀工作队队员和桂林市脱贫攻坚优秀第一书记，先后被《中国县域经济报》等国家级报刊报道，先后得到时任自治区党委常委、组织部部长王可和现任自治区党委常委、组织部部长曾万明的肯定。付出总会有回报的，2019年我被提拔为副处级领导干部，成为桂林市驻村第一书记中职务最高的。

不挑担子不知重，不走长路不知远。

这十年，我一直用心做着一件事，主动放弃市区舒适的环境，驻了一个又一个贫困村，扶了一个又一个贫困户，切身感受到村干部不容易、贫困群众的冷暖。我时刻牢记驻村使命，时刻履行驻村诺言，细致入微的走访帮扶。

赤江村是我驻村时间最长、付出最多、成绩最好的贫困村，2016年如期完成脱贫摘帽。赤江村先后被自治区党委通报表扬，被自治区党委组织部评为"四星级基层党组织"。2016年3月任赤江村第一书记后，通过调研了解，我发现村里的交通不便，产业结构单一，80％农田荒芜，村集体经济收入仅为0.3万元，基础设施老旧破损严重，上级要求村委会必须在当年年底按照"十一有一低于"标准实现脱贫摘帽，42户贫困户142人必须按照"八有一超"标准脱贫出列。当时的压力很大，我暗下决心尽自己最大努力用好、用足、用活各项扶贫政策，吃透上情理思路、深入调查摸底数、参观学习找对策，让乡亲们的日子尽快地好起来、收入高起来、房子盖起来。就这样，我与村"两委"干部争取资金项目完善水电路网等基础设施，发动群众围绕赤江村"3+1"主导产业发展种植、养殖，开展劳务输出，用好教育、健康扶贫、农村低保、危旧房维修改造等政策，通过近一年的艰苦努力，如期实现了当年贫困人口和全村脱贫摘帽。

脸皮厚，肯吃苦，扶贫真的很辛苦。领导经常说我当过兵，纪律观念强，重要的是脸皮厚，肯吃苦，能够争取到资金项目到村到组，我驻村他们放心、安心。扶贫工作每个阶段都有每个阶段的任务，我一路走来知道这其中的规矩。我学会自己做好自己的工作，努力树立起可亲、可信、可敬、可服的良好形象。在工作方面有酸甜苦辣的问题，在家庭方面有柴米油盐的问题，同时上有老下有小，我自己都感到当了这十年扶贫"钉子户"不容易。

　　贫有百样，困有千种。到村后，我发现这一切都是真实存在的，都必须要在规定时间内改变的。到任后，我把调研走访当成首要工作，用了半个月时间走遍9个自然村的85户贫困户和108名党员，把他们的想法和建议详细地记录在工作笔记本上，同时将自己的联系卡及时送上。我及时完善驻村工作计划，结合村情实际，对照当年贫困村脱贫指标任务，逐月推进责任到人的工作思路，得到了村"两委"的充分肯定和全力支持。在接下来的日子里，我努力把嘴上说的、纸上写的、会上定的变成具体、实际的行动。我各方奔走，把市县部门的帮助争取到村，争取到多个扶贫项目。项目落地过程中遇到矛盾，我和村干部一方面讲政策、讲法律，另一方面寻求其家人朋友的协助劝导，遇到问题不回避。我们以务实的工作作风和认真负责的态度得到了村民的认可和支持。新建村屯道路、宽带进村、人饮工程、村委会办公楼维修、文化长廊建设、太阳路灯安装、村集体经济发展等项目的实施，"3+1"主导产业的推广，完成危房改造维修工程等各个项目20多大类，这些给贫困的小山村增添了发展的动力。

　　我始终把贫困户装在心里。平时我经常在村里转上几圈，经常到贫困户家串串门，了解他们有什么需要帮助的。"生女不如共产党好。王书记他们经常来看我，给我解决了好多问题。"84岁的贫困户李桥发经常这样讲。前年老伴去世后，他独自一人生活，两个女儿都嫁出去了，经常几个月不回来看他。而我们经常去看望他，及时帮助他申请高龄补助、办理危房维修手续等，现在只要上级有人到他家，他都会这样讲。这件事让我深深体会到我是党派到村里来工作的。

　　贫困户胜亲人，遇到困难全力帮。

　　走访了解贫困户生产生活的困难是我驻村工作的重点，在2019年6月下旬遍访贫困户时，有一个叫易成旺的贫困户悄悄地跟我说："王书记，我要跟你说个事，我的儿子易文德在桂林医专查出来癌，医生说他活不了两年了。"易文德是上七年级的14岁的初中生，看他不知所措的样子，我就向他询问具体情况并上门看望易文德，及时把消息向市县扶贫办和帮扶单位报告，通知帮扶干部到村共同商量对策，让易文德及时住院治疗。易成旺家庭情况特殊，自己残疾，老婆有精神病，易文德是他家独子。易文德得知自己得了骨癌后，精神异常，他和他妈先后到桂林市福利医院住院治疗精神病，目前转到市中医院住院治疗。这过程中，我策划为易文德爱心捐款活动，在单位内部、在赤江村党员中，还在定江镇团委妇联和定江中学开展捐款活动，募到善款32500多元，在社会扶贫网发布求助信息，邀请《桂林晚报》记者到村采访，跑桂林市民政局、市卫生健康委联系桂林市福利医院和市中医医院，带着他们办理住院手续，请单位领导到医院看望慰问。这其中对我、对他们有诸多的不易，我所做的一切是想让贫困户、让其他村民真正感觉到，我们驻村干部不是他们的亲人却胜过他们的亲人，对我们产生信任感，这对我们开展工作有很多好处。

还有，2019年的防洪过程中，有群众的房屋塌了或进水严重，他们只要给我打电话，我都会到场查看，提出意见和建议。他们说："王书记，我们打电话你能来看我们，大家就满意了，解决不了问题，我们也不会怪你。"

全村85户贫困户各叫什么名、有几亩地、种的什么、主要收入来源是什么，我基本上都能够随口答出来。在抓扶贫工作台账和党建工作台账上，我做到"一要就有、一说就清、一拿就准"，做到"系统录的、墙上挂的、本上写的、袋里装的、群众说的、实际有的"六个一致。

这些年无数个清晨、无数个夜晚，走访农户，进行感恩教育，解决了部分贫困户的思想问题。我真正做到了身入心入，经常深入村屯，了解农户，树立了市委机关选派干部的良好形象。

扶贫经历:

王贵军,2007年、2011年在桂林市恭城瑶族自治县龙虎乡龙岭村、临桂县临桂镇兰塘村担任新农村建设指导员。2012年至今,分别在灵川县公平乡岩山村、潭下镇大义村、定江镇赤江村3个不同类型的贫困村担任第一书记。驻村以来始终牢记使命和职责,及时把党的路线、方针、政策落实到驻村各项工作中,想方设法争取资金政策支持,结对帮扶和发展扶贫产业项目,带动群众致富增收,规范党建和扶贫档案资料的收集整理,实现所驻村全部脱贫摘帽。

大山深处的微笑

蒙　夏 / 中共来宾市兴宾区委员会政法委员会

黄玉毕 / 来宾市宁柳小学

夜深了，蛙鸣阵阵。我的思绪又一次飞到那个小山村——高院屯。

一

2019年4月10日，我们来到大龙村海拔最高且尚未通自来水的高院屯走访预脱贫户。

天空布满低沉的乌云，一场大雨即将来临。

高院屯预脱贫户兰保英的泥瓦房旁边搭着一个简易的工棚，工棚周边丢着一些凌乱的木头，在这些木头中间站着一个脸蛋黝黑的小男孩，他穿着又旧又脏的衣服。我们用普通话向他询问，得知他是贫困户兰保英的小儿子兰浩鹏。兰浩鹏很拘束，我们问一句，他就小声地答一句，头始终低垂着，不敢正视我们。

兰浩鹏刚放学，坐着早晚接送的校车回到家不久。因为家里的泥瓦房门关着，他只好在哥哥的工棚旁边玩耍等大人回来。他等的大人就是负责照顾他生活起居的姑妈和姑父。

看着他黝黑的脸，又脏又旧的衣服，我想起了鲁迅笔下的少年闰土。

聚集了一个下午的乌云终于忍受不住了，顷刻间，连成线条的大雨飞泻而下，整个小山村顿时被风雨包围。我们跟着兰浩鹏躲在他家的屋檐底下，远处的山，近处的树，全朦胧在雨水里。屋檐下的我们也免不了被风雨袭击，我们问："能开门吗?"他说："可以，从窗口爬进去再从里面开。"话没说完，他已经踩到屋檐底下堆积的柴堆上，双手攀着连接柱子和墙壁的横木，双脚向上收，我们还来不及说"小心"，他已经站到用圆木和木板搭成的隔层上了。看到此景，我们感到一阵辛酸。如此危险的攀爬动作，他却一气呵成，不难想到平日里，这种动作，不知他"演练"过多少回。

破旧的木门吱呀一声从里面打开，屋内阴暗潮湿，首先映入眼帘的是厅内左侧靠墙固定的木板梯。这个木板梯通到上面的隔层，"小闰土"就是从这个梯子下来开门的。"小闰土"拉亮电灯，屋内的情形更让我们惊愕，满地都是凌乱的物什——拖鞋、破凳、割草机、摇摇欲坠的木柜，几乎无处放脚。漆黑斑驳的墙壁显示着房屋年久失修，潮湿的泥土地板布满灰尘。"小闰土"说，门后靠墙那床铺是他的。顺着他说的方向望去，我们的心一阵刺痛，难以想象那是人睡的地方。脏得失去本来颜色的棉被胡乱卷在一边，垫被脏得面目全非，像有十多年没有换过也没有洗过。床上杂物横陈，凌乱不堪。没有蚊帐，床顶上钉着一块油布，上面积满灰尘、碎瓦片和蟑螂屎，沉甸甸地坠着，随时都有坠下的可能。

在这样阴暗、潮湿、凌乱的屋内，我们心情异常沉重。我们问他："如果我们不来，下着这样的大雨，你害怕吗?"他说："不怕，习惯了。"

雨来得急去得也快，半个小时的功夫就云消天蓝了。"小闰土"的姑妈和姑父也做工回来了。他们赶着一匹马和一头牛回到家，身上都被大雨淋湿了。聊起他们家的境况，他姑妈只是不停地摇头叹息。姑妈嫁在尖山村，因为"小闰土"的爸爸长期外出打工，同父异母的哥哥也不争气，丢着他一个人不管不顾，所以姑妈只好回来照顾他，顺便耕种这边的山地。在我们谈话期间，"小闰土"已经在他姑妈的指派下爬上自家的枇杷树，给我们摘来了一塑料袋黄澄澄的枇杷果。

在我们的一再坚持和要求下，"小闰土"的姑妈才和我们一起动手帮小闰土整理床铺。整理好"小闰土"的床铺，已是暮色四合，倦鸟归林。临走前，我们和他姑妈商量，抽时间整理一下内务，给孩子营造一个干净整齐的居住环境，他姑妈答应了。

二

时隔8天，我们第二次来到高院屯，专程看望"小闰土"。

高院屯家家户户都有一个地窖专门用来储存雨水以便饮用，兰保英家也不例外。兰保英的大儿子兰龙正从地窖里摇水上来洗衣服。我们跟他打招呼："兰龙，在洗衣服呀！"

听到说话声，"小闰土"从屋里出来，倚靠在门框上偷偷地瞄着我们，不敢过来。

"兰浩鹏，放学回来啦？"我们问他。

他不作声，或者是他已经回答了，只是声音太小我们没有听到。我们走进室内，发现内务已经整理整齐，只是地面依然很潮湿，"小闰土"的床铺还是没有挂蚊帐。

"晚上没有被蚊子叮咬吗？"

"没有。"

"点蚊香啦？"

"不点。"

山村里草木葳蕤，最容易滋养蚊虫，他说没有被蚊子叮咬，我们有点不相信。我们搬了几张小矮凳到屋前空旷敞亮的地方，叫他和他哥哥过来坐着聊天。

我们对兰龙说："你弟弟还小，你是哥哥，在生活上应该多关心他，尽量给他营造一个干净、舒适的居住环境，以后他长大了有了出息，他也会感激你现在对他的照顾的。"

兰龙沉默不语，此时此刻，我们无法得知他心里的想法。

我们嘱咐："浩鹏，你要好好读书，不要有什么顾虑，读完小学读中学，读完中学读大学，有很多人关心你，你看这是一个阿姨送给你的礼物。"我们摆出给他捎带的物品：鞋、衣服、水杯、奶粉，还有一套6本的课外阅读丛书。

这些礼物是我的同事黄玉毕的一个初中同学赠送的，她开着一家母婴店，看到黄玉毕写的《山村里的小闰土》后，委托我们捎带给他，说以后还会亲自来看望慰问。

我们把奶粉放进"小闰土"的怀里，说："早上如果姑妈来不及给你做早餐，你就用开水冲一杯奶粉喝，晚上睡前也可以喝。"他答应着。

"放学回来，有时间就看看那些书，争取一个星期看完一本，可以吗？"我们叮嘱他。

"可以。"他认真地答应。

"你可以自己整理一下自己的床铺，把被子叠放整齐，不然会有老鼠爬到床上跟你睡觉。"我们又叮嘱他。

"不会有老鼠的，家里有一只小猫。"他天真地答道。

"它会捉老鼠吗？"我们笑着问。

"会。"他认真地说。

我们心疼地抚摸他的头，发现他的耳根后和脖子上有不少污垢，便说："晚上洗澡时用毛巾使劲搓，每天都搓，过几天就会洗干净了。"他没有作声。

我们走的时候，跟他招手道再见，他也摇摇手。

三

晴朗的天空下，明媚的阳光撩拨着青蓝的草、翠绿的树。

初夏来临了。

伴随初夏而来的是广西建工三建公司一群充满爱心的青年，他们从我们写的文章和微信朋友圈了解到"小闰土"的贫困现状，主动联系了我们。2019年5月11日，他们专程从柳州出发，驱车百余公里，来看望"小闰土"。

"小闰土"是不幸的，自幼就缺失母爱，父亲也很少顾及他；然而"小闰土"又是幸运的，得到了一群陌生的叔叔阿姨的关爱。他们给"小闰土"带来学习、生活用品，还有2000元慰问金。这个爱心团队表示要跟"小闰土"建立长期的帮扶关系，每年开展两次集中慰问活动。

"希望他在成长中心里的阴影面积能够小一点"，是这个爱心团队对"小闰土"的期待。

爱心团队里的一个成员这样对"小闰土"说："现在你还小，还没有能力去改变现在的生活环境，所以要去适应它，在适应过程中保持一颗乐观的心，好好学习，知识会改变命运。"

"小闰土"坐在我们旁边，有点局促不安，不吭声。在他这个年龄段，也许还不能理解这些话语的含义。

"你不仅要好好学习，掌握更多的文化知识，以后还要用你的能力去回报这个社会。"另一个成员说。

"小闰土"依旧没有言语。

或许，面对突如其来的关爱，面对从天而降的幸福，他没有丝毫的心理准备，一时半会不知道说什么好。更何况，他本来就不善言辞。

四

2020年2月6日，正值正月十三，我们特意来看望"小闰土"，给他送去压岁钱。

2019年下半年，我们为"小闰土"家申请了危房改造补助资金，如今"小闰土"一家已经住进了宽敞明亮的新房。他们家也如期脱了贫。新房有三个房间、一个客厅，"小闰土"单独住一个房间。我们走进他的房间，发现床上又凌乱不堪了。他的旧衣服、旧课本、脏袜子、玩具占满大半边床，棉被胡乱堆在床头。从小缺少母爱的"小闰土"非常缺乏生活常识和生活自理能力。我们手把手教他铺床、叠被子、叠衣服、整理旧书、扫地，并把一些不需要的东西丢弃。

经过一个多小时的整理，原来凌乱不堪的房间终于变得整齐和干净，看到自己的房间大变样，"小闰土"黝黑的脸上漾起了微笑。

"小闰土"，对你而言，来日方长。希望你时常绽放笑容，迎接前方，拥抱未来！

扶贫经历：

　　蒙夏，2018年3月，肩负组织的重托，来到来宾市兴宾区平阳镇大龙村担任贫困村第一书记。三年来，主动作为，整顿了软弱涣散的村党组织，积极推进办公楼、戏台、球场、宣传栏等公共服务设施建设，解决了高院、高华两个自然屯的人畜安全饮水问题，使115户贫困户440人实现脱贫，大龙村贫困发生率降至0.925％，2019年底如期实现了整村脱贫摘帽工作目标。

驻村岁月总关情

邓国才 / 百色市第二人民医院

序言

云飘到这里，就停在山头，久久不愿离去。风吹到这里，就带着青草和泥土的气息。走在沿边公路上，你会看见每家每户的屋顶上国旗飘飘，这是我们的边境居民的家。2014年，我有幸到位于边境的靖西市安宁乡利定村开展驻村扶贫工作。

一、村民敬上玉米酒，一点一滴总关情

2014年4月25日是我第一次来到这美丽的边城靖西，来到与越南比邻、山水相连的边境村——安宁乡利定村。

你瞧，这里山小而多，路长而弯，气候凉爽湿润，比较偏僻，耕地不多，群众生活环境自然纯朴；你听，这里的村干部、村民热情高涨，对建设美丽乡村有期盼和信心；你来，这里的基础设施建设和村容村貌改造有新气象，村民基本住上自建的两层楼房。于是，我的驻村扶贫工作就从这里开始。

驻村工作的时光是一首美丽的诗歌。这里的山，美在把四处漂泊的云留住，等待春风化雨，滋润心田；这里的水，美在乡镇的饮用水源来自利定村的弄利屯，那里流淌的是源头活水，涵养着一方水土一方人；这里的人，美在热情好客、善良淳朴，远

道而来的朋友坐下来，喝杯当地的玉米酒，聊聊天，拉拉家常。

每当村民递给我一碗酒，我总是先干为敬。因为一方水土酿造一方土酒，这里常年阴雨潮湿，村民自酿小酒驱寒健身，喝了这杯酒下地干活才更有劲。因为壮乡的酒包含着村民的热情，见到亲切的人才会用好酒招待。而我的工作，就是以心交心、以情共情，带领乡亲们一起寻找致富门路。

深入开展脱贫攻坚，离不开乡土情谊。没有下过田间地埂，没有进到农户家，没有与村民深入交谈，就不是真正开展群众工作。开展脱贫攻坚工作，重在于激活村民的内生动力。

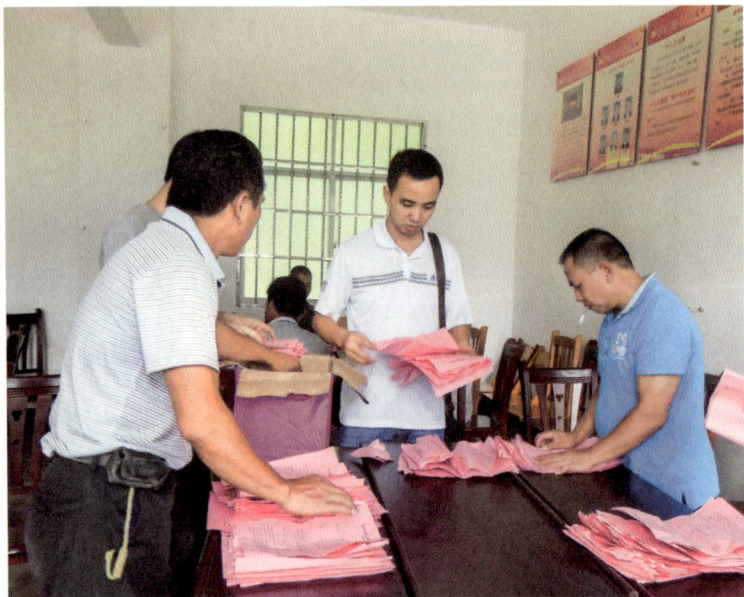

2014年9月，驻村工作队员邓国才（右二）参加组织扶贫点利定村"两委"换届选举工作。

二、乡间的冷夜与村民的热情

那一晚，我在走访致富种养农户，他的热情招待，驱散了雨后夜的微凉。与村民交朋友，会让我们感觉如此亲切，让我们拉近与村民之间的距离，能听到和了解他们的真实想法。

夜深人静，偶见远处亮着几盏灯，灯光微弱如萤火。蟋蟀的叫声也从房后的玉米地传来。这里没有电脑、电视，只有来自自然界的声响，很有特色，如此亲切、怡然！

于是，我写下一首《夜归人》：

下乡驻村的夜已深，

走在幽暗的小路，

远远地看见几盏微弱的灯火，

像看到了家似的。

靠近了发现飞蛾群绕着，

雨淋湿过的夜色，

引出了一片片此起彼伏的蛙声。

当我从一盏窗灯下走过，

隐隐约约听见断断续续的钢琴声。

我诧异了，这虫鸣阵阵的小山村，

还能听到有人在弹琴。

黑白键上跳舞的手指，

触动着谁的内心？

有一个声音，来自窗内，

叫作小夜曲。

有一个心跳，来自窗外，

叫作夜归人。

我一觉到天明。驻村的早上，我站在楼上看见一匹白马，瘦瘦的，在托运农家肥。啊，这里的村民养马干农活的多过养牛干农活的，是因为山多路陡吧。

三、一起种下利定的春天

当你来到我们利定村，你的感受是什么？第一印象是山多地少，空气湿润，村屯错落有致，依山沿溪。此外，我的感受是村民文化活动精彩纷呈。傍晚在篮球场上，你会看到一些少年在打球，而年长的村民在篮球场旁边三五成群地坐在聊天。啊，乡村文化是一个反应精神面貌的载体，而人民群众是民间文化的创造者，高手来自民间。所以，丰富利定村的文化生活，可以凝聚村民的心，改变他们落后的心态。多开展一些活动，让村民对所在的村有认同感，那样才能促进他们投身建设美丽家园！

最美人间四月天。那天上午开完会后，我赶紧回村传达动员，一起种下利定的春天。而这次主要工作内容就是发动村民种姜黄和发展桑蚕养殖。走过曲曲折折的山路，我回到了利定村。通过组织召开村干部与各屯小组长会议，我传达发展农业生产项目的文件精神，一起商量选择什么种植项目才适合利定村发展，村民也乐于接受。同时，大家一起就推动种姜黄这个产业项目积极建言献策，最终达成一致意见，由村干部和种养大户带头，其他村民参与合作，一起种姜黄。根据利定村山多地少的特点，我们可以采取不连片的种植，也可以带领村民在山坳开垦荒地种植。

春天是希望的季节，是温暖的时光，有美丽的风景。在县乡党委、政府的动员宣传和帮扶指导下，我们带领村民一起种下利定的春天，待到秋风吹起时，收获幸福的喜悦，那是团结协作、勤劳致富的光辉岁月！

四、在教育扶贫的路上孜孜不倦

六一儿童节来临之际，经过我的联系和安排，我们单位领导到扶贫联系点利定村小学开展慰问留守儿童活动。

这一天，我赶早把给利定村小学购买的一批落地电风扇和给159名学生购买的一批衣服运到学校，准备举行一个小小的捐赠仪式。我看到了孩子们充满期待的眼神，像是在等待亲人的关怀。最后每个学生都领到了一套新衣服，喜悦洋溢在孩子们的脸上，开心的话语传遍校园的每个角落。

为此，我写下一首诗叫《再见童年——记六一前的慰问》：

面包车前行在边陲的小路，
满载着六一慰问的礼物。
两边小山丘上缭绕的云雾，
眷恋着这个地方的林木。

看，那叫童年，

三五成群的小孩结伴上学，

像发芽长叶了的小树。

听，这叫期盼，

下村慰问的大人走进学校，

像等待好久了会遇见的亲人。

再见童年，我站在孩子们的中间，

仿佛回到纯真无瑕的年代。

再见六一，我回首成长的脚步，

擦拭被风尘遮掩的赤子心。

五、坚决不让一个贫困户掉队

贫困村党员干部是整村推进精准扶贫工作的领头人。他们艰苦奋斗，带头致富，推广发展特色农业，组织带领贫困群众走上脱贫致富的道路。他们是基层党组织的战斗堡垒，是贫困村建设的支撑力量，我们要发挥党建引领脱贫攻坚的作用。面对当前形势的新常态，我们的管理要有新变化和新方法。而这个工作法的实施，将充分调动村"两委"班子与干部队伍服务群众和服务发展的积极性、主动性和创造性，全面提升村级党组织的凝聚力和战斗力，为推进"四个全面"提供坚强的组织保障和人才支撑！

真扶贫要抓重点，扶真贫要帮扶留守儿童和空巢老人。根据上级统一部署，我们组织后援单位领导干部职工深入开展普访贫困村的贫困户、留守儿童和空巢老人的活动。我们通过进村入户与贫困户、留守儿童和空巢老人促膝而谈，详细记录他们的生产生活情况。这次普访主要是为了全面掌握贫困户、留守儿童和空巢老人的基本情况，在实地走访调查得到第一手资料的基础上，为精准扶贫提出有针对性的帮扶思路。

精准扶贫"回头看"，精准识别再聚焦。我们利定村经过精准扶贫识别出来的贫困户都找到了帮扶联系人。那些天我陪单位领导走访各自结对帮扶的贫困户，了解贫困户的家庭基本情况和发展意向。通过进家面谈交流，我深深地体会到：一是扶贫工作，坚决不让一个贫困户掉队，让贫困户跟上发展致富的队伍，这才叫建设美丽乡村，美在人心，美在人情；二是贫困户之所以贫困在于想法多而做法少，说缺钱其实是缺信心和毅力，我想生活贫困不要紧，只要心不服穷、心思不空就有希望；三是贫困户要脱贫，先从清洁自家做起，搞好房前房后、屋里屋外的卫生，干净整洁的地方才会让人看到阳光和希望，而人住的地方和养鸡的地方要规划好了，才能活出自我的精彩。

后记

决战脱贫的我们，依然任重道远；决胜小康的路上，一个都不能少。扶贫路上，我们每一批驻村帮扶干部始终不忘初心、前仆后继，牢记使命、攻坚克难，全力以赴带领贫困户脱贫致富。脱贫不是终点，而是奔向幸福生活的新起点。在乡村振兴的征程中，让我们携手奋进，向着胜利出发！

扶贫经历：

邓国才，2014年3月到2016年3月，被选派到百色市靖西县（今靖西市）安宁乡利定村开展"美丽广西"建设（扶贫）工作。在这两年的驻村扶贫工作中，积极为利定村办了许多实事，助力利定村实现了整村脱贫目标。联系筹资修缮了利定村足弄屯候车亭，购置一批清洁乡村垃圾桶，筹集19000元用于解决18户帮扶贫困户子女上学负担过重的问题，向后援单位申请2000元资金用于保障村"两委"换届工作，联系后援单位到村开展"六一慰问"利定小学活动，为在校学生送去了每人一套衣服，为学校送去了一批电风扇，总共价值12000元，积极为利定村8名贫困生争取金秋助学金，总计12000元。获评2014年度靖西县"美丽乡村"建设（扶贫）工作优秀工作队队员。

三等奖

扶贫路上的乡土中国

金　辉 ／ 中共广西区委党校

费孝通先生曾用"乡土"一词形容我国基层社会的根本特征，到底何为"乡土"？我认为所谓乡土是根植于中国人血液中的基因，是描述中国社会最为亲切和准确的话语，其内容之丰富、情感之深沉、形象之生动是任何话语都难以比拟的，于是在农村有了"土鸡""土鸭""土狗"等称谓，以至于有的城市人看到农民往往认为其行为和语言充满土气，眼中透着鄙夷的目光，可仔细想想，我们生活在城里的人，往上追寻三辈，哪一个不是出身乡土呢？

我的家乡在吉林省长春市，自己是一个生于城市、长于城市的80后，对于农村最初的印象源于小时候和父亲一起回黑龙江老家。第一次到农村时，我和大多城里孩子一样是那样的好奇和兴奋，那时对乡土的理解就是乡间的路上有鸡、有鸭、有牛、有羊，家家都养狗，户户都耕种，还有那一望无垠的玉米地和高粱地，天地之间空旷沉寂，构成了儿时难忘的记忆。

　　一转眼20多年过去了，我已到了三十而立的年纪，也研读了费孝通先生的《乡土中国》，但是儿时的记忆早已模糊。我原本以为自己对乡土的理解只能停留在书本的理性认知，不曾想到由于工作的原因，于2020年3月末开始了自己的驻村扶贫时光。我不仅搭上了扶贫的"末班车"，更是有了再次亲身接触乡土的机会，"梦回乡土"终于实现。

　　桂林市雁山区柘木镇苏家村是自治区党校在桂林地区的扶贫点之一，苏家村下辖7个自然村，建档立卡贫困户共169户612人，占据了柘木镇贫困户总量的一半多，是远近闻名的贫困村。不承想，我再次重回乡土竟是面对如此重负。

　　报到那天，单位领导派车一同送我下村，下了高速不久就迎来了乡间小路，说是小路其实比印象中的农村道路改善了很多，小时候我和父亲回村走的是没有硬化的泥土路，乘坐的是马车，而今一路走来都是硬化的水泥路，再也看不到马车的踪迹，和印象中的记忆对比后不禁感叹变化之大。沿着进村道路走了半个小时就来到苏家村村委会，这是我未来一年工作生活的地方，村委会有两栋楼，一前一后，前面的新楼用于办公，后面的旧楼是我们驻村队员的宿舍，两栋楼之间有围墙连接，中间形成了一个近百平方米的院子，四周种满了花草，环境优雅。接下来的一周，我都是在整理宿舍，添置生活用品，并听取老队员介绍村情村貌，很快我也进入了角色，便开始和另一个新队员走村入户。苏家村下辖的自然村中，贫困户分布过于分散，幸好有之前老队员绘制的贫困户分布地图，上面清晰地标有每个自然村贫困户的具体位置，虽然绘制水平不高，但大体位置还算准确，因此入村后的很长一段时间我都是靠着它走访贫困户的。

　　桂林地区属于典型的喀斯特地貌地区，平地起山，分布错落有致，搭配上各路水系，置身其间仿佛入画，和东北一望无际的平原相比别有一番意境，可谓美不胜收。我不禁回忆起小学时候学过的一篇课文——《桂林山水甲天下》，那时候未承想过自己会告别那片黑土地，亲身体验桂林之美。走在乡间路上，耳边不时响起鸡鸣狗吠之声，空气中弥漫着芳草的香味，偶尔会飘来牛粪的味道，这些都和我童年的记忆高度吻合，因而对乡土的感性记忆逐渐变得清晰。与此同时，我的心中多了几分惆怅，只因自己的关注点不仅仅停留在农村的景色，而是更多地在农民的生活，聚焦到了农村最为现实的问题——贫困，让我对乡土有了更为深刻的认知。

贫困被称为全人类最大的敌人，是全球治理面临的最大挑战之一。对此，党中央高度重视，对扶贫工作持续发力，特别是党的十八大以来，我国开展精准扶贫，累计减少贫困人口约9000万，每年都保持减贫1200万人以上，为世界减贫事业提供了中国智慧和中国方案，作出了巨大贡献。然而，截至2019年底，全国农村还有551万贫困人口，其中西部农村地区有323万。广西作为西部重点贫困地区，要想如期与全国一道实现小康社会还是面临很大挑战的，而苏家村就是典型代表之一，加之今年受新冠肺炎疫情影响以及气候原因使得苏家村一些已脱贫的贫苦户面临返贫风险，扶贫压力可见一斑。

记得那是第一书记第一次带我们走访龙潭村（苏家村下辖自然村），我印象最为深刻的是我们走访的第一户贫困户，户主姓刘，全家只有两口人，除了他还有他读高一的女儿。女孩的命运很是曲折，幼年丧母，父亲常年患有慢性病，属半劳动力，家中陈列的物品都已破旧不堪。我们与之交谈的时候才得知女孩在2019年考上了桂林最有名的重点高中，那一刻我内心深有触动，在这样贫困的家庭凭借自己的努力考上这么好的高中，那是要克服多大的困难才能做到啊！我回想从小自己有那么好的家庭条件，当年是自费才读的重点高中，心里不禁佩服这个女孩，于是仔细地观察了她一下。在我们与她父亲交谈的时候，她静静地坐在一边，略显腼腆，眼睛大而明亮，长发自脸颊两侧下垂，皮肤白嫩，瓜子脸，俨然一副淑女气质，若不是出生在这样一个贫困家庭，以她现在的成绩你完全可以预见到她美好而精彩的人生。但是，贫困限制了她，她看着是那样的忧郁，在这样的条件下她是否能顺利考上大学，考上后谁来照顾她体弱多病的父亲，这都是非常现实的问题，还有从小生活在这样一个不堪重负的家庭，会不会对其性格上造成影响。这些瞬间浮上我的脑海，让人心里沉重，却又感觉到了自己肩负的使命之神圣，我们作为党员干部，作为扶贫工作队队员，有责任有义务让许多这样的孩子有一个美好的未来。

通过近两个月的走访，我对贫困有了更为深刻的理解，也逐渐和同事形成了默契，大家更像是一个团队了，更让我高兴的是渐渐地广大群众认识了我，即便是还不能记住我的名字，但是大家都知晓我是新来的驻村队员。当然，我自己也发生了些许改变，以前在自治区党校当老师，由于工作需要多用学术语言，如今来到村里和农民打交道，要多说些让群众听得懂的土话；以前在南宁，很少喝酒，也不胜酒力，如今来到村里，也要时而和农民兄弟小酌几杯，且酒量提升不少，以前很多学员和我说过"在农村不喝酒很难开展工作"，如今看来还是有道理的。我就这样完成了一个老师到一个扶贫干部的转变，这种转变虽称不上华丽，但是却很朴实。

除了走访贫困户，两个月下来我们驻村队员还做了不少其他工作，如开会、学习文件政策、整理扶贫资料和台账等常规性工作，但是最让我有成就感的就是2020年4月为东开村（苏家村下辖自然村）首届枇杷节尽了自己的一份力。东开村自古就有种植枇杷的传统，自然条件极为适合枇杷生长，扶贫攻坚以来，在当地政府和驻村队员的帮助下，东开村从福建引进了很多新品种，今年是首次尝试线上销售，且第一次举办枇杷节，整个枇杷节期间线上销售枇杷约6000公斤，线下约4万公斤，累计销售金额90多万元，平均每户种植户收入不少于1万元，东开村从一个名不见经传的小山村成为桂林地区的明星村，自治区党校更是将东开村的脱贫故事拍摄成微视频作为教学案例使用，这让我倍感欣慰。一个枇杷节下来，我自己也是收获满满，其中最值得说起的就是了解了果树矮化技术，之前只是听说，误以为凭借高科技才能做到，没想到走到山上，仔细观察枇杷树才发现，所谓的矮化就是在树苗刚刚种下去的时候，在树枝末梢用绳子绑一块大石头，使得树枝在石头的重力作用下被下压，时间一长便横向生长，也就达到矮化的目的了。那一瞬间我才恍然大悟，不禁感叹人民群众真是有智慧，难怪马克思认为人民群众才是历史的创造者，我们党历来也高度重视人民群众的作用，始终坚持群众路线，习近平总书记更是提出"以人民为中心的发展思想"，这些在驻村期间都让我实实在在地领会到，而这种领会远比书本上深刻得多。习近平总书记曾说"不要小看梁家河，这是有大学问的地方"，这么看果然不假，广阔农村不愧是党员干部成长的沃土。

乡土中国，用得最好的就是这个"土"字，它是中国农村的根和魂，也是中国农村的底色和本色，扶贫路上的乡土中国不是只有田园风光、诗情画意，更是充满艰辛与汗水，千千万万党员干部在党中央的号召下奔赴农村，参与这场史诗般的脱贫攻坚战役，有的同志甚至献出了自己宝贵的生命。截至2019年6月，已有770多位干部牺牲在扶贫岗位上，他们和黄文秀一样感动着中国，他们义无反顾，视死如归，只为将扶贫路上的乡土中国变为小康路上的乡土中国，他们的名字将永远镌刻在祖国的大地上，激励着我们在扶贫路上不断前行，有时我们的眼中也会充满泪水，那是对这片土地爱得深沉。

扶贫经历：

金辉，2020年3月30日正式开始驻村扶贫至今，担任桂林市雁山区拓木镇苏家村扶贫工作队队员。驻村以来，进村入户宣传扶贫相关政策，并帮助贫困户办理所享受政策的相关手续，如产业奖补和小额信贷。协助驻村第一书记整理完善扶贫工作相关台账，迎接自治区脱贫攻坚大督查和"四合一"脱贫攻坚成效考核。在不到一年的工作中，主要取得了以下成绩：一是在2020年4月份为东开村首届枇杷采摘节做了前期策划准备工作，使枇杷节的得以顺利举办。二是用学校配套的5万元专项扶贫经费给东开村修建了枇杷交易市场。

我愿是一只白鹭

陈秋莲 ／ 中共贺州市纪律检查委员会

　　一群白鹭在田间缓缓飞起，从我的头上振翅飞过，伴着霞光，又以一种优雅的姿势降落。我心有所思，看白鹭于山水之间一尘不染又从容不迫，在无尽苍穹里以激情主宰一生。

　　从浙江大学法律系研究生毕业后回到家乡工作，我成为一名纪检监察干部，一年前被组织选派到钟山县红花镇古楼村驻村扶贫。红花镇一带为县级白鹭保护区，白鹭已然与这片土地相融，这里是它们诗意的栖息地。如果要给自己选择一个动物形象，我愿是一只白鹭。不管我从哪里来，最后要去往哪里，此刻在乡间的我，始终追求成为一个更热忱于生活、更遵循内心、更具有精神和灵气的自己。

　　我愿是一只白鹭，在古楼村的上空盘旋翱翔，与孩子们一同追逐欢腾，携着温暖的阳光以及温润的雨露，守护这里的留守儿童。

　　那天，宝宇塞了一张写得歪歪扭扭、拼音与错字交替的小纸条给我，郑重其事地邀请我去她家吃生日蛋糕，我瞬间心都化了。

　　以前的宝宇，小小年纪被迫展现出了超出同龄人的成熟。她可以轻描淡写地说"我妈妈不要我了"，小孩们朝我一涌而来时，她总是独自远远地张望，看似毫不在意。在这个理应受到无微不至的关爱与呵护的年纪，她又怎么能做到表面那样的云淡风轻？没有父母的陪伴和关注，她清澈的眼睛里有时带着落寞，却佯装满不在乎。

古楼村地处广西壮族自治区贺州市钟山县西北部，为自治区级"十三五"贫困村，全村共583户2506人，其中建档立卡贫困户152户635人。为了脱贫致富，很多年轻的父母到城里务工，同样的，很多孩子成为留守儿童和困境儿童。有的和宝宇一样孤僻中带着令人心疼的倔强；有的顽劣到第一次见面就直接朝我吐口水，厌学情绪尤其强烈；有的每天放学后搬张凳子坐在我的电脑前守着，逮着机会就在我面前唱歌跳舞寻求关注；有的总是有意无意地扯着我的衣裳，依偎着追问你周末在不在这里，昨晚怎么没有见到你……

我意识到，关注留守儿童和困境儿童、聚焦教育扶贫是扶贫工作者不可推脱的使命。我邀请由南开大学、南京大学等高校组建的大学生志愿服务团队到古楼村开展暑期夏令营，对孩子们的心理和学习进行辅导。在后盾单位的支持下，我们整合慈善机构、社会公益资源，合作建立爱心助学"春蕾图书室""儿童关爱基地""农村留守儿童关爱活动示范中心"，举办留守儿童关爱活动，提升农村教育教学环境，引导他们重视教育，崇尚知识，凝心聚力斩断穷根，实现真正地彻底地发展。目前，古楼的孩子们获赠图书4000余册、文体器材400多件、校服158套，知名高校的10名大学生陪伴他们度过了20来天的夏日时光，来自深圳的心理咨询师、茶艺师、书法家和文学家等10余位爱心人士为他们开启了10多场丰富的扩展课堂。

我能强烈感觉到，在缺乏父母关爱的成长环境下，不管什么性格的孩子，都敏感地捕捉了我们给予的关注，在被理解、被重视后不自觉地窃喜和珍惜。我欣喜地看到宝宇骑着小自行车呼叫我参加生日会，然后欢快地在前面给我带路；那个曾经对我吐口水的宝庭摘了一捧茉莉花给我，说："陈姐姐你辛苦了……"

我愿是一只白鹭，就作为美好的事物而存在，人们只要一抬头，就能感受那一抹洁白，那一刻愉悦，那一种幸福，给这里的人们以

2019 年 11 月 22 日 "益启童行，圆梦起航" 活动，陈秋莲和收到公益礼物的孩子们开心地合影

慰藉。

第一次见到 86 岁的赵阿婆，是在我刚驻村入户走访贫困户的时候。双目失明的她定定地坐着，手不知所措地上下晃动，想要招呼我们却又无能为力，只能呢喃着 "对不起……不能给你们倒水"。时间于她而言是无概念的冗长，那种无助、混沌且没有期盼的样子真实地冲击着我。我和她拉起了家常，也许是孤独久了，少有的热闹让她突然情绪失控，我们离开的时候她在谨慎地抽泣。我赶忙转回身去给她抹眼泪，拍拍她的肩膀并抱着她，我说我还会再来的。然后，她放肆地哭了出来。

离开从未离开过的村庄，阿婆显然兴奋又紧张。路途中阿婆开始晕车，猝不及防地呕吐。慌忙之中没有太多的思索，我直接伸手接住了呕吐物，本能地不想阿婆的衣服被弄脏。可那一刻，她好像用尽了全力握住我另一只手，我好像成为她的眼睛、她的孩子！为了照顾阿婆，车开得非常缓慢，20 多公里的路途仿佛遥远又艰难。我看着阿婆难受的样子，作为事件推动者的我心情异常复杂。庆幸的是，经过检查，医生说阿婆患有白内障，可以手术。我顿时兴奋了起来，心想，待阿婆复明了，她会看到，我是一个多么可爱的姑娘，像一只美丽的白鹭。

后来手术很成功。回想阿婆从失明到复明，我明白过程的不易。当时，我忐忑地向阿婆的亲人提出想送她去医院检查眼睛，试图说服他们：阿婆虽然年迈，依然有一颗向往光明的心，她值得我们尝试和努力。我又一次次开导经历了长途劳顿的阿婆不要放弃手术。阿婆家是建档立卡贫困户，我自掏腰包悄悄地结清检查费用但又害怕伤了她的自尊心，只好轻描淡写地对她说："只要几十块钱，我付好了，以后可以经常去你们家喝油茶。"也许是善意的力量，曲折的过程中我也得到意想不到的支持和帮助：阿婆的亲人最终赞同了我的想法，甚至阿婆外嫁的女儿也赶回来陪护；几经辗转，钟山县中医医院依据"光明扶贫工程"为阿婆免除了手术费；驻村工作队队员陈家江用自己的车载我一同接送阿婆出入院，解决了交通不便的尴尬；第一书记李世位帮助联系深圳公益人士，为阿婆募集住院期间的费用……

出院回来，阿婆复明的事情一下子在村里传开，我们所有人都得到了村民的尊重。群众的认可并非刻意求之就有，我相信群众的认可是顺其自然的收获。人世间一件最平凡的事与物，即便普遍如同阳光，都有生命不曾或不再享有，于我而言，我的初心，始于善意和责任，是希望阿婆可以不再等待儿子归来后才有饭吃，不再自责自己无能为力为客人倒上一杯热茶，她应该拥有自由和自尊。我也许难以感同身受阿婆复明的快乐，但我真诚地因她快乐而快乐。

还有一件值得快乐的事情，复明后的阿婆在生活上可以自理了，她唯一的儿子能够安心地外出务工，2019年底她家成功脱了贫。

我愿是一只白鹭，能优雅直立，也能激情展翅。有时生活是难的，可又能有多难？让暴风雨来得更猛烈些吧，满怀期待地追梦，凤凰涅槃地成长！

时代楷模黄文秀和我都是广西定向选调生。夺走文秀姐姐那场暴雨让我们后知后觉。2019年6月12日晚11点多，红花镇突降特大暴雨，第一书记敲门问我是否一起去茶源、新厂等村察看情况。当时情况异常紧急，我赶紧从床上爬起来，来不及换拖鞋就直奔茶源。短短的时间内洪水已经漫过道路，水很深，疾驰的车把水往两侧高高溅起，我们被土石塌方挡在半路。我们只好通过电话联系村干部组织自救，重点安置老人和孩子，联系防疫部门……后经核查，洪水淹没村民房屋最深达1.7米，道路塌方数十处，万幸的是没有人员伤亡。有时候，"死亡"二字听起来好像距离我们很遥远，直至文秀姐姐殉职的消息传来，沉痛和惋惜之余才明白，其实死亡也曾与我们"擦肩而过"。

在我和我的扶贫伙伴们的努力下，如今的古楼村贫困发生率降至0.74％，未脱贫人口只剩下5户19人，近一年争取获得了道路修建、卫生室修缮、垃圾分类、阳光堆肥房等扶贫项目资金275万余元。古楼村在教育扶贫、产业扶贫等方面也与深圳多个组织达成合作意向，全力主动加入"东融"的开放发展新格局。而村民建设家乡的热情被极大地激发出来，文化振兴带动乡村振兴的农耕文化产业走廊正在如火如荼地筹建。

在面对所有的困难和他人的苦难之时，支撑着我的是如白鹭般的从容与激情，是希望自己成为美好事物的心愿。

扶贫经历：

陈秋莲，2019年4月被选派到古楼村驻村扶贫。一年多以来全心投入贫困村脱贫工作，如田里产业核查、入户收新农合、控辍保学劝返学生等，古楼村顺利通过2019年"四合一"核验和2020年脱贫第三方评估。参与策划各类激发村民内生动力的振兴项目，做好脱贫攻坚与乡村振兴的有效衔接。有情怀有担当，带失明老人治疗眼睛、送肢体残疾人到残联办证、关爱留守儿童等，群众满意度高，扶贫事迹被自治区纪委监委、《贺州日报》、钟山党建网、钟山电视台、钟山扶贫简报等报道。

漫漫扶贫路，浓浓亲人情

覃振贵 / 南丹县水利局

　　进入南丹的冬天，丹州的丘陵披上了层层清雾，街道两旁桂花树的露珠纷纷滴落，一有冷风吹过，坠落在匆匆行人的衣服上，留下一团团湿润的光圈。让人忍不住想要触手摘下这份凝冻的美丽，却不曾想，那远方的山峦里，零星的车灯，好似萤火虫攀爬在云里水乡。

　　黎明破晓，他们驱车从南丹开往宣明，沿着盘踞在山腰上弯曲延展的水泥路，一路前行。蜿蜒曲折的公路如同一条蒲公英散播种子的希望之路。车子沿着曲线的路面，从山顶一直延伸到山沟。曙光洒落在山头，内心那份对职责担当的执着，对大山那边"亲人"的致富小康梦的关切，牵引着车来车往的灯光，那灯光映照在无数个心怀理想、充满朝气的年轻人脸上。他们从城里驱车奔向乡村，为了乡村的脱贫计划献出自己的一份力量。他们就是脱贫一线的驻村队员，而我也有幸能成为其中一员。看着远方的山水，因为这份温暖而亲切；穿梭在山间的薄雾，因为这份炽热而欢快。

　　车行进了三个多小时，停靠在半山腰的小山村的村口。我从车上跳下来，伸个懒腰以舒缓身上的疲劳，行走在泥沙路面的乡村路上，脚下发出嘎吱嘎吱的响声，这是一条既熟悉又陌生的路，我不时地张望远处郁郁葱葱的杉木经济林。村口只有老母鸡带着三三两两的小鸡，稀稀拉拉地在草里寻找虫子、草籽等。见我走近了，老母鸡便咯咯地带着小鸡飞快地向路边躲去。看着老母鸡携着小鸡慌乱而逃，我不由想起了小时候玩老鹰捉小鸡的画面。

拉起家常，倾听心声

不多时，我就来到我的结对帮扶对象的家。她正在织布，这是她们南丹瑶族传承几千年下来的传统技艺，几乎村里每家主妇都会，她嘿嘿地笑了笑，无奈地说道："家里其他人都出去打工了，家里没人，她只有下雨时能忙里偷闲，为家庭成员织一套传统民族服饰，待到过瑶年的时候穿。"

她家是1993年从里湖瑶族乡搬迁到宣明村开荒种杉木的，到这半山坡的简仁站林场20多年了。她育有一女。2016年，夫妻俩靠着在林场里伐木攒下的钱，以及县里的危旧房改造政策所获得的补贴，推倒了以前分配的年久而又矮小破旧的砖瓦房，建起了小平房，生活条件也有了很大改善。

我们拉起了家常，看到邻居们陆陆续续地修建起了两层小洋楼，这个勤劳而淳朴的女子心里也会有些羡慕和不服气。她说她要是以前小时候能读书，能够在外面打工，兴许自家的房子比别人家还修得漂亮。她的女儿在县城的城关镇中学读初中，每月都需要伙食费，家里种的杉木，需要有人护理，她走不开，再加上文化水平有限，空有到外面打工的抱负，只能在家干农活。

谈到目前的生活状况和存在的困难的时候，她面露喜色但也难掩心里的忧虑。2016年的危旧房改造政策下来后，2017年她家如期脱贫，住进了小平房。她欢快地说："以后我们家再也不用担心夏天下大雨，房子里到处漏水了。"虽然现在住的条件改善了很多，但生活中还有很多困难让他们头疼，他们因搬迁过来而没有耕地，他们吃的大米和蔬菜都是需要到村部上购买，家庭开销大，而他们靠出工砍伐树木获得劳动报酬，若遇到雨天则赋闲，每天的开销也是他们面临的一大难题。她希望政府能给予更多政策上的帮助。

　　她的话让我陷入了沉思，我们应该做到要帮助每一个贫困户如期脱贫的同时，也要长期跟踪了解，结合各信息平台，安排就业培训，帮助他们找到一份能维持生计的工作。确保他们脱贫后能过上有保障的生活，甚至是更高质量的生活，避免出现脱贫后又返贫的现象。

　　类似她这样的留守妇女，在这半山腰上的小村里还有很多。每次来走访的时候，村子里也有好多人说着和她同样的话。在老队长家里，老队长告诉我说，这种想法不奇怪。部分农村人好攀比，心气重。现在有种不好的现象，许多人不以贫困为耻，反以贫困为荣。那些没有被当成帮扶对象的心里自然有想法。只要我与他们相处时间久了，帮助他们把政策弄懂了，他们就不会再这样说了。

政策入心，恰到好处

　　等到我继续走访的时候，遇上了一个小插曲。这次来是我们单位集体组织看望贫困户，主要是向扶贫对象宣传政策的。中午时分，我们带着食材在老队长家准备饭菜。得知我们又来了，我的结对帮扶对象忙前忙后帮着张罗。席间，我们把各自的结对帮扶对象都请过来一起吃饭。大部分的人都到齐了，就差老队长家不足50米的一贫困户没有到。等了许久，方才等到一个高高大大的小伙子姗姗而来。寒暄一番，我们得知这小伙还在家里睡觉，刚刚被我的同事叫醒，这小伙子很是不悦。

　　开席后不久，老队长就语重心长地说："我们做人要有廉耻之心，党和政府安排扶贫干部来帮助我们，我们自己也要晓得努力。饭来张口，衣来伸手的想法是要不得的。"

　　我的结对帮扶对象当即站了出来，大声用方言数落道："大宝，你仔太懒了。村干部喊你仔克（去）办低保，复印个身份证你仔都懒得去。大中午的还赖床。你好意思啊？人家这么帮你仔，他还来气，我看你仔就是懒惯了！没得哪个姑娘看得上他哦！"

　　那个小伙子，是同事的结对帮扶对象。他刚刚二十出头，外出打工多年不仅没有挣到钱，反而带回来了个儿子。因为他没有正式结婚，所以他儿子是黑户，一直都没有上户口。我的同事和村干部想给他家办个低保，帮他儿子上户口，可他一直拖沓不配合。他们家里的两间砖瓦房漏雨也十分严重，为此，他们不得不借住在他姨父家。我的同事劝他争取尽快建房，而他总是漫不经心地说："没钱，建不起。"这让我的同事和村干部都很头疼。

　　我的结对帮扶对象的话，除了直戳小伙子痛点，也让在座不少的贫困户红了脸，而我的结对帮扶对象的仗义执言，也让我内心感到欣慰，因为我平日里一直在宣传扶贫政策，她已经理解了一些政策，也已努力成为政策宣传队中的一员。

2018年5月，覃振贵（左三）在南丹县六寨镇宣明村皇后屯组织召开感恩教育会

心系亲人，爱心助力

　　每次驻村来到队里，老队长都念叨着这样一句话，他说，现在政策好了，他还要努力多活几年。老队长朴实的话语，让我很感动。最近一次，队里一老人家托人给我打电话说，他养的鸭子想卖了，让我想想办法。于是，我动员组织单位的同事以及身边的朋友参加"爱心

助农"活动，以稍高于市场价的价格帮他销售了他家养的鸭子，解决"养得好，卖不好"的销售难题。老人家腿脚不便，买卖东西比较困难，我就跟他商量，鼓励他继续饲养禽畜，待到养大出栏了，我单位同事找人帮着他卖。老人家听了很高兴，一再说都是一家人，给你添麻烦了。卖鸭子的时候，其实老人家心里还有些舍不得，这些常年跟他在一起的"小精灵"，几乎成了他生活的全部。他老年生活的所有乐趣，都是在逗弄这些"小精灵"。

有时候，我总在想如果不让他养点什么，每天面对空荡荡的房子，连个说句贴心话的人都没有，他的生活将会是怎样的寂寞和枯燥。在这条扶贫路上，我走了很多回。我每次听到的、看到的都不一样，好的话、不好的话也都听过。但是最让我难受的，还是每次离开的时候，老人家喃喃自语的样子，看着他顿失色彩的眼眸，欲言又止的样子，我的心里总有些难受。

梦尚未圆，继续求索

我一直在思考，增加收入、改善居住环境，这些看得见的物质上的困难，是现在摆在他们面前亟待解决的困难和问题，但除此之外，在精神方面的滋养他们也是匮乏的。比如空巢老人家养家禽，养出了亲情般的挂念；又如对留守儿童的亲情关怀和学习教育；再如丰富留守妇女的精神文化活动和就近工作的岗位培训等等。让亲情的回归促进家庭和谐发展，村容村貌需要建设，但也需要更多的"气"，生活的活气、家里的生气和村里的人气，而这些问题都是我们扶贫路上另一个需攻克和拿下的高地，我们尚未闯关成功，我们携父老乡亲走上致富小康幸福路的梦尚未圆，我们还需要铆足干劲，撸起袖子加油干！

走出村子，夜的幕布已被拉下。摇曳的芳草上，蒙上了一层轻雾。那些即将凝结成露珠的水汽，又在欢腾着冲出山沟。身后渐行渐远的狗叫声与缕缕升起的炊烟，将小村又写进了诗里、画里。明日来时，后天再来时……那时的我、那时的他、那时的小村，又将是怎样的模样，我们一直在前进的路上……此时的我已经迫不及待地想要写下人们向往的美丽生活。

扶贫经历：

　　覃振贵，2017年9月至今担任南丹县六寨镇驻村工作队队员。深入群众，体察民情、村情，把群众利益放在第一位，常把群众安危冷暖挂在心上，弘扬求真务实的工作态度和服务精神，扎扎实实地为群众办实事、谋发展。驻村以来严格遵守驻村工作纪律，每月在村工作时间不少于20天，与村"两委"干部一道坚持在村工作，严格执行考勤、请销假、外出报备等日常管理制度。

　　时刻聚焦重点，落实驻村工作。驻村以来紧紧围绕驻村工作目标和任务，聚焦工作重心，有力推进驻村工作的落实。

紧握一座山的苍茫

许万年 / 贺州市八部区林业局

转眼之间，我来到信都镇北源村扶贫已经3个年头了。我走熟了这里的每一片山水。这里的每一片山水也熟悉了我、接纳了我。

青山绵延，江河雾绕。山河的剪影像唐诗里的侠士，快意飘逸。但大多数世人只看到山河秀美清新的一面，淡忘了它冷酷贫困的另一面。

这条山脉延绵起伏，山下贺江蜿蜒环绕，曾经隔断了一代代村里人的富裕梦想。山脉江河把贫穷刻进村里人的幽深长夜里。

村庄坐落在山下。但要走进村庄，可不是容易的事。盘旋、崎岖，心脏随着山路的起伏颠簸着要跳出喉咙，胃里翻江倒海般难受。这还算是好的，遇上大暴雨，大大小小的塌方、断树沿途阻隔，前进或后退都成问题。

但山再深、路再远，我也不能停下扶贫的脚步，也要把党的春风雨露送到村里。

那一刻，望向层叠远山，我清楚地知道自己要做什么，那就是走进贫困户家中，真真实实地入户调查，掌握第一手材料。老百姓的事无小事，老百姓是党员的亲人。精准扶贫不是走过场，也不是搞形式化，而是真真切切地去了解老百姓的疾苦，去倾听老百姓的心声，与他们打成一片。扶贫干部要把贫困情况统计成科学理性的数字，再把数字变为实实在在的有温度的关怀。

映山红花开，要让所有的脱贫致富梦想都能在山中热烈绽放。层林染遍，要让所有的山歌都能在笑容中嘹亮唱响。

山峰再高，也高不过共产党员意志的高度。脱贫致富的种子依然要在这里开花结果，雏鹰还是要从这里飞向远空。站在山河环抱的村庄之中，我感受的不仅仅是扶贫路上的艰难沉重，更多是要从内心深处迸出的热血，是要用双脚深入泥土勘测贫困的精度，是要用肩膀扛起村里人向往幸福的沉甸甸的期望。

让贫困，终结在共产党和共产党员的决心中。

精准扶贫，是深刻又有划时代意义的温暖之举。

吃住在村里，我把全身心融入了村庄。

走羊肠小道，访贫困户、建档案、跑项目、产业核验。一本本扶贫日志，一次一次入户访谈，成为我这些年的收获。

陈贻荣老人是个让人怜悯的坚强的老阿公。他68岁了，因为年轻时的一些言行，导致村里人都很排斥他，没有人跟他说话，后来因为气喘得紧，大家更加疏远他，而他自己坚持说自己没病："人老啦，就是这样的。再说一把老骨头了，也不用浪费钱来医了。"

我知道阿公担心自己本来就穷，靠着五保金过日子，怎么医得起病？因为我在刚进村时就帮他申办了五保户，于是我耐心地向他解说了五保户住院报销比例是100%的，让他不要有太多的顾虑，并且教会他如何去医院、去政府部门办手续。

一来二去，我和阿公很熟了。他是个孤独又善良的老人，我常常在走访之余到他家，和他聊聊天，拉拉家常，给他精神关怀。阿公对我也像亲人一样好，有一次他对我说："书记，你在村里走来走去挺辛苦的，我这里有钱，你拿去买点吃的吧。"看他拿出刚取回来的两千多元五保金，我真不知道自己该说些什么，内心被一股暖流充盈，激荡人心。

后来，他得了肺癌，我送他去住院治疗，带儿子去看他，去陪他，接回家后又坚持给他买抗癌药。他慈祥地笑着对我说："书记，谢谢你，你还带你儿子来看我，我真的很开心。"

我白天入户走访、低保核查、采集更新、跑部门、推进项目、迎接各级扶贫检查、与上级各部门协调对接，晚上填写表格、记录台账、规划方案、总结汇报、建卡管理。

我忘记了疲劳，连续走访几十户，声音嘶哑，烈日下走了数小时的村路，汗透衣衫。

我就这样默默行走、默默记录，沉思脱贫的方案。那些寂寞，那些委屈，那些伤感，我也曾想化为一滴滴泪。但泪水如金啊，它抵得过村里数代人的泪吗？还能让村里人再流泪吗？

村子里有一户贫困户，脾气比较犟，性格多疑，总怕吃亏。本来已经给他定好帮扶措施，结果他又中途变卦，他对我们心存疑虑，拒绝享受政策。我多次登门才找到他，和他像知心朋友一样聊天，倾听他的心声，最后他欣然接受了帮扶措施。

山路有悬崖、塌方、洪水，要经历怎样的磨砺才能视为坦途？村里的村村寨寨，都有我深入泥土的脚印。哪怕是再陡再滑的山路，我也不曾退缩。

我走过最险的山路，到过最远的寨子，蹚过最急的溪水，淋过最透的山雨。

共产党员，骨头里会有火焰在燃烧，无所畏惧。

村里的穷人需要有人把党和政府的温暖政策精准送达，更需要有人带领他们走出贫穷。

出行条件落后是致贫的重要原因之一，北源村这个在2007年以前仍然以坐渡船方式回家的偏僻、落后小村，想卖鸡、谷子、玉米等农产品都极困难，村民建房还需要自己烧制砖块。在落实扶贫政策后，村里后来修建的村道得到了加宽，交通便利了许多，村民的意识也得到不断提高，村里迎来了发展新契机。

贫困户覃永清40多岁，正值壮年，却因意外导致精神失常，丧失劳动能力，仅靠着50多岁的哥哥接济度日。他屋里没有一件像样的家具，衣服、被子全堆在床上，一下雨，屋里就阴暗潮湿。经过多方努力，低保补助、临时救助、政策性扶贫等措施都落实到他身上，他哥哥格外感恩："党和政府好，给了我弟弟一个安身的地方，我一定会更好地照顾他。"

山还是那座山。但山也不再是那座山了。它在悄悄改变着模样。

近处，是流泉、野花、绿叶、碧草。远处，是云烟缕缕。一条硬化水泥路发出白色光，蜿蜒缠绕，连接城里和山里。孩子们的笑声，把一刹那的寂静打破，天真的童年，伴着映山红的花香，在空气中弥漫。

紧握一座山的苍茫，让幸福如山花盛放。我为这一切，付出过全部努力，即便没有人知道，也没有关系……

扶贫经历：

许万年，2017年9月被选派至贺州市八步区信都镇北源村任贫困村第一书记，先后完成村道扩建、村屯篮球场修建、路灯亮化等工程项目，于2019年6月从第一书记岗位调任贺州市八步区林业局下属的广西贺州合面狮湖国家湿地公园管理局工作。其间，北源村贫困发生率由2.74％降至1.39％。

药王谷的春天

何达常 / 富川瑶族自治县税务局

柳家乡洋新村茅刀源自然村，是一个非常宁静，可让人一觉可以睡到自然醒的小村庄。

这天清晨，几阵隐隐的春雷过后，微明的天空慢慢垂下了一条条雨丝。从县城沿着720县道，一眨眼，行驶不到15分钟，一个西岭山脚下"远可望、近可游、居可养"的美丽乡村新画卷徐徐地在你面前展开，这就是柳家乡茅刀源自然村。一到村口，就能看到一块巨石上写着"茅刀源"三个红色大字，接着"西岭药谷"四个大字像武侠剧里的提刀侠士突然就跃进了眼帘，我不由为之一振。这名字营造了一种幽深感和神秘感，让人不免要满怀好奇地走进谷里瞧个究竟，这谷里到底有什么灵丹妙药。

右边，一条小溪宛如玉带，从翠绿绿的中草药地穿流而过，一条干净平整的柏油路直通村内，一眼望去，1200多亩中草药尽收眼底，长势喜人。在微风细雨中，草药叶子跳动着，发出欢快的沙沙声，像在春雨中尽情地拔节生长，又仿佛在欢迎远道而来的客人。

洋新村党总支书记盘志荣早已在路边等候多时，他是曾经在脱贫攻坚道路上与我并肩作战两年多的战友。时隔两年，当我看到引进成功并壮大的中草药种植基地，感慨万分。记得我在2015年9月刚来洋新村时，这里水清风柔、民风淳朴，正是柑橘结果长大的季节，然而本该成为点缀的穿着白底蓝花衣服的村姑没有出现。我很纳闷，到村里了解才知道，全村2504人，还有长期徘徊在贫困线上建档立卡贫困户544人，贫困发生率达24%，要在2017年实现整村脱贫摘帽的形势严峻。曾是柳家乡农户的主导产业之一的柑橘产业，也因柑橘黄龙病大面积爆发，柑橘被大面积砍伐，留下肥沃土地丢荒，无人耕种。那不是陶渊明的田园生活，也不是辛弃疾的"稻花香里说丰年，听取蛙声一片"的情景。

面对严峻的贫困现状，如何帮助群众发展产业、增加收入？如何带领贫困户脱贫致富？如何改善基础设施？如何推进2017年整村脱贫摘帽工作？这些都是摆在笔者和村"两委"干部面前的一道道难题。

我曾多次与村"两委"谋划，明晰了洋新村地理条件、自然条件适宜种植中草药，且药材市场供需大的产业发展规划，通过与上级有关部门沟通对接，邀请农业专家实地考察，开始做起土地流转文章。与此同时还多次与村"两委"干部分别召开党支部会议、小组长及村民代表会议等系列会议之后，集中大家的建议，广泛宣传产业帮扶政策，算好经济账，让群众充分认识到种植中草药产业能促进收入，让村民吃下"定心丸"，通过大块并小块的方式解决土地碎片化问题，把茅刀源村土地面积少的劣势转化为土地资源集约的优势。

好机会总是留给有准备的人。2016年11月的一天，广西锦沐仁和中草药材种植有限公司董事长席磊找上门了，说是想承包一大片土地种植中草药，看中了茅刀源自然村这片土地。机不可失，2017年1月20日小年刚过的第二天，我们又在村部楼召开村民代表会议，进一步统一大家思想，减少工作阻力。对于个别不愿流转另有想法的农户，如盘荣辉户，2016年7月才种上三华李6亩，用去种苗和人工费3000元，此时此刻的他有想法是正常的。对此类重点人员，当晚采取"夜谈会"等多种形式，拿上手电筒，由村支书盘志荣亲自带队一户户登门拜访，苦口婆心做工作。1月的晚上月黑风高，寒风凛冽，大家的手脚都冻得发麻，但"公司+合作社+基地农户"的合作模式，吸引着贫困户，原来有想法的群众都转变观念同意流转，支持我们的工作。第二天，村"两委"干部向乡党委、政府主要领导作了专题汇报，咨询政府方面是否有平整土地的启动资金。然而得到的答复是没有。但村"两委"干部没有退却，而是迎难而上，多方筹集，特别是村支书盘志荣一人就前后垫付近 8 万元，为解决启动资金起到了决定性作用。

说干就干，干就干好。

2017 年 2 月是中国传统春节，此时仍春寒料峭，茅刀源村一下热闹非凡，几台挖掘机轰隆隆地平整土地，村民不是在家迎客访友，而是不约而同地到了田地里，在中草药承包公司技术员的指导下，开行、挖坑、下肥、种植、浇水，不出一个月，第一期 400 多亩以天冬为主的中草药产业初步显现在大家的面前。接下来，为方便中草药基地的种植、施肥、运输，以及今后扩大种植规模，笔者与村"两委"干部、药材种植公司又马不停蹄跑到当地政府党委和上级有关部门，通过向上申报项目，加快配套基础设施建设，将横穿基地的 3 条生产道路进行硬化，整治了一条河道，兴建了 2 个大型蓄水池和铺设主管道，兴建了 1000 平方米的药材仓储等。2018 年 1—2 月又流转了 800 多亩土地，扩大了中草药材基地的种植面积，新种上岗梅 400 亩、九里香 200 亩、两面针 100 亩、三叉苦 50 亩、鸡血藤 10 亩，黑老虎、南板蓝、野菊花等品种也陆续得以种植。现茅刀源村中草药材产业示范区成为贺州唯一一家广西特色农业（核心）示范区、广西第一批中草药材示范基地。同时，茅刀源村先后获得"全国第一批绿色村屯""自治区生态村"称号。

民生在心，念兹在兹。扶贫路上，不能落下一个贫困户。漫步草药基地，村支书盘志荣对我娓娓而谈："这是 2018 年种下的 100 多亩两面针，长势正旺，明年将迎来首次采收。原先的洋新村土地丢荒现象严重，自发展中草药产业后，不过短短三年时间，村里再没出现土地丢荒，如今洋新村成了远近闻名的中草药种植基地，村民的生活也越来越好。""发展中草药基地对我们村改变很大！老百姓特别是贫困户，在这个基地常年都有工作，每天 80 块钱，采种的时候有的按量来计酬的，一般有 300～400 块钱一天，大大增加了老百姓的收入。"建立示范基地，在"公司+合作社+基地农户"的合作模式下有效实现了集体和群众双增收，村上劳动力务工的问题得到有效解决。截至目前，该公司已为 20 户建档立卡贫困户发放工资 40 多万元，村上所有贫困户实现了脱贫致富。除了中药材种植，广西锦沐仁和中草药材种植有限公司投资了200多万元建设瑶药健康坊，推行针灸、艾灸、瑶浴熏蒸等理疗养生项目，并无偿培训贫困户掌握针灸、推拿、按摩技能，带动更多贫困户从零工向技工转型。脱贫户廖花连，一家3口，土地2亩已出租给中草药公司，每年有租金1000多元，儿子在成都一美容院打工，孙女星期一到星期五上幼儿园时，廖花连可到公司护理药材，既有工资领又可带孙女，不耽误工作也不耽误带孙女，工作比土地出租前轻松得多，收入增加3倍，生活越来越好过，全家实现脱贫。2019年11月，村民们又对屋前空地进行了整理，用室内一间房间改装成了卫生间和厨房，彻底告别煮饭有油烟和生活不方便的历史，极大地改善了卫生环境，村容村貌一天一个样，村民的生活质量越来越好。

雨小了，站在高处，轻吸一口清新的空气，听听耳边吹过的雨声，听听树上的鸟叫声，看看旁边的绿草，我想，此刻，中药材不仅解决了村民的贫困问题，也治愈了我的内心。我的心静了，像有一剂灵丹妙药熨帖在我的心口上，让人身心舒畅。情不自禁地张开双手，望望不远处的湿地公园——龟石水库，在雨中淡淡地蒙上一层薄纱，让人浮想联翩；水库边隐约转动的风车，像谁在摇着蒲扇，轻轻地扇着炉灶里的火，而灶上，一味人间的妙药正慢慢地熬着，熬着……

扶贫经历：

何达常，从2015年以来，先后任贺州市富川瑶族自治县柳家乡洋新村第一书记、新石村工作队员，几年来，在脱贫攻坚道路上，栉风沐雨，砥砺前行，所驻村的脱贫攻坚工作有声有色，取得丰硕成果。2015—2019年连续5年被评为全县优秀驻村队员、3次被评为全县驻村标兵，2019年被评为全县"讲良心做好人"先进个人和全市脱贫攻坚先进个人。

扶贫路上

梁志祥 / 中共昭平县委员会宣传部

　　美丽的桂江宛如一条蜿蜒的玉带，蜿蜒在南方的版图上。在桂江河畔的群山深处，有一个小村庄叫纸社。村庄之所以叫纸社，是因为这里曾经以造纸而出名，这里地处深山，没有田地，村民靠山吃山，以种植毛楠竹为生。民国时期，这里家家户户造纸，生产的"桂花竹纸"远近闻名，竹纸用途繁多，祭祀用的纸钱、果脯豆豉等包装纸，甚至族谱家书、古籍善本都能生产，远销港澳地区。20世纪80年代开始，村民为响应国家和政府保护桂江生态水源的号召，家家的造纸厂炉火熄灭，失去了主要的生活来源，加上生存环境恶劣，因此纸社村逐渐成为极度贫困村。

　　2018年，我作为中共昭平县委宣传部派驻的一名扶贫干部来到这里，看到了在党和政府的帮扶下，这个地处深山的小村庄一天天发生的变化，也体验了这里的酸甜苦辣。

穿越九宫八卦阵

　　纸社村共有23个村民小组，因此就有23条村屯主干道，还有一些进入各自然村屯和农户个人以及进山的道路，大大小小的入户路多得如密集的蛛网。道路时而在溪流边穿过，时而爬上半山腰，山鸟啁啾、溪水潺潺。有的道路直接围绕着山腰爬上山顶,开车如同在游乐园坐过山车,蓝天白云都在你头顶上,脚下是一座座高耸的山川,犹有"一览众山小"的豪迈,山路十八弯常常令人胆战心惊。有的道路互通,有的直接到山上,有的到农户家,纸社村的大小山路如同一个天然的"九宫八卦阵",一不小心就会迷路。

纸社村植被茂密,生态环境好,山路常年被树木笼罩,遮天蔽日,滋长青苔,纸社村的扶贫干部常年奔走,个个练就成了山地赛车手。这铺着绿地毯的山路,也让我们常常成为"摔跤能手",吃尽苦头。但没有人因为"摔"在扶贫路上而选择退缩,我们乐意穿行在纸社村的"九宫八卦阵"中,因为我们是"破阵能手"。

"梁山"上的"拼命三郎"

来到纸社村扶贫,朋友都笑我上了"梁山","占山为王",与世隔绝了。

2019年7月14日,下了一天一夜的雨。清晨,纸社村村委前浑浊的河水如咆哮的猛兽奔流而下。暴雨过后,村支部书记黄昭文担心深山里有群众或贫困户受灾,决定组织村干部到偏远的木户组查看情况,顺便拜访贫困户,我和村委副主任张洪贵一起前往木户组。

木户组离村部十几公里,山路弯弯曲曲,陡峭狭窄,黄支书骑摩托车做开路先锋走在前面。虽然山里没有"晴天一身灰,雨天一身泥"的境况,但持续多日的雨水让水泥路面湿漉漉的,让我抓摩托车把的手心都出汗了。

"哎哟!"在我们前面的岔路口传来了尖叫声。

"不好,黄支书摔跤了,脚被摩托车的排气管烫了。"张副主任说。

我骑车赶到岔路口下坡路,停车走下去帮忙,鞋底却一直在打滑,如同在溜冰一般,好在顺利到达坡下。黄支书提着裤脚,眉头紧皱,脚被擦破了,旁边斜躺着的摩托车还在冒烟,青苔路面上划出了一道长痕。

"都叫你走路下来啦,你不听,现在要挨几周疼了。"张副主任心疼地责备。

"我看去郭燕富那边走路太远，骑车快一点嘛。"黄支书怨自己不小心。

我和张副主任费力地扶起黄支书的摩托车，推上坡顶，让黄支书先骑车回去处理伤口，但他坚持要去走访贫困户，不亲眼看见群众家的情况，放心不下。黄支书找来一根木棍，一瘸一拐地跟着我们走山路。来到移民搬迁户郭艳富的旧宅，我赶忙找来芦荟给黄支书敷伤口，减轻疼痛。简单处理伤口后，黄支书和郭燕富开始拉家常，提醒他雨天注意避险，并督促他尽快装修好移民搬迁房后入住，好享受到拆旧复垦政策。郭燕富看到黄支书为了来看望他，都摔伤了，满心是感激之情。他看到我们党的干部不是在装模作样，而是真心实意在关心他们。

这一上午，黄支书都忍着痛带我们走访完木户组的在家贫困户。黄支书生与斯，长于斯，一辈子扎根在纸社村，因为威望高，所以群众都信服他。他们这样的村干部，摔跤是家常便饭。这是一群"梁山"上的"拼命三郎"，他们不论寒暑，风雨兼程，穿行在大山里，遇到对扶贫工作不满意的贫困户和农户想要低保，他们逐条数出贫困户享受的政策，宣传国家实施的村屯道路、人饮工程项目，鼓舞贫困户和农户幸福是靠自己奋斗出来的，贫困户和农户听着听着也点头认可了。

深山探险之旅

大山啊你全是水，但我们扶贫干部啊，有两条腿，困难吓不倒我们。

2019年7月17日，下石梯组的贫困户叫纸社村的扶贫干部去验收杉树、吴茱萸、草珊瑚等以奖代补扶贫产业。我和镇干部谢忠蕾、村委副主任陆红卫、驻村第一书记刘奉组成工作组上山。

纸社村山高林密，人烟稀少。贫困户发展的产业都非常分散，少有人走的山路被藤棘阻挡，有的路不到一脚宽，我们一行人开始了一天的深山探险之旅。大家气喘吁吁徒步在茂密的竹林里，蚊子嗡嗡地一直追赶着我们，不断地"亲吻"我们的脸和脖子，打扰了我们欣赏风景的心情。

"哎呀……"刘奉一脚踩空掉进了路边草丛里。她被拉起，裤子上印上了土印，显得很狼狈，幸好没摔下山谷。

20分钟后，我们才到第一片产业地，拉起皮尺丈量杉树，拍照核验。贫困户又继续带我们在山里转。一条溪水拦住了我们，为抄近路，大家踩着长青苔的石头过河。

扑通！谢忠蕾脚滑掉水里了。她爬上岸倒鞋子里的水，开玩笑说："看来今天摔跤要轮着来了，下一个该轮到谁了？不用每个人都摔一跤才能验收完产业吧？"

她的话很快得到了验证，又有人开始摔跤，一天验收完下石梯组贫困户的扶贫产业，大家都摔跤了，有的还不止一次。有的是踩中青苔滑倒，有的是被树藤绊倒，有的是在草丛踩空。

后来，这样的探险之旅还不止一次，我们也习以为常了。

"爱"的初体验

纸社村这片土地，太深爱我们这些扶贫干部了，因此经常要我们"亲吻"她。在纸社村的扶贫路上，危险让我每次都小心翼翼，我一向小心谨慎，自认为车技不错，从小就是骑自行车的"飞车仔"，但我这个自认为是骑车高手的人，在纸社村还是认栽了，摔跤还是防不胜防。第一次"亲吻"纸社村这片土地，印象特别深刻。

2019年7月18日上午，我和村委副主任张洪贵去李家组动员贫困户危房改造。我冒失地把摩托车开上山，还没走到200米，车轮一次次在水泥路面打滑，我意识到麻烦时已经晚了，两脚一滑，摩托车倒地，还好人没受伤。

我们只好弃车走路上山，花了半个多小时才到李家组，给贫困户宣传了危房改造政策。下山回到摔跤的地方，我扶着摩托车抓着手刹让车溜下坡，但车子刹车了却还是下滑，我脚底也跟着滑，惊得一身汗。张副主任见状，跑过来帮我拖着摩托车减慢下滑速度，我俩用了20多分钟才把摩托车推到山脚。

为赶时间，我们还是一次次走这些易摔跤的路入户，克服了对山路陡坡的恐惧，坚定了我们对做好脱贫攻坚工作的信心，每次摔跤后就再爬起来，继续前进。贫困户以奖代补扶贫产业得到及时验收，下山不便的60周岁以上的老人，不用再下山进行养老人员待遇资格认证了……

虽然扶贫路上饱尝艰辛，但它是值得的，如今纸社村已脱贫的贫困户有226户877人，贫困发生率从原来的48.66％下降到2.67％。只有心里真正装着群众，在暴风雨面前才不会退缩。只有心里有党和理想信念，我们前进的脚步才不会停止。我们用双脚丈量着这片土地，看到祖国大地上一个个像纸社村这样的小山村的蜕变。我牢记习近平总书记的嘱托："扶贫路上，一个都不能少。"

扶贫经历：

梁志祥，2018年被选派到深度贫困村贺州市昭平县文竹镇纸社村驻村后，舍小家顾大家，扶贫工作勤勤恳恳、热情服务当地贫困群众。为低保贫困户送去御寒衣物，为下山不便的60周岁以上老人进行养老人员待遇资格认证；向贫困地区群众积极宣传脱贫攻坚政策，激发贫困群众的内生动力。截至2020年11月，纸社村已脱贫226户877人，贫困发生率从原来的48.66％下降到2.67％。他争取到5万元项目资金为文竹镇中心小学建设了乡村少年宫，向上级争取项目为纸社村公共服务中心安装了太阳能路灯，方便村里的妇女傍晚后跳广场舞。2019年，纸社村级集体经济收入达13.1万元。全村基础设施得到了很大改善。

普通的第一书记，普通的驻村日记

韦庆辉 / 广西水利电力职业技术学院

有人说，河池市金城江区九圩镇连绵的山像是脊梁，人们依山而居，但是连绵的山，也像是枷锁，它锁住了人们走出去的脚步，而今天，脱贫攻坚打开了这个枷锁，广西水利电力职业技术学院派出的6名第一书记让九圩镇连绵的山变成了最坚实的怀抱，而驻村第一书记们的驻村日记，就是他们在这片热土上最朴实、最真切的写照。

坚韧

"你是高合村第一书记吧？欢迎你啊！听说你想在我们高合村委吃住办公？要不你住我家里吧。村委条件实在太差……你看，这里没有床，没有冰箱、热水器，又有蛇、蜈蚣、大蚊子……还有，这间房间……这间房间……前不久刚刚死了人……"

"没关系，我住在这里，方便群众办事儿，群众可以天天找到我。我是共产党员，不信鬼神，再说了，我是来带领大家脱贫致富的，在这里死去的先人，一定不会怪我打扰到他的。"就这样，我就在村委办公大楼住下了，没有床，我就用6张办公桌拼凑起来当床；村委毒虫、毒蛇、大蚊子多，我就买来雄黄粉和硫磺粉，在窗口门口等地撒下；村委办公大楼阴暗潮湿，我就自己买来火罐，通过和队员相互学习拔火罐技术来祛湿；没有冰箱，没有菜市，我就从镇上买好一周的菜，冻在农户家里，慢慢吃。长期加班加点让我时常感觉胸口闷，于是我悄悄地在床头准备了速效救心丸……其实，我宁愿多加班、多熬夜，因为这样才能暂时停止对家中妻子和年幼的儿子的想念。

2020年6月，韦庆辉（左四）与后盾单位党支部在高合村慰问儿童

亲情

男儿有泪不轻弹。可是，当我到达了北隘村委，看到我爱人给我发来女儿梨花带雨的视频时，我哭了，哭得天昏地暗……2019年7月13日，星期六，九圩镇突然遭遇特大暴雨，通信中断，道路塌方，房屋被淹，灾情严重。灾情就是命令，在接到上级要求第一书记立即回村开展抗灾工作的命令后，我没有犹豫，立即从南宁出发返回北隘村，在夺门而出的一刻，我听到了女儿大声地哭喊："爸爸坏蛋，你骗人，你答应和我一起过生日的，我要爸爸！我要爸爸……"伴随着女儿的哭声，我连夜出发了……我清楚地记得那一天，是女儿的生日。

欣慰

今天，我站在岜林村委楼上，看见我们岜林村委附近的几盏太阳能路灯，看到村里的妇女在路灯的照明下欢快地跳着广场舞，心中觉得一阵欣慰。因为，这是我想尽了一切办法，多方筹集到近25万元资金购置安装的太阳能路灯。

"以前总羡慕城里人晚上出门方便，没想到现在我们村安装了太阳能路灯，晚上出门再也不用带手电筒了。"我们村的退休老教师蒙老师笑呵呵地说。

你知道吗？来我们岜林村看看吧，村道两边竖着很多盏前一天刚安装好的太阳能路灯，一盏盏路灯款式别致，引人注目。远远望去，崭新的太阳能路灯错落有致，点缀在平坦宽阔的水泥村道上，与两旁漂亮的楼房相得益彰，显得特别赏心悦目。来来往往的村民满脸喜悦，一派欢声笑语、热闹非凡的好景象。

"在村民眼里，当年点灯不用油是个惊喜，今天照明不用电更是稀奇。太阳能路灯节能环保，自动控制开关，从天入黑一直亮到第二天早上。"岜林村村民蒙有桂说。

岜林村是广西极度贫困村，我看到晚上村里黑乎乎一片，心里很不是滋味，想着一定要给乡亲们带来光明！我四处寻求资金，向后盾单位和当地各企业奔走相告，靠着磨嘴皮、厚脸皮，终于筹集到了资金，解决了共计110盏太阳能路灯的购买问题。

"第一书记有办法，给我们带来了光明。有了路灯，可以学城里人在灯光球场跳广场舞，村民夜生活也丰富了。"村民高兴地说。

责任

今天，我看着我们那余村受灾前后的对比照片，我的心情异常沉重。2019年7月13日，九圩镇遭遇特大暴雨，那余村9个屯11个队全部停电，90%以上的农田被洪水冲毁或掩埋，5个屯的水管被冲断无法供水，7个屯的道路因水毁和塌方无法正常通行，进屯道路塌方不下35处……二次次生灾害随时发生，更严重的是，塌方造成了那余村六荣屯4户农户房屋后的泥石流涌入家中,屋内一片狼藉,另外3户屋后的山体随时也会发生滑坡塌方,通信也中断了……

我必须尽快掌握情况。"必须马上转移群众!同志们,跟我走!"

"陈书记!现在情况危险,屯里的情况我们熟,你留在村委,我们去!"

"这是什么话?!我是第一书记,这时候我不去,算什么第一?叫什么第一书记?"我带领村干部,涉过汹涌的洪水,走在随时可能塌方的村路上,突然,身后砰的一声巨响,大家回头一看,一块巨石刚好在我们身后落下,把混凝土路面生生地砸出了一道道裂纹。我当时吓出一身冷汗,但是,时间不允许我害怕,情况不允许我退缩。我强作乐观地安慰在场的同志:"同志们,没事,这个就像买彩票,不可能连续两次中大奖的,我们安全了,大家赶快赶到目的地,转移群众……"我们跋山涉水转移群众、送水送粮、恢复生产……正是靠着大家的努力,我们那余村战胜了这次灾情。

这场灾情,发生在黄文秀同志牺牲后的第28天,我必须在我的驻村工作日记本里写下这段话:黄文秀遭遇了灾情,她走了,我们那余也遭遇了灾情,幸运的是我没走,心系群众、真情为民、忠诚担当,这就是黄文秀精神,她用生命诠释了一个共产党员"为人民矢志奋斗"的纯粹之心。作为千万名第一书记当中的一员,我要向她学习!

喜悦

这天,我正在江潭村委整理脱贫攻坚材料,突然,我微信上的信息提醒像往常一样响起了,我拿起手机一看,是一位贫困户给我发来了微信,在微信中这样说道:"书记晚上好,我们家在政府的资料里面是否已经摘掉了贫困的帽子?我们兄弟都在外面工作,目前情况都还好,可以不用扶持了,我们都是年轻人,也应该完全依靠自己的努力去改变,不给政府添麻烦,全面建成小康社会,我们不能拖后腿。"

收到这条信息我高兴极了,这两年多坚持不懈的扶贫扶志工作,让我看到了村里人的思想转变,让我看到了江潭村新的精神面貌,多年的努力终有回报，越来越多的村民扭转了思想，迈向了可喜的思想脱贫阶段，脱贫攻坚，值得！

感恩

"精益求精大地红，遍地花开红彤彤，党政扶贫天地喜，平衡富裕乐融融，红日高照山河秀，合意人心万户春，国强民富恭贺世，神州大地添繁华。"作这首歌颂扶贫诗词的是我们肯堂村名叫覃后彩的贫困户，一位80多岁的老人家。

这户人家被认定为贫困户的时候，住的地方还是最原始的泥土房，也没有其他任何产业。后来通过危房改造、转移就业等帮扶措施，该户人家目前已经住上了砖混结构的平房，家中唯一的劳动力也外出务工，生活已经发生了巨大改变，他们家已经踏上了脱贫奔小康的道路。虽然今天我到他家里时，老人家已行动不便，说话口齿也不是很清楚，但是他坚持紧紧拉着我的手让我听完他所写的诗词。

作为一名2015年就被选派到肯堂村担任第一书记的我，从一名普通的高校教师转变为基层农村第一书记，我无怨无悔。当人民群众怀着感恩的心感谢我的时候，我同样怀着一颗感恩的心，感谢党，感谢人民群众，让我参与和见证了中国共产党这项伟大的事业。

结语

截至2020年，广西水利电力职业技术学院帮扶的河池市金城江区九圩镇6个贫困村已稳固脱贫共计634户2373人，未脱贫仅余20户66人。6个村的总贫困发生率从精准识别年的39.90%降至目前的1.08%。

数字也许是枯燥的，但我觉得这些数字是有温度的，是滚烫的，因为他们饱含着以第一书记为代表的所有扶贫干部滚烫的汗水、滚烫的泪水、滚烫的心。他们的脚步，流连在那一山一水；他们的身影，穿梭在那一家一户；他们的心跳，牵动在那一眸一笑……正是他们的辛勤劳动铸就了一个伟大的进步。伟大的胜利，一定会如约而至。

扶贫经历：

———————————————————————————————

　　韦庆辉，2018年3月至2020年5月期间担任河池市金城江区九圩镇高合村第一书记，广西水利电力职业技术学院脱贫攻坚（乡村振兴）工作队队长。多次获自治区水利厅优秀共产党员、自治区区直机关工委优秀共产党员称号。在驻村期间，他以发展产业为着力点，打造生产、加工、销售的整个产业链，依托学院与九圩镇人民政府合作，共同构建了第一书记电商产业扶贫平台，开展"消费扶贫助力脱贫攻坚"。其带领高合村发展旱藕产业和开展第一书记后备厢等脱贫攻坚事迹，被广西广播电视台《第一书记》栏目、广西人民广播电台、《河池日报》等媒体宣传报道。

不忘的记忆：在立新村扶贫的几个片段

焦成举 / 中共广西壮族自治区委员会自治区
直属机关工作委员会

　　2020年6月28日下午，在区直机关贯彻落实习近平总书记对黄文秀同志先进事迹重要指示精神，全力打赢脱贫攻坚成果展示汇报会彩排现场，作为工作人员的我，一遍又一遍地聆听讲述人讲述脱贫攻坚的故事，一遍又一遍地被扶贫故事感动着，眼泪在眼眶里打转。当年扶贫的镜头浮现在眼前，我仿佛又回到了立新村，又回到了脱贫攻坚的战场上。

不是一个人在战斗

　　下乡扶贫本不在预料之中，我作为自治区党委组织部的选调生，2007年7月从西南大学硕士研究生毕业后就被分配到中越边境的小城凭祥，在那里一干就是两年多，每个月回一次南宁与老婆团聚，2009年9月调入自治区直属机关工委（现改为区党委区直机关工委）。一般来说，本不需要再次下到县里补齐基层工作经历。的确是意料之外，但我还是毅然接受组织和领导的工作安排，于2015年9月底到田东县印茶镇立新村报到，担任贫困村党组织第一书记，接受新的工作——扶贫。
　　尽管有思想准备，但我还是没料到，村民争抢贫困户帽子的热情如此之高涨。2015年10月，在立新村精准识别工作中，一位村民找到我，以不容置疑的口吻说道："你们搞错了！你今天不给我贫困户，咱就到县政府说话去！"此前入户评估打分，这位村民的得分，远高于贫困户标准分数线。

我来到他家，逐一复核家中实物，竟然发现了一台价值2000多元的洗衣机，这是第一次入户时没找到的，评估分数更高了，他一时无言以对。

来找我的村民，申请复核的有之，举报要挟的有之，推荐人选的也有之，但我不是一个人在战斗，与我同期到贫困村担任驻村第一书记的共有3500人。2015年10月至2016年2月，全区下派25万名各级干部进村入户找真贫，一场精准识别贫困户的行动，刷新了贫困的底色。

不问收入看实物

立新村雷令屯的黄选伯，家庭条件不错，房子180多平方米，两个儿子都已结婚，家里3个劳动力常年外出打工。不幸的是，他有1个孙子得了白血病，治病已经花了40多万元。入户评估时，按照"家庭成员中有1人患重大疾病"的减分项，给他家减去了10分。

"要是我家小孩没有这个病，我不会给你打电话，可我家就差1分，就成不了贫困户……"打电话的是黄选伯的儿媳妇，她说着说着就哭了。

我听得出，这是一个年轻母亲绝望的哭，"分数都已经打出来了，我也帮不了什么"。

"你能不能帮着再复核一下，看看是不是哪项打高了？"

工作队要求必须2人以上入户核查。我就和一名队员到了黄选伯家，对着入户评估表，一项项仔细核看，都是为人父母的，那时我甚至希望以前入户的队员最好能出点差错。

我们原来入户的同志确实很认真，他们用铅笔把黄选伯家的1.5亩水田标注在评估表上，其实是不需要注明这个数字的，需要的只是根据人均面积打分。我说，黄选伯家8口人，人均不足0.2亩，人均

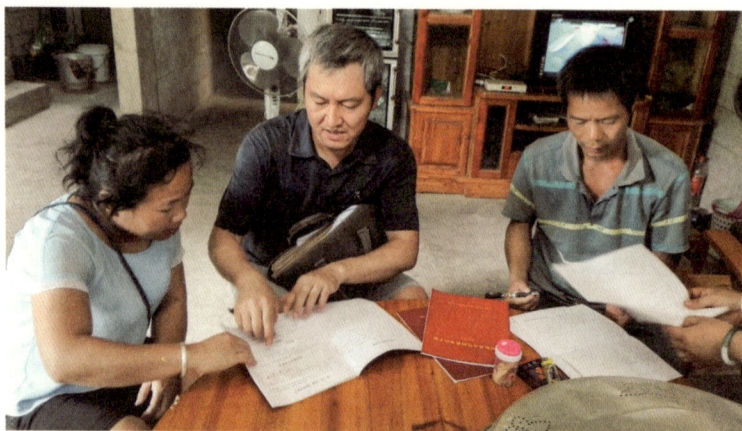

焦成举（中）与帮扶干部一起入户指导帮扶手册的填写

0.5亩以下的计1分，0.5亩至1亩计2分，队员原来给黄选伯家计了2分，"幸亏"队员算错了。

我又认真查看了黄选伯家的土地承包证书，然后改正了入户评估分数。

不看人情看实情

立新村当令屯的贫困户名单公示后，我接到了6个电话，但都不是反映自己困难，而是表示不理解：我们屯黄玉兰家那么困难，怎么会得70分？你们是不是再来核查一遍？

事后查明，打电话的这6个人都不是黄玉兰的亲属。我就和队员拿着评估表来到黄玉兰家，发现她家确实困难：全家4口人，她有慢性病，儿子身体不好，不能干重体力活，孙女还小，全靠儿媳妇外出打工挣点钱。但也发现这些事项的打分，都没问题。

问题出在第一项上：房子是按照"砖混结构"打的分，属于住房的最高等级，加了18分，我根据入户200多家的经验判断，她家的房子可能是危房，危房则计0分。

"她这不能算是危房，是砖混结构。"当时入户的一名队员说。

"那她家有没有申请过危房改造？"

"申请过。"

"政府有没有批准？"

我就去查档案，发现黄玉兰家4年前就申请过危房改造。而且当时经过镇政府核查，也被认定为危房。但由于她家经济困难，拿不出钱改造。而要拿到危房改造补助款，必须先将危房拆掉，黄玉兰没有钱改造，就不敢拆。我将情况报经镇政府同意，减去了18分，最终黄玉兰家评上了贫困户。

通过此事，我深深地感悟到：做群众工作，光说漂亮话没用，关键看做的事情、评价的标准是不是公正。只要你公正地打分，他得不得贫困户，并不十分在乎。

这一轮精准识别，我们按照自治区的要求采用"一进二看三算四比五议"的工作方法，按照"两入户、两评议、两审核、两公示、一公告"的程序开展工作。为防止出现"人情分"的现象，入户调查评分全部由我们精准识别工作队队员完成，村干部只负责带路，不参与打分，每张评分表都需要经户主和工作队队员签字确认。

不唯分数看民意

田东县印茶镇立新村是"十三五"贫困村，斜央屯是其所辖的9个自然村屯之一，入户评估分数公示后，这个只有81户的屯，给我打来20多个举报电话，反映的其实是同一个问题：某某的经济条件比我好，分数却比我低，不是我非要当贫困户，而是这关系到公平与否的问题。

有一位村民有一辆6万多元的长城皮卡车，属于评议贫困户时的一票否决情形，"我这车是借钱买的，你给我一票否决了，我没什么可辩解的。但我们村里某某、某某几个人都比我有钱，却没被一票否决，这不公平"。

我一获悉此事，立马就坐不住了，带着2名工作队队员，跟斜央屯村民小组组长逐户对照，"村民小组评议时，难免存在亲疏远近"。然后，又来到公示地点，那里经常有群众在议论，就和他们一户户讨论，最初一票否决是7户，最终又查出符合一票否决情形的19户，我们将26户一票否决原因全部一一注明，再进行公示，最后报请县、自治区核查，既没有查出更多，也没有冤枉一户。

正如时任自治区党委常委、常务副主席唐仁健同志说的那样："慢工出细活，磨刀不误砍柴工。到2020年实现贫困人口全部脱贫，还有5年时间，我们用3个多月，把'扶持谁'的问题搞精准了，基础扎实，心里也踏实，使劲也好使。"

正是吸取马山的教训，除了明确对8种情形采取一票否决，还畅通举报渠道，自治区组织公安、编办、财政、国土、住建、工商、税务、交警等部门，采取大数据技术，联合开展财产检索，精准识别采集到农户和家庭成员信息约2000万条，输入家庭成员姓名、身份证号码，与各部门提供的1900万条检索数据进行比对。经过734万亿次比对，全区检索出"疑似贫困户"50万户。

为确保检索结果的准确性，我们还把检索结果返回各屯核查，并告知农户，同时组织评议会，评议确认符合一票否决条件的农户名单，在面对人民日报社记者时，我直白地讲："白纸黑字，每一个贫困户都需要我们签字，落实责任，压实任务，精准扶贫、脱贫攻坚不容任何疏忽！"

下乡也要克服重重困难

"焦书记，您好！我是黄选伯的儿媳妇，记得您跟我说过，如果有困难第一个告诉您……"周末，我的手机上收到这样一条信息。村民黄选伯家的孙子患有白血病，治病已经花了40多万元，一家人因此致贫。这次，孩子病情突然恶化，家里已经支付不起治疗费用，一筹莫展之际，孩子母亲又想到了我——村里的第一书记。

收到信息，我立即赶到广西医科大学附属医院病房探望孩子，并留下现金来应急，又向单位报告情况，单位党组织不久就来到村里慰问捐款，还发动募捐，帮助一家人暂时渡过难关。

这边，在解决贫困户的困难之后；那边，我自己的后顾之忧也被解决了。

我驻村的时候，大儿子刚刚上小学，妻子平时教学科研任务也重，就请岳父岳母帮忙照料妻儿，要租房子给二老住，但是附近的房子租金高，家里负担很重。单位领导获悉这一情况后，经研究批准，把一间小宿舍租给我，让二老入住，租金低，离我家也近。

除了在生活上的关怀，在工作上单位也大力支持，驻村两年半，我所在党支部多次到我任第一书记的立新村帮助解决实际困难，区党委区直机关工委在立新村累计投入产业扶持资金27万元，推动立新村村集体经济建设和产业发展。

时任自治区党委常委、工委书记的王可同志带队到立新村开展助力脱贫活动，兴修水利、植树助农，实地指导村合作社发展养殖产业，现场解决工作困难，这给了我们极大的鼓励，生活上没了后顾之忧，工作上有了坚强后盾，我的扶贫工作越干越起劲儿。2016年底全村有86户370人全部脱贫，贫困发生率降至2.88%，立新村提前实现脱贫摘帽。2017年底全村只有13人还未脱贫，贫困发生率从18.09%降至0.68%，有力地巩固了脱贫攻坚成果。

扶贫经历：

焦成举，2015年10月起，派驻百色市田东县印茶镇立新村任第一书记，兼任立新村扶贫工作组组长、印茶镇扶贫工作分队队长，挂任印茶镇党委副书记。扶贫期间，带领立新村群众发展产业，成立养殖合作社，发展养殖业，大规模种植芒果、百香果等经济作物，争取项目支持，完善贫困村水、路、电等基础设施，解决贫困群众危房改造、贷款等实际困难，加强贫困村基层党组织建设。2016年底，立新村贫困发生率从18.09%降至2.88%，提前实现脱贫摘帽，2017年底贫困发生率降至0.68%。

清泉叮咚润民生

甘　坚 ／ 玉林市容县反腐倡廉教育基地管理中心

夕阳西下，炊烟袅袅。小山村在满天霞光的映照下，显得格外静谧、迷人。

"甘姐，看什么如此入神！七冲屯什么时候也能建个安全饮水站，让我们不用每天来回跑驮水喝呀？"这是2019年临近春节的一个傍晚，结束了一天的走访工作，路过三合村七冲屯时，一辆摩托车猛然在我身旁停下，车上驮着的大桶小桶"嘭嘭嘭"直响。

我扭头一看，原来是昌盛大哥又开始每天的运水工作了。昌盛大哥40多岁，脸庞黝黑，个子瘦小，他家是建档立卡贫困户。从我到三合村驻村时起，就看到他经常骑着半旧的摩托车，载着3个25公斤的白桶和1个淘水的铁桶，往返跑4公里多的山路，到七冲屯的马吊泉取水运回家，供自家和兄弟家共11口人的日常生活用水。

2016年4月，作为纪检干部的我，接过扶贫工作的接力棒，成为广西脱贫攻坚（乡村振兴）工作队队员，进驻容县松山镇三合村。容县松山镇三合村地处山区，全村3600多人分散居住在35个村民小组。长期以来，村民的生活饮用水以井水或山溪水为主，井水多为地表水，山溪水未经净化，水质差且杂质多，存在较大的饮水安全隐患。而村民自发引导山溪水的管线又因细小，经常碰到堵塞、泄漏等问题，隔三岔五地出现断水现象。

饮水安全是三合村的老大难问题。喝上干净、卫生的自来水，一直是村民心中最大的期盼，啃下饮水不安全这块硬骨头，更是开展精准扶贫工作以来驻村干部为民解忧的最大心愿。然而，人居散落，范围太广，难以建设统一集中供水的安全饮水工程，只能因地制宜，逐片建立供水站，实行分片区建设和供水。2014年、2015年，在驻村干部和村"两委"的共同努力和上级部门的大力支持下，投资100多万元的三合片区、山呀片区两个供水站建成，解决了全村54%村民的生活饮水问题。

要脱贫，基础先行。修路、水改、完善公共设施齐头并进，而解决余下46%村民的生活饮水问题，更是三合村脱贫攻坚的重中之重。

2016年刚到三合村的我，正在清洗白绒衣，本来还是清澈的山溪水，忽然变成酱红色的泥浆水。看着只穿过一次的白绒衣瞬间变得"斑驳陆离"，直让我心疼不已。

"呵呵，来位女干部呀？想来是吃不了苦的，装模作样几天就会走人的。"想起刚进村时一些村民的冷嘲，说女同志只会说不会做，更让我感到压力重重和肩上责任的重大。我咬紧牙关安慰自己：冷静镇定，一件衣服算什么。我一再告诫自己：少说多做，既然已经接过接力棒，就必须朝着目标冲刺。

我走村串户开展工作调研，深入田间地头问农事听民意，把自己切实融入到村民群众中去，体验他们在出行、饮水等方面的苦与乐、悲与欢。尤其是村民渴望安全饮水的眼神，更是深深触动着我的心灵。作为一名共产党员，我没有理由因为自己是女干部便畏惧退缩，我有责任与村民一起寻找生命源泉，助力脱贫攻坚。

烈日当空，我与村干部一起翻山越岭寻找水源；夜幕降临，我与村干部一起走村入户跟村民商议泵房建设、管线铺设用地、处理涉农问题。同时，我与村干部一起多方奔走，到容县扶贫、水利部门和驻村后盾单位容县纪检委争取项目和资金支持。

3年多过去，竹梯、山呀、六余等硬化路先后建成通车；三合村幸福院建设项目、一站式服务厅建设项目、三合村小学教学楼项目、深塘防洪水利及三合田表垌水利项目等，也先后完工；六余片区安全饮水工程竣工投入使用，全村安全饮水工程覆盖率提高到76%……

"昌盛大哥，你放心吧，明年一定不会再让你跑山路运水。"我笑着对昌盛大哥说。转眼3年了，昌盛大哥还风雨无阻，为"吃水"在山路上奔跑，当年满头黑发、见人爽朗爱笑的他，如今白发已悄然爬上两鬓，笑意间多了一丝忧郁与无奈。我忽然心头一酸，不由得感到眼睛湿润。听了我的回答后，昌盛大哥点了点头笑道："甘姐，我相信你！"

看着昌盛大哥返家的背影，我感受到了村民群众对党和政府的信赖，对我们驻村干部的信任。我暗下决心：一定要让三合村整村实现安全饮水，家家户户都喝上放心水。

2020年4月，七冲片区安全饮水工程开工。村民们兴奋起来，许多村民主动参与工程建设，平时甚少关心村公益事业的徐老三也跑来了，说自己泥水工艺不错，要为饮水工程的泵房和水池的建设出一把力。

同年5月15日，家里的水表"咔嗒"一声安装上后，昌盛大哥飞奔到自家屋门口旁，激动地拧开水龙头，捧着那从5公里外引来的自来水，脸上绽放出充满喜悦的笑容。

"看！这水多干净多凉快啊，想用多少就用多少。"昌盛大哥喝了几口清澈甘甜的自来水，猛地一个转身，兴奋地抱起站在身旁的村委会主任旋转了几圈，一个趔趄差点摔倒在地。

至此，三合村共投入资金200多万元，投工投劳670多个工日，建成4处集中供水工程，埋设管网5万多米，家家户户接通了自来水，村民们多年的期盼终于变成现实，彻底告别了"吃水难"的历史。而各项基础工程和惠民项目的推进，更加速了三合村脱贫致富奔小康的步伐，全村人均收入由2014年的5100元提高到2019年的8500元。

"如今，村里条条水泥路通村组，每户都喝上了放心水，村民活动有场所，驻村干部真不简单，我们甘姐更不简单！"落日余晖下，灯火阑珊处，走在村头巷尾，伴随着农家院子里自来水声，不时听到几句村民们发自肺腑的感叹，我感到十分自豪。

清泉叮咚，泽润民生。4年多的坚守，虽然皮肤变黑了，身子变轻了，走路变快了，但却让我切切实实感受到了党脱贫攻坚的决心和力度，见证了村民们的生活越来越好。作为一名纪检监察干部、全国数百万驻村帮扶干部中的一员，能够在基层参与脱贫攻坚事业，对我来说，是人生中的珍贵经历和宝贵财富。

扶贫经历：

甘坚，2016年4月，根据组织安排，到容县松山镇三合村担任广西脱贫攻坚（乡村振兴）工作队队员。其间，带领村干部创建了四星级党组织、建立了一站式党群服务中心、建设了村幸福院，先后为贫困村引进项目32个、硬化村道5.9公里，举办7期科技培训班，为39户贫困户争取到金融扶贫贷款，帮助25户群众争取到危房改造项目，帮助144名贫困人员申请低保政策，帮助99名贫困学生争取到雨露计划补助等。截至2019年底，全村脱贫70户共291人，贫困发生率由原来的7.69%下降为0.35%。

在快乐充实的日子里

——我的驻村工作感悟

黄恒智 / 来宾市兴宾区三五镇中心小学

初入

"一身浓雾披星戴月情牵千家冷暖；两腿黄泥涉水跋山心系百姓安危。"这是我于2014年送给驻方村第一书记周维的扶贫工作最真实最贴切的对联。真的没想到，4年后的我也走上这条难忘、快乐而充实的扶贫之路。一接到三五镇中心小学的电话，我毫不犹豫地答应了兰副校长：我非常乐意去驻村做扶贫工作！自2018年7月13日起，从事28年教书生涯的我开启了快乐扶贫工作的新篇章。

毕竟是第一次换工作，我心里激动不已，瞒着家人，像一只欢快的小鸟来到新的工作单位莲塘村委报到，和原来的驻村第一书记韦光临进行了简单的交接后，我便向村干部粗略地了解本村的基本概况，然后马上走村入户，善于表达的我通过自我介绍、询问、记录之后，掌握了莲塘村26户贫困户当中的22户建档立卡贫困户的基本情况。新工作的第一天就在走访贫困户的欢快时光里度过了。

通关

周六的晚上，我弄好晚饭，叫了老爸老妈一起过来吃，饭桌上，我一边吃一边笑着告诉他们我的新工作。

爱人睁大双眼："好好的老师你不当，偏偏喜欢去挑战新工种，你就是懒做家务，放学后在家里也不帮我一点忙。"

老爸放下筷子："我坚决不同意，你就是怕吃苦，周末都不帮我喂养那头水牛。"

"我万分支持你，儿子，服从上级的安排，认真做好你的本职工作，给当地的老百姓尽心尽力谋福利，不求你为官一任造福一方，但愿你能像我一样凭着良心去做事我就放心了"。还是老妈最了解和支持我。

老妈说："你的两个孩子由我来做他们的思想工作，砚迪由你爸接送上下学，艺莹就由我来带。家里的农活嘛，阿刚妈你能做多少就做多少，我们不能因为顾小家而舍大家！"

"爷爷，你要去莲塘上班呀，长大了我也要和爷爷去上班！"两岁半的孙子撕咬着鸡腿闪着大眼睛表达了他的"志向"。只有一岁的小孙女暂时不发表她的见解。

晚餐在抑郁的氛围中结束了。入睡前，我把嘴巴凑近爱人的耳边慢慢开导她："这是工作的需要，目前，三五镇中心小学已经没有比我更好的人选了，为了脱贫大局，请老婆大人开开恩吧。往后我会利用周末或者节假日加倍地帮老婆大人干活的。"

"不许说空话，要以实际行动来证实哦。"

"放心好了，君子一言，驷马难追！"

大功已接近告成，就剩老爸这一关至关重要。

第二天，天刚刚蒙蒙亮，我就早早地起来，扫地、煮粥、晾衣服，然后到地里割回一大捆青草，铲牛粪、喂牛。连老母牛也好像在一边吃草一边微笑着对我说：这家伙肯定有不可告人的目的。

一会儿，老爸过来了，问是不是我帮他喂的牛，我微笑着点了点头："爸，你儿子真不是懒的。"

"那明天早上继续，我看看你的表现哦！"老爸满意地点点头，对我的表现予以肯定。

周一早上，我依然早起，重复了昨天的那一套喂牛工序。

老爸看到我帮他把牛喂得好好的，知道我已经铁了心去驻村做扶贫工作，便说："去了要好好工作，不许辜负我们一家人对你的期望，更不许辜负上级领导的一片苦心！"

我开心地笑了："爸，您放心好了，你儿子又不是小孩。"

履职

没有欢送会，也没有接风洗尘的欢迎场面，2018年7月16日，我默默地来到新工作岗位开始履行我扶贫工作组组长的职责。

新领域、新环境、新面孔，一切都是新的。我得从头学起，不懂的地方，我不耻下问，问村干部、问主管扶贫的领导，直到弄懂才善罢甘休，才抓落实。对于扶贫领域的一切相关工作，在政策允许的范围内，我始终记住老妈的那句话：凭良心去做事！

烈日下，我不厌其烦地给民众宣传扶贫政策。

水田边，我询问种植户的收成喜不喜人。

屋檐下，我关心贫困子女的雨露计划申报了没有。

电脑前，我敲打键盘，为应该获得帮扶的贫困户写申请。

会议上，我积极进言，为本村的党建工作出谋划策。

学校里，我给帮扶联系的老师解疑释难。

贫困户家里，我对他们嘘寒问暖，关心他们的柴米油盐。

不管白天黑夜，只要工作任务不完成，我总是奋战在岗位上。虽然工作辛苦，但是我毫无怨言，争分夺秒，按质按量完成上级领导下达的各种扶贫工作任务。

渐渐地，莲塘各个自然村的民众大到80岁的老人，小至学龄儿童，他们几乎都认识我，因为他们懂得：这个就是咱们莲塘的工作认真负责的第一书记——黄恒智。

牵挂

雨不停，风在刮。"山竹"台风来临的前几个小时，我和整个村村干部分组进村入户排查险情，劝离所有危房里的民众。夜晚10时46分，当我从危房里抱出最后一位贫困户老人妥善安置好之后，不管身上是雨水还是汗水，我心里的石头终于落地了。我和几个村干部又驱车赶往下一个自然村。

坐上党支书陈义德的车后，我才记得家中的老爸老妈也是居住在泥瓦房里，我拨通了老妈的电话，急切地问："妈，你们撤离了没有？"

"放心吧，儿呀，我和你爸早都搬过你这边来住了，没有危险，你不用挂念我们，快去劝离那些应该撤离的群众吧，时间就是生命！"

知儿莫如母！我的好娘亲！我控制不住自己感激的泪水，任由眼泪夺眶而出……

舍小家为大家，我虽然做不到让所有的民众给我肯定或夸奖，但是我有一个坚实、完全支持我工作的小家在我的背后为我加油给我鼓劲，我还有什么理由不为脱贫攻坚工作而努力呢？

快乐

扶贫工作真的是千头万绪，为了完成上级交给的各种扶贫任务，我马不停蹄并乐此不疲地工作着。

每当我接通群众来电，聆听他们的困难或诉求时，我总是耐心地为他们排忧解难，想方设法给他们指引最理想的路径，让他们早日脱贫，尽快走上致富之路。

国庆假期后，由于工作任务大，一连六周没有休息日。我心里真的非常过意不去，因为当初曾经许诺家人利用周末和节假日多帮家里干些活，但是，现在由于工作的需要，我不能因为自家的小事而耽搁了大家的工作呀，我只能在电话里和家人解释了。家人也十分理解我的工作现状，都在电话的那头说：别牵挂家里，尽心工作，不要辜负党和人民的殷切期望！

每当晚饭时间时，我总是不忘给老爸老妈打个电话，问他们吃饭了没有，吃的是什么菜，还有大米吗。并交代他们注意保重身体，原谅儿子的不孝。

完成工作任务之余，我拨通了爱人的视频电话，通常是孙子可爱的笑脸出现在视频里：爷爷，你吃饭了没有？奶奶在做饭，我带妹妹，我今天在学校里讲故事，得到老师的夸奖了！

我给孙子伸出了大拇指，把脸往旁边转，任泪水滂沱……

我告诉你，那绝对是幸福快乐的眼泪！

终于又得过双休日了，为了实现许下的诺言，我力争把家里的活儿包揽下来，送水、装灯、喂牛、碾米……从早忙到晚。

又到给爱人按摩颈椎的时间了，我一边轻轻地按，柔柔地揉，另一边给她讲扶贫工作的经历和故事，她在聆听着、享受着，慢慢地安然幸福地进入了梦乡……

我笑了，我猜想，爱人一定在梦里和我再次许下海誓山盟：如果有来生，我还嫁给你，让你更加尽心尽力为天下的贫困人口努力工作！

扶贫经历：

黄恒智，2018年7月加入脱贫攻坚的队伍，在来宾市兴宾区三五镇莲塘村任驻村工作组组长。热心于公益事业，平时比较爱好文学、书法。本着"以政策为依据，凭良心、公心去做事，用诚心去待人，坚持真心、专心、耐心、爱心去影响周边的每一个人"的信条来开展脱贫攻坚工作。在工作中较注意方法方式，脱贫攻坚工作开展得有条不紊，在当地群众当中口碑较好。

山里那片竹

覃艳群 / 中共贺州市八步区委员会宣传部

一

雨下了一夜。不绝于耳的"沙沙"声，是雨滴在竹叶上的歌唱。当天光在鸟鸣中映现，雨雾已经散去，朝阳从云缝深处透射下来，每一片叶梢都藏着一个闪亮的太阳。窗外那片竹林，闪烁出璀璨的珠光。

这是一个静谧的早晨，这里是位于广西最东部的一个小山村——八步区南乡镇旺黎村，再翻过几个山头就是广东了。

我作为一名驻村工作队队员，投身于全国脱贫攻坚的大潮中，在这片广东与广西交界处的大山里，重新认识了这坚韧的竹子，以及像竹子般坚韧的那些人。

二

来到廖大哥家时，他正在晾晒竹笋。

一根根鲜嫩的竹笋，从山里挖回来后，剥去带着刺毛的褐色笋壳，洗去沾上泥土的笋根，用开水氽煮，待竹笋熟透变色，捞出置于冷水浸泡。想吃新鲜的，浸泡一两天便可放入五花肉与小米椒同炒便可端上餐桌。吃不完的，可晒成笋干，长久保存。也有喜欢吃笋酿的，将细的竹笋浸泡干净后，用竹签将笋腰部分划成细条，两端保留原状，再将肥瘦适宜的猪肉、香葱、香菇等切碎，放入调料搅拌均匀，做成馅酿入笋腹中，直至细长的笋胀鼓鼓的变成一个个小灯笼，最后入锅蒸煮成为清香可口的菜肴。

廖大哥年过五旬，家里只有他和一位老母亲。2016年，缘于扶贫工作，我成为他的帮扶人，由此开始了长达5年的帮扶之路。

第一次去他家，我诧异于他家还有那么古老的房子。泥砖瓦房，结构是壮族传统的民居。正中一个大客厅，供奉着神台，香灰斑驳，油漆已全部脱落的八仙桌，雕着花的太师椅，椅背已看不出图案的长沙发，角落摆放着图像不甚清晰的电视，就是他客厅的全部家当。两旁的耳房分别是杂物间和他母亲的卧室，厅门口是一个小小的天井，用河里的大鹅卵石围砌而成，雨天时四周屋顶的雨水都汇入天井再经小口流出。天井两边各有一间小小的房间作为他的卧室和厨房。由于窗户太小，室内阴暗逼仄，走访数年都没有看清里面都有些什么。

这栋房子建于何时，连廖大哥自己都不知道。长期日晒雨淋，瓦顶不时漏雨，导致屋内长年潮湿，夯土的地板都长出了青苔。

我对廖大哥说："如今政府有个危房改造项目，这几年向贫困户倾斜的，你有意愿建新房子的话，我帮你们申请指标。"

他犹豫着："有钱补吗？没有的话我也不够钱起新房呀。"

因为老母亲年迈需要他照顾，所以他无法跟其他村民一样外出务工，只能靠在家附近打零工或者去山里寻些草药之类的卖钱，获得收入，建房这种大笔的开支对他来说也确实困难。我告诉他："争取到指标，危房改造会有补助的，如果你提前建好，我们当地政府还有奖励资金，全部加起来会有3万多元。"

经过再三的考虑，他终于下定决心，把自己山场的杉树卖了，拿到钱，就开始了拆旧房建新房。不到3个月，一栋崭新的一层混凝土小楼就拔地而起。厨房和卫生间也享受到了改厨和改厕政策，获得了政府的相关补贴。告别阴暗潮湿的老房子，入住窗明几净的新房子，廖大哥很是开心。

既要安居，也要乐业。针对他不便外出务工，又经常去山里走动的情况，我鼓励他去应聘生态护林员的工作，一年7000多元的收入，也多少能解决一些生活的实际困难。我翻开他的帮扶手册，细心地再核对了一下里边的基本信息。"这个季度你都有些什么收入啊？""卖了3只大阉鸡，赚了430元；过完年去打了10天零工，得了1500元；护林员那里3个月发了1875元，已经打进我的存折里了；上次申报的产业奖补1900元也领到手了；这些天山里竹笋多，我再去采些来，晒干了，可以卖笋干……"廖大哥对着自己的存折，和我认真地算着收入账，看着我一笔一笔记录到手册里，语气里满是对未来的憧憬。

"小妹，这是我前两天在山里找的竹笋，已经泡好了，你带些回去煮吧！"临走时，他不由分说，硬是将一袋沉甸甸的竹笋塞到了我的手里。

三

路过一片竹丛，进了一个小院。我在院子里看到了生哥，他坐在一张小板凳上，脚下踩着几根竹篾，弯着腰不停地忙碌着。

"生哥，你在干吗？"

"编几个鸭笼啊，有人来买鸭子都没有笼子装了。"他一边手脚并用，一边憨厚地笑着。

"厉害了！这个你都会！"我拿出手机兴致勃勃地拍了几张照片。

生哥的妻子于2014年底检查出患了鼻咽癌，被纳入贫困户。做手术、化疗，每年的治疗费用像个无底洞，让这个本该是小康之家的家庭负债累累。

妻子赴梧州、南宁治疗需要家人陪同，除小女儿能常年去广州务工外，生哥和儿子都在家以备突发状况。儿子会些建筑手艺，在本乡镇打零工，生哥走不开，思来想去，依托家在路边的便利，建个门面开了一间小卖部，出售些日常用品，多少挣些家用。

位于大山中的南乡小镇，得益于高山密林植被丰富，山中泉水潺潺，昼夜不息。清澈的山泉从地缝、石缝中细细沁出，汇集成溪流奔涌而下，环绕着一座座小村庄。生长在这里的鸭子，每日在小溪中嬉戏游玩，以山溪中的小鱼、小虾、小螺为食，长得肉质细嫩，肥瘦适中，清甜味美。煮作白切鸭，只需将清理干净的鸭子整只放入锅中，加入山上引来的泉水，直接煮熟，即使不放姜，也不会有丝毫腥膻味。

被国家农业部列为农产品地理标志后，特产南乡鸭更是声名远扬。为了让贫困户依托地理优势发展产业增加收入，驻村工作队和后盾单位八步区区委宣传部不断努力，连续几年分批购买鸭苗，免费发放给建档立卡贫困户养殖。养大的鸭子，除了自家食用，还可以拿到市场上销售，为了鼓励贫困户发展生产，区人民政府还制定了产业奖补政策，每只鸭子奖补15元，让贫困户可以获得可观的经济收入。

生哥将免费发放的鸭子养大卖掉后，获得了一些收入，也有了一定的养殖经验，考虑到需要长年在家，可以发展产业，且自家门前就是一条清澈的小溪，地理条件也有了，如今南乡鸭深受外地人欢迎，销路也不用太担心，不如就继续养鸭。于是又购回200只鸭苗，开始了自己的养殖产业。

鸭子生长周期短，据说养75天左右的鸭肉是最鲜嫩的，最适合做白切鸭。于是，我每个周末从所驻的村回城里的家时，就多了一项"业务"——提前一两天在微信朋友圈里告知亲朋好友"贫困户养殖的南乡鸭出栏咯！"朋友们都非常支持扶贫工作，踊跃地微我，一只、两只，多的会帮朋友的朋友要上十多只。我统计好数量，告知生哥，他到我回家的那天一早就会抓紧时间将鸭子杀好，用袋子分装起来，称出重量，标上价钱，我直接将鸭子运出八步，定一个地点让朋友们来取。贫困户通过自己的辛勤劳动增加了收入，而朋友们也吃上了美味的南乡鸭，我作为中间的桥梁，也为自己能对扶贫工作尽到绵薄之力而感到愉快。

遗憾的是，生哥的妻子经过几年的治疗，几次病情反复恶化，不幸于2019年底去世了。几年的治疗下来，花了不少钱。所幸政府对贫困户的医疗保障方面力度是还挺大的，作为贫困户，她住院治疗的费用经过医保报销、大病救助、政府兜底的途径，报销比例达到90%，最大限度地缓解了他家的经济压力。

我问生哥，接下来有什么打算。他想了想：养鸡、养鸭、种几亩优质稻、玉米，再在山里种两亩草珊瑚。儿子、女儿想办法出去找找工作。我告诉他，因为今年的疫情，政府的产业奖补政策对贫困户加大了奖补力度，申报第一批产业奖补的，可以在原来的金额上再增加50%，下一批的，增加30%。我了解到他现在养殖着20多只鸡，达到了产业奖补的标准，于是给他拍了照片，填好产业奖补申报表，作为材料上报。

走出他的小店，只见门外小溪边的那片竹子，疾风来时，被风压弯了脊背，风过了，又直起了腰，突然感觉生哥他们也很像那些竹子，坚韧地面对生活的风雨，忍耐且顽强。

扶贫经历：

覃艳群，2018年3月至今，被选派为贺州市八步区南乡镇旺黎村脱贫攻坚（乡村振兴）工作队队员。2018年底，实现旺黎村整村脱贫摘帽。2019年，实现全村贫困户脱贫摘帽，贫困发生率降为0。2020年6月被评为八步区优秀工作队队员。

爱让扶贫变得更简单

——小记印象深刻的两个扶贫故事

韦家堆 / 来宾市兴宾区发展和改革局

　　春去秋来，时光飞逝，转眼两年的驻村工作就过去了。回顾这两年多来，在蜜屋驻村时经历的每一件事就像放电影般历历在目，让我难以忘怀。下面就给大家分享两个印象比较深刻的驻村扶贫故事。

一、姚妹的扶贫故事

　　姚妹，60多岁，智力障碍，不会讲话，村里人都叫她"哑巴"，很多人并不知道她叫姚妹。姚妹这名字是年前她男人逝世后派出所给她上户口时，征求我们驻村队队员意见起的。

　　没有人知道姚妹来自哪里。只知道她大概十几年前流落在街头，无依无靠，靠拾垃圾过日子。衣服脏烂，蓬头垢面，人们不敢靠近她，避而远之。后来被一个男人收留，因为没有户口，没有身份证，一直也没有登记结婚。男人逝世后，姚妹独自一人居住在危房改造后的砖混房子里。

　　姚妹无儿无女，无亲无故，无劳动能力，自然成了我们重点扶贫对象。我们为她上了户口，办理了身份证和银行卡，并申请成为"五保"户。姚妹生活逐步稳定，精神面貌也逐渐好起来。

姚妹家离村委不远，步行5分钟左右就到。经过多次走访，姚妹和我们逐渐熟悉起来，开始信任并主动接近我们，每天都来村委转悠两三次。每次见到我们，姚妹都咧开只有几颗牙的嘴笑着，手不停地比画，像在跟我们拉家常，我们也笑着，似懂非懂地竖起大拇指表示理解和认可。

农历九月初九是敬老节，蜜屋村在村委前面宽阔的地方搞活动庆祝，人很多，热闹非凡。人们都在忙着，或忙于后勤，或聚集谈笑。我路过时，手臂突然被碰触了一下，接着听到咿咿呀呀声。我转头，只见姚妹手里拿着一块饼干，笑着比画叫我吃。我连忙说："谢谢，谢谢，你吃，你吃。"内心被感动着，感叹姚妹虽然有智力障碍，但心里却装着人性最纯真的善良，懂礼，也知道关心体贴人呀！

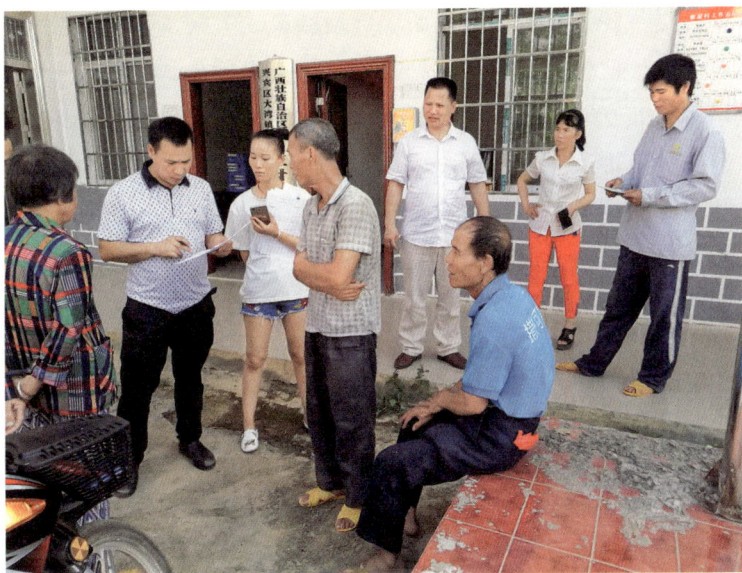

韦家堆（左二）在给群众讲解扶贫政策

一天中午，村委楼下忽然传来咿咿呀呀声，我知道是姚妹在叫我们，赶紧下楼。姚妹戴着遮阳帽，拎着一个手提篮，手提篮里放着两把柴刀，站在旗杆下。她见到我，放下手提篮，两手不停比画着。半天我才明白，原来是她早上去砍柴，砍得太多了，扛不回来，叫我去帮忙。我笑了,连说好好,我去帮你拉回来。当我骑着电动车拉木柴回来,看到她家房子后面堆放着一大堆的木柴时,竖起大拇指称赞她能干,姚妹咧开嘴笑了,笑得满面春风,同时也竖起大拇指回应我。

一天下午,我正在村委楼上办公室整理贫困户材料,忽然听到楼下有人喊:"小韦,姚妹买菜来给你们了!"我下楼,姚妹拎着一斤多的猪肉和几棵白菜在对我笑,手比画指向厨房。我忽然想起,昨天晚上我们吃饭时,姚妹走进厨房看见我们正在吃野菜送饭,对我们又是摇头又是摆手,好像在说这种菜吃得吗?当时我们都被她逗乐了,也不在意。想不到现在她帮我们买菜来了。我赶紧指着她家的方向一边比画一边说:"我们已经买有了,你拿回家吃,谢谢!"比画了好久,姚妹才不情愿地拿着猪肉回去,望着她的背影,我眼睛湿润了。她虽然智力有障碍,但是感恩的心依然存在!

有一次,我下村走访,因雨天路滑骑电动车摔倒,膝盖被磨破了几块皮,伤势比较严重,后来处理不当又交叉感染,几周都不好。姚妹见后,上街去买了一瓶皮康王回来给我。我笑着用手比画表示感谢,她不知道皮外伤是不能涂皮康王的。更让我哭笑不得的是,姚妹见我膝伤不能穿长裤,回家拿了条男式大中裤来。我问她中裤是从哪里来的?她用手比画着告诉我,这是她那过世了的男人的裤子。我尴尬到不行。哎,姚妹你真是太善良,太可爱了!

一天晚上,天气转冷,气温下降到5～7摄氏度,北风夹着小雨,冷得令人发抖。我们吃完晚饭正在收拾碗筷时,熟悉的咿咿呀呀声又在厨房外响起。我们走出来,只见冷雨夜中,姚妹一手撑着伞,另一手拿着电筒,咧着嘴咿咿呀呀,拿电筒的手在不停比画,原来她在家里烧了一盆旺旺的火,天气冷了,叫我们去她家烤火取暖!刹那间,我震惊了,这么冷的天,她一直惦记着我们,眼泪不由自主地夺眶而出,赶紧挥手比画说:"谢谢!你回去吧,天冷别冻着。"我们把她当作扶贫对象,可她已经把我们驻村工作队队员当作自己的亲人、家人!姚妹,你放心吧,我们这帮驻村队队员都是你的亲人、家人……

二、阿东的扶贫故事

阿东，30多岁，二级肢体残疾，智力障碍，行动艰难。阿东读初二时突患脑膜炎致肢体瘫痪，当时，社会上曾捐资助阿东去北京的医院就医，但没有好转。我的帮扶对象恰好就是阿东家。

我骑着驻村专用电动车在一栋一层的老旧砖混住房前停下，这就是我的帮扶对象阿东家。前几天，阿东爸爸打电话告诉我说阿东跌倒把手摔断了。我今天特地来看他，还特意买来一只猪蹄，因为上次走访时阿东妈妈含泪诉说了生活的艰辛，特别提到了阿东想吃猪蹄都没钱买。听到电动车响声，阿东爸爸走出门来，一见是我，满脸笑容。60多岁了，岁月及生活在他脸上刻满了沧桑，额上的皱纹挤成缝，少了门牙的牙齿特别显眼。"小韦，你又来啦。""是呀，我来看看阿东。"我快步走过去，把猪蹄递给阿东爸爸。"阿东的手怎么样啦？这是他爱吃的猪蹄！"阿东爸爸一愣，随即伸出粗糙且皲裂的手紧紧握着我的手，不停上下摇动，嘴巴不停地说："谢谢！谢谢！怎么好意思让你破费呢！""不用谢，阿东高兴就好。"我微笑着说。我感觉这只是小小心意，真的没有什么，不足挂齿。我抬起头，发现阿东妈妈扶着阿东正站在门边上，她眼泪在眼眶里打着转儿，阿东在憨笑着……我惊住了，心不知被什么东西撞击了一下，想不到这小小的举动竟能如此感动他们！

还有一次，我邀3个驻村队队员一起去阿东家开展"同吃一餐农家饭"的活动。期间我们谈到了和我一起驻村的前队友，前队友因工作调动提前结束驻村回城了。可前队友之前所帮扶的每一件事，阿东都一一记得。他吃力地用不太流利的普通话，如数家珍讲给我们听。从他的话语中，听得出来他很感激我们对他的帮助。当我把前队友的照片给他时（这是前队友特地交代让我送来给他的），他捧着照片，不停地抚摸，久久凝视，眼里闪现着泪花。我被这一幕深深感动了，我们所做的一切都没有白做啊，老百姓都看在眼里，记在心上！我们只是做了我们该做的事情，而老百姓却感恩戴德。最后阿东说："韦大哥，你们是真正做实事的人，说到做到，你们为我申请了残疾助力车，帮我家修缮了房子，现在房子不漏水了，还帮我家盖了卫生间，真的太谢谢你们了。以前也有人来看过，但拍照完就走，没有做得一样。"我笑着解释说："现在扶贫政策好。这是我们应该做的。"告别时，阿东再三提醒我，哪天我被调回城里了，一定告诉他，他要煮好吃的东西给我吃！看着连走路都困难的他说出这样的话，我感动得差点泪奔！

类似于这样的扶贫故事还有很多。现在我明白，贫困户的要求其实很简单，只要我们用爱心真诚去对待、感化他们，扶贫工作就会变得简单好开展。我们把老百姓当亲人，老百姓就会把我们当亲人。有了这样的群众感情基础，还怕开展不好扶贫工作吗？

扶贫经历：

韦家堆，2018年3月至今选派到来宾市兴宾区大湾镇蜜屋村驻村，任工作组组长。驻村以来，他严格遵守各项规章制度，认真履行驻村工作职责，积极奋进，实干为民，蜜屋村的扶贫工作开展得有声有色，贫困发生率从最初的6.5%降到了0。他工作之余爱好写作，积极宣传扶贫工作正能量。2018年被兴宾区党委、政府授予"富民强区"先进个人；2018年、2019年被评为来宾市脱贫攻坚（乡村振兴）和抓党建促脱贫攻坚五星级工作队队员。

待到扶贫成功时

——一个驻村第一书记的扶贫故事

麻嘉发 / 南宁百货大楼股份有限公司

　　繁星点点，蛙声阵阵，夏夜周末乡村的深夜两点钟，忙完了产业扶贫以奖代补项目验收材料的汇总，做完了贫困户改厨和改厕数据的统计，瘫坐在村委的旧沙发上的我才想起，读初中三年级的女儿不知晚自习放学回到家了没有？下午来电说一直牙疼的妻子不知去药店买到药了没有？母亲交代我周末回去帮她买的舒筋活络油还在我的挎包里，母亲，您的关节炎现在疼痛吗……

　　按照要求，还要写每日一篇的驻村日记，可提起笔，我的眼角却忽然潮湿了起来，每天驻村扶贫要做的事情很多很多，可在这周末的深夜，我忽然想起，自己亏欠家人朋友的也很多很多……

　　女儿小学升初中，是妈妈带她去新学校办的入学手续。每天晚自习放了学，是妈妈骑着电动车来接她回家。一个雨夜，电动车坏在了半路，母女俩推着笨重的电动车，在风雨漆黑的夜路上走了好久，浑身湿冷地回到家。妈妈，要买学习资料；妈妈，要家长签字；妈妈，要去开家长会……女儿已经不习惯找爸爸了，因为她知道，爸爸不再只是属于她的了。每年六一儿童节，爸爸都是在村里陪着贫困户的孩子度过的；女儿的生日，爸爸已经好几年没有和她一起吹蜡烛了……"爸爸"这个词，对女儿来说，渐渐地变得模糊和陌生。

妻子的抱怨总是很多：女儿总是她接送，老人总是她照料；房租水电物业费总是她去交；遇到困难想商量一下的时候，我总是匆匆忙忙地说在开会、在入户、在迎检……便挂了电话；就连周末想一家小聚一下也因为我常常要留在村里加班而成了奢望。然而，尽管埋怨总是挂在嘴边，但每到周一我要离家下乡的时候，妻子总是往我包里塞上许多好吃的；每到换季的时候，妻子总是适时地给我买回应季的衣服、袜子；每个周末天黑了还不见我到家，妻子关心的电话总是一遍又一遍地打来。扶贫路上纵有再多苦与累，有了妻子的理解、支持和付出，我的心底便充满了勇气和力量！

感觉母亲的身体大不如前了。一年前，她每天晚上都要给我们三个子女挨个打完一遍电话才肯休息。可今年以来，母亲已经好久没有给我们打电话了，她说，她老是无法摁亮手机的屏幕，是不是手机已经坏了？让我赶紧拿去修理。其实，手机并没有问题，尽管我教会了她好多次，但很快她又忘记了操作方法，我知道，是母亲越来越老了！多想每天晚上8点能在遥远的乡下接到母亲的电话，这是我和母亲约好的每天通话时间，只要能听到母亲打来的电话，我就知道母亲一切安好，也就放心了，可是……

母亲操劳了大半辈子，一切都是为了让儿女们过上幸福的生活。当年，是母亲咬紧牙关供我读书，让我离开了农村，不再遭受贫穷；如今，是党和政府让我又回到了农村，目的是让更多的人脱离贫困，过上幸福的生活。母亲、党和政府的目的都是一样的，都是为了让自己最爱的人过上好日子！放心吧母亲，放心吧党和政府，我一定会给你们一个满意的答复！

好朋友阿强、老同学阿盛……我们的联系越来越少了，我知道，是我跟不上你们的生活节奏了，准确地说是跟不上城里人的生活节奏了。当你们撸串喝啤酒时，我或许正在入户了解贫困户的低保收入情况；当你们外出旅游度假时，我或许正在田里忙着为贫困户申报、验收扶贫种植、养殖项目；当你们兴高采烈地聚会谈论买卖房产、股票又赚了多少钱时，我或许正在和村干部们商讨如何发展村集体产业、壮大村集体经济……我们从曾经的无话不说到现在的渐渐无话可谈，从曾经隔三岔五的相聚到现在半年也难得见上一面。你们说不明白在两年一届的驻村第一书记任职届满后我为什么又主动申请留下来继续担任新一届第一书记，不明白贫困村、贫困户的事情怎么就值得我这么去投入和付出。是的，为什么呢？一直以来我也没时间仔细考虑这个问题，现在想起来，也许是因为在自己担任驻村第一书记期间，看到了一条条曾经的泥巴路变成了水泥路，看到了一座座危房变成了新建的稳固住房，看到了曾经入夜后一片漆黑的村庄因安装了太阳能路灯而变得明亮，看到了村里的火龙果示范园建成、村集体经济收入从0元变成了超10万元，看到了曾经的贫困村贫困发生率从5.1%下降到了0.3%……我忘不了当宣布大榄村整村脱贫时帮扶责任人们欢呼雀跃、热烈相拥，拉着我这个驻村第一书记合影留念的情形；忘不了我在城区年度脱贫攻坚工作表彰大会上两次从城区领导手中接过2016年、2018年优秀第一书记光荣证书的情景；更忘不了遍访贫困户时，听到贫困户们一声声"感谢麻书记！"的肺腑话语……是的，也许我失去了温馨的家庭生活，失去了城里人的精彩世界，我没有什么物质

大榄村第一书记麻嘉发（后排右五）多方筹措建设资金，引进龙头企业合作经营，建成了大榄村火龙果示范园

上的财富，甚至为了扶贫工作需要，还借钱买了辆二手小车，至今还欠着亲戚朋友数万元。但是，在村里，在驻村第一书记这个工作岗位上，我实现了自己的人生价值，让自己的生命变得更有意义！这样的收获，不值得拥有吗?!

脱贫攻坚决战决胜的号角已经吹响，全面建成小康社会的伟大目标胜利在望！三届五年的驻村第一书记扶贫工作即将迎来大考，我和全体扶贫战线的战友们，在以习近平同志为核心的党中央的引领下，在各级党委、政府的直接领导下，在后盾单位的大力帮助支持下，为实现中华民族这一伟大事业而发奋努力，全力以赴！

待到扶贫成功时，亲爱的女儿、妻子、母亲和同学朋友们，让我再好好地报答你们！让我再弥补这些年对你们的亏欠！我相信，我能做一个称职的驻村第一书记，也一定能做一个称职的父亲、丈夫、儿子和好同学好朋友！让我们全力投入、努力实践，做一个全面建成小康社会的奋斗者、奉献者！让我们的生命在脱贫攻坚伟大而光辉的历程中发光、放彩！

扶贫经历：

麻嘉发，2016年至2020年连任三届南宁市武鸣区陆斡镇大榄村党组织第一书记。他一心扑在脱贫攻坚工作上，全力组织开展党建和脱贫攻坚、乡村振兴工作，实现了大榄村整村脱贫，建成了村火龙果示范园，村集体经济从0元到年收入突破10万元，稳步发展壮大！5年来，他所做的工作得到了上级党委、政府和当地群众的好评，荣获了南宁市武鸣区2016年、2018年脱贫攻坚优秀第一书记光荣称号，2020年6月被评为南宁市国资系统优秀共产党员。

汤万创的春天

李晓峰 / 桂林市文化广电和旅游局

    2020年的这个春天，对于灵川镇双潭村村委陈白田自然村建档立卡贫困户汤万创来说，似乎来得比往年更早。2019年底，家中的12头牛卖了个好价钱，进账8万多元。算上之前卖出的2头大肥猪，以及田里农作物的收入和村上搞旅游开发分得的红利等各项进账，一年时间，他的家庭总收入达到了11万多元。元旦节才刚过几天，汤万创就和到访的帮扶干部说，他打算外出调查一下养狗的市场前景，顺便买生产用品，准备春耕了。他的脸上，洋溢着幸福和快乐的笑容。

—

    坐落在漓江边的陈白田自然村，依山傍水，风景秀丽。虽然守着绿水青山，但陈白田却是一个远近闻名的贫困村。村民主要是靠种植水稻为主，收入的方式单一。全村86户，有11户是贫困户，汤万创是其中的一户。

    "有女莫嫁陈白田，路难走，车不通，劳累一年无余钱"，这是灵川镇一带以前流传的一句顺口溜。村子贫困，村民也穷，很多家庭日子过得紧巴巴。

    托尔斯泰说，幸福的家庭都是相似的，不幸的家庭各有各的不幸。用命运多舛来形容汤万创35岁以前的人生毫不为过。1994年，一场车祸夺走了16岁的汤万创的左腿。初中刚毕业，少年的梦想，对生活的美好憧憬，仿佛顷刻之间灰飞烟灭。他常常以泪洗面，痛恨命运的不公。福无双至，祸不单行，汤万创还没有从车祸的阴影中走出来，2000年，患有严重腿疾，长期无法做重体力活的父亲撒手西去。两个姐姐也相继嫁为人妻，家中只留下残疾的汤万创和年迈瘦弱的母亲，这一年他22岁。从此，他拖着装了假肢的左腿，靠种几亩薄田艰难度日。

2008年，汤万创也曾经历了一场短暂而幸福的婚姻，还有了爱情的结晶。但生活终究是现实而残酷的，无法长期面对贫困现状的爱人，丢下1岁多的女儿悄然出走，一去不复返。中秋之夜，看着嗷嗷待哺的孩子，望着家徒四壁的泥墙房，碰触到因寻妻而四处奔波钻心疼痛的残腿，汤万创泪水长流，绝望的心情一阵阵涌上心头。年过花甲的母亲深深知道儿子那颗多次受伤的心有多痛，相顾无言，只是默默地、紧紧地握住儿子的手。此时此刻，汤万创发现瘦弱的母亲的头发几乎全白了，前几年还合身的衣服宽大了许多，似乎就在那一刹那间，他明白了自己肩上的责任。

此后，汤万创比往常更加孝敬母亲，同时既当爹又当妈，抚养年幼的孩子，默默扛起了为人子为、人父的责任，年复一年，日复一日地在田间机械地劳作。尽管如此，生活并没有丝毫好转，祖孙三人逢年过节买一次肉都是非常奢侈的事。日子的盼头在哪？夜深人静的时候，汤万创常常在思考，心里透着的是无尽的迷惘。

二

历史终将铭记这个特殊的日子，2015年11月27日至28日，中央扶贫开发工作会议在北京召开。习近平总书记在会上强调，消除贫困、改善民生、逐步实现共同富裕，是社会主义的本质要求，是中国共产党的重要使命。全面建成小康社会，是中国共产党对中国人民的庄严承诺。会议指出，坚决打赢脱贫攻坚战，确保到2020年所有贫困地区和贫困人口一道迈入全面小康社会。11月29日，印发《中共中央国务院关于打赢脱贫攻坚战的决定》，脱贫攻坚战的冲锋号已经吹响。

汤万创记得几年前的一天上午，他正在田间除草，村主任一路小跑过来，叫他马上到村旁的晒谷坪上开会，说镇干部有非常重要的事要讲。汤万创二话不说，连田埂上的草帽也忘了拿，急急忙忙地就往村庄方向赶。等到他赶到晒谷坪的时候，村民们三三两两一堆，不下50人或蹲或坐已经等在那里了。

那天会议的具体内容汤万创已经记得不太清楚了，只知道是一个扶贫的会议。会上，一个中年镇干部面对着大家，讲了很多扶贫的政策，然后就是号召大家相信党和政府，树立信心，努力奋斗摘掉穷帽子。在他讲话的同时，几个年轻的镇干部和村委干部走到人群中给大家发资料，汤万创也领了一份。中年镇干部讲完后，就叫大家有什么问题尽管问。大家交头接耳地议论了起来，只有几个村民提出了问题，大致是问党和政府打算帮村上建设点什么，还问了帮修路、帮贷款之类的问题。问得最直接的是大家都叫他"花头鸭"的光棍汉唐四，说扶贫是不是可以发点钱给大家就可以脱贫了，结果村民们都哄笑起来。

扶贫会开完后，尽管没有完全了解其中的政策，但汤万创那颗无助、无奈的心还是泛起了阵阵涟漪。是啊，党和政府能帮助他脱贫致富该有多好。不过，他很快就不这样想了，因为他觉得哪有那么好的事呢。真正让他激动的是几天后，镇里的两位扶贫干部来到他家里，面对面地向他宣传了许多扶贫的政策，并详细了解了他的家庭情况，提出了对他家的帮扶措施，他们一谈就是一个上午。扶贫干部回去后，汤万创感到信心倍增，仿佛在黑夜中看到了光明。

三

"充分利用村庄后山丰茂的草地养牛发展经济，这是一条脱贫致富的好路子"，帮扶干部的这句话说到汤万创的心坎里了。2016年，虽然在帮扶干部的帮助下以及通过自己的努力，汤万创顺利脱了贫，但他觉得离致富还有很大差距。说干就干，2017年初，汤万创顺利贷到5万元国家扶贫贴息贷款，建起了牛舍，买了4头母牛，帮扶干部还多方筹资扶持给他1头良种公牛。就这样，他正式当上了"牛倌"。

"只要目标正确，勤劳肯定能致富。"帮扶干部的鼓励，是汤万创前进的方向和动力。为了尽快改变家庭贫困的状况，他把时间安排得井井有条。上午到田里干农活，中午和下午上山放牛。如果晚上有月光，就下地干活。家里的5亩多田地，他合理安排，种上了水稻、红薯、西瓜、玉米、豆角等农作物。除了吃饭和晚上睡觉，汤万创几乎都在忙农事。

为了养好牛，汤万创可吃了不少苦。山高路陡，崎岖不平，雨天路上还常常打滑。但每天中午他都定时提上饮用水和雨伞，一瘸一拐赶着牛上山，风雨无阻。近三年下来，他也数不清跌倒多少次，摔伤多少回。"牛到了山上总是到处乱跑，跟也跟不上，撵也撵不着。只要有草的地方，有多远它就会跑多远，而且四处分散。"汤万创说。最让他担心的是，有时候牛下山跑得快，他跟不上，会跑到别人的田里吃禾苗。遇到这种情况，他只有赔礼道歉的份。村民们见他态度诚恳，也知道他的家庭困难，自己撑起一个家不容易，都会善意地原谅他。为弥补过失，汤万创也常常在被牛吃了禾苗的地方施点肥，助苗生长。功夫不负有心人，他的牛越养越好，越养越多，到2019年初的时候，已经发展到了12头。

辛勤的付出总会有回报。在汤万创的努力下，2017年，他养的牛发展到9头。2018年，帮扶干部扶持他的120多只鸡苗养大后上市，加上田里的收入和卖出饲养的兔子、狗等家畜，他的家庭纯收入达到了3.5万元。2019年，他家的牛发展到12头，养的猪和田间种植的农作物都获得很好的收成。由于努力创业，卓有成效，当年，汤万创获得中共桂林市委、市人民政府颁发的"全市脱贫攻坚先进个人奋进奖"。

与此同时，陈白田自然村脱贫致富的喜讯不断传来。2016年，该村摘掉了贫困村的帽子。2017年，依托村庄优美的自然环境，大力种植水果和向日葵、格桑花等各色花品，发展农旅结合的乡村特色经济，该村仅当年国庆节期间的乡村旅游收入就达到了7万多元。该项收入还实现了每年以20%的增幅增长。2019年底，陈白田自然村11户贫困户全部实现脱贫摘帽，该村成为灵川县有名的集农旅结合为一体的美丽乡村。

"没有政府和你们扶贫干部的无私帮助，就没有我们陈白田的今天，更没有我的今天。"汤万创紧紧地握住来访的新任驻村第一书记的手说。"春天来了，又可以铆足劲大干一场了。"望着实施村容村貌改造后整洁漂亮的村庄，远眺田间五彩斑斓的花品，汤万创的言语间充满了自信。此刻，他的身后，朝阳正从村庄后的山上冉冉升起。

扶贫经历：

李晓峰，2018年9月至2020年3月担任桂林市灵川县灵川镇双潭村驻村第一书记，以党建工作引领脱贫攻坚工作。着力做大传统葱花产业、做精特色蔬菜种植业、做强农旅结合产业，2019年全村的葱花复种面积达到3700亩，比上年增长10%，动员村民种植白菜苔90多亩，亩产值达5000元；发动村民种植向日葵、格桑花等花品种植80多亩，实现村民纯收入17万多元。引进和协助引进资金130多万元，完成基础设施建设项目15个，实现贫困户12户38人脱贫摘帽，2019年度考核被评为优秀。

我帮"穷亲"来脱贫

周章师 ／ 百色市田东县政协办公室

近几年，结对帮扶、精准帮扶这些词在基层干部中成为流行词。然而，结对容易、帮扶不易，这也是所有帮扶干部的感慨。我联系帮扶的5户贫困对象，其中让我印象最深也是最难帮扶的，就是贫困户农金锐一家。

登门拜访认"穷亲"

农金锐的家在田东县南部山区的一个村屯，他所在的屯有42户165人，都是壮族人家。这里属于山区，山清水秀，一条河流依村而过。这里村民种植水稻、玉米、甘蔗、竹子、速生桉等，生态保护得好，杂树丛生，满山绿色，有两人合抱也抱不拢的龙眼树和榕树等，老农的家就坐落在这半山坡上的绿树丛中。

这么好的地方也有贫困户？当我第一次去"认亲"结对时，好奇地问起带路的村干部。"这就是你的帮扶户农金锐家。"当村干部把我带到一家破旧瓦房门前时，我感到惊讶。环视四周，定睛一看，只见三开间的瓦房，除正门是木板外，两边两间房各围码起1米多高的泥巴墙且残缺不全。走进屋内，透过暗淡的电灯光看见裸露的泥巴地板凹凸不平，不少酒杯般大小的坑还积有雨水，抬头一看，满眼"星星"。在厅堂门板旁横放着三四袋还没有剥的玉米棒。屋内堆放得很是零乱。再往里走便是伙房，架在三脚灶上的铁锅里装有半锅玉米粥，还冒着热气。主人得知有人来，便忙从后门迎上来与我们握手，随后，领我们退回到中堂找来板凳让我们坐下，随即聊了起来。闲谈中，得知老农一家五口人，两老加3个儿子，两老均已60多岁，两老每天以酒为伴，不足一亩的责任田（地）丢弃近一半不耕种，3个儿子中二儿子又有智力障碍，丧失劳动力。大儿子、三儿子虽外出广东打工，但由于文化水平低，找了几家公司都遭拒绝，最后只好进一家公司打工，包吃包住每人每月工资2000元。兄弟俩平时又不会节俭，花钱大手大脚，一年下来除了能养活自己，攒不了几个钱，因此，还产生打道回府的想法。之前，镇里也派过干部帮扶，但由于"等靠要"思想严重，该家庭的生产生活还是"涛声依旧"，特别是房子还是那破旧瓦房，成为屯里最后和唯一的瓦房户。第一次"认亲"回来的路上，村干部说，这回看你的啦！一个"看"字，让我感到不小压力。

对"症"下药扶"穷亲"

经过上门"认亲"，看到和了解到基本情况回来后，我反复思考：老农一家基本上是没有什么文化，老农和老伴是文盲。老农大儿子和三儿子也只有小学文化，老二因智力障碍，没上过学。因缺少文化，老农一家生产生活没有计划，混一天算一天。两个老人年纪越来越大，体力一年不如一年，儿子越混年纪越大，三十有余还没一个结婚。水路、电路都通了，但由于缺少土地，加上文化水平低，内生动力不足是贫困的主要原因。按照自治区脱贫户"八有一超"的标准，老农一家不达标的有四项：一是房子属不稳固，二是收入不稳定，三是智力障碍的残疾人农卫锦没有进行体检鉴定，四是没有电视机。为此，我对"症"下"药"，使出"四招"进行帮扶。

第一招：宣传政策扶志气、添信心。因贫原因找到，帮扶脱贫计划也确定后，我决定扶贫先扶志（智）。根据老农一家都是成年人，看得见听得懂的实际，每次上门都不厌其烦地给他们宣传中央、自治区、市、县等有关扶贫政策，两位老人看不懂就用壮话解释给他们听，请脱贫户给他们现身介绍脱贫经验。对在外打工的两个儿子，则通过打电话或发短信给他们传达告知。首先，他们看不到文件，对我的宣传半信半疑，我再次上门时给他们捎上了《田东县惠农政策汇编》以及以奖代补有关文件等，还请老农的亲戚一起上门宣传和解释，并拍下文件发微信给在外打工的老农两个儿子学习。通过这些做法，让他们知道自家贫困的原因，可以享受哪些扶贫政策和可以得到哪些补助等。其次，对他们"等靠要"的落后思想加以批评，用本屯靠主观努力、艰苦奋斗致富的农户例子加以引导，让他们知道靠"等靠要"当贫困户不光彩，只有靠自己双手劳动致富才光荣的道理，最后让他们树立起自力更生、艰苦奋斗，摆脱贫困的决心和信心。他们的思想转变，让我看到了希望。

第二招：帮助实施危旧房改造，稳安居。通过多轮回合的宣传教育，老农一家的思想认识提高了，对脱贫有了信心，想申请危房改造指标，但又不知道怎么办理，于是，我出面协调，领回申请表并为他拟好申请、填好表，按规定程序申请了危房改造指标，使他获得危改补助资金3万多元。不足部分动员他向亲戚借。考虑到建房需要有人采购材料，因此，我电话动员老农的大儿子请假回来负责建房事宜。由于没有建房技术，找了好几个施工队都因资金太少和工程小而拒绝，老农一家打了退堂鼓。面对困难我没退缩，我建议老农请亲戚来帮工建设：一则可以节省开支，二则可以解决找不到施工队的问题。老农的亲戚也都纷纷表示理解和支持。亲戚农卫兵更是自告奋勇，既当设计员又当施工员、采购员，自始至终没有缺席一天。老农一家也克服了依赖思想，建房期间在家能上的都一齐上阵。其间，我也抽空上门，带上大米、食用油去看望和帮忙，督促安全施工，确保房屋质量。经过一个月的施工，两开间砖混平房终于建成。2017年1月7日，在一阵鞭炮声中，老农一家高高兴兴地搬进了新房，结束了60多年来居住瓦房的历史，同时也宣告那赖屯告别了最后一间瓦房。老农搬进新房当日，我和单位老凌受邀，我们一大早起来买了酒、水果等前往祝贺，一同分享扶贫带来的喜悦。当看到新房内还没有电视机后，我又忙从口袋里拿出500元资助老农买电视机，让他一家看到丰富多彩的电视节目，了解外面的信息，开阔视野，坚定他们致富的信心。

第三招：引导就业和种养，稳收入。解决了思想和房子机问题后，为了让老农一家实现稳定的经济收入，我一方面针对老农的两个在广东的儿子怕吃苦想弃工回家的想法，向他们宣传县里的就业奖补政策，并为他们办理了就业奖补资金，让他们看到打工带来的效益。同时，针对两兄弟文化水平低的实际，鼓励他们有空多看书学习，钻研业务，以业绩提高收入。最后，两兄弟放弃回家打算，继续在广东打工，并有了选择厂家的能力，工资也随着提高，原来每人月领工资2000元（包吃住），现在提高到每人月领工资3000多元，两兄弟年劳务收入达7万多元。另一方面，我根据老农家缺少土地、发展种植业不可行，但当地牧草丰富，老农及其爱人虽然年老但还能自理现状，动员老农养殖黄牛，由当初养2头发展到现在养4头，价值3万多元。两年来，还帮老农申请获得政府8000元养牛以奖代补资金。由于有了稳定的就业收入和养殖收入，2018年，老农一家年人均纯收入超过1.5万元。

第四招：协调申请残疾鉴定、办理残疾人补助，保生活。根据老农二儿子智力障碍丧失劳动力的实际，我和村干部一起带他到县人民医院进行体检做残疾鉴定，最后老农二儿子被评定为二级残疾，并到县残疾人联合会为其办了残疾人证，还与村镇一起按程序申报，最后民政部门批准把老农二儿子列入农村特困人员供养，给予供养保障，从2018年6月起每月领到849元的特困人员供养补助金，使其生活有了可靠的保障，也减轻了家庭负担。

帮扶成效谢众亲

艰辛付出终有回报。经过3年的帮扶，老农一家已于2018年底实现了脱贫，由此我负责联系帮扶的5户贫困户已全部实现脱贫。我心里感到很欣慰，也很感激，非常感谢有驻村工作队、乡村干部和相关部门的大力支持，他们是我帮扶的坚强后盾。

看到帮扶户先后脱贫，看着县委、县人民政府颁发的"脱贫攻坚帮扶标兵"荣誉证书,我觉得自己在帮扶过程中的受到的委屈、误解和付出都是值得的!同时,我也深深感悟到扶贫先扶志、激发内生动力的重要性,认同产业扶贫是实现脱贫的根本之策。也感到肩上的责任还是沉甸甸的,因为巩固脱贫成果奔小康任重道远……

扶贫经历:

　　周章师,2018年6月至12月,被选派到百色市田东县思林镇那都村担任脱贫攻坚(乡村振兴)工作队队员。任职期间,在县委组织部、思林镇党委政府的指导下,在驻村第一书记的带领下,在后援单位的支持和群众配合下,紧紧依靠村"两委"开展工作并取得一定成效。2018年,那都村有15户实现易地扶贫搬迁入住,3户10人实现了脱贫,全面完成年度脱贫任务。

驻村扶贫的岁月

罗义婧 / 贺州市机关后勤服务中心

2018年2月12日下午，中共中央总书记、国家主席、中央军委主席习近平在成都市主持召开打好精准脱贫攻坚战座谈会并发表重要讲话。那段时间，我反复研读了习近平总书记的重要讲话，心中热潮澎湃，总觉得自己要做点什么。

2018年3月，单位选派驻村第一书记，领导征求我的意见时，我毫不犹豫地同意了，并迅速做好工作交接，踌躇满志地奔赴富川瑶族自治县白沙镇木江村，开始了我驻村扶贫工作的岁月。

驻村扶贫是一次意志信念的考验

根据规定，驻村工作队队员要求每月必须驻村20天以上。驻村之前，我认为自己在农村长大，又有当乡镇干部的经历，因此驻村的什么困难都能够克服。但到村里之后，才发现困难不但多，还很复杂：比如语言不通；冬天村里的风特别大，天气异常寒冷；村子小店菜摊食物品种很有限，除了猪肉和一般的蔬菜，可选择的菜品较少；村部生活用水没有统一的自来水，是需要自己抽井水解决的，刚到村时，还不习惯抽水，经常冬天的晚上加完班要洗澡时才发现电热水器没水洗澡……这些困难都是对驻村人员意志信念的考验，我也都一一克服了。

而我们单位作为后盾帮扶单位，对驻村扶贫队队员工作生活也很关心，陆续配备了打印机、电饭煲、洗衣机、空调、两轮电动车等办公用品、交通工具和生活电器，最近村委也安装了自动抽水装置，为驻村人员提供了各方面的便利，更加坚定了我们做好驻村扶贫工作的信心和决心。

驻村扶贫是一次身心的磨炼

驻村第一书记是连接上级党委、人民政府和村民群众的纽带，更是村"两委"的"大管家"，还是村里各种工作的业务骨干，既要配合支持村"两委"开展工作，也要落实具体工作任务。大到党建工作的开展、做好各项脱贫攻坚工作、迎接各级脱贫攻坚的检查、村环境卫生的整治，小到整理会场、制作打印各类表格，都需要亲力亲为，因此工作特别烦琐，经常白天、中午、晚上连轴转，经常"5+2""白加黑"连续工作周末不休息，风里来、雨里去，抗严寒、战酷暑，特别忙碌和充实。正在备战高考的女儿，因新冠肺炎疫情在家里通过网络上课，也无暇照顾她。自2018年以来，我一做就是跨越3个年度共600多天，繁重又琐碎的工作压力，磨炼着我的身心，但我感到累并快乐着，能用自己的"辛苦指数"换来群众的"幸福指数""获得指数"也值了。

驻村扶贫是一次初心使命的检验

我在驻村扶贫中，总是直面群众反映的困难和问题，着力解决群众所想所盼。如牛塘自然村早几年因为村民意见不统一，村里一口废弃的鱼塘，常年没有清理，垃圾很多，我自掏腰包让村民去清理干净垃圾；节假日过后，村里的垃圾堆出垃圾箱外，我又默默地和村保洁员一起去清理干净；同时，我还带头捐款，带领群众筹资修好了一口古井井台，修建了一处休闲纳凉唱山歌歌台……一桩桩、一件件好事、实事得到了村民群众的赞许和信任，慢慢地化解了他们心上的结。我还通过深入走访村民，召开村民小组会、户主会，向他们宣传党和国家的扶贫政策，使自然村村道等项目施工时，涉事村民主动让地，村里其他项目也得到迅速推进。自然村村口弯道得到拉直拓宽，弯道交通安全隐患消除了，环全自然村的水泥村道终于修通了，结束了该村交通极为不便的历史。2020年初突如其来的新冠肺炎疫情发生后，我不分昼夜地行走在各家各户，冒着可能被感染的危险，到从武汉回村人员家里了解情况，并积极组织全体村民开展路口设卡检测和疫情防控宣传等各项工作，得到了村民的理解支持和大力配合。经过严防死守，最终村里没有出现疑似或确诊病例，村民的生命安全和身体健康得到了守护。而建档立卡户脱贫致富奔小康是我心头最大的牵挂。邓大姐一家三口有两人残疾，我为她们忙前忙后申请了低保；邓阿姨的沃柑、黄大哥的三黄鸡滞销了，我通过微信朋友圈，帮他们宣传推销，用自己的私家车，帮他们拉货、带货，帮助他们渡过难关；潘大叔、岑大爷生活困难，我经常会买些猪肉、蔬菜、面条去看望他们；岑大爷患关节疼痛病，趁外出办事我会顺便帮他捎带药品回来；留守儿童小岑，父母离异，父亲常年外出务工，我经常帮她买一些学习用品，鼓励她努力学习；对行走不便的徐大爷、岑大叔，我用私家车拉着他们去办理慢性病卡，还为岑大叔申请公益性岗位增加他家的收入；2020年春节到来之前，我带着困难户岑大叔到县城买新衣服，第二天，他高兴地穿新衣服欢欢喜喜过大年。同时我还自费购买了50多副春联送给村里的困难群众。驻村3年，我在脱贫攻坚磨炼中，在与群众密切相处中，更加深刻地理解了"不忘初心、牢记使命"的含义。

驻村扶贫是一次作风能力的核验

驻村扶贫直接接触群众，容不得半点虚假，是好是差群众看在眼里、心知肚明，因此我必须竭尽全力，说干就干，干就干好。令人高兴的是我辛勤付出取得的驻村扶贫成果还是令人欣慰的。3年来继整村脱贫摘帽后，村里未脱贫摘帽户从10户35人下降到1户2人，2020年最后的"硬骨头"1户2人也将如期实现脱贫摘帽；积极争取到上级水泥路、水渠建设等项目14个，资金270多万元；协调电力部门拉通了覆盖1000多亩柑橘灌溉生产用电线路；牛塘自然村新建成环村村道1公里，结束了村道坑坑洼洼、交通极为不便的历史；平整硬化了牛塘自然村文化楼原来杂草丛生的场地500多平方米，修建养鸡冲水渠200米，建成了朝南公厕1座等；引进资金发展淮山种植500多亩；通过大力培育发展特色产业，采取"公司+合作社+农户"的模式发展肉鸡养殖，目前已发展养殖大户4户，年出售肉鸡18万多只，预计年产值700多万元；积极发展壮大村集体经济，在我们后盾单位支持3.5万元的基础上，投资近20万元，建成临富川至八步一级路边商铺9间，目前已出租7间，仅此一项，每年村集体可增收4万多元，加上原有的集体经济收入，村集体经济年收入超10万元，并实现自我造血功能和可持续收入。

驻村扶贫是一次心灵备受洗礼的历程

勤劳淳朴的村民一年四季日出而作，在柑橘园、在田间忙个不停，他们稍有空闲，就在家里用古老的织布机纺纱织布，制作被套头巾，勤劳的身影已经深深地烙在了我的心里，让我真切地感受到贫困群众的冷暖疾苦和摆脱贫穷落后的渴盼，这成为我安心驻村和干好扶贫工作的动力。驻村扶贫使我接受了一次心灵的洗礼，让我变得更加真诚和务实，让我看淡名利得失，性情从原本有些心浮气躁变为如今的沉稳冷静和豁达乐观。

驻村扶贫是一次幸福的聚会

为尽快融入群众，我努力学习村里方言，方便与村民沟通交流，减少与他们的隔阂，拉近与他们的距离。经过频繁接触，从陌生到熟悉，再到慢慢融入村民的生活，和群众结下深厚的情谊，成为他们当中的一员。在村里，我就如同年长者的孩子，同龄人的兄弟，年幼者的叔伯。善良的村民待我如亲人，入户工作中，遇到吃饭的时候，不由分说就拿来碗筷热情地招呼我吃饭；村民们在村道遇到我，也会把自己家里种的瓜果蔬菜一个劲地往我手里塞。每次我只能努力婉言推辞，但每次遇到这样的场景，都会有一种幸福感涌上我的心头。三年来，我在村里有了许多的"亲戚"和"自家人"，所驻的村也成了我的第二故乡。

驻村扶贫是一次难忘的人生履历

不忘初心，方得始终。2020年是决战决胜脱贫攻坚、全面建成小康社会的收官之年，我牢记驻村工作使命，选择继续坚守奋战在脱贫攻坚一线，继续在艰苦奋斗中磨砺自己，继续想方设法带领村民增收致富奔小康，继续为脱贫攻坚事业贡献自己的绵薄之力。

扶贫经历：

罗义䝞，2018年3月底至今担任贺州市富川瑶族自治县白江镇木江村驻村第一书记。在这三年期间，带领村民种植了1000多亩柑橘、500多亩淮山。建好了牛塘自然村村道，修了猫儿冲到新田岭的水渠。还为村里建了9间门面房出租，每年为村集体增收3万多元。2020年被贺州市评为脱贫攻坚（乡村振兴）优秀队员。

扶贫日记四则

李耀宁 / 贺州市钟山县市场监督管理局

新型农村合作医疗得民心惠民意

"妻子得救了，几万元医药费几乎全报销，多亏有了新农合啊！"近日，家住聚义村委盘龙自然村的谢大叔拿出妻子住院的结算发票清单，满脸笑容对着大伙说……

谢大叔的家庭经济十分困难，妻子两年前身患胃癌，女儿患有先天性痴呆症，儿子因家境贫穷，也只能止步大学校门，全家的生活经济来源全靠他本不强壮的身躯干些农活儿撑着，生活过得很艰辛。

随着妻子的病情日趋严重，听说手术要花几万元，对他更是沉重的打击，他几近绝望，后来亲朋好友劝他说：你不是参加新农合了吗？可以先借钱去治病，出院后合作医疗可以直接按比例报销，只要参加新农合，住院费可以报销80%以上，剩余部分如果自付超过2万元，家庭确实仍有困难的，还可以向民政部门申请大病医疗"二次救助"适当报销。几经劝说，2018年10月谢大叔东筹西借总算筹齐了住院费用，将妻子送到了广济医院进行手术，两周后手术成功出院。在办完新农合报销手续和民政大病医疗"二次救助"救助后，他领到了医药费报销补偿款，仔细算算自己花在治病上的费用还不足1000元。他高兴得逢人便说："要不是参了保，妻子这病根本治不起，花点小钱参保真值，再穷也要留出买医保的钱。"

"脱贫三五年，大病回从前""救护车一响，白猪空空养"，过去，一场大病花费巨额医药费，往往让贫困农民倾家荡产。

"忽如一夜春风来，千树万树梨花开"，近年来，医疗体制改革的进一步深化，国家惠民政策实施后，大病住院治疗除医保支付方式外，民政大病医疗"二次救助"在不同程度上对困难群体给予了极大支撑，为许多大病患者减轻了医疗费用负担。特别是医保政策向弱势群体倾斜，"五保户"、城乡低保户及重残人员，城市"三无"人员等医保缴费已由历来自己出改变为政府民政部门负责买单，让农村群众得到了实惠。实践证明，近几年来，上门宣传参保政策，动员参保的工作方法已初见成效，随着参保报销政策的落实，除了那些认为自己身体健康，忘记了权利与义务，不响应政府号召的人，群众的参保意识明显提高，由原来的"要我参保"转变成"我要参保"，许多群众也结束了"大病拖，小病扛，危重才往医院抬"的历史，有效缓解了农村以往"看病难、看病贵"的问题，"看病不再难""看病不再贵"，百姓心里乐开了花。

为贫困户维修电视机

6月16日午时已过，睡意蒙眬中接到燕塘镇李书记的电话，开始还以为李书记在查岗，一时还反应不过来。李书记问我在村委附近是否有维修电视机的？原来是李书记帮扶的贫困户家的电视机坏了，为了让老人平时不寂寞、不空虚，李书记答应，将用最快时间完成老奶奶（覃保海母亲）的心愿，帮助她维修好电视机，保证她天天能有电视看……

老奶奶名叫覃示英，是覃保海的母亲，儿子为了养家糊口，不得不长期外出务工，家中只留下老人一人在家生活。老人今年已有80多岁了，她一头白发，驼着背，但还能做点力所能及的活儿，只是人生道路上充满坎坷，在交谈中感觉老奶奶心里并不孤独。

在陪李书记走完他良马村的4户贫困户时，已是下午3点多了，天气炎热，李书记的衣服不知何时早已湿透了。李书记对贫困户手册的填写和了解咨询贫困户的生产生活是如此细心、专业，一点也不比我们每日接触扶贫工作的队员和驻村第一书记差，实在令人钦佩！

离开了良马村，我们按照李书记的吩咐：直接将老奶奶的电视机送往村委附近的修理店。因为我们是提前打好招呼的，他也知道我们是为贫困户服务的，所以刚从车上扛下电视机，师傅立即拆盖开始对这个古董进行"检查手术"。他凭借自己的经验和熟能生巧的小仪表、小烙铁，很快查出了故障原因，为了节省我们的时间，也为老奶奶等着她的宝贝古董焦急，师傅立即更换了小电容、高压帽保护罩等零件，并经调试确认完好。

真是"功夫不负有心人"，整个过程只用了半小时，就把它给修好了。支付完修理费并将电视机送回老人家中，师傅高兴，我们放心，老奶奶更开心……

卖头菜的扶贫工作队队长

廖丽，一个只有三十出头的年轻扶贫工作队队长。相信没有看过燕塘"黄马褂"故事的你，可能对她的了解并不是太多，在众人的眼里她仍是20多岁的领导干部的味儿。也就是说，她干事雷厉风行，她有着想着就干、说干就干的劲儿，哪怕是一些小事，也干得踏实、坦然。

就从"黄马褂"说起吧，那是一位驻村工作队队员无意从网上截图在群里发了一张图片，有人说是收垃圾的队伍，也有人说像监狱出来做工的犯人，可她觉得很新颖，心血来潮，经过策划，将自己的想法告知镇里的书记，谁知一拍即合，一个星期后燕塘镇的各个村屯到处呈现"黄马褂"的身影。该镇也因为"黄马褂"的出现而精彩，为扶贫工作路上增添了一道靓丽的风景。"黄马褂"的消息，很快在市县传开了，得到各级政府领导和群众的点赞和好评。

说起廖丽队长，刚开始有人讽刺她为"廖头菜"。那是一次偶然，还得从2018年6月11日开始。当天下着雨，一个名叫廖干军的贫困户搭载着两个只有六七岁的小孩来到政府，说是找廖丽队长。因为"黄马褂"上印有我们队长、队员的名字和电话号码，方便群众平时有事寻找，这是一般人想不到的。上午9时许，一位政府工作人员带着他来到了廖丽的第一书记办公室，燕塘村程书记还有其他几个工作队队员也刚好在办公室。大家看到廖干军焦急的样子，队长说："你有什么事？坐下慢慢说。"可廖干军因为衣服湿了，怎么也不肯坐

廖干军是燕塘村委的贫困户，为了脱贫过上好日子，在政府扶贫政策的帮助下，去年自己种了3亩多头菜，头菜长势很好，采割、腌制工序也早已完成，应该算是一件丰收在望的大喜事。可结果怎么也无法让他一家高兴快乐起来，腌制好的头菜没有销路，若不及时销售出去，只能眼睁睁地看着烂掉，本钱都得亏完，两个孩子带着渴望的眼神看着父亲与我们交谈，小小年纪的孩子似乎看到了一丝丝希望。

廖干军，一家6口人，其本人二级视力残疾，妻子也是三级残疾，父母体弱多病，一家人过着辛酸的生活。

听他的自述，家中屯着2500公斤头菜，家有年迈父母和2个年幼的小孩需要他供养。得知这一情况，廖丽首先想到的是自己有一个强大的朋友圈，她开始发微信，电话联系单位和客商……功夫不负有心人，消息很快传开，电话订购、网邮、客户上门收购，不到半个月已将2500公斤头菜销售一空。廖干军一家的生活暂时不用犯愁，个个脸上露出了笑容。

此外，廖丽队长还为贫困户莫显军卖生猪，主动联系帮扶联系人的后盾单位进行手册业务培训等。她一个年轻的领导干部，本着对工作负责的态度，工作思路清晰，关心关爱队员，急群众之所急，想群众之所想，在"黄马褂"的陪伴下，使命感责任感更强了，不愧是我们的好队长……

散步路上遇上八旬老人过生日

散步是一个人的爱好，饭后散步是很多人的养身之道，我亦在其中，也不知何时就爱上了微信运动的行走了，这是今晚预好的2万步目标。

今夜的天空很美，一个人走在乡间的小路上，时而忍不住看着手

机，看着行走的微信步数，离目标还甚远，在太阳能灯光的映照下路依稀可见……

走着，走着，都快8点了，若是往日的这个时候，村里有些人家也许已经关门入睡了，好奇的我走了一村又一村，远望灯光散亮，近听声音嘈杂，走近时隐隐约约听到："祝爷爷、外公生日快乐，身体健康，福如东海，寿比南山"的祝福声，在我走近路过他们家门时，在路灯下被主人叫住了，老人平时为人忠厚诚恳，在村里德高望重，对我们的驻村工作十分理解和配合，自己亦情不自禁地掏了个红包，可喜可贺！

今年受疫情的影响和困扰，老人外出务工的儿女大多没有回来，家里没有准备丰盛的好菜，今日回来的只是离家不远的女儿带着外孙回来给老人道个喜，庆祝福，秉承中华传统不忘父母养育予以感恩之心。

伴着夜幕的降临，老人一个特别的生日在欢声笑语中度过，即使没有往年的热闹和排场，但是在非常时期，过着不平凡的生日，老人依然是如此幸福开心，愿老人健康长寿，福比山高。

扶贫经历：

李耀宁，2018年4月派驻钟山县燕塘镇聚义村任驻村工作队队员。3年以来，以村为家，下沉农村，全心全意为脱贫攻坚工作服务。善于总结经验，创新工作方法，对群众以热心、耐心、贴心、暖心；既成为脱贫攻坚的政策宣传员，又是带领贫困户脱贫的引路人，化解矛盾的调解员，善于做群众思想工作，做实事好事，积极争取各项资金完善村屯设施，增加村民和村集体经济收入，发挥了积极主动作用，作出了较大贡献。全村142户贫困户已经脱贫136户，剩余6户19人脱贫有望如期实现，收官工作将圆满完成。

父亲和稻田

陆间萍 / 贵港市覃塘区三里镇九岸小学

夏日的风就像一个忙碌的乡村媒婆,她提着萤火虫的灯笼,颠着一双小脚,脸上带着世俗的笑容穿行在稻田间。一丘丘的稻花,在风媒婆的诱惑下,把藏在自己身体里的原始欲望释放出来,我看不清她的表情,却能领略到她的万种风情。我望着稻田,似乎看到父亲一辈子躬耕稻田的身影,看到他那粗糙的双手和那充满关爱和呵护的目光。

父亲是个孤儿,从来不抽烟。他一米七八的个头,相貌堂堂。但老天不长眼,他年轻时在镇上的刨板厂里做刨板工,在做工时右手不小心被机器绞进去,永远失去了五个手指,右手背也只能靠植皮才能保存下来。后来和我妈结婚,从此在家务农。父母亲是初中同学,结婚后感情很好。

可是好景不长,7年前,我妈生了一场罕见的大病,花光了家里所有的积蓄。父亲想极力挽救,但是3年后我妈还是离我们而去,家里也欠下了一笔重债,这下我家更是雪上加霜。父亲为了还债,也为了在家里照顾我和哥哥,于是没有外出务工,一个人在家种了15亩的田地。

读高二的哥哥学习很优秀也很懂事,见家中是这个样子早就想退学回家帮忙,被父亲生气着推出家门回校了。父亲说,你们两个娃必须去读书,做人争点气，只要有田地，我就有办法。正在读小学的我只好在放学后和周末时，回家多做一点农活，减轻父亲的负担。

父亲干农活很勤快很拼命，他的右手不能像正常人一样，因此就算是一种在别人眼里很简单的农活，在他这里却要反复地做几次才能做好。但他有足够的耐心与细心，就像照顾生病时的妈妈一样。

幸运的是我们家成为建档立卡贫困户，这样哥哥和我的学费就有着落了，我们享受了国家教育资助政策和雨露计划，可是倔强的父亲并不喜欢贫困户这顶帽子，他说我们这是在拖国家拖我们村的后腿啊。

新来的驻村扶贫书记李深，是之前学校里最年轻的全科生老师，老书记即将退休，他很快接手村里的扶贫工作。激情尽责的李书记，经常往我家跑。

我们在田间忙活，李书记一口一个黄叔，拿起秧苗托子就抛起秧苗来，那个利索的抛秧动作堪称杂技表演，我看呆了。李书记说他就是个农村孩子，家里也种田，抛秧苗的活不少干。他把一根烟递给父亲，多年不抽烟的父亲接了，两人一边坐在田埂上吧嗒吧嗒地抽起来，一边聊天。

后来我们家的危房也得到了改造，76平方米的新房子得到国家45000元的补助，种田也有地力补贴和产业奖补，还喝上了干净的自来水，公路也通到家门口。

绿色的禾苗泛着波光粼粼，袅袅的炊烟在新建的住房上飘荡，小河在美丽的村庄旁流淌！我们的理想，在这希望的田野上！这样美丽的景色我百看不厌。

夏季，禾苗长高了。我一边挎着菜篮子沿着田岗去摘菜，一边欣赏那片柔软的绿毯。这时，我的心就会随着稻浪卷起层层幸福快乐的浪花。待到稻子扬花时，一阵阵的香味，那是一股股甜甜的稻花香。由鼻翼沁入心田，让人浑身爽朗舒服，心清气明。

秋天，我戴上一顶草帽，望着稻田由大片的绿海变成了层峦的金山，整个稻田边泛起沉甸甸的金黄稻浪。我似乎听见它们发出真诚的阵阵欢快的笑语，一粒粒的稻谷，撑开稻衣，鼓胀古铜色的红光。那是父亲幸福的笑脸，一粒粒稻谷，密密麻麻地写满着生命的印痕。

父亲常说，一片稻田，就是一本百读不厌的书。春暖花开，撒下一把种子，嫩嫩的禾苗和希望一起长出。看着禾苗层层拔节，一浪一浪的串高，那是他最惬意的事。父亲踌躇满志，经常不停地巡回在田埂上，倒背着手，在稻田上晃荡着，嘴里情不自禁地哼着小曲，那表情别提有多激动。面对稻田，父亲一辈子都读得有滋有味。他以特有的固执，倾诉着对稻田的挚爱，对生活的希望与期待。

父亲常说，稻子它给了我们看得见的肉体，摸得着的骨骼，汩汩流淌的血液，给了我们力量、思想、智慧。金黄的稻浪，仿佛就是我的父亲轻轻地靠拢在我的身旁，向我点头致意，轻轻地铺陈着人生哲理。他用博大的慈爱将我养育，此时我的眼里充满着感激的热泪。我俯下身，抚摸着禾苗和稻穗，仔细地辨认每一节稻秆上结出的稻谷，就像辨认父亲脸上一条条皱纹，更像是细数父亲头顶上的每一缕银丝。父亲，何尝不是您给了我热爱生活的力量？

我曾仔细观察父亲的手脚，他的伤疤不下十处，那是折断的犁头、尖锐的或其他田间的石头，给他留下的永久记忆。特别是那双手，伤残的右手几乎就像是一团风化的腊肉，变得似乎没有知觉，左手指甲几乎磨掉了，粗糙得如同老树皮。他的手即使空着，手指也是弯的，就像握住一柄永远放不下的锄头。

山野的风已将他的头发摧残的花白，流逝的岁月伴着他脚步迟缓，威武着锄头的姿势不再潇洒，抢鞭驱牛的吆喝日渐暗哑。其实我心里清楚的，只要父亲不倒下，这稻田的庄稼就会一次一次地向前延伸。他的执着和坚韧终生未改，一生都与稻田长相厮守。

现在我家过上了好日子，楼房加了小二层，2019年我家也实现了脱贫，最高兴的是，我哥哥从广西大学毕业后，到了三环集团上班，听说还是上市的大公司。父亲在我生日的那天，买了一条白色碎花裙子给我，说我闺女也要鲜亮鲜亮。我捂住嘴巴咯咯地笑。

我穿上白裙子翩翩起舞，再一次凝望稻田，从内心深处升腾起一种说不出的亲切感，像久离母亲的婴儿再次闻到乳汁所散发出的特有淡淡的甘甜气息。这气息随着呼吸渐入体内，有一种酣然的甜丝丝的感觉，我心中的窗子悄然地打开，任由这气息轻轻直触心灵……

扶贫经历：

　　陆间萍，2017年至2020年连续4年担任贵港市覃塘区三里镇九岸村帮扶干部。一边致力于教书育人，一边参加脱贫攻坚工作，实现了两个帮扶对象脱贫。与同事成立心理教育工作室，开展对贫困家庭子女心理教育的课题研究，取得了良好成效。荣获覃塘区2018年教育扶贫工作先进个人、2020年最美教师的光荣称号。

用心用情，在脱贫攻坚战中
践行初心和使命

周　弋 ／ 桂林市临桂区自然资源局

2018年4月，我由派驻桂林市临桂区南边山镇永平村工作队队员转任驻村第一书记。从驻村工作队队员到驻村第一书记，我用双脚走遍永平的山山水水，与村民同吃同住同劳动，从解决村民的生产生活开始，到帮村里修路、改善村容村貌、发展特色农业、建设集体经济，引领村民们追求美好的生活，共同走向富裕之路，诠释着一个共产党员的初心。

挂图作战，补齐短板与弱项

转任驻村第一书记一个多月后，市委副秘书长黄立平一行带着党和人民政府的关怀到村调研，对永平村委的脱贫攻坚工作、集体经济发展提出了更具体的要求和指导意见。

领导虽然已经离开村里，但句句嘱托依然在我心中：永平作为自治区级深度贫困村，有发展的难度，但这不是我们不作为的理由！2020年消灭绝对贫困，年底实现全面小康社会是党中央的既定目标，不容置疑、不能更改，驻村工作队必须积极贯彻上级精神，想尽办法按时按质按量来实现这一目标。

　　近期的进村入户、采集信息，发现各户家庭条件均有不同，致贫原因也各式各样，一年220天的法定工作日不足以对208户贫困户实现帮扶的"平均主义"；村委也在当年包产到户的时候把"家底"全部清空，村集体经济就是一个空壳：无发展用地，无启动资金；永平的地理条件是山多水急，滑坡、洪涝、干旱是常事，一不注意，就极有可能出现因灾返贫的现象。

　　摸清底子，梳理问题，掌握全盘，才能有针对性，才能在最短的时间解决最根本的共性问题！一个包括贫困户基础信息：村组、户主、电话、家庭人口及组成方式、"八有一超"达标情况、帮扶人情况的作战表必须有！挂图作战，达标后标上小红旗，哪有空白就督促帮扶人及时因户施策，工作队及时精准跟进。

　　还要有一个全村贫困户分布图，把像珍珠一样散在永平大地上的村民串在一起，鼓足一股劲，因地制宜制定特色产业发展计划；将易发地灾地区的村民召集起来，加强地灾防治知识培训，选出地灾信息监测员，精准防控各类灾情的发生；避免村民盲目争项目抢资金，把有限的政府帮扶项目、资金用在最急需、最迫切的地方，争取花最少的资金让更多的村民得到最大的实惠……

　　"不积跬步，无以至千里；不积小流，无以成江海"，就从这基础的基础开始做起，坚信必将如期完成组织交付的任务！

沉下身子，贴近群众要用情

　　近段时间的连续大雨导致河水暴涨，通往山区3个自然村的路已经中断数日，木窑是尚未通路通车的山区自然村，里面居住着12户47名村民，其中有9户33人是贫困人口，为了解雨后山里贫困户的生活保障情况，特别是83岁的留守老人陶佑嫂的吃住用情况，今天让吕志敏留守村委调度，我跟工作队员廖玉清进木窑去走走。

　　到了瑶山口，汹涌洪水仍在遇龙河肆虐，偶尔露出水面的山路上全是淤泥，平日渡河用的滚水坝不见踪影，只能弃车抄小路继续步行前行，走峭壁，过险滩，不到3公里的直线距离，迂回、盘旋的山路让我们用了整整3个多小时才达第一站：柑子园的陶家，陶家因受

2017年特大洪灾影响倒塌的房屋还未重建，村民在外暂住，老屋无人；再前行，一路走过下木窑的李家李永荣、魏来新、蒋序田、蒋冬桂，上木窑的陶用才、蒋次福、蒋细明等户，经过仔细踏勘，木窑的十余户虽然都是以前的土木结构房屋，但是基本还有人照料，没有发现连续大雨后的滑坡地质灾害威胁，也没有出现房屋严重损毁情况，虽然因修路造成暂时断电，但已经通过小型水力发电解决了日常生活用电；各家各户生活物资准备充分，情绪稳定，对在政府的帮助下战胜洪灾充满信心。最让人担心的陶佑嫂最为乐观，虽然已经83岁的高龄，但仍耳聪目明，坚持在家做农活，一个劲地拉着我的手说："小哥哥哦，我活到80多岁，从嫁到这山里来，吃过那么多的苦，从来没见过有这样的政府啊，给我发养老金，帮我治病，这雨一停，马上就见到政府的人来关心我……好日子要来了啊，我要好好活下去，争取多活几年，享受一下这越来越好的日子！"

历时12个多小时，一路青山绿水相伴回到村委驻地，已是晚上8点多，天已黑尽，放下行囊，看着被山石划裂的鞋，这已经是今年走坏的第3双鞋了，我们只背负简单的行李就如此难行，村民需要负重数十斤，甚至上百斤生产生活物资又是什么概念？联想到白面庙那记录着当年以"吊""文"为计量单位的修路款的石碑，村民那纯朴的脸、渴望的眼神又在面前回响：农村生活条件是比之前有所改善，但山区村民的条件依然恶劣，下雨则涝，无雨则旱，日常生活所需还要靠肩挑手提运回家；每家每户的山场都以百亩为单位，可交通条件严重制约了村民的发展，山区盛产的竹木无法运出，只能当柴草烧掉，或者看着它逐渐腐烂、破败掉……

路，要致富，先修路，铺开纸笔，把村民渴望的眼神写成《关于申请修建永平村委通村路的报告》。

追梦路上，无怨无悔有担当

时光如梭，不知不觉驻村已有5个年头，担任第一书记也有2年了，根据组织安排，我即将告别驻村生活。

回首入村之初，对自己树立的工作目标：严格遵守党风廉政建设各项规定，公开接受群众的监督，对上级党组织负责，对派驻单位负责，对自己负责，树立驻村党员干部的良好形象，激发村民的内生动力，努力追求共同富裕的美好生活。

驻村期间，我以"进村狗不叫，入户知锅灶，见面人人笑"的姿态在基层工作岗位洒下的辛勤汗水，换来了近20公里的进村道，让所有自然村组全部通上了硬化路；2公里多长的河堤确保山洪、水患不再危及村民生命财产安全；占地50亩的陂石生态放养鸡场已投入运营，800平方米的竹木加工厂已备足资金、设备开始建设，开创了集体经济实体0元的突破；8000多平方米的巷道硬化改善了一半村组的村容村貌，促进生态保护的理念深入民心；建设了600平方米的村级服务中心、文化中心，500米的徒步道、3个文化小广场（含1个篮球场、2个戏台）；永平小学的运动场所、基础设施、电教设备、生活场所得到全面改善；督促、协助各项扶贫政策的扎实落地，推进了村民特色产业的发展，践行了"生产稳民心，教育启民智，文化聚民心，生态富村民"的发展思路，初步实现了规划中的以林木垌为主心，牵动陂源一条线，带起永平一个片的预期目标。

驻足于"脱贫攻坚作战图""永平村委贫困户分布图"前，全村204户已经达到"八有一超"标准，满满一墙的小红旗飘在各项指标栏上，宣告821个贫困人口已实现脱贫搞帽，贫困发生率从37.5%已经降至0.36%，终以一名党员的神圣职责向党组织践行了不忘初心的誓言。

离村不离岗，受局党组任命，我转（兼）任局党纪办、局扶贫办双料主任，将从党风廉政建设入手，协调、整合各项帮扶资源，为永平村委整村脱贫摘帽提供强有力的保障。

永平，我从未离开你！

明天，永平会更好！

明天，村民会更好！

我们终将实现小康路上一个不能少的诺言！

扶贫经历：

　　周弋，2018年4月起任驻桂林市临桂区南边山镇永平村第一书记，遍访永平村委208户贫困户，精准实施一户一策，实现204户821人脱贫摘帽，协调、落实近20公里的进村道，确保所有自然村组全部通硬化路；修建河堤消除水患威胁；铺设8000多平方米的巷道改善村容村貌；引进、落实村级服务中心、文化中心、徒步道、文化小广场建设；改善永平小学运动场所、电教设备、生活场所等基础设施，发展村集体经济，实现经济实体0元的突破，践行了"生产稳民心，教育启民智，文化聚民心，生态富村民"的发展思路。

付出真情 收获实效

黄慧娟 / 防城港市妇女儿童活动中心

《冲稔村贫困户用上干净安全的饮用水啦!》,2018年4月23日《防城港日报》刊登的一则新闻,让朋友们知道我已经从市直单位抽调到农村开展扶贫工作了。防城港日报社的一位副总编还给我发来微信:"黄老师棒棒的!你是我市新一轮选派驻村工作队员中最快速度为民办成实事的队员。祝贺你!"

新闻故事发生在2018年4月16日上午,防城区珠河街道冲稔村那天花组的贫困户何如娟家,特别地热闹。原来这里来了一群热心的志愿者们为她家安装了全新的饮用水管,确保他们家有干净安全的水饮用了。

在驻村后的走访中得知我帮扶的贫困户何如娟这一户人家共有9口人,其中有5个残疾、1个高龄和4个未成年人,没有一个正常的劳动力。因此,这一家人日常生活十分困难,连干净的水都喝不上。我震惊了,马上意识到解决卫生安全的饮用水是当务之急。于是,我马上组织村"两委"干部跋山涉水,到几公里路外的山上为他们家寻找可以饮用的水源。

为解决燃眉之急,我即刻联系到爱心组织协商解决办法。4月12日上午,在市爱心志愿者协会微信交流群内部发起爱心倡议。短短半天时间，就有包括冲稔村新、老驻村工作队队员、民建市委、社会各界爱心人士在内的72人积极响应，共募捐到爱心款4415元。为让何如娟一家早日能用上干净卫生安全的水，我与爱心团队组织人员协商，根据测量的数字购买新的水管，并于4月16日早上不到8点即组织包括村"两委"在内的20名志愿者进村入户、爬山开路安装水管。只见志愿者们有的在路边砍草、有的挥起锄头开劈山路、有的挖沟埋水管、有的搬运切割机及安装工具……大家通力合作、各负其责。一个个忙得满头大汗、衣服湿透，干到下午3点多也没能吃上午饭，但没有一个人有怨言。经过7个多小时的齐心协力，终于从离何如娟家直线距离1.2公里外的山顶泉眼，把泉水接到他们的家里。

看到水龙头里流出清澈的山泉水，已经71岁高龄的女主人何如娟阿姨热泪盈眶，拉住我的手感慨地说："真是太谢谢你啦，谢谢你带那么多好心人来帮我们家，让我们能用上干净的水。这在以前，我做梦也想不到啊！"

虽然干了一天的活很累，但是听到何阿姨对我说的话，心里感到十分欣慰。这是我驻村后为群众办成的第一件实事。随后我在微信朋友圈发出"小爱心帮大忙 扶贫路上你我同行"的感受，得到众多朋友们的点赞和鼓励，同时也坚定我努力走好扶贫路的信心和决心。

2018年3月30日，我有幸被组织选派到防城区珠河街道冲稔村，成为全国千千万万脱贫攻坚驻村工作队员中的普通一员。驻村工作两年多来，我坚持做到扑下身来驻村、沉下心来帮扶。当我看到何如娟家"原生态"的卫生间时，我又被触动了，我又能为他们家做些什么呢？经过琢磨，我又写了倡议书，募集爱心款。筹集到一点资金后，就购买水泥、砖、沙以及蹲盘、冲水筏等材料。通过组织党员主题日活动和爱心志愿者服务的形式，你一砖我一瓦，你一锤我一锹地干。经过十几名党员和爱心志愿者们一天的努力，我们用爱心为何如娟家完成了"厕所革命"，建造了一个按三级化粪池卫生间排污系统标准的乡村卫生间。看到这新建的卫生间，何阿姨激动得流泪了，抱着我说："指导员啊，真是多谢你啊，我们家那么多年来都是在露天的粪坑蹲厕，洗澡都是要拿块破烂的布遮挡的，真是做梦都没想到我这辈子还能用上这么好的卫生间。你真是大好人啊！我都不懂怎么感谢你好哇。"看到热泪盈眶的何阿姨，我赶紧回应："何阿姨，这是我们应该做的，都是国家政策好，有资金扶持、有那么多好心人的帮助，相信你们家的生活会越来越好的！"

"给点雨露它就会滋润，给点阳光它就会灿烂。"一句对花花草草生长的比喻，用在扶贫工作上也是恰如其分的。

何如娟家有两个正在上初中的孩子，在这个特殊的家庭里，未来的希望也是寄托在这两个孩子的身上。作为曾经在教学一线任教17年的我，面对这个家庭的孩子，自然而然就把教师的职业感带到扶贫工作当中来了。我具体跟踪落实两个在读的孩子享受教育扶持的相关政策。同时联系到桂林银行防城港分行的爱心支持，每月给予何如娟之孙女李春艳300元的生活费支持。特别是常态化联系学校，跟踪了解两个孩子的学习和生活情况。坚持每月入户家访一次，跟两个孩子谈心谈话，了解他们的学习收获和成长动态；适时做好教育疏导工作，鼓励孩子们增强积极面对生活的信心，树立长大后能自食其力的

黄慧娟（左一）赠送爱心童鞋给困难家庭孩子

观念同时也能承担起照顾家庭的责任。

我用一名老师的教导、一位母亲的关爱、一名驻村工作队队员的职责，帮助这个特殊家庭在落实"应帮尽帮、应扶尽扶"政策扶持的同时，帮助激发内生动力、哺育造血功能，以"扶贫先扶智、扶贫先扶志"的指导思想帮助这两个孩子成长。经过两年多的努力，孩子们已经能够从当初的腼腆、胆怯，到现在已经没有拘束地主动跟我交流、汇报学习情况了。看到孩子们的变化，我打心底里为他们的进步感到高兴，也从他们身上看到了他们长大后的希望。

虽然我所驻的村是一个城乡接合部的面上村，资源缺乏，但庆幸的是，我在村里的工作得到支部党员和群众的认可和支持。每次在微信工作群里发出募捐爱心款的倡议后，都能得到大家你50元、我100元的爱心支持。同时还有村所辖企业的慷慨解囊，让我可以利用这些爱心款帮助困难家庭做好事办实事。仅仅在何如娟家，我们就利用爱心款和组织党员主题日活动先为他们家搭鸡舍、围鸡圈、更换防盗安全门、新装窗户和照明、改厨改厕等。用爱心和志愿服务帮助这个特殊的贫困家庭改变，在国家扶贫政策的扶持和爱心的关照下，确保这一家的"两不愁三保障"，2019年10月"双认定"时，他们家实现顺利脱贫。

根据何如娟一家的实际情况，我联系到村里的致富能人帮忙，安排何阿姨家两个智障的儿子做些简单的零散工。向后盾单位申请经费支持和利用扶贫日募捐的形式，购买鸡苗、鸭苗、蜜蜂等养殖，让他们既有事做又增加家庭经济收入。每次我入户时，何阿姨总要让我看看鸡鸭的长势，分享饲养家禽的快乐。从何阿姨的脸上可以看到他们家对国家政策扶持的满意程度和我真情体贴帮扶工作的感激。何阿姨也多次说过："共产党政策真是好啊！帮助我们家做那么多事，有那么多政策扶持，我们不愁吃不愁穿，也想多多努力做工，过上更好的生活。"

检查组来访时，贫困户何阿姨对检查组说："这个黄队员呀，真是有心啊，来我们家比我女儿回来的次数还多，为我们家解决好多事情。"她淳朴的话语让我心里热乎乎的，这是对我驻村工作的认可和鼓励啊！

习近平总书记说过"一代人有一代人的使命、一代人有一代人的担当"。让我们所有的家庭都吃得饱、穿得暖，看得起病、上得起学，有安全的住房和卫生饮用水，不让任何一个人在小康路上掉队，这才是我们扶贫的真正意义所在！

在决战决胜脱贫攻坚和建成小康社会的冲锋时刻，我将和千千万万名驻村工作队队员一起，坚持奋斗在扶贫一线，用行动兑现出征前的誓言，用实效践行一名共产党员应有的担当！

扶贫经历：

黄慧娟，2018年3月至今在防城港市防城区珠河街道冲稔村担任脱贫攻坚（乡村振兴）工作队队员。驻村两年多来申请到扶贫资金198.22万元，硬化两条进村道路、维修一座危桥；多种形式募集资金及物资折合人民币20万多元；改善村委办公条件、联系爱心单位资助贫困生等80多件实事、好事；多次被抽调到那巴等多个贫困村督查及支援迎检，撰写《有爱同行路更宽》等50多篇报道在人民网等多家新闻媒体发表，宣传乡村振兴、农村新风貌。